"洛夫克拉夫特国度"系列

LOVECRAFT COUNTRY

克苏鲁神话

——无可名状之恐惧——

「美」H.P.洛夫克拉夫特（H.P.Lovecraft） 著

何殇 译

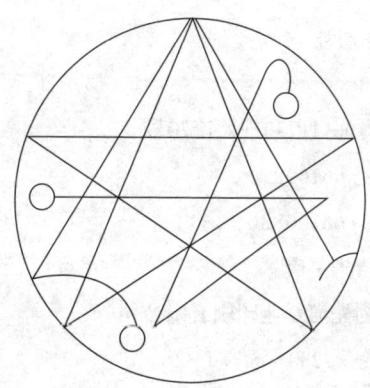

南方出版社

海口

图书在版编目（CIP）数据

克苏鲁神话. 无可名状之恐惧 /(美) H.P.洛夫克拉夫特 著；何殇译. -- 海口：南方出版社，2022.6
ISBN 978-7-5501-7617-1

Ⅰ.①克… Ⅱ.①H… ②何… Ⅲ.①神话—作品集—美国—现代 Ⅳ.①I712.73

中国版本图书馆CIP数据核字(2022)第094676号

克苏鲁神话：无可名状之恐惧
KESULU SHENHUA: WUKEMINGZHUANG ZHI KONGJU

[美] H.P.洛夫克拉夫特【著】　何殇【译】

责任编辑：	王　伟
装帧设计：	仙境设计
出版发行：	南方出版社
邮政编码：	570208
社　　址：	海南省海口市和平大道70号
电　　话：	（0898）66160822
传　　真：	（0898）66160830
经　　销：	全国新华书店
印　　刷：	天津创先河普业印刷有限公司
开　　本：	880 mm×1230 mm　1/32
印　　张：	11
字　　数：	260千字
版　　次：	2022年6月第1版　2022年6月第1次印刷
定　　价：	68.00元

序言
preface

一切恐惧皆源于未知

洛夫克拉夫特，美国著名小说家。1890年生于美国罗德岛州普罗维登斯市；1914年开始文学创作；1926年创作《克苏鲁的呼唤》，开创了"克苏鲁神话"的宇宙构想；1937年因小肠癌去世，终年四十六岁。

早期的洛夫克拉夫特受爱伦·坡影响，主要创作哥特风格的恐怖故事；接触到邓萨尼勋爵以后，开始创作"幻梦境"系列奇幻小说，并借鉴其作品中的新兴神话设定，开始创作自己的神话宇宙。

在并不算长的一生里，洛夫克拉夫特创作了大量"怪力乱神"的作品。这些小说不遗余力地描述在未知的宇宙中，隐藏着超乎想象、不可名状的"伟大神祇"。人类如蝼蚁，之所以尚能存活，仅仅是因为无知，以及对未知有足够的谨慎和畏惧。然而，总有一些自不量力者，企图窥视这些源自宇宙深渊的造物奥秘，结局要么死状惨烈，要么陷入疯狂。

克苏鲁神话体系就是基于这些文本构建而成的，其核心是"无可名状之恐惧"。所谓无可名状，用一系列词来解释就是：难以描述、不可理解、不符合逻辑、超出理智、无能为力、没有界限、无法终止，等等。

本书收录的七篇作品，是洛夫克拉夫特在各个时期，书写"无可名状之恐惧"的巅峰之作。

《墙中之鼠》是一部纯粹的恐怖小说，甚至是洛夫克拉夫特最恐怖的小说之一，从中可以看到洛氏早期受哥特古典恐怖风格的影响。

在这篇小说里，洛夫克拉夫特开始使用引用文本的技法，即引用一些似是而非的文献资料的碎片，打破虚构和现实的界限，让故事显得更为真实和立体。其次，故事中主人公对家族古老历史和自身血脉的探寻，也成为克苏鲁神话中部分小说的重要主题。

在完成《墙中之鼠》三年后，洛夫克拉夫特写出了惊世名篇《克苏鲁的呼唤》，小说创造了美国恐怖文学史上影响最大的虚构角色——旧日支配者、拉莱耶之主、克苏鲁神话的核心角色——"克苏鲁"。

《克苏鲁的呼唤》是克苏鲁神话的首部作品，也是洛夫克拉夫特"宇宙恐怖"主题的核心作品。按照这个世界观，人类文明只是宇宙发展的偶然产物，早在亿万年之前，地球上就出现过高级智慧物种。人类文明对于它们来说，覆手可灭。幸运的是，大多数人对此懵然不知。可是一旦人类自不量力，想去探求宇宙真相，结局就只有发疯或者毁灭。

虽然洛夫克拉夫特笔下全是荒诞不经之物，但他却是唯物主义和无神论者。他摒弃了传统恐怖小说里的神魔鬼怪之物，着力于创造一种看似科学，却无法证明其存在的生命体。

1927年，他创造出了一种真正的无可名状的异星生命体——星之彩。这种生命体完全超越了既往所有科幻小说中的外星生命。

《星之彩》被专家誉为洛夫克拉夫特最好、最恐怖的小说，因为他描述了某种人类经验之外的存在。人类无法知道这种"颜色"是否有意识、是否像人类一样存在情感和道德，关于颜色的一切，人类都是未知的。洛夫克拉夫特曾说，"人类最古老、最强烈的恐惧就是对未知的恐惧"，他在《星之彩》中将未知做到了极致。

《敦威治恐怖事件》是洛夫克拉夫特的小说中的异类，它别出心裁地讲述了一个人类与超自然恐怖之物斗争，最终得胜的故事；也是洛氏最骄傲的作品之一。

相对于《敦威治恐怖事件》童话般的结局，《暗夜私语者》就让人无比绝望了。小说创作于1930年，此时，洛夫克拉夫特的创作恰好在从书写个体性恐惧向描述文明兴衰发展的阶段。在此前后，他还创作了《荒丘》和《疯狂山脉》两部书写高级文明的兴衰的作品。所以本篇中也出现了外星文明——神秘生物米·戈，但与"文明三部曲"中正面描写外星文明不同，文中对米·戈的描述，仅仅是侧面的讲述。

尽管《暗夜私语者》创作于上世纪30年代，但其中的脑洞至今仍处于人类想象力的前沿，比如多元宇宙、人机结合和超光速飞行等。

《印斯茅斯的阴影》延用了《墙中之鼠》中探寻家族古老历史和自身血脉的主题。小说在深海恐惧之外，还写到了另一种恐惧——人类对于自身异化的恐惧。洛夫克拉夫特的父母都患有精神疾病，他本人也被精神疾病困扰终生，精神的不稳定必然导致他对"自我"存在的质疑。所以也有研究者认为，洛夫克拉夫特体验到的那种"无可名状的恐惧"，可能正是源于他对自身的不确定。

克苏鲁神话体系中，也有"一气化三清"之说。

"一气"为最高神明阿撒托斯，从阿撒托斯中生出"三清"：黑暗、无名之雾和奈亚拉托提普。黑暗产生至高母神莎布·尼古拉丝，她是万物之母，生出了几乎所有的旧日支配者，乃至所有的生命。无名之雾产生犹格·索托斯，知晓一切时间和空间。

这些神祇的存在，对于人类来说，既不可思议也无法理解。此外，所有的外来神祇和旧日支配者，在我们的空间内，或者能力会受限，或者已被古神禁锢。只有一个神，不仅可以在人间自由行走，还可以表现为人类可以理解的理性者，它就是被誉为"千面之神"的奈亚拉托提普。

奈亚拉托提普通常被认为是外神们在地上的信使和代言人。与大多数外神对渺小的人类毫无兴趣不同，奈亚拉托提普总是热衷于欺骗、诱惑人类，最愉快的事就是使人类陷入恐怖与绝望。所以，在克苏鲁神话中，它是最接近传统"魔鬼"形象的存在。

奈亚拉托提普有很多个化身，在小说《夜魔》中，它的化身是一个臃肿的长着赤色三瓣独眼的类蝙蝠生物，仅凭恐惧，就杀死好奇心极重的主人公。

《夜魔》是洛夫克拉夫特生前最后的克鲁苏神话作品，小说主人公布雷克的原型，是他的朋友罗伯特·布洛克。在此之前，布洛克曾在自己的小说中，将以洛夫克拉夫特为原型的人物写死。来而不往非礼也，但这并未影响两人的友情。布洛克后来还说："毫无疑问，这是我的最佳死法。"

此时的洛夫克拉夫特，已经回到故乡普罗维登斯十年，深受贫困和疾病的折磨。小说虽是在写布洛克，但也是在写作者自己。文中提到的主人公的寓所就是作者生前的居所，文中的圣约翰天主教堂也确实存在。布洛克虽在小说里被写死，但在现实中一直活到了 1994 年。而洛夫克拉夫特自己，却在《夜魔》发表三个月后，就因癌症与世长辞。

何殇 2022 年春

目录
contents

墙中之鼠
The Rats in the Walls — 1

克苏鲁的呼唤
The Call of Cthulhu — 29

星之彩
The Colour Out of Space — 73

敦威治恐怖事件
The Dunwich Horror — 109

暗夜私语者
The Whisperer in Darkness — 161

印斯茅斯的阴影
The Shadow Over Innsmouth — 241

夜魔
The Haunter of the Dark — 315

墙中之鼠 The Rats in the Walls

(1923年)

《墙中之鼠》导读

1. 《墙中之鼠》写于1923年8月到9月。同一年《诡丽幻谭》创刊，成为洛夫克拉夫特发表作品的主要文学平台。

2. 本文被誉为洛夫克拉夫特最恐怖的小说之一，曾被冒险类杂志拒稿，最终得到了《诡丽幻谭》出版商的赞誉而发表出来。

3. 洛夫克拉夫特曾说，《墙中之鼠》的故事灵感源自"深夜破裂的墙纸"。

4. 本文堪称哥特古典恐怖故事元素的集大成者，其中的古堡、血脉、诅咒、坟墓、尸体……都是经典的哥特文学元素。当时，作者正尝试摆脱爱伦·坡对自己的影响。

5. 在这篇小说里，洛夫克拉夫特第一次使用引用文本的写作技法，在随后的大量作品中，他将这种技法发扬光大。

6. "克苏鲁最后的门徒"、奇幻小说家林·卡特认为《墙中之鼠》是洛夫克拉夫特创作生涯中最优秀的短篇小说之一。

7. 恐怖电影大师约翰·卡朋特说，本文是他最早接触到的洛夫克拉夫特的故事，被吓得毛骨悚然。

1923年7月16日，在最后一位工人完成工作后，我搬进了埃克瑟姆修道院。恢复修道院的原貌，是一项大工程，因为在此之前，它只剩下一具空壳般的废墟。但这毕竟曾是我祖先的居所，因此修复它所需的巨额开支，并没有吓退我。

自英王詹姆士一世在位以来，此地就无人居住。当时，这里发生过一起骇人听闻的惨案，至今未有言之成理的解释——房子的主人和他的五个孩子及几个仆人都被杀害了。所有的猜疑和恐惧，都指向了整个家族唯一的幸存者——房主的第三个儿子，也就是我的直系祖先。

这位仅存的继承人——沃尔特·德·拉·普尔，第十一世埃克瑟姆男爵——被指控为杀人凶手，房产也被收归国有。但他并没有试图为自己辩护，也没有打算讨回财产。他遭受的恐惧，似乎比良心谴责和法律制裁更重。他只表达了一个愿望——再也不想看到，也不愿想起这座古宅。他逃到美国弗吉尼亚，在那里组建家庭。一个世纪后，新家庭发展成德·拉·普尔家族。

后来，埃克瑟姆修道院被诺里斯家族继承，却长久空置。因其独特的混合建筑风格，受到学界的大量研究。哥特式塔楼，坐落在撒克逊或罗马式的底层建筑上。地基则呈现出更为古老的风格，或者说杂糅了几种不同风格，有罗马式——如果传说是真的——甚至可以说是德鲁伊或者威尔士本土风格。地基设计相当奇特，其中一侧与修道院所在的石灰岩悬崖紧密融合，站在修道院可以俯瞰到安切斯特村以西三英里的一处荒凉山谷。

这座被遗忘了数个世纪的古怪遗迹,是建筑师和考古学家的最爱,却是附近村民的噩梦。几百年前,当我的祖先还住在这里时,村民们就厌恶它——如今依然厌恶,避之若浼。房子长久无人问津,苔藓和霉菌肆意滋生。

在得知自己的祖先出身于这座被诅咒的老房子之前,我从未到过安切斯特。就在本周,工人们炸毁了埃克瑟姆修道院,并忙于清除地基陈迹。

我对祖先的故事知之甚少,只晓得我的第一个美国祖先来到北美殖民地时,身陷某些诡谲疑云。但是,德·拉·普尔家族一向奉行沉默是金,因此我对其中的细节一无所知。

与那些种植园主邻居们不同,我们很少吹嘘参加过十字军东征的祖先,或其他中世纪和文艺复兴时期的英雄。家族中也并无任何世代相传的传统,除了在南北战争之前,一个世代相传的神秘信封——每一代家主都会把它传给长子,而且要等家主过世之后才能打开。那里面可能记载了一些事实。

我们所珍视的荣耀,是自移民以来所取得的成就——一个骄傲而重视荣誉的弗吉尼亚家族,虽然有些保守且不合群。

在内战期间,家族的好运因一场大火戛然而止。位于詹姆斯河畔的家宅卡尔法克斯被焚毁,整个家族的境遇也发生改变。年事已高的祖父,在那场纵火暴行中丧生;与他一同消逝的,还有那个将家族所有人与过往历史联系在一起的信封。直到此刻,我还记得七岁时目睹的那场大火——北方联邦的士兵欢声雷动,女人惊声尖叫,男人呼号祈祷。那时,我的父亲正在军队里,在保卫首都里士满。母亲带我办理了很多手续,才穿越整个前线去投奔他。

内战结束后,我们全家搬到北方,那是我母亲的故乡。后来我长大成人,步入中年,最终成为一个富有而呆板的北方人。我和父亲都不知道那个世代相传的信封里,究竟是什么。随着我逐渐融入马萨诸塞州生意人乏味的生活后,我对那些潜藏在血脉深处的秘密完全丧失了兴趣。倘使我真的探究过那些秘密,我一定欣然把埃克瑟姆修道院留给苔藓、蝙蝠和蜘蛛网。

父亲在 1904 年去世,他没有给我或我的独子阿尔弗雷德留下任何口信。阿尔弗雷德其时十岁,少年丧母,正是他在后来寻回了家族的事迹。我给他讲过一些关于过去的猜测,但只是半开玩笑。而他在 1917 年前往英国,参加一战,在空军任职,给我写信讲述了一些关于祖先的逸闻。

德·拉·普尔家族显然有一段丰富多彩,或者应该说是有点邪恶的历史。因为我儿子的一个朋友——英国皇家飞行队的爱德华·诺里斯上尉,就居住在距离我家祖宅不远的安切斯特。他的讲述中包含了一些乡野传说,绝少有小说家能写出如此疯狂到令人难以置信的故事。

当然,诺里斯自己并未太当真,可这些传说引起了我儿子的兴趣,也为他给我写信提供了好素材。正是这些传说,将我的注意力吸引到大西洋彼岸的遗产上,让我下决心购回并修复这座祖宅。诺里斯曾带阿尔弗雷德去参观过那幢景致奇崛的荒宅,并开出了一个合理得惊人的价格——因为他的叔叔恰巧是房子的现任主人。

1918 年,我买下了埃克瑟姆修道院,但修复祖宅的计划,随即就因儿子的伤残退役而搁置。往后的两年里,我一心照顾他,甚至把生意都委托给合伙人打理。

1921 年,我痛失爱子,人生陷入迷茫,成为一个上了年纪的退休制造商,考虑住在新买的那幢房子中了此残生。当年十二月,我造访安切斯特，诺里斯上尉接待了我。这位体态圆润、和蔼可亲的年轻人，很看重我儿子。他保证帮我收集老宅的建筑图纸和关于它的逸闻轶事，用以指导即将动工的旧屋修复工程。我对埃克瑟姆修道院本身毫无感情，在我眼里，它只是一堆摇摇欲坠的中世纪废墟——覆盖着地衣，堆满了白嘴鸦的巢穴；地板和其他内部结构已全部损毁殆尽，只余两座塔楼的石墙耸立在危崖之上。

我逐渐复原了整座建筑的结构图——与我的祖先在三个世纪前遗弃它时一模一样。当我为工程启动而雇人时，却不得不一次次去外地找人，因为安切斯特的村民，对此处怀有不可思议的恐惧和仇恨。这种情绪非常强烈，甚至会传递给外地工人，以致他们不辞而别。这种情绪针对的，并不只是修道院，还包括曾在此居住的那个古老家族。

我儿子曾对我说过，德·拉·普尔的姓氏，让他在造访此地时备受冷遇。如今我也因此而被莫名排斥，直到我告诉那些村民，并让他们相信我对家族知之甚少。即便如此，他们仍然向我横眉冷对。因而，我不得不通过诺里斯的斡旋，才收集到村里大量的古老传闻。或许人们所不能释怀的，是我要复原一个让他们恨之入骨的象征符号。无论是否合理，他们都坚定地把埃克瑟姆修道院视为鬼蜮之地。

我把诺里斯收集的故事拼凑起来，再加上几位废墟研究学者的叙述，推断出这座修道院坐落在一座史前神庙的遗址上。它可能是与巨石阵同时代的德鲁伊神庙——甚至比德鲁伊更早。毋庸置疑，这里曾举行过无可名状的仪式。还有一些令人不快的传闻说，后来在罗马人引入西布莉崇拜时，这些仪式被纳入其中。直到现在，底层地窖中依然有一些如"DIV…OPS…MAGNA.MAT…"字样的铭文，清晰可辨。这是众神之母玛格那·玛特（MAGNA.MAT，也就是西布莉）的标志，罗马曾严禁公民对她进行黑暗崇拜，但徒劳无功。许多遗迹表明，安切斯特曾是奥古斯都第三军团的营地。据说那时，西布莉神庙富丽巍峨，朝拜者云集，在一位弗里吉亚祭司的主持下举行那些莫名的仪式。

有传说称，这个古老宗教衰落后，神庙里的狂欢并未终止。祭司们改换门庭，却未变革仪式。甚至罗马帝国的衰亡，也未能让这些仪式消失。撒克逊人依然在神庙的废墟里举行相同的仪式，并形成了后来仪式得以传承的基本轮廓，甚至以此为中心形成了神秘崇拜——七大王国中的半数臣民，都对它心怀敬畏。

一本编年史曾提到此地。大约在公元1000年，这里曾是一个由坚固石头砌成的小修道院，住着一些古怪而强大的隐修士。修道院被广阔的菜园环绕，是一个不需要围墙就让人惧而远之的地方。丹麦人的进攻也未能摧毁它，只是在诺曼征服以后，它的势力已大幅衰落。1261年，亨利三世将它赐予我的祖先——埃克瑟姆男爵一世——吉尔伯特·德·拉·普尔时，并未遇到任何阻碍。

在此之前，我的家族没有任何负面传闻，但那之后必然是发生过某些奇怪的事情。编年史在1307年时提到，德·拉·普尔家族"被诅咒"。这座在古老神庙和修道院的地基上建起的城堡，在乡野传说中被提及时，总是带着无限的邪恶和近乎癫狂的恐怖。

炉边故事向来让人毛骨悚然，而惊悚导致的默不作声、隐晦不明的闪烁其词，让一切变得愈发骇人听闻。故事将我的祖先描述成一群世袭的恶魔。在他们面前，蓝胡子吉尔斯·德·莱茨和臭名昭著的萨德侯爵，都只能算是刚入行的新手。故事还暗示，几代村民的失踪，也与我们家族脱不了干系。

故事里最邪恶的人物，显然是男爵和他的直接继承人——至少大多数传闻和他们相关。传闻说，如果一个继承人呈现积极健康的倾向，他一定会神秘地早夭，为另一个更符合家族本色的继承人腾出位置。这个家族内部似乎有一个神秘团体，由家主统御，只对少数家族成员开放。团体选择成员，是根据个人秉性而非血统，因为有好几个嫁进家族的人都加入了团体。

来自康沃尔郡的玛格丽特·特雷弗女士——五世男爵的次子戈弗雷的妻子——成了周围村民吓唬小孩子的最佳人选，有一首以这个女魔头为主题的恐怖歌谣，至今还在临近威尔士边境的地区流传。

以歌谣形式保留下来的，还有另一位女性——玛丽·德·拉·普尔女士，不过故事的重点有所不同，在嫁给谢斯菲尔德伯爵不久后，她就被丈夫和婆婆联手杀害了。但是两位凶手在忏悔后，都得到了神父的赦免和祝福。不过，谁也不敢向世人重述他们告解的内容。

这些传说和民谣，无疑是典型的粗鄙迷信故事，使我非常反感。尤其让我恼怒的是，它们牵涉到我祖上相当多的家族成员，并广为流传、经久不息。此外，这些可怕的诋毁，令我极不愉快地想起一桩广为人知的丑闻，事关我的亲戚——年轻的堂兄弟伦道夫·德·拉·普尔，他从墨西哥战场回来后，就成了某神秘教派的一名祭司。

至于另外一些故事和传说，我就不那么在乎了。比如：在修道院的石崖下，贫瘠荒芜的山谷里那些隐约的悲鸣和哀嚎；墓地在春雨过后散发着恶臭，某天晚上，约翰·克拉大爵士的马，在一片荒凉的田野里，踩到了一个挣扎着尖叫的白色东西；有个仆人大白天在修道院看到莫名的东西后发了疯。

这都是些老生常谈的鬼话，当时，我还是一个强硬的怀疑论者。虽然村民的失踪不太容易被忽视，但从中世纪的习俗来说，也谈不上多受重视。在那个好奇害死猫的年代，埃克瑟姆修道院周围的堡垒上——如今已经完全被毁坏，绝不止一颗头颅被高悬示众。

其中有几个故事极为生动，甚至让我希望自己年轻时能多学一些比较神话学的知识。例如，有人认为，一群长着蝙蝠翅膀的魔鬼，每晚都在举办祭祀仪式。这个魔鬼军团的生计问题，或许可以解释广阔的菜园里，为何种植着远超过修道院居民所需的劣质蔬菜。其中最栩栩如生的，莫过于一出关于老鼠的戏剧性史诗。

据说，在导致宅邸废弃的悲剧发生三个月后，浩浩荡荡的老鼠军团从城堡里汹涌而出。这支瘦骨嶙峋、肮脏丑陋而贪婪凶狠的军团席卷了一切，在怒火熄灭之前，吞噬了村里的家禽、猫狗、猪羊，甚至还有两个倒霉的村民。这支令人难忘的啮齿动物大军，衍生出一系列传说，因为老鼠最终分散进入村民家里，滋生出无数诅咒和恐惧。

这些故事使我备感困扰，可我还是以一种老顽固的姿态，坚定不移地完成了祖宅的修复工程。无法想象，这些故事和传说在很大程度上影响了我的心态。另一方面，诺里斯上尉和那些协助我的考古学家，一直在称赞和鼓励我。

府邸的重建工程前后进行了两年多，终于竣工。我打量着那些宽敞的房间、镶嵌护壁板的墙面、拱形的穹顶和宽阔的楼梯，内心的自豪足以弥补重建府邸的巨大开支。中世纪建筑结构的每一个特征，都被巧妙地重现；新建的部分，与原先的墙壁和地基完美地融为一体。祖先的宅邸已经完成，虽然这条血脉将在我去世后终止，但我仍然希冀自己能在余生，挽回家族在当地的声名。

我打算在此定居，以证明德·拉·普尔家族并不一定都是恶魔，为此我还用回了姓氏原本的拼写形式。更让我欣慰的是，虽然埃克瑟姆修

道院仍然是中世纪风格，但它的内部结构焕然一新，不会滋生古老的害虫和旧日的鬼魂。

我之前说过，我是在1923年7月16日搬进埃克瑟姆修道院的。我家有七个仆人和九只猫——我特别喜欢的宠物。其中最大的一只猫——尼格曼，已经七岁了，跟着我从马萨诸塞州博尔顿的家中，漂洋过海而来。其他的都是我在修道院修复期间，借宿诺里斯上尉家时，陆续收养的。

搬进修道院的前五天，所有的日常生活都有条不紊，我的时间主要花在整理家族旧日的资料上。偶然的机会，我得到一些信息，侧面了解了那场惨剧和沃尔特·德·拉·普尔的逃亡，我猜这很可能就是遗失在卡尔法克斯大火中那个世袭信封里的内容。

当时，我的祖先似乎发现了一件骇人的事，而这件事改变了他的所有行为。大约两周后，他在四个仆人的帮助下，趁其他家族成员熟睡之时，将他们残忍杀害。这项指控证据确凿，可是除了一些暗示，他并未向其他人透露过任何信息。而那些帮助他的仆人，也在事发后逃得无影无踪。

这起蓄意谋杀案的受害者，包括凶手的父亲、三个兄弟和两个姐妹，但凶手本人却得到了村民一致的宽恕，就连法庭也网开一面，所以凶手毫发无伤、光明正大甚至不损尊严地逃到了弗吉尼亚。民间普遍认为，他清除了这片土地上一个古老的诅咒。我绞尽脑汁也想不出，究竟是怎样的发现，让他做出如此可怕的举动。沃尔特多年来肯定知晓关于家族的邪恶传说，他决然不会凭此就爆发杀人的冲动。那么，他是不是目睹了一些骇人听闻的古老仪式，还是偶然在修道院或附近地区发现了某种令人生畏的可怖象征？

据说，在英国生活时，他还是一个腼腆文雅的青年，后来在弗吉尼亚州，他也并非冷酷无情，而是郁郁寡欢、忧虑不安。有一位绅士冒险家——来自贝尔维尤的弗朗西斯·哈雷,在日记里提到他时,说他是一位急公好义、温文尔雅,并且极其珍视荣誉的人。

7月22日,发生了第一起事件,尽管当时被我轻描淡写地忽视了,但与后来发生的事件有着超乎寻常的联系。事情本身很简单,简直可以忽略不计,在当时那种情况下,根本不可能被注意到。这栋房子除了墙壁之外,其他东西全都是崭新的,而且还有一群身心健康的仆人围在身边——即便有各式各样稀奇古怪的传说,但要想让我恐惧和焦虑,几无可能。后来我能想起来的,不过就是那只老黑猫的警觉和焦虑,与它往常的性情大相径庭。它从一个房间游荡到另一个房间,焦躁不安,不停地嗅着这座哥特式建筑的每一面墙。我知道这听起来很老套——就像鬼故事里必然会出现一条狗,总是在主人看到鬼影之前咆哮——但我的确无法让它像往常一样平静下来。

第二天,一个仆人向我抱怨,家里所有的猫都焦躁不安。他来书房找我。书房位于二层西侧,是一个高大的房间,穹棱拱顶、黑色的橡木镶板,还有一扇三重哥特式窗户——可以俯瞰石灰岩悬崖和荒凉的山谷。就在他讲话的空儿,我看见乌黑油亮的尼格曼沿着西墙爬来爬去,不停地挠着那块古老石墙上的新镶板。我对那个仆人说,一定是古墙中散发出什么奇怪的异味,人可能闻不到,但猫的嗅觉敏锐,即便是隔着新的木墙板也能闻到。

我确实是这么认为的。当仆人暗示可能是老鼠时,我告诉他这里有三百年没有出现过老鼠了,就连周围村庄的田鼠也极少出现在这些高墙后面。那天下午,我拜访了诺里斯上尉,他非常肯定地告诉我,田鼠绝不可能会如此突然以从未有过的方式,出现在修道院。

那天晚上,我和一位仆人照例巡视了府邸之后,回到了被我选作卧室的位于西塔的房间里休息。从书房到这个房间，需要穿过一段石阶和一道矮廊。石阶有一部分是老宅的遗迹，矮廊则是完全重建的。这间房子是圆形的，很高，没有装护墙板，墙上挂的是我在伦敦亲自挑选的挂毯。看到尼格曼在我脚边，我就关上了沉重的哥特式房门，在巧妙地模仿成蜡烛模样的灯泡的光线下走到床边，上床关灯，身体深陷在那张带有帷幕的四柱雕花大床里。

那只老猫则待在我的脚边，这是它习惯休息的地方。我没有拉上窗帘，只是凝视着正对着的那扇狭窄的窗户。天光明灭可见，勾勒出精致窗棂的优美轮廓，令人赏心悦目。

在某个时段，我一定已经睡着了，因为当那只猫从休息位置猛然跃起时，我清楚地记得自己正从怪梦里离开。晦暗的光线下，我看见它向前伸着头，前爪放在我的脚踝上，后腿蹬直，紧盯着窗户西边墙上的某处。在我看来，那面墙没有任何特殊之处，但我的注意力也不由地被引向那里。当我看着那面墙的时候，我知道尼格曼并不是无缘无故地激动，但我无法确定挂毯是否真的动了，我觉得它动了一下，非常轻微。不过，可以确定的是，挂毯后面有一种窸窸窣窣的声响，就像老鼠在跑动。与此同时，猫纵身一跃，跳上了那条掩盖着墙壁的挂毯。挂毯无法承受它的重量，落到地上，露出一面古老而潮湿的石墙。

看得出来那面石墙被修修补补过多次，但完全没有啮齿动物出没的痕迹。尼格曼沿着墙壁在地板上来回跑动，抓挠着掉在地上的挂毯，且不时企图把爪子伸进墙壁和橡木地板之间的缝隙中。但它一无所获，片刻之后，就疲倦地回到我的脚边。我一动未动，但再未入眠。

第二天早上，我询问了所有的仆人，但他们谁也没有注意到任何异常，只有厨娘说睡在她窗台上的一只猫行为有些古怪。那只猫半夜里突然开始嘶吼,把她吵醒。随即,她看见猫冲出敞开的房门,飞奔下了楼梯。只是厨娘也不确定当时是几点。

我昏昏沉沉地度过了中午的时光,下午又去找了诺里斯上尉,他对我告诉他的事情格外感兴趣。这些离奇的事情,那么微不足道,却又那么怪异,让他回忆起当地流传的好些可怕传说。我们对老鼠的出现感到十分困惑,诺里斯给了我一些老鼠夹和"巴黎绿"鼠药。回到家后,我嘱咐仆人把这些东西放置在老鼠可能会出没的地方。

当晚,我感到很是困乏,早早就睡下了,却一直被噩梦纠缠。在梦中,我仿佛身处一个晦暗的石窟顶部,俯视着下方。石窟里满是齐膝的秽物,一个长着白胡子的恶魔猪倌,用手杖驱赶着一群臃肿而黏软的牲畜,它们看上去令人作呕。然后,那个猪倌停下来,打起了瞌睡。随即一大群老鼠,像雨点般落入臭气熏天的深渊,吞噬了所有的牲畜和猪倌。

这时,睡在我脚边的尼格曼猛然跃起,将我拽出可怖的梦境。这次,我再也不用疑虑它为何呜呜咆哮、嘶嘶低吼,也不用困惑它为何如此恐惧地紧紧抓住我的脚踝。因为在房间的每一侧墙壁里,都发出让人百爪挠心的声响——巨大而贪婪的老鼠在激烈地跑动。今天晚上没有天光,所以看不见挂毯,它昨天掉下来后,又被重新挂回去了,好在我还不至于害怕到连灯都不敢开。

当灯泡点亮后,我看见整张挂毯都在可怕地晃动,挂毯上那些奇异的图案,像是在跳着一支死亡之舞。几乎在一瞬间,抖动停止了,异响也消失了。我从床上猛然起身,用放在边上的暖床器的长柄,掀起一片挂毯,想看看下面到底有什么。但除了补过的石墙,挂毯下什么也没有。甚至猫也放松警惕,它似乎感受不到那些异常的存在了。我检查了房间里的那些圆形老鼠夹,发现所有的弹簧都合上了,却没有留下任何东西被抓住又逃脱的痕迹。

想要继续睡是不可能了，于是我点上一根蜡烛，打开门，沿着走廊，朝连接书房的石阶走去。尼格曼紧跟着我。然而，还没等我走到石阶，猫就突然蹿了出去，消失在那古老的台阶下。

我独自走下楼梯时，忽然听见楼下的大房间中有一些声音，这绝不可能弄错。橡木墙板后面的墙里，到处都是老鼠在乱窜乱撞，而尼格曼则像个困惑的猎人，狂躁地奔来跑去。走下楼梯后，我打开了灯，这一次嘈杂声并没有平息。那些老鼠仍然骚动不停，脚步清晰有劲儿。我最终确定，它们都在朝一个方向运动。这些老鼠的数量显然无穷无尽，正在进行一次大规模的迁徙——从某个不可思议的高度，到某些可以想象或无法想象的地底深处。

这时，我听到走廊里有脚步声。不一会儿，两个仆人推开了厚重的房门。他们正在搜索整个房子，想要找到骚动的源头。因为所有的猫都惊慌失措，狂奔着跳下好几层楼梯，蹲在地窖紧闭的门前大声嘶吼。我问仆人们是否听到了老鼠的声音，他们说并没有听到。当我让他们留意护墙板后面的声音时，我才意识到，那些声音已经消失了。

我和那两个仆人一起到了地窖底层的门前，发现猫都不见了。我决定以后一定要下地窖一探究竟，但当时我只是检查了附近的老鼠夹——所有夹子都合上了，却什么也没抓住。确信除了我和猫之外，再没人听到老鼠的声音后，我在书房里一直坐到天亮，回想着关于这幢房子的每一个离奇传闻。

中午之前，我躺在书房的椅子上睡了一会儿。这把椅子过于舒适，就算它与中世纪的装饰风格不符，我也舍不得丢弃它。醒来后，我给诺里斯上尉打了电话，他过来后，与我一起探索了地窖的底层。

我们没有找到任何不同寻常的东西,但当发现地窖竟然是罗马人建造的时候,我们的心情激动到无法自抑。每一座低矮的拱门,每一根巨大的廊柱,都是罗马式的——不是撒克逊人仿造的那种劣质罗马式,而是恺撒盛世的那种严谨而和谐的古典主义风格。的确,墙上的铭文随处可见,那些多次考察过此处的文物研究者肯定对此非常熟悉,那些铭文诸如此类——

"P.GETAE. PROP…TEMP…DONA…"

"L.PRAEG…VS…PONTIFI…ATYS……"

铭文上提到的阿提斯(ATYS)让我不寒而栗,因为我读过卡图鲁斯的诗,了解了一些关于这个神祇的可怕仪式,对他的崇拜和对西布莉的崇拜混合在一起难以区分。借着灯笼的光,我和诺里斯试图解读不规则长方形石块上的古怪图案——那些石头一向被当作祭坛,可是图案磨蚀严重,什么也没看出来。

我们记得其中一个图案,那是一个放射光芒的太阳花纹,可学者们认为它并非起源于罗马。这意味着,这些祭坛可能来自同一处但更加古老,甚至属于原住民的神庙,罗马的祭司只是把它们拿来再利用而已。

让我们感到疑惑的是,在其中一块石头上,有些棕褐色的污迹。房间中央最大的那块石头的表面,也有烟熏火燎的痕迹。我们猜测,这里很可能焚烧过祭品,举行过燔祭。

这就是地窖里的全部景象,可是一想到猫蹲在门口嘶吼的模样,我和诺里斯决定在这里过上一夜。我让仆人们把躺椅搬进来,吩咐他们不要干涉猫的夜间行为。此外,我把尼格曼留在身边,既可以帮忙,又可以作伴。我们决定把地窖的橡木大门紧紧关上,那是一扇带通风口的现代的做旧门。随后,我们躺下了,让灯笼一直亮着,等待着可能发生的一切。

地窖位于修道院的地基之下,毋庸置疑,就在能俯瞰荒芜山谷的危崖的地底深处。我确信那些老鼠奔跑的目的地就在这里,但个中原因就无从猜测了。我们满怀期待地躺着,在此过程中,不时陷入半梦半醒。而卧在脚边的猫,因不安而乱动,时不时会把我从梦境中惊醒。这些梦并不美好,反而像前一晚的噩梦一样可怕。我又看到了那个扭曲的岩洞,那个丑陋的猪倌和他那些在污秽里打滚的黏菌状牲畜。当我看见这些时,它们似乎离我越来越近、越来越清晰,以至于我几乎完全看清了它们的模样。

我仔细打量着一头臃肿黏软的牲畜,被吓得尖叫着惊醒,尼格曼被我的叫声吓得跳了起来,而一直没睡着的诺里斯上尉则笑得前俯后仰。要是他知道我为何尖叫,可能会笑得更厉害——也可能完全笑不出来。但当时我竟然完全想不起自己看到了什么,极度的恐惧常常以一种仁慈的方式,掐断我们的记忆。

当有异常发生时,诺里斯叫醒了我。他轻轻地将我从一个同样的噩梦中摇醒,示意我留意猫的动静。的确有许多不同的声响,紧闭的大门外,石阶的尽头,那些猫在不停地嘶吼和抓挠,简直是个真实的噩梦。同时,尼格曼对门外的同伴不管不顾,亢奋地沿着裸露的石墙来回奔跑。石墙里传来老鼠乱跑的嘈杂声,与我昨晚听到的一模一样。

我突然非常害怕,如此诡异的情况,已经无法用正常思维来解释了。这些老鼠倘若不是我和猫臆想出来的,那它们肯定就在罗马人留下的石墙里挖坑打洞,来回奔跑,而我还一直以为这些石墙是坚硬的石灰岩

层……除非是经过水流一千七百多年的冲刷，在里面侵蚀出蜿蜒的坑道，再经啮齿动物的啃噬，变得愈发宽敞……但即便是这样，恐怖感依然没有削弱。假如它们是活生生的鼠辈，为什么诺里斯没有听到它们令人恶心的骚动呢？他为什么只让我看尼格曼的举动，听门外的猫的叫声？假如他听到了墙后的声响，为什么还要对惊扰猫的事物胡猜乱道呢？

当我想方设法、尽可能合理地向诺里斯解释我认为自己听到的那种声音时，却突然发现那些声音正在快速远去。它们一直向下退，退到比这个地窖的最深处还要深远的地方，就像整座悬崖都已被鼠群挖得千疮百孔似的。

听完我的描述，诺里斯并不像我料想的那样狐疑，反而像是被震住了。他提醒我注意，门口的猫已经不再吵闹，似乎已经放弃了追踪老鼠。可是黑猫尼格曼却焦躁不安，疯狂绕着房间中央那块大石祭坛的底部抓挠。祭坛距离诺里斯比我要近一些。

此时此刻，我对未知的恐惧变得剧烈起来。某种令人震惊的事情已然发生，我看到诺里斯上尉——这个比我更年轻、更健壮、可能更为坚定的唯物主义者，也跟我一样惊骇不已。也许是因为他从小就对本地的各种传说了如指掌，并有着身临其境的熟悉感。眼下我们也不知道能做什么，只是看着那只老黑猫以逐渐消减的热情抓挠着祭坛底部。它偶尔抬头对我喵喵叫，似乎希望得到我的帮助。

这时，诺里斯拿着一盏灯笼，凑近祭坛，仔细察看尼格曼抓挠的地方。他轻轻跪在地上，刮掉了几百年来堆积在前罗马时代的巨石与棋盘格拼花地面之间的地衣，但一无所获。当他正准备放弃时，我注意到了一些让人不寒而栗的细节，证实了我的猜测。在我的提醒下，诺里斯和我一起紧盯着那个几乎无法察觉的细节——放在祭坛旁边那盏灯笼，被莫名的气流吹拂闪烁——虽然幅度微弱，但毋庸置疑。而气流就来自地板和祭坛之间因诺里斯刮去地衣而露出的缝隙。

我们回到灯火通明的书房，度过了那个夜晚余下的时间，紧张地讨论下一步该怎么办。在这座被诅咒的宅邸之下，居然存在着比罗马人建造的地基还更深的洞穴。三百年来，那些考古学家竟然没有发现它，即便没有那些诡异的事，只是这个发现，就足以让我们兴奋了。

此刻，我们对地窖愈发着迷，但是心里还是有些犹豫——不知是该听从迷信的告诫，永远离开修道院，放弃探索；还是为满足我们的冒险冲动，勇敢地面对那未知深渊里的恐怖。一直商讨到清晨，我们才想到个折中的办法——去伦敦召集一批考古学家和科学家，来和我们一起揭开这个谜团。

需要说明的是，在离开地窖之前，我们曾企图移动那个中央祭坛，却徒劳无功。我们认定它是一扇大门，通向无可名状的恐怖深渊。究竟需要怎样的秘诀才能打开这扇门？术业有专攻，难题留给比我们更聪明的人吧。

我和诺里斯上尉在伦敦待了好些天，向五位权威专家描述了我们发现的秘密、个人推测和乡间传说中的奇闻轶事。这些人都是值得信赖的——我是说，假如在未来的探索中发现了什么家族秘密，他们都能给予专业的尊重。对我们所说的话，他们大多数人并未嘲笑或质疑，而是表现出强烈的兴趣和由衷的共鸣。

虽说没有必要一一列举他们的名字，但我必须强调威廉·布林顿爵士也在其中——他当年在特洛亚的发掘成果，让世人震惊。我们一同搭火车回到安切斯特，这时我忽然有了一种站在恐怖真相边缘的感觉。就像大洋彼岸的美国人，听闻哈定总统意外去世，心头笼罩的那种哀恸和惶恐。

8月7日晚上，我们回到了埃克瑟姆修道院，仆人们向我保证最近没有发生任何异常之事。所有的猫——包括尼格曼，平静温驯，屋里布置的老鼠夹也没有合上。我们计划明天开始探索行动。给客人安排好住宿后，我回到了塔楼上的卧室休息，尼格曼一如既往地卧在我脚边。我很快就睡着了，可怕的噩梦旋即袭击了我。

那是一场类似特里马乔举办的罗马盛宴，餐盘里盛放着可怖的菜肴。接着，那个经常在晦暗石窟里，赶着肮脏牲畜的猪倌又出现了。我醒来的时候，天已大亮，楼下的房间里传来日常生活的响动。不论是活老鼠，还是其他的魑魅魍魉，都没有出现。尼格曼还在安静地睡着。走下楼后，我发现到处都是一副安宁祥和的景象。然而，在我们召集的学者中，有一个致力于研究精神和灵媒的专家——桑顿，他很荒谬地告诉我，我现在看到的情形，都是某种力量想要我看到的。

万事俱备，上午十一点，我们一行七人带着大功率的探照灯和挖掘工具，下到地窖，闩上大门。尼格曼一直跟着我们，因为几个学者认为，它的应激反应不容忽视；而且有它在场，啮齿动物不会明目张胆地出现。我们只是简单地看了一下罗马铭文和未知的祭坛图案，因为有三个学者已经看过它们，其他人也很熟悉它们的特征。我们把注意力主要集中在中央的巨石祭坛上，不到一小时，威廉·布林顿爵士就找到了方法让祭坛向后倾斜，并用一种我不太清楚的原理，使它保持平衡。

祭坛下面呈现出来的恐怖景象几乎难以描述，如果不是早有准备，我们会被吓得不知所措。拼花地板上有一个近似正方形的洞口，下方延伸出去一段磨损严重的石阶，台阶中间几乎被磨成了斜面，上面堆积着人类或类人生物的骸骨。一些保留尚且完整的骨架，呈现出极度恐慌的姿势，到处是啮齿动物啃咬过的痕迹。从这些头骨可以看出，死者可能是智力极其低下、患有呆小症的人，或者干脆就是某些原始类人猿。

在这些如地狱般可怖的台阶之上，是一条向下的拱道，看上去是在坚硬的岩石上凿出来的。一股气流徐徐吹来，不像是从封闭的地窖里突然冒出的那种恶臭气流，而是带着几分清新的凉爽微风。我们没有停顿太久，就战战兢兢地在台阶上清理出一条向下的通道。威廉爵士在仔细察看洞壁后，得出一个奇怪的结论——根据凿痕的方向推断，这条通道是自下而上凿出来的。

从现在起，我必须非常慎重地选择我的措辞。

我们在满是啃咬痕迹的骸骨堆里，吃力地向下走了一段后，前面出现了一丝亮光。那不是什么神秘的磷光，而是一束照射进来的阳光，这阳光只可能来自那面可以俯瞰远处荒凉山谷的峭壁上，那些无人注意的裂缝。无人注意这些裂缝并不奇怪，山谷杳无人迹，悬崖陡峭挺拔，只有乘坐热气球才能靠近研究它的表面。

我们又往前走了几步，眼前的景象几乎让人窒息。恐惧突如其来。灵媒调查员桑顿竟然晕倒在同样神思恍惚的同伴怀里。诺里斯丰满圆润的脸，变得煞白而苍老，口中发出含糊不清的惊呼。而我所能做的，只是捂着眼直喘粗气，并不由自主地发出惊吓过度的嘶嘶声。站在我身后的那个人，也是队伍里唯一比我年长的人，用暗哑的嗓音喊了一句"天哪"。在我们这七个文雅的绅士里，只有威廉·布林顿爵士镇定自若，更了不得的是，他是我们的领头人，首先目睹这些景象的人就是他。

这个晦暗不明的巨型岩窟，非常之高，延伸距离之远，超过了人类的视线。它的内部是一个无限神秘和恐怖的地底世界——在惊恐的一瞥中，我看到了一个怪异的坟冢，庞大粗犷的巨石阵，低矮的罗马穹顶式建筑废墟，大片没有规则的撒克逊式建筑群，以及早期英国的木质结构建筑——但这一切，比起地面上令人毛骨悚然的景象来说，简直微不足道。就在距离台阶几码远的地方，铺满了密密麻麻的人类骸骨，有些是人类，有些是和台阶上的那些一样的类人生物。它们绵延横亘，像泛着泡沫的海洋，有的已四分五裂，有一些还保持着完整或部分完整。那些依旧完整的骨架，都保持着恶魔般的疯狂姿势，要么正在抵御某种威胁，要么就是抓住同类表现出撕咬的意图。

人类学家特拉斯克博士蹲下来，仔细辨别这些头骨，竟然发现了生物退化的混杂情况，这让他迷惑不解。在进化树的分级上，这些头骨中的大多数都低于史前皮尔当人，但无论怎么说，他们都已经是人类。其中许多已显示出较高级的进化特征，甚至有极少数，头脑已高度发达，知觉敏锐。所有骨头上都有齿痕，大部分是被老鼠啃噬的，也有一些也被类人生物啃过。其中还混着许多老鼠的小骨头，一定是在那场古老史诗结束时，从致命的老鼠军团中落下的成员。

我想知道，在经历了那天的可怖景象后，我们中有谁还能神志健全地活下去。无论是德国的霍夫曼，还是法国的于斯曼，都无法想象出比我们七个人穿越的晦暗石窟更令人难以置信、更令人厌恶，或者更光怪陆离的场景。一行七人跟跟跄跄地走在石窟里，面对一个又一个离奇的发现，竭力克制自己去想象三百年、一千年、两千年甚至一万年前，这里曾发生的事情。这是地狱的会客厅。人类学家特拉斯克说，有些骨骼是经过了二十代，甚至更久远的时间，才退化回四足动物的。可怜的桑顿听闻此言，又一次吓晕过去。

当我们尝试破解那些建筑的遗迹时，恐惧不断叠加。那些四足动物和偶尔加入的两足种族,曾被圈养在石砌围栏里,是饥饿或者是对老鼠的恐惧,让它们从围栏里疯狂地挣脱出来。这里曾经饲育了一大群这样的东西,它们显然是被劣质的蔬菜喂养得臃肿而肥大的,因为在那些比罗马时代还古老的巨大石仓底部,还残留着一些令人恶心的发酵饲料。这一刻,我终于明白为什么我的祖先需要那样巨大的菜园——但愿我能忘掉!至于圈养这群牲畜的目的,我根本不必探究。

威廉爵士提着探照灯,站在罗马时代的建筑废墟上,大声地翻译着我此生听过的最骇人的神秘仪式,并讲出了这个远古神秘教派的饮食习俗。西布莉的祭司们找到了这些可怕的东西,并将它们与自己的饮食糅合在一起。

诺里斯虽然上过战场,见惯了生死,但当他走出一栋英格兰建筑时,却踉跄到连路都走不稳。那里是肉铺和厨房——他原本以为——但是在那样一个地方看到熟悉的英式厨具,读到熟悉的英语涂鸦——最近的都是1610年的——于我们而言实在是太难以承受了。我甚至不敢走进那栋建筑物——是我祖先沃尔特·德·拉·普尔的匕首,终结了那里曾发生过的恶魔行径。

我鼓起勇气走进一座低矮的撒克逊式建筑,它的橡木大门已经倒塌。在那里,我发现了一排可怕的石牢,共有十间,上面的铁栅栏已经锈蚀。其中的三间囚室里,还残留着囚犯的骸骨,这些都是完成了高级进化的人类骨架。在其中一个骷髅的食指上,我发现了一枚刻着我的家族盾徽的戒指。威廉爵士在罗马式的礼拜堂下面发现了一个地窖,里面也有几间更为古老的囚室,但都空空如也。在那个地窖下方,还有一个低矮的地穴,里面有一箱箱排列整齐的骸骨,部分箱子上雕刻着恐怖铭文,文字是拉丁文、希腊文和弗里吉亚文。

与此同时，特拉斯克博士掘开了一个古墓，在里面找到了一些颅骨，这些颅骨仅比大猩猩略微像人一些，颅骨上雕刻了一些难以描述的象形文字。只有我的猫能在这些恐怖事物中泰然自若地穿行。我还看到它曾令人胆寒地趴在一座尸骨堆成的小山上，不禁想知道它那黄色的眼睛背后，是否藏匿着什么秘密。

略微了解了这座晦暗石窟——这个反复以毛骨悚然的形式出现在我梦里的地方——所蕴含的可怕真相后，我们转向了那些悬崖上的光线无法渗透的洞穴深处，那如午夜一般浓黑的无底深渊。我们也永远不会知道，除了我们已走过的那一小段距离之外，还会有怎样的暗黑世界在等着我们。我们觉得这样的秘密不适合被人类知晓。不过，很多近在咫尺的东西，就足以吸引我们的注意了。没走多远，探照灯就照亮了无数不祥的坑洞，老鼠们曾在这些坑洞里享用盛宴。而突如其来的饥荒，迫使饥饿的啮齿动物大军，首先扑向了那群饥肠辘辘的人畜，然后从修道院蜂拥而出，造成了那场令周边村民刻骨铭心的历史浩劫。

天哪！那些腐烂的黑暗深坑里，塞满了被锯断剔净的骸骨和被撬开的颅骨！梦魇般的裂缝里，塞满了积累了无数个世纪的猿人、凯尔特人、罗马人和英国人的尸骨！其中一些坑已经被塞满，无人知晓坑有多深，另外一些仍然深不见底——就连探照灯也无能为力，留下的只是不可名状的想象。我忍不住想，那些在这个可怕的暗狱里游荡的鼠辈，若不幸跌入深坑陷阱会有怎样的下场？

我在一个可怕的深坑边缘失足滑倒，刹那间陷入了狂躁的恐惧。我必然在那儿失神了很久，因为当我回过神来后，除了圆胖的诺里斯上尉，我看不到其他人了。这时，从那个漆黑的、无边无垠的、比我所知道的更遥远的深处，传来了一个声音。我看见我的老黑猫，像一个长了双翼的埃及神灵般从我身边飞掠而过，径直冲向未知的无尽深渊。

我立刻跟了上去，因为第二个声音驱走了所有疑惑。那是恶魔诞下的老鼠们的阴森足音，它们永远在寻找新的恐怖，决心把我引到地心深处那些咧嘴狞笑的洞窟。在那里，疯狂的无面之神——奈亚拉托提普，随着两个无状无智的吹笛手的伴奏盲目咆哮。

我的探照灯灭了，但我依然在奔跑。我听见说话、听见哀嚎、听见回声，但盖过这些的，是一种越来越响的动静。那是亵渎神明、阴森恐怖的鼠窜声，慢慢地越来越响，越来越响。像僵硬浮肿的尸体缓缓浮现在一条油腻的河流之上，河流穿过无尽的缟玛瑙石桥，汇入了散发着腐臭的黑色海洋。

突然，我感觉有什么东西撞到了我——柔软而肥腻的东西。一定是老鼠，那支黏稠、腻乎、贪婪的军团，无论是尸体还是活人都一概吞噬……既然德·拉·普尔家族的人敢吃禁忌之物，老鼠为什么不能吃德·拉·普尔家族的人？……战争吞噬了我的孩子，他们都该死……北方人的大火吞噬了卡尔法克斯，烧死了德·拉·普尔祖父，烧掉了那个秘密……不，不，我告诉你，我不是那个待在晦暗洞窟的恶魔猪倌！那个臃肿松软的牲畜没有长着爱德华·诺里斯的胖脸！谁说我是德·拉·普尔家族的后代？他还活着，我的孩子却死了！……一个诺里斯家族的人怎么能占有德·拉·普尔家族的土地？……那是坐毒，我告诉你……那条斑点蛇……诅咒你，桑顿，我来告诉你我的家族的所作所为，让你晕厥！……

Sblood, thou stinkard, I'll learn ye how to gust... wolde ye swynke me thilke wys?... Magna Mater! Magna Mater!... Atys... Dia ad aghaidh's ad aodaun... agus bas dunarch ort! Dhonas's dholas ort, agus leat-sa!... Ungl unl... rrlh... chchch...[1]

据说，这就是三个小时之后，他们在黑暗中找到我时，我嘴里喃喃不休的话。当时，我正趴在诺里斯上尉的尸体上，他肥胖的尸体已经被啃食了一半，黑猫在我身旁跳来跳去，撕扯着我的喉咙。

而今，他们已经炸毁了埃克瑟姆修道院，从我身边带走黑猫尼格曼，把我关在汉威尔镇的疯人院里，心有余悸地低声谈论着我的家族遗传和人生经历。桑顿就在我隔壁的房间，但他们禁止我与他交谈。他们还尽量隐瞒了在修道院发生的大部分事实。每当我提起可怜的诺里斯，他们就会指责我犯下耸人听闻的罪行，但他们肯定知道这事不是我干的。

他们肯定知道是那些老鼠干的。那些到处乱窜、让我永无安宁的滑腻老鼠；那些在房间挂毯后飞奔、引诱我进入前所未知的恐怖之中的恶魔老鼠；那些他们永远都听不见的老鼠。那些老鼠，墙中之鼠。

---

[1] 这段文字分别用了不同的语言，意思是：神血在上，汝等杂种，让吾教尔等享受这滋味（17世纪英语）……尔当听从吾命（中世纪英语）……众神之母！大圣母！……阿提斯、神瞋恨并诅咒尔等……即即世世……不得其死，不得善终！（古盖尔语）……嗷……嗷……嚇……嘶嘶……（猿啼）

克苏鲁的呼唤
The Call of Cthulhu

（1926年）

《克苏鲁的呼唤》导读

1. 《克苏鲁的呼唤》创作于1926年夏季,1928年2月发表于《诡丽幻谭》,是克苏鲁神话的开篇之作。

2. 本文奠定了克苏鲁神话的基本世界观——在浩瀚的宇宙中,人类渺小如蝼蚁,可有可无,之所以能存活至今,一方面是因为自身愚昧无知,另一方面是因为宇宙中的强大存在对我们毫无兴趣。

3. 克苏鲁虽然不是克苏鲁神话体系中最强大的存在,却是最知名的。克苏鲁的本体形象是龙、章鱼和人混合的怪物,庞然如山,但并非固定不变,因其身体组成并非物质,所以能随心所欲地改变身体结构。

4. 在克苏鲁神话体系里,克苏鲁的先祖是"亵渎双子"中的纳格,属于三柱神中的莎布·尼古拉丝和犹格·索托斯的直系后裔。克苏鲁也有自己的配偶和儿女,但不属于此文的范畴。

5. 传说,在三亿五千万年前,克苏鲁携星之眷族从索斯星来到地球,以南太平洋新大陆拉莱耶作为栖息地,建起宏伟的城市,但后来的宇宙大灾变使得拉莱耶沉入海底,克苏鲁及星之眷族也被封印在城中。

6. 克苏鲁无法离开拉莱耶,但封印偶尔会松懈,拉莱耶和克苏鲁会出现在海上,一些经过的船只上的水手会窥见其身影。

7. 克苏鲁不可名状,虽然被封印在海底,但能通过梦境与一些精神敏感的人接触,以此招募信徒。很多人因无法承受而精神错乱,只有一些艺术家因此得到非凡的灵感,创作出震撼人心的作品。

8. 克苏鲁的信徒遍及全球,除人类之外,还有各种异族生物,比如《印斯茅斯的阴影》里的深潜者和《荒丘》中的昆扬人等。信徒们相信,当繁星归位,拉莱耶从海底升起,克苏鲁将会苏醒,重新统治地球。

9. 本文中最早出现"旧日支配者"(Great Old Ones)这个词语,它本是克苏鲁教团对克苏鲁及星之眷族的敬称。

10.《克苏鲁的呼唤》多次被改编成电影，2005年版采用了黑白默片的形式，最受克苏鲁神话迷的赞誉。

（摘自已故的波士顿人类学家弗朗西斯·韦兰·瑟斯顿²的文稿）

"可以想见，像这样超凡的力量或生物体，无疑有可能存活至今……那些太古时代的幸存者……它们的意识或许以某种形态显现，而这些形态，早在人类文明出现的很久以前就已消亡……只有诗歌和传说，可以捕捉到一些吉光片羽，并将它们称为神祇、怪物以及形形色色的怪力乱神……"

——阿尔杰农·布莱克伍德³

I 雕塑中的恐怖

我认为，世上最仁慈的事，莫过于人类的思维无法联通所有事物。我们生活在一个安宁的无明⁴小岛上，被漫无边际的幽暗海洋环绕，但这并不意味着就该离岛远航。每一门科学都朝着各自的方向发展，迄今为止，对我们伤害尚小。倘若有朝一日，这些风马不接的知识相互拼合，就会呈现世界恐怖的真相，揭示出人类的可怕处境。那时，我们要么会

---

2 | 作者有意为之，在真实的人类世界中，韦兰·瑟斯顿（1796—1865）是布朗大学的第四任校长。
3 | 阿尔杰农·布莱克伍德（1869—1951），英国短篇小说家，擅长撰写有历史背景的鬼故事。
4 | 无明，原文 ignorance，在此处有无知、未知及不知的复杂意义，借用"无明"释义。

发疯，要么只能逃离光明、潜入黑暗，才得以重获安宁。

神智学者们曾猜测，宇宙拥有令人心悸的壮美循环，我们的世界与人类在其中不过宛若野马尘埃，转瞬即逝。他们曾暗示，一些造物能在宇宙的生灭往复中存活下来，这种说法若非用善意的乐观加以修饰的话，足以让闻者心惊胆寒。

然而，让我无意中窥见远古禁忌之物、每次想起都噤若寒蝉、每次梦到就几近发疯的，却并非那些神智学者。就像所有窥视真相的过程一样，当我偶然把一些毫不相关的东西———张旧报纸和一位已故教授的笔记——拼凑在一起，那骇人的真相便出现了。

我衷心希望，别再有人这么干。当然，只要我还活着，我就绝不会为这可怕的真相链条提供关键的一环。我想那位教授原本肯定也打算对他知道的一切保持沉默，若非死神突如其来，他准会销毁自己的笔记。

我对此事的了解，始于1926年至1927年的那个冬天。当时，我的叔祖父乔治·加梅尔·安吉尔去世，他生前是罗德岛州普罗维登斯市[5]布朗大学的名誉教授，主要研究领域为闪米特族语言。安吉尔教授是赫赫有名的古铭文权威，各大博物馆的负责人经常向他讨教问题，因而很多人还记得他九十二岁去世的消息。

在当地，他离奇的死因颇为引人注目。教授从纽波特的渡轮上下来时，可能就有些不适。据目击者说，教授从码头返回他位于威廉斯街住所的途中，在经过一段陡峭的近道时，一名水手模样的人，突然从黑暗的角落里冲出来，粗暴地将他推倒在地。

医生没有查出任何病症，经过一番会诊后他们得出结论：年迈的教

---

[5] 普罗维登斯市，罗得岛州首府。1890年8月20日，洛夫克拉夫特降生于此地。

授因为攀登陡坡和摔跤，诱发了心脏疾病，以致衰竭死亡。当时我没有理由反对这一专业论断，但是最近，我却开始怀疑——而且，不仅仅是怀疑。

叔祖父是个鳏夫，也没有任何子女，作为仅存的继承人和遗嘱执行人，我有必要将他的遗物都查看一遍。为此，我将他留下的所有资料和箱子都搬到了我在波士顿的住处。我整理出来的大部分文稿，将会交给美国考古学会发表，但其中一个箱子让我异常困惑，而且也不愿将它公之于众。

箱子上了锁，我没找到钥匙，直到我想起叔祖父放在口袋里的私人钥匙扣，才找到了相符的钥匙。可当我打开它后，却发现自己面对的，似乎是一个更加巨大、锁得更紧的迷障。

箱子里有一块怪异的黏土浮雕，一堆杂乱的笔记、便条和剪报。这意味着什么呢？难道我的叔祖父在晚年也老糊涂了，竟盲目轻信那些肤浅的骗局吗？于是，我决定去寻找那个古怪的雕塑者，他显然该为老人的心绪不宁负上相当的责任。

这块浮雕大致呈长方形，厚度不到一英寸[6]、长约五英寸、宽约六英寸，显然是件当代作品，但其图案的风格和蕴意却绝非当代审美。虽说立体派和未来派艺术有许多奇思妙想，但它们很少会专门去表现那种隐含在史前文字里的神秘规律。而这块浮雕的大部分图案，很显然是某种文字。尽管我对叔祖父的论文和藏品已颇为熟稔，但依然无法辨别这些符号属于哪种文字，甚至找不出与其有些许相似的文字。

---

[6] 即 inch，英制单位，1英寸约等于2.54厘米。此外，本文提及的其他英制单位为：1英尺（foot）约等于0.3米，1英亩（acre）约等于4047平方米，1英里（miles）约等于1609米，1平方英尺（square foot）约等于0.09平方米，1码（yard）约等于0.9144米。

在这些象形文字的上方，是一个明显有着象征意味的图形，但那种印象派的风格，让人无法明了其蕴含的本意。它似乎是某种怪物，或者象征怪物的符号，只有病态的想象力才能构思出来。要我说，倘若我恣意妄想，把它描绘成一只章鱼、一条龙和一个畸形人类的混合形象，似乎才能比较忠实地反映它的神髓。

柔软的头颅长满了触须，畸异的躯体覆盖着鳞片，长着发育不完整的肉翼，但最让人惊惧的还是它整体的轮廓。在它的背后，隐约能看见由巨型石头堆砌而成的建筑物。

与雕塑放在一起的，还有一些文字资料。除了一沓剪报以外，就是安吉尔教授最新撰写的手稿，而且从风格来看，绝非文学作品。主要的文稿以"克苏鲁崇拜"为标题，这几个字处心积虑地写成印刷体，像是为了避免人们误读这个前所未闻的词。

这份手稿分为两部分，第一部分的标题为"1925年——罗德岛州普罗维登斯市托马斯街7号的H.A.威尔科克斯的梦和梦境作品"，第二部分的标题是"路易斯安那州新奥尔良市比安维尔街121号的督察约翰·R.莱格拉斯，在1908年美国考古学年会上所作的陈述，以及相关的注释和韦伯教授的陈述"。

其余手稿则是简短的笔记，有些记录了不同的人做过的怪梦，有些则是一些神智学书籍和杂志的引文（值得注意的是，其中还有W.斯科特·艾略特所著的那本《亚特兰蒂斯和失落的雷姆利亚[7]》），还有关于源远流长的神秘教派和秘密社团的评论，并摘录了一些神话学和人类学典籍中的段落——如弗雷泽的《金枝》和默里小姐的《西欧的女巫崇拜》。

---

7 | 雷姆利亚是与亚特兰蒂斯、姆大陆和根达亚齐名的古大陆，位于印度洋，远古时沉没。

而那堆剪报，则围绕着反常的精神疾病，以及1925年春天爆发的集体狂躁和荒唐行为。

手稿的第一部分，讲述了一个离奇的故事。

1925年3月1日，一个黝黑而瘦削的年轻人拜访了安吉尔教授。他莫名兴奋，甚至有些神经质，还随身带来了一块奇异的黏土浮雕，浮雕刚完成不久，尚未干透。他的名帖上写着亨利·安东尼·威尔科克斯。叔祖父认出了这个姓氏，知道他来自一个昔日偶有往来的显赫家族，是家族里最小的儿子。当时，他正在罗德岛设计学院学习雕塑，独自住在学院附近的弗乐德里斯大厦里。

威尔科克斯是个早熟的年轻人，才华横溢却性情古怪，从小就热衷于把离奇故事和怪诞梦境相联系，因而颇受瞩目。他自称"有极度敏感的心灵"，但这个古老商业城市里的古板居民，却只认为他是个"怪人"。他从不和同行往来，以至渐渐在各种社交场合中淡出，只在一些外地美术家组成的小圈子里有一些名气。甚至极力维护保守主义美学的普罗维登斯艺术俱乐部，也觉得他无药可救。

根据手稿记录，在那次拜访中，年轻的雕塑家突兀地请求教授用考古学知识，帮他鉴定那块浮雕上的象形文字。他讲话时神思恍惚、生硬呆板，显得装腔作势，让人无法亲近。

所以叔祖父在回应他时，并未客气，言辞犀利地指出，这块新做的浮雕与考古学毫无关系。但威尔科克斯的回答，给叔祖父留下了深刻的印象，以至于事后能逐字逐句地记录下来。他的回答极富诗意，事实上这是他所有谈话的典型特征，并且我在后来才发现，这个特征与他的性格高度吻合。

他说:"是的,它的确是新做的。它是我昨晚在一个充满了怪异的城市的梦里做的。那些梦比丰饶的推罗、沉思的斯芬克斯,以及花园环绕的巴比伦都要古老。"

接着,他开始讲述那个漫无边际的故事。然而,那故事却猛然唤醒了一段沉睡的记忆,让我的叔祖父产生了强烈的兴趣。在他们见面的前一晚,发生了轻微的地震,但已是新英格兰地区多年来震感最强的一次。威尔科克斯那敏感的想象力,也因此受到影响。

当晚入睡后,他做了一个前所未有的怪梦。在梦中,他见到了蛮荒巨石堆砌的城池,高耸的石柱和庞然的石块犬牙交错,到处流淌着绿色的黏液、弥漫着阴森邪恶的气息。石壁和柱子上都覆盖着密密麻麻的象形文字。从地底的莫名之处传来一种无声之音,那是一种混乱的感觉,只有通过想象才能转换为声音,但他还是在其中勉力捕捉到一些无法发音的混乱字母:

Cthulhu fhtagn

正是这杂乱的言语唤醒了记忆,让安吉尔教授激动不安。他以科学研究的严谨态度向雕刻家提问,并如痴如醉地沉迷于对浮雕的研究。因为这位年轻人说,从梦中醒来时,他发现自己穿着睡衣,浑身颤抖着在制作这块雕塑。

威尔科克斯后来说,我叔祖父抱怨自己老了,未能立即辨认出那些象形文字和图案。他的很多问题，在雕塑家看来颇为无端——特别是那些试图将其与神秘教派和秘密社团联系在一起的问题。更让威尔科克斯难以理解的，是教授反复承诺自己会保密，并希望年轻人能承认自己属于某些广为流传的神秘教派。

安吉尔教授最终确信雕塑家对神秘教派和秘密社团一无所知，转而恳求他事无巨细地向自己讲述梦境。这项工作进行得非常有规律，因为在第一次见面后——根据教授的手稿记录——年轻人每天都会前来拜访，并叙述一些支离破碎、令人震惊的梦境。

梦境主体部分总是阴森、幽暗、恢弘而黏湿的蛮荒石城，同时夹杂着一种诡异的声音或意识在单调地呼喊——这种无声之音有着让人不可思议的情感冲击力，又似是毫无意义的胡言乱语。其中两个经常重复出现的声音，若用文字来表达，则分别是"克苏鲁"和"拉莱耶"。

手稿继续写道，3月23日，威尔科克斯没有来。教授前往他的住处打听时，得知他患了一种未明的热病，人已经被送往他在沃特曼街的家中。他在半夜大喊大叫，惊醒了楼里的其他几位艺术家，之后就时而毫无知觉，时而歇斯底里。

我叔祖父打电话到他家，自此开始密切关注他的病情，得知主治医师是托比医生后，还经常去医生位于萨尔街上的诊所拜访。显然，年轻人被高烧折磨出了幻觉，医生转述他的话时，都忍不住战栗。这些胡言乱语不仅重复了既往的梦境，还提到一个"几英里高"的庞然巨物拖着沉重的躯体，缓慢地走来走去。

他从未完整描述过那个巨物，只是偶尔说一些胡话，经托比医生的转述，教授确信这个巨物就是年轻人在梦中雕刻的那个无可名状的畸形怪物。医生补充说，每次只要这个东西出现，年轻人必然陷入昏睡。说来也怪，他的体温并不算很高，但整体而言他的确是在发烧，并不是得了精神疾病。

4月2日下午三点左右，威尔科克斯的所有病症突然都消失了。他从床上直挺挺地坐起来，惊讶地发现自己居然在家，并对3月22日晚以来发生的事——无论现实还是梦境——没有任何印象。医生说他的病已痊愈，于是三天后，他就回到了自己的住处。但对安吉尔教授来说，他再也帮不上什么忙了。随着身体的康复，他所有的噩梦都烟消云散。自此开始，他讲述的梦与常人无异，毫无记录价值，于是一周后，我的叔祖父再也没有记录过他的梦境。

手稿的第一部分到此结束，但注释部分的一些零散引用，给我提供了许多深入思考的内容——事实上，相关资料非常之多，只是根植在我思想里的怀疑主义世界观，让我对这位艺术家仍然疑虑重重。

这些笔记记录的，是许多人在同一时期的梦境——就是威尔科克斯前来造访的那段时间。叔祖父似乎在短时间内进行了一项大规模的调查，询问了所有他可以坦诚提问而不会冒犯的朋友，要求他们报告每晚做的梦，甚至还追问了过去一段时间内的怪梦及做梦的日期。

对他的要求，周围人接受程度不尽相同，但总体而言，他收到了大量的反馈——普通人如果没有秘书协助，绝对不可能处理这么多的材料。原始材料没有留存，但摘录笔记无比详尽而完整。

那些从事商业或社会活动的普通人，新英格兰地区传统的社会中坚分子，大都否认自己有过怪梦。不过也有零星的回复，声称自己有过零星的不安和莫名的心悸，都发生在3月23日到4月2日之间，也就是威尔科克斯神志不清的那段时间。

科研工作者受到的影响略大，不过也仅有四例模糊的描述称他们瞥见了一些奇异的景象，只有一例提到了对某种异常事物的恐惧。

真正引起教授关注的回复，都来自诗人和艺术家。我可以明确地说，如果他们有机会相互对照这些笔记的话，一定会爆发大恐慌。由于缺乏原始稿件，我其至怀疑叔祖父是否曾提过一些诱导性的问题，或者通过编辑，只摘录了可以佐证他自己观点的东西。因此我依然觉得，威尔科克斯一定是在某处知道了我叔祖父所掌握的旧资料，故意来欺骗这位老科学家。

这些来自艺术家的反馈，讲述了一个令人惶恐的故事。从2月28日到4月2日，他们中的大多数人都做过稀奇古怪的梦，而在雕刻家神志不清的那几天，梦境也变得异常强烈。超过四分之一的人，在信中叙述的梦境里，提到了与威尔科克斯的梦境相似的场景和那种无声之音；有些做梦者承认，最终看到那个不可名状的庞然大物时，他们会有极度的恐惧。

笔记里着重描述了一件悲惨的事。主人公是一位著名的建筑师，热衷于神智学和神秘主义研究。在威尔科克斯发病那天，他突然陷入了极度的疯狂。在几个月后的一天，他惊声尖叫，声称自己从一些来自地狱的恶魔手中逃脱，随即死去。

叔祖父在提到案例时，大都用数字编号而非真名实姓，所以我也无法——调查和实证。最终我只查到寥寥数人，他们都确证了笔记内容的真实性。我时常想，是不是教授询问的所有对象，都像这几个人一样满怀疑惑。对他们来说，最好的结果就是永远无法获悉真相。

我之前提到过的剪报，也都是在那个时段内的恐慌、癫狂和古怪事例。安吉尔教授一定是雇用了剪报机构专门干这件事，因为那些剪报数量庞大，并且源自世界各地。

有一起伦敦的自杀案，是一个独居者骇人地尖叫着跳出窗户。一封写给南美某报纸编辑的信件，语无伦次地声称自己从幻象里看到了人类绝望的未来。加州的一篇报道称，某个通神团体为了某些永远不会到来的"荣耀圆满"集体穿上白袍。而来自印度的消息则谨慎地说，3月末将会发生严重的社会动乱。海地的神秘教派频繁狂欢，非洲的前哨站传来险恶的咕哝。驻守菲律宾的美国官员发现，近一段时间有些土著部落突然发生骚乱。3月22日到23日夜晚，纽约警察被一群歇斯底里的黎凡特裔暴徒袭击。爱尔兰西部也充斥着荒唐的流言和传闻，一位名叫阿杜瓦·波诺的画家，在1926年巴黎春季画展上，展出一幅渎神的《梦中乐土》。

此外，剪报里记录的精神病院里麻烦诸多，医学界自然也注意到了这种奇异的相似性，并由此得出了各种莫名的结论。

总之，那是一大堆诡异的剪报。时至今日，我已无法再固执己见。但当时的我秉持冷酷的理性主义，将它们弃置一旁，并坚持认为威尔科克斯事先就知道教授搜集的某些陈年旧事。

II 督察莱格拉斯的故事

　　手稿的第二部分,是一些陈年往事,正是因为它们,我的叔祖父才对雕刻家的梦和雕塑心生兴趣。根据记录,教授以往似乎见过这个莫名的畸形怪物的恐怖形象,也研究过那些象形文字,甚至听到过只能表述为"克苏鲁"的邪恶音节。有如此多让人惶恐和兴奋的缘由,难怪他会对威尔科克斯追问不休,并请他一直提供信息。

　　这段往事发生在十七年前。1908年,美国考古学会在圣路易斯召开年会,德高望重的安吉尔教授,在所有研讨会上都不可或缺。其间,有几位圈外人,想借着会议的机会,找专家寻求解答和帮助,而教授是他们求助的第一人选。

　　没料到,这些圈外人的领头者,在短时间内迅速成了全场的焦点。他是个相貌普通的中年男性,从新奥尔良市远道而来,想获得一些在当地没有渠道获取的特殊知识。他叫约翰·雷蒙德·莱格拉斯,是警局的一位督察。他带来寻求专业意见的物品,是尊非常古老的石头雕像,形态怪异、令人生厌。督察也说不清雕像的来历,不过,切莫以为他是对考古学感兴趣,恰恰相反,他来此只是出于工作需要。

　　这尊雕塑——神像、圣物或者不明物,是几个月前,警方在新奥尔良南部森林一次突袭中缴获的。当时,警方怀疑有神秘教派在沼泽地集会,于是部署了搜捕行动。但在看到祭典仪式的诡谲和可怕后,才意识到他们竟然撞上了一个未知的暗黑教派,甚至比最黑暗的神秘教派还要邪恶和残忍。

关于雕像的来源,除了从抓获的教徒嘴里得到一些令人匪夷所思的故事之外,一无所获。因此,警方急切地希望能得到考古学者的协助,帮他们鉴别这尊可怕的雕像,并顺藤摸瓜追查神秘教派的源头。

雕像引发的巨大轰动,完全出乎莱格拉斯督察的意料。与会的诸多学者看见那尊雕像,双眼放光,既激动又紧张,围拢过来,紧紧盯着雕像——它诡形怪状,散发着难以想象的古老气息,强烈地暗示着一个从未被触及的远古世界。没人能认出雕像所属的时代和美学风格,然而它那墨绿色的表面似乎记录着成百上千年的光阴。

雕像在与会人员之间被逐个传递,所有人都仔细打量它:高度在七英寸至八英寸之间,雕刻技艺精湛。它是个人形怪物,脑袋是章鱼,面部有无数触须,覆盖鳞片的身体有橡胶般的质感,前后肢都有巨大的爪子,背后是狭长但窄小的蝠翼。这东西似乎散发着一种与生俱来的邪恶,臃肿鼓胀的身躯蹲伏在长方体基座上,基座遍布莫名的字符。怪物蹲在基座中心,翼尖触到了基座的后沿。后腿蜷缩,细长而弯曲的爪子死死抠住基座前沿,并且向下延伸超出基座四分之一的高度。它的章鱼脑袋向前低垂,面部的触须一直垂到前爪背,而那两只巨大的前爪则紧抓着隆起的双膝。

雕像栩栩如生,又因来源未知,更使它显得莫名可怕。毫无疑问,它有着悠远、令人惊叹且无可估量的历史,却与人类的早期文明,甚至所有时代的任何艺术风格都毫无联系。抛开其内容和风格不说，单说材质就是个谜。雕像表面滑润，墨绿的底色上带着金色和彩虹色的斑点与条纹，无论在地质学还是矿物学领域，都前所未见。

基座上的字符同样令人费解，尽管全世界研究语言文字领域的专家有一大半都在会场，却没有谁能认出或联想到与这些字符有丝毫亲缘关系的文字。它们就像雕像的内容和材质一样，属于那些不为人知甚至和人类文明截然不同的东西。它令人惊恐地联想到某种古老而污秽的生命循环，在那个循环里，我们的世界和人类的认知，毫无存身之地。

与会的专家纷纷表示爱莫能助，只有一个人声称自己对雕像和字符有些许奇异的熟悉感，这个人就是现今已故的普林斯顿大学人类学教授，知名探险家威廉·钱宁·韦伯。他有些犹豫地讲了一件往事。

四十八年前，韦伯教授前往格陵兰岛和冰岛，寻找他一直未能发现的如尼符文碑刻。在西格陵兰岛海岸的高原上，他遇到过一个爱斯基摩部落，这个怪异的部落信奉某种神秘教派——属于奇特的恶魔崇拜，极端嗜血且令人作呕。而其他的爱斯基摩部落，则对此崇拜知之甚少，每次提起都会吓得发抖，说它来自创世之前的冥古时代。除了那些难以描述的仪式和人牲献祭之外，该部落还保留着世代相传的诡谲仪式，向一位至高无上的远古邪魔或托纳萨克[8]祈祷。

韦伯教授从一位年迈的成员那里，录下了一份祷词的语音资料，并想方设法用罗马字母来标注发音。这个部落有一件圣物，每当极光在冰崖上空出现时，所有人就围着圣物跳舞。教授描述，那件圣物是块粗劣的石头浮雕，上面有极为骇人的图案和神秘文字。在他看来，那块浮雕

---

[8] tornasuk，爱斯基摩人传说中的魂灵或恶魔。

与面前这尊可怕的雕像，有很多相同的特征。

韦伯教授的讲述，让在场所有人都感到惊异，莱格拉斯督察则表现得尤为激动，他随即向教授提出了一连串的问题。因为警方在逮捕那些在沼泽的神秘教派成员后，录制了他们在祭祀仪式上所用的祷词，所以他恳求教授尽可能地回想从年迈的成员那里录下的祷词发音。经过仔细比对，结果让所有人都瞠目结舌，因为他们发现，来自两个相距万里之遥的世界的祷词，竟然完全相同。简单来说，爱斯基摩的年迈成员和路易斯安那州的沼泽祭司，在敬奉神祇时祷告内容如下：

Ph'nglui mglw'nafh Cthulhu R'lyeh wgah'nagl fhtagn.

词语之间的分隔，采用了神秘教派的成员们吟诵时自然停顿的节奏。莱格拉斯懂的比韦伯教授还要多一些，因为几个囚犯向他转述了祭司们对文字的释义。大致意思是：

在拉莱耶的府邸里，长眠的克苏鲁酣梦以待。

应与会者的强烈要求，莱格拉斯督察详尽地讲述了他与沼泽的神秘教派成员接触的经历。我从文字中能看出，叔祖父对他讲述的故事极为重视。这听起来简直就是神话创造者和神学学者的癫狂梦境，揭示出那些社会弃儿们心怀着一个怎样令人触目惊心的幻想宇宙。

1907年11月1日，新奥尔良警方接到来自南部沼泽和潟湖地区的居民报案,声称他们夜间被一种未知事物所惊扰。那个地区的居民大多是拉菲特船队追随者的后裔,虽然都过着原始生活,却大都淳朴善良。报案者说,惊扰他们的是某神秘教派的成员,却远比他们所知的任何神秘教派都可怕得多。从某天开始,居民们从不敢深入的黑森林里,传来了令人毛骨悚然的手鼓声,随后就有一些妇女和儿童陆续失踪。

森林里癫狂的呼喊声、凄厉的惨叫声和让人惊惧的祈灵长调,以及明灭闪烁的鬼火,这样的日子——吓破胆的报案人说——居民们一天也过不下去了。

当天傍晚,二十个警察分乘两辆马车和一辆汽车,在失魂落魄的报案人带领下,朝着终年不见天日的柏树林出发。他们把车一直开到无法继续行驶的路段后,下车步行,敛声息语地在泥泞里跋涉了好几英里。丑陋的树根和绞索般的藤蔓阻挡着他们,每一棵畸形的树和每一片真菌群落,都透露着病态;偶尔出现的潮湿石碓和断壁残垣,更是加剧了这种病态,让气氛越来越压抑。

终于,他们到达了居民点,一堆穷阎漏屋进入视野。居民们欣喜万分,跑过来紧紧簇拥在这些提灯警察的周围。此时,远处已飘来低沉的鼓声,随着风向的改变,不时能听见让人如坠冰窟的尖叫。在没有尽头的黑森林深处,隐约从灰暗的灌木丛里透出火光。丧胆的居民宁愿独自留下,也拒绝朝那邪恶之地多走一步。在没有向导的情况下,莱格拉斯督察和他的十九名部下,义无反顾地一头扎进从未踏足过的幽暗深林。

这个区域向来臭名昭著,不过他们并不知晓,也从未走近。传说这里有一片凡人看不见的隐秘湖泊,栖息着无定形的巨大怪物,宛如一只巨型的白色水螅，双目炯然。当地传闻，每到午夜，就会有长着蝠翼的魔鬼从地窟飞出，前来朝圣。

据说，怪物存在的时间，比伊贝维尔[9]早，比拉萨尔[10]早，比印第安人还要早，甚至在林中有鸟兽之前，它就栖居于此。它就是梦魇本身，任何见过它的人都难逃一死。但怪物会潜入噩梦之中，所以人们都深知要远离它。

目前的情况是，举行这场祭典的位置，就在那个受诅咒之地的边缘——即便是边缘，也糟糕透顶。相较于那些可怕的叫声和行为，可能祭典举行的地点，才让居民更为惧怕。

莱格拉斯和他的部下穿过黑暗的沼泽，朝着红光和鼓声低沉处前进，只有混乱的诗篇和癫狂的迷乱，才能恰如其分地描述他们一路听到的声响。所谓人有人声，物有物音，鸟鸣无声，兽叫无音——当一种声音来自不属于它的发声者，事情就变得诡异可怖起来。在这里，兽性的咆哮和癫狂的呼号、模仿恶魔的狂欢和暴虐，在河岸的森林里如撕裂般回响，犹如来自地狱深渊的瘟疫风暴。偶尔，那些混乱的号叫会停下，紧接着就传出嘶哑的集体祷念——就像训练过一般——齐声吟诵那段让人闻声丧胆的祷词：

    Ph'nglui mglw'nafh Cthulhu R'lyeh wgah'nagl fhtagn.

这时，他们来到一处树木稀疏的地方，骇人的场面闯入视线。四名

---

9 ｜伊贝维尔（1661—1706），北美出生的法国探险家，路易斯安那地区的创建者。
10 ｜拉萨尔（1643—1687），法国探险家，探索了五大湖地区、密西西比河流域和墨西哥湾。

警员腿脚发软,一名当场昏厥,还有两名失声惊叫——幸好被刺耳的号叫声掩盖。莱格拉斯用泥水泼醒晕倒的同事,但所有人都站在原地,两股战战,似乎被恐怖催眠。

沼泽中间的空地上,有个面积大约一英亩的天然小岛,只长荒草,未生杂树,看着还算干燥。此时,岛上有一群人正在癫狂地手舞足蹈,他们的丑态难以描述,或许只有西姆[11]和安加罗拉[12]的画笔才能将其描绘。这群神秘教派的成员赤身裸体,围着一堆怪异的环形篝火,嘶鸣咆哮,扭动翻滚。火焰的帷幕跃动,露出中央的一块花岗巨岩,约有八英尺高,顶部放着一尊小到不协调的恐怖雕像。

以篝火环绕的巨岩为中心,以固定的间隔搭起十个鹰架围成一圈,鹰架上挂着那些失踪者的尸体。在鹰架的圆圈内,崇拜者们张牙舞爪,鸮啼鬼啸,自左向右不停地转圈,在尸体和篝火之间群魔乱舞,无休无止地狂欢。

或许是受到眼前景象刺激、或许只是想象力活跃,一位敏感的西班牙裔警员,竟恍然觉得自己听到,自遥远而暗无天日的古老森林的深处,传来了对祭典的回应之声。这位警员叫约瑟夫·D. 加尔韦兹,我后来拜访过他,他向我保证那只是瞬间走神的幻觉。但他的幻觉实在过于天马行空,他声称自己听到了巨翼扇动的声响,还从遥远的深林后瞥见了山一般的白色身躯和发光的眼睛。不过,我猜他可能只是听多了当地的迷信传说。

事实上,警员们很快就从惶恐中恢复了镇定,职责至上——尽管聚

---

[11] 西姆(1867—1941),维多利亚晚期的英国艺术家,以讽刺和荒诞插画闻名。
[12] 安加罗拉(1893—1929),美国画家和插画家,也是洛夫克拉夫特喜爱的艺术家。

集狂欢的教派成员有近百人，警员们还是持枪冲向了他们。经过五分钟的混乱和嘈杂——拳打脚踢、真枪实弹、狼奔豕突，警方抓获了四十七个愠怒的教徒，命令他们穿好衣服、在两排警员之间站成一列。五名信徒在骚乱中丧生，两名重伤者躺在简易担架上，由他们的同伙抬着。巨石上的雕像，也被莱格拉斯小心取下，并亲自带回去。

他们心力交瘁地回到警局，核实人员身份后发现，所有教徒都精神异常，多数是水手，除了少数几个社会弃儿之外，大都是西印度群岛的土著，或是来自佛得角群岛的布拉瓦葡萄牙人，给这个教派染上了神秘的色彩。警方简单询问后，就得知这种信仰比图腾崇拜更为隐晦和古老。这些人虽然无知而堕落，但对信仰理念的认知却惊人地一致。

他们说，他们崇拜旧日支配者。在世界形成的初期，它们就从天而降，在人类出现之前就已存在了无穷岁月。如今，旧日支配者远离人间，潜入地底或深海。它们的遗体通过梦境，向最初的人类诉说了它们的秘密，于是人类创建了一个永世相传的宗教。他们所属的，就是这个教派。教徒们说旧日支配者一直存在且会永久存续，隐藏在世界各地偏远的荒原和黑暗之所，直到伟大的祭司克苏鲁从海底城池拉莱耶的黑暗宫殿中苏醒，重新统治世界。总有一天，当群星归位，它将会发出呼唤，而秘密教派则一直等待着让它重获自由。

除此之外，他们再也不肯吐露半分。还有一个秘密，即便是严刑逼供也无法获取。人类绝非地球上唯一的智慧生物，曾有些东西从黑暗中前来造访少数虔诚的信徒。但它们并非旧日支配者，也无人见过旧日支配者。那尊雕像雕刻的就是伟大的克苏鲁，却谁也说不准是否还有与它一样的存在。

如今已无人能看懂那些古老的字符，只有一些口口相传的故事。吟诵的祷词虽不是秘密，但不会有人公开诉说，只会轻声耳语。祷词含义如下：

在拉莱耶的府邸里，长眠的克苏鲁酣梦以待。

在抓获的恶徒里，只有两人神志清醒被判处绞刑，其他人则被送往不同的精神病机构。他们都否认参与谋杀，一口咬定杀人者是黑翼怪物，它们来自幽暗森林的远古祭祀之地。对于他们口中不知所云的"同谋"，警方束手无策。大多数供词都来自一名年迈的成员，他自称曾搭船抵达一些异域港口，并与某个神奇教派不朽的大祭司有过交谈。

老卡斯特罗只记得一些可怕的传说，却已足以让神智学家的猜测黯然失色。根据他的讲述，人类和整个人类文明只是昙花一现。亘古之前，曾有他物统治地球亿万年，建造过无比宏大的城市。他说，那个长生不死的大祭司曾告诉过他，时至今日，依然能找到那些城市的遗迹，譬如太平洋上巍峨的巨石岛屿。它们早在人类出现之前，就已沉睡亿万年。当群星在永恒的轮回中重新归位，那时它们将复活。它们来自群星，同时带来了它们的雕像。

老卡斯特罗还说，这些旧日支配者并非血肉之躯。它们有形体——那些雕像不就是明证吗？但形体并非物质构成。当群星归位，它们就能穿越空间，自由来往于不同的世界；而当群星错位之时，它们就丧失生机。

然而，即便它们此时算不上活物，却也不会真正死去。它们长眠在拉莱耶城的巨石宫殿里，由强大的克苏鲁魔咒护佑，等待群星和地球归位，就在荣耀中重生。

等到那时，还需要来自外部的力量释放它们的躯体。咒语一方面护佑它们，同样也禁锢了它们，因此它们只能清醒地躺在黑暗中思索，任凭百万年的岁月流逝。它们知道宇宙中发生的一切，它们不需要通过语言交流，因为思想的投射可以穿透万物——即便此刻，它们也在墓穴里交流。

在无尽的混沌之后，第一批人类出现了，旧日支配者通过梦境，向那些敏感者传递信息。只有如此，它们的语言方能让哺乳动物的血肉之躯理解。

接着，老卡斯特罗低声说，旧日支配者向最初的人类展示高大的神像，人们依托这些神像组建了神秘的教派。这些神像来自黑暗之星的模糊纪元。这些秘密教派不会消亡，直到群星归位。到那时，秘密的祭司将唤醒伟大的克苏鲁，复活它的眷族，恢复它对地球的统治。

那个时刻很容易分辨，因为人将会像旧日支配者一样：恣意妄为，超越善恶，撇开法律和道德，所有人都为杀戮欢呼、狂喜极乐。重获自由的旧日支配者，将会教给人们发泄、杀戮、狂欢和享乐的新方式，自由与狂欢的屠杀将如火焰般以燎原之势烧遍全世界。

而在此之前，教派必须通过正确的祭典，将这些古老的仪式铭记在心，让旧神回归的预言万古流传。

在远古时代，被选中的初民，曾在梦中与旧日支配者交谈。不过后来发生变故，伟大的巨石城拉莱耶连同它的石柱和陵墓，一并被大海吞没。深邃的海水里蕴含着原始的神秘力量，甚至意念也无法穿透，灵魂之间的交流就此切断。然而记忆从未消逝，大祭司说，当群星归位，巨石之城将升出海面，那些隐匿的腐朽而鬼魅的黑色邪灵将重回人间，被遗忘在海底石窟的混沌传说也将遍布大地。

但是言及此处，老卡斯特罗讳莫如深。他匆匆闭嘴，无论如何威逼利诱，再不开口。最怪异的是，关于旧日支配者体型的大小，他也绝口不提。

说起那个神秘的教派，他认为源自千柱之城埃雷姆[13]，这座城市在人迹罕至的阿拉伯沙漠中，那些梦境就隐匿于此无人触碰。这个教派和欧洲的女巫教毫无关联，除了教派内部成员之外，不为外人所知，也没有任何书籍记载。不过，那位神奇教派的大祭司说，阿拉伯疯诗人阿卜杜拉·阿尔哈兹莱德的《死灵之书》里有一些隐晦的双关语——读者在阅读时，可以选择自己所需的释义——尤其是那首备受争议的双行诗：

> 那永世长眠的并非亡者，
> 在玄秘的万古之中，即便死亡也会消逝。

这些叙述给莱格拉斯留下了深刻的印象，同时也带来更多的谜团。他询问了一些关于神秘教派的历史的问题，但一切都是徒然。显然，老卡斯特罗并没有说谎，这些事情于世人而言完全是秘密。杜兰大学的专

---

[13] 阿拉伯半岛上的一座消失的城市（或指该消失的城市的周边区域）。传说位于阿拉伯半岛南端，约公元前3000年至公元1世纪曾有人在此定居。但现代历史学尚未发现该城市存在过的证据。

家们无论是对教派还是雕像，都一无所知。因此，督察虽然见到了国内大部分权威学者，但唯一有价值的，就是韦伯教授讲述的格陵兰岛上的故事。

有雕像佐证，莱格拉斯的故事，不仅在会议上引起狂热的反响，而且在会议结束后，与会者们在通信中也经常提起。但在正式出版物里，却几乎没有提及。考古学者们见惯了谎言和欺诈，谨慎已成为他们的首要原则。

莱格拉斯曾把这尊小雕像借给韦伯教授，但教授去世后，就物归原主，目前仍由他保存。不久前我还在他那儿见到过，的确非常恐怖，与威尔科克斯梦中刻出的雕塑的相似性也无可置疑。

现在，我终于理解叔祖父听了雕刻家的故事，为何会那么激动了。在听了莱格拉斯关于神秘教派的故事之后，又遇到一个年轻人声称自己不仅梦见了雕像与符文——与沼泽里发现的雕像和格陵兰岛上的邪恶符文完全相同，而且还在梦里听见了至少三个准确的词——与爱斯基摩的魔鬼崇拜者、路易斯安那州的信徒的祷词相同，试问谁的心里能无动于衷呢？何况还是一位对此颇有研究的学者，理所当然会立即展开详尽的调查。

但我个人还是对威尔科克斯的故事持怀疑态度，他一定是在哪里间接听到了这个教派的事，于是虚构了一系列梦境，目的就是利用叔祖父的时间和精力来加深这件事的神秘感。虽然教授收集的大量梦境描述和剪报都是支持雕塑家的有力证据，但我根深蒂固的理性主义以及整件事表现出的荒谬程度，还是让我认定了最符合自己认知逻辑的结论。

我再次研读手稿,将莱格拉斯的叙述与教授的相关笔记做了比对,最终决定去普罗维登斯见那位年轻雕刻家,打算斥责他无聊地戏弄一位博学老人的荒唐行径。

威尔科克斯仍然独居在托马斯街的弗乐德里斯大厦里,那是一座维多利亚时代的建筑,但拙劣地模仿了17世纪的布列塔尼风格。它位于山坡上那些可爱的殖民风房屋中间,坐落在全美国最精致的乔治时代尖塔的阴影下,却突兀地招摇着它正面的灰泥墙。

见到雕刻家时,他正在房间里工作。从他房间散落的作品里可以看出,他的确有不同寻常的天赋和才华。我相信总有一天,他会成为一位非凡的颓废派艺术家。因为亚瑟·梅琴[14]用自己的散文、克拉克·阿什顿·史密斯[15]用诗歌和绘画讲述的梦魇与幻想,他用黏土为它们赋予了形态,而且迟早有一天他会用大理石来表达。

他面容瘦削,神情阴郁,不修边幅,听见我敲门也没有起身,只是慵懒地转身问我有什么事。在我表明身份后,他才显露出兴趣。因为我的叔祖父一直记录他的梦境,却从未解释缘由,他对此颇为好奇。不过,我并未透露更多,反而试图向他套取更多信息。

没过多久,我就认可了他的真诚,因为他那描述梦境时的诚恳语气,任谁都没办法起疑心。这些梦境和残留在他潜意识里的信息,深刻地影响了他的艺术风格。他向我展示了一件病态的雕塑,其形态所透出的邪恶让我不由自主地战栗。

---

[14] 亚瑟·梅琴(1863—1947),威尔士神秘主义作家,以超自然、奇幻和恐怖小说闻名,被史蒂芬·金誉为"可能是最好的英语(恐怖小说)作家"。

[15] 克拉克·阿什顿·史密斯(1893—1961),美国诗人、雕塑家和画家,还创作奇幻、恐怖和科幻短篇,是洛夫克拉夫特的文友,对《诡丽幻谭》杂志的重要性仅次于洛夫克拉夫特。

除了那件在梦中制作的雕塑，他想不起自己在哪里见过雕像的原型，那些形态在他手里不知不觉就成形了。毫无疑问，这就是他在精神错乱时所说的那个庞然大物。我很快就弄清楚了，除了在叔祖父的不断询问中透露的信息，他对那个神秘的教派一无所知。我忍不住思索，究竟他还能从哪里得到此类怪异的印象呢？

他用一种奇特而诗意的方式说起梦境，让我身临其境般地看到了那座用湿滑、黏腻的绿色石头堆砌而成的巨型城市；他说那座城市完全违背了我们熟知的几何原理，还让我怀着惊恐的期待，听到或感应到了那来自地底的、永无休止的呼唤：

Cthulhu fhtagn, Cthulhu fhtagn.

这些词，是那段祷文的一部分，祷文描述死去的克苏鲁在拉莱耶的石头墓穴里，在梦中等待复活。尽管我笃行理性，但还是被深深震撼了。我确信威尔科克斯一定在无意中听过那个教派，却又在大量阅读怪异读物和胡思乱想中遗忘了。后来，那些在他脑海里形成的印象，以潜意识的形式出现在梦中，也表现在那块浮雕和我面前这件可怕的雕塑上。

因此，他对我叔祖父的欺骗非有意为之。我不喜欢这位年轻人的做作和无礼，但并不影响我欣赏他的才华和真诚。我友好地与他告别，并祝愿他凭借自己的才华，早日取得成功。

神秘教派的事仍让我着迷，有时我甚至幻想自己能通过揭开它的谜底而声名鹊起。为此，我还去了趟新奥尔良，探访了莱格拉斯和警队其他成员，见到了那个可怕的雕像，甚至还询问了那些尚在人世的囚犯。不幸的是，老卡斯特罗已在多年前去世。通过这些方式，我虽掌握了一些一手资料，但实际上不过是详细地印证了叔祖父的手稿而已。可即便如此，我也颇为兴奋，因为我确信自己正在探寻一个非常真实而隐秘的古老宗教。如此重要的发现，完全可能让我成为一位著名的人类学家。

不过，与此同时，我的态度依然是绝对的唯物主义——我希望现在依然如此。当时，我几乎用一种反常到一叶障目的执拗态度，对安吉尔教授收集的梦境笔记和剪报之间的诡异联系视而不见。

此外，我当时还在怀疑另一件事，那就是叔祖父的死，我怀疑他并非自然死亡。当然，现在我已经知道真相了，可我宁愿不知道。他从满是外国人的古老码头回家时，在陡坡上被一个水手撞倒在地。我并未忘记路易斯安那州的神秘教派的信徒全是社会弃儿和水手，有着不为人知的残忍仪式和神秘信仰，就算知道他们掌握了神秘的方法、仪式和信仰，我也不会感到惊讶。

的确，莱格拉斯和他的部下，迄今为止尚未遇到什么麻烦；但是在挪威，有一个水手确实因见到这些东西而丧命。叔祖父在遇到雕刻家后所做的深入查访，难道不会引来恶意的关注吗？我认为安吉尔教授的死，是因为他知道得太多了，或者是因为他很快就能知道更多。

我是否会像他那样被人盯上、横遭不测，暂时还无法确定，但是我现在知道的，的确已经够多了。

Ⅲ 来自大海的疯狂

倘若上天真的眷顾我，就不该让我在无意中看见那张报纸。按照正常习惯，我完全不可能遇到它。那是一张澳大利亚旧报纸，1925年4月18日的《悉尼公报》。在它出版的时候，叔祖父正雇了人海量收集资料，而剪报机构竟然将它遗漏了。

那时，我对安吉尔教授所说的"克苏鲁崇拜"的调查，已经有些心灰意冷。我在新泽西州帕特森拜访一位学者好友，他是当地博物馆的馆长和著名的矿物学家。一天，在博物馆内室的储物架上查看矿物标本时，我一眼就看见了垫矿石的旧报纸上的图片——就是我提到的那份《悉尼公报》，我这位朋友和世界各地的学者都有来往。

那是一张网版印刷的照片，上面是一尊可怖的雕像，与莱格拉斯在沼泽地发现的别无二致。

我赶紧挪开报纸上的珍贵藏品，仔细浏览新闻内容。让我颇为遗憾的是篇幅不长。然而，对我日渐走进死胡同的研究来说，它却有着重大而凶险的意义，我小心翼翼地将它撕下，为接下来的行动作准备。报上的内容如下：

海上惊现神秘弃船

"警戒号"拖拽失去动力的新西兰武装船抵港。船上发现幸存者一名,死者一名。该船曾在海上殊死搏斗,死难者众。获救船员拒绝透露详情。随身物中发现怪异雕像。详情请见下文。

莫里森公司的货轮"警戒号"自瓦尔帕莱索起航,今早抵达悉尼的达令港码头,拖拽着来自新西兰但尼丁港的武装蒸汽船——"防卫号",该船损毁严重,船上有战斗痕迹。"警戒号"于4月12日在西经152度17分、南纬34度21分处发现弃船,当时船上有一名幸存者和一名死者。

"警戒号"于3月25日离开瓦尔帕莱索,4月2日遭遇猛烈的风暴,船只向南偏离航线。4月12号,"警戒号"发现弃船。尽管该船已明显被遗弃,但船员们在船上发现了一名神志不清的幸存者,还有一个死亡超过一周的死者。生还者手里抱着一具来历不明的可怕石像,声称石像是在船舱的雕花神龛里发现的。石像高约一英尺,悉尼大学、英国皇家学会和学院路的博物馆均表示对此物没有研究。

幸存者恢复意识后,讲述了一个关于海盗和杀戮的离奇故事。他叫古斯塔夫·约翰逊,是个能干的挪威人,曾是奥克兰的双桅纵帆船"艾玛号"的二副。"艾玛号"于2月20日驶往卡亚奥港,船上共十一人。据他说,"艾玛号"因3月1日的大风暴而延误行程,且航线朝南、严重偏航。

3月22日,"艾玛号"在西经128度34分、南纬49度51分遇到了"防卫号",该船由一群相貌古怪凶恶的土著和社会弃儿操纵。他们强迫"艾玛号"掉头返航,遭到柯林斯船长拒绝后,那些人用一组大口径黄铜重炮发动攻击——事先没有任何警示。这名幸存者说,"艾玛号"的船员奋勇反击,尽管遭遇灭顶之灾,但依然成功与敌船接舷,登船与那群野蛮人肉搏。野蛮人虽然人数占优、凶狠无畏,但战斗技能笨拙,最后被全数击毙。

"艾玛号"三人遇难,其中包括船长柯林斯和大副格林。其余八人在二副约翰逊的带领下,驾驶俘获的蒸汽快艇,按照野蛮人既定的航线行驶,希望找出他们驱赶己方掉头的缘由。第二天,他们发现一个小岛,并决定登岛——尽管据他们所知,在此区域并无该岛。结果六名船员遇难。然而,约翰逊却对遇难细节保持缄默,只笼统地说他们掉进了岩缝。后来,他和仅存的同伴似乎试图操控快艇返航,却又被4月2日的风暴所困。此后直到12日获救,这期间的事,约翰逊失去了记忆,他甚至不记得同伴威廉·布莱登在何时死去。布莱登的死因无从得知,可能是死于暴晒脱水或因无法忍受强烈的刺激而崩溃。

来自但尼丁的电报称,"防卫号"是一艘当地人熟知的从事海岛贸易的商船,在海滨地区尤其名声不佳。船主是一群奇怪的社会弃儿,常在夜间出没丛林、频繁集会,颇引人关注。3月1日的风暴和地震刚结束,他们就匆忙出海,似乎有万分紧急之事。我报驻奥克兰记者证实,"艾玛号"及其船员都有良好的声誉,约翰逊也是个做事认真、行为正派的人。海事法庭将于明日起对事件展开全面调查,并尽可能劝导约翰逊抛开顾虑,坦率地讲出事实。

以上就是全部内容，另附有那张雕像的图片，但这些却引发了我一连串的思考！这可是关于克苏鲁崇拜的宝贵的新资料，表明该教派不仅在陆地活动，在海上也有相当的影响。究竟出于怎样的动机，让这些船员带着那尊可怖的雕像出海，并武力驱赶"艾玛号"返航呢？那六名船员究竟死在哪个无名岛上？二副约翰逊为何对此讳莫如深？海事法庭的调查取得了什么成果？但尼丁人对这个神秘教派又有多少了解？还有一个最不可思议的事，就是这些事发生的日期，为我叔祖父详细记录事件的手稿赋予了一种险恶而又无可辩驳的气息，而其中某些深刻的、超乎自然法则的渊源，似乎也随之露出端倪。

地震和风暴发生在3月1日，因为时区不同，我们这里是2月28日。当天，"防卫号"那些野蛮船员仿佛受到紧急召唤，迫不及待出海。而在地球的另一边，诗人和艺术家开始梦见怪异潮湿的巨石之城；一位年轻的雕刻家，在睡梦中完成了可怕的克苏鲁雕像。

3月23日，"艾玛号"的船员登陆无名小岛，六名船员死亡；同一天，那些敏感者的梦境愈发强烈，化作被庞然怪物追击的阴森梦魇；此外，一位建筑师发疯，一名雕刻家突然精神错乱！那么为何4月2日的风暴过后，关于巨石之城的梦境全都消失，威尔科克斯也从高烧中痊愈？这一切和老卡斯特罗讲述的来自群星、长眠于海底的旧日支配者，以及它们重返人间、它们虔诚的教徒、它们对梦境的操控，究竟意味着什么呢？莫非我所窥见的，是宇宙中超越人类思维极限的奥秘吗？如果真是这样，那也必然是仅存于内心的恐惧，因为在4月2日，这些无可名状之物就停止了对人类灵魂的折磨。

我花了一整天时间发送电报，安排行程。当天晚上，我辞别友人，踏上开往旧金山的列车。不到一个月，我便抵达了但尼丁，却发现当地人对那些常在海滨老酒馆聚集的神秘教派成员知之甚少。码头上鱼蛇混杂，三教九流过于常见，无人会特别留意。不过，有流言说那些成员曾去过内陆，在那期间，偏远山区隐约传出鼓声，还有红色的火光闪烁。

在奥克兰，我听说约翰逊在悉尼被详细查问，查问者徒劳无果，回来时他却满头金发俱白。他匆匆出售西街的小屋，携妻子返回家乡奥斯陆。关于那趟生死旅程的细节，他对好朋友和法庭一视同仁，所以他朋友能告诉我的，只有他在奥斯陆的住址。

随后，我前往悉尼向一些海员和海事法庭了解情况，但所获寥寥。我还在悉尼湾的环形码头见到了"防卫号"，它已被出售并转为商用，但也仅此而已。那尊怪物雕像保存在海德公园博物馆，还是那副丑恶的模样。我对它研究了很久，发现其制造工艺十分精湛，与莱格拉斯那尊小雕像一样神秘而古老、材质不明。

馆长告诉我，地质学家也困惑不解，他们发誓说世上不会有这样的石材。这让我忽然想起老卡斯特罗讲到旧日支配者时，曾说——"它们来自群星，同时带来了雕像"，我忍不住一阵胆寒。

长久以来我一直坚持的信念，此时被动摇了。我当即决定去奥斯陆拜访约翰逊。随后，我踏上前往伦敦的船只，又转乘驶向挪威首都的客轮。

在一个秋日，我抵达了在埃格贝格堡阴影笼罩之下秩序井然的码头。约翰逊家的地址，位于"无情者"哈拉尔[16]时代的老城区——在新城被

---

[16]｜"无情者"哈拉尔（1015—1066），挪威国王哈拉尔三世，公元1046年至1066年在位，被称为"最后的维京人"。

改名为"克里斯蒂安纳"[17]的几百年里,只有这块老城区还一直保留着"奥斯陆"的名字。

坐了一程短途出租后,我来到一栋有着灰泥外墙的古老建筑物前,忐忑不安地敲响了大门。开门的是一位女士,她身穿黑衣,表情哀伤,用磕磕绊绊的英语告诉我,她的丈夫古斯塔夫·约翰逊,已经离世。我不禁大失所望,心头黯然。

约翰逊的妻子说,经历了1925年海上的事后,他整个人都垮了,回来没多久,就去世了。关于那件事,约翰逊对妻子说的,并不比对外人多,但他留下了一份长篇手稿。据他说是"技术文件",用英文写成——显然是为了保护妻子,以防她无意读到,招来祸端。

那天,他经过哥德堡码头附近的一条窄巷,被从阁楼窗口掉下的一捆文书砸倒。两个路过的东印度水手赶紧将他扶起,可还没等救护车赶到,他就撒手人寰了。医生没找到合理的死因,只能归咎为体质羸弱和心脏骤然衰竭。

那一刻,我感到恐惧在啃噬我的内脏,顿时明了黑暗的恐怖从此将与我如影随形,直到某天,因"意外"而丧命。我说服了约翰逊的遗孀,让她相信我与那份"技术文件"有直接关系。最终,我带走了那份手稿,在从奥斯陆返回伦敦的船上开始阅读。

手稿琐碎而杂乱,是一个老实的水手事后写下的海事笔记,能看出他在绞尽脑汁地回想那次恐怖至极的航行。文笔混乱而冗繁,无法逐句摘抄,但我会简要说出它的要点,这已足够让你理解为何我连海浪拍打

---

17 | 奥斯陆古城曾于1624年烧毁,丹麦–挪威国王克里斯安四世另辟新址重建,并改名为"克里斯蒂安纳",后于1925年恢复原名。

船舷的声音都难以忍受，甚至必须用棉花塞住耳朵。

感谢上帝，约翰逊虽然亲眼见到了那座城市和那个东西，但并不了解背后的渊源。可是，那些永恒的恐惧，真切地潜伏在一切生命之后，藏匿于时空的角落；那些来自远古群星的污秽之物，正在海底酣梦以待；还有噩梦般的神秘教派成员，因盲目迷信而时刻准备，等下一次地震将那座巨石之城托出水面、暴露在阳光下时，释放它们。一想到这些，我就再也无法安睡。

约翰逊出发的日期，与他向海事法庭的陈述一致。2月20日，空舱的"艾玛号"从奥克兰起航，遭遇了地震引发的大风暴。正是这场风暴，掀起了隐匿在大海深处的恐惧，并入侵了人类的梦境。船员恢复对船的控制后，接下来的航程非常顺利，直到3月22日遇见"防卫号"。

当手稿中写到"艾玛号"被击沉时，我切身感受到了二副的惋惜和悲伤；写到"防卫号"上凶神恶煞的神秘教派成员时，字里行间透出强烈的恐惧。那些成员有一种非人的邪恶气质，不杀死他们似乎都是罪过。因而在法庭审理时，约翰逊和船员被指控残忍，他表现出了发自内心的不解和惊讶。

随后，在好奇心的驱使下，约翰逊指挥船员们驾驶着俘获的快艇继续前行。没过多久，他们看到一根巨大的石柱，从海里伸出，直插天际。接着，在西经126度43分、南纬47度9分处，他们见到一片浅滩——混杂着淤泥、黏液、和挂满水草的巨型石砌建筑。毫无疑问，那就是地球上的终极恐怖之所——梦魇般的死城拉莱耶。那些源自黑暗群星的庞然巨物，在无穷的纪元之前建造了它。伟大的克苏鲁和它的眷族长眠于此，隐匿在满是墨绿色黏液的墓穴中。经历了无数轮回后，它们终于把思想传递出去，把恐惧散布在敏感者的梦境里，并迫不及待地召唤信徒们前来朝拜和释放它。约翰逊并不知道这些，但天知道，他即将面对的是什么！

据我推测，露出海面的其实只是一小截山尖，山顶上那座巨大的独石城堡，就是伟大的克苏鲁的安息之所。当我想到海面下潜藏的无可名状之物，我真恨不得立即杀了自己。古老恶魔建造的湿漉漉的巨城，巍峨屹立，极尽恢弘，让约翰逊和船员们望而生畏。不需要任何提示，他们也猜得到，眼前的事物绝不属于地球甚至任何正常的星球。绿色石块巨大到难以置信，石柱高大到令人眩晕，这还不算，当他们发现那些巨大的雕像和"防卫号"上神龛里的雕塑几乎完全相同时，更是惊诧到瞠目结舌。那种惊惧通过约翰逊的描述跃然纸上，叫人胆战心惊。

约翰逊并不懂未来主义，但他记录这座城的笔触，却与之非常相似。他没有描述任何明确的构造或建筑物，而是专注于石头构成的巨大平面和夹角。这些平面实在太大，根本不可能在这颗星球上出现，上面还雕刻着亵渎神灵的恐怖图案和象形文字。我之所以提到夹角，是因为他的描述和威尔科克斯的噩梦有关联。威尔科克斯曾说，梦境里看到的几何角度不符合自然规律，违背欧几里得原理，有着与我们星球完全不同的球面和尺寸。而笔记里这位并未受过高等教育的水手，所目睹的真实场景，竟也让他有同样的感受。

约翰逊和水手们通过一片倾斜的泥坡，登上了这座巨大的城池，然后爬上了覆盖着泥浆的巨型黏滑石块——那应该是台阶，却绝非是给凡人使用的。瘴气从这堆浸泡在海水中的诡异物里蒸腾而起，弥漫天际，让太阳都看起来仿佛被扭曲了。岩石组成的角度变幻莫测，第一眼看是凸角，第二眼看却变成了凹角，每个转角背后都潜伏着恶意、隐藏着不测。

虽然眼前只有岩石、淤泥和杂草，但几位探险者都被某种恐惧的情绪所笼罩，他们每个人都想撒丫子逃跑，却又担心被别人耻笑。他们心神不宁地四处搜寻，想找到一件可以搬走的东西以作证物，却一无所获。

葡萄牙人罗德里格斯爬上了巨石的底部，并大声地告诉同伴有所发现。其他人跟着爬上去，好奇地看着那扇浮雕巨门，门上雕刻的图案是不再陌生的章鱼和龙组合的怪物。约翰逊描述说，它就像一扇巨大的谷仓门。他们之所以认为那是一扇门，是因为它有精致的门楣、门槛和门柱，但他们说不准这扇门究竟是像陷阱门一样平躺着，还是像地窖门一样倾斜着。正如威尔科克斯所说，此处的几何结构完全错乱，甚至无法确认海面和地面是否水平，因为所有物体的相对位置，都如幻影般变化莫测，令人捉摸不定。

布莱登尝试从不同的位置推了推石块，但它纹丝不动。随后，多诺万小心翼翼地顺着门的边缘摸索，边摸边按，沿着怪异的雕刻不停攀爬。究竟是向上攀还是平地爬，无法确认，因为没有人知道那扇门究竟是立起来的还是平躺着的。所有人都无法想象宇宙中为何会有如此巨大的一扇门。突然，这扇以英亩计量的大门，竟然在缓缓地打开，门扇自顶部以极慢的速度向内倾斜，并不是一下子打开，而是旋转得十分平稳。

多诺万滑了下来，或许是爬了下来，抑或是顺着门框滚了下来，总之是回到了同伴们中间。每个人都看见那扇门正诡异地转动，在一种棱镜般变形的幻觉里，反常地沿着对角线移动，蔑视所有已知的物理法则和透视原理。

透过门缝，门内是一种纯粹的黑，黑得仿佛是能够触摸的有形物质。然而，黑暗在此刻是好东西，遮蔽了里面墙壁上本应被他们看见的东西。黑暗如浓烟般从万古的囚笼里喷涌而出，拍打着蝠翼，飞向时而膨胀、时而萎缩的天空，太阳也明显黯淡了。

门后的深渊里散发出恶臭，让人无法忍受。耳朵灵敏的霍金斯率先听到从里面传来一种令人作呕的液体飞溅之声，接着，所有人都听见了。他们竖起耳朵聆听，直到它淌着涎水，拖着沉重的步子，用绿色凝胶状的庞大身躯，在黑暗弥漫的门廊里，摸索着挤出一条路来，闯入众人的视野，现身于疯狂之城的毒瘴中。

可怜的约翰逊到这里几乎无法下笔，在未能生还的六人中，有两人在瞬间被活活吓死。那东西无可名状，那种惊悚至极的疯狂难以言喻。那种藐视时间的古老，那种颠覆一切物质、力学和自然规律的邪物，像一座山朝他们走去。

天哪！难怪这一刻，地球另一端的建筑大师发了疯，可怜的威尔科克斯在高烧中尖叫不止！那雕像所象征之物，远古群星的绿色黏液之子，它苏醒了！它要来夺回自己的权柄！群星归位，古老教派未竟的事业，却要被一群无知的海员在无意之中达成。伟大的克苏鲁，在沉睡亿万年后，重获自由，来享受摧毁世界的欢乐。

海员们还未转身，其中三人就被松弛的巨爪扫飞。假如宇宙间还有安息的话，就请上帝保佑他们安息吧。他们是多诺万、格雷拉和埃格斯特朗。另外三人冲进无边的绿色岩石，拼命地逃向蒸汽船，半路上，帕克滑倒了。约翰逊发誓说，是一个不可能存在的岩石角度吞噬了他——看起来是锐角，却表现出钝角的性征。最终，只有布莱登和约翰逊回到船上，以最快的速度发动"防卫号"。而此时，山一般庞大的怪物从黏糊糊的石阶上挪下来，在水边踟蹰不前。

尽管船上没有人，但蒸汽并未冷却，因此他俩只在舵轮和引擎之间忙活了一会儿，船就启动了。在极度的恐惧中，船身开始缓缓移动，螺旋桨在这片致命的水域里搅起浪花。

而在那不属于地球的阴森石堆上，来自群星的庞然巨物望着他们，垂涎抓狂，狂怒咆哮，就像咒骂奥德修斯逃跑的独眼巨人波吕斐摩斯[18]。接着，伟大的克苏鲁做出比独眼巨人更威猛的举动，它把畸形的臃肿身躯挪进海里，挥动肢体，以洪荒之力，激起滔天巨浪，追击"防卫号"。

布莱登回头看了一眼，只看了一眼，精神彻底崩溃。他一直尖声狂笑不止，直到某个夜晚，死神来到船上，带走了他。而那时，约翰逊也神志不清，在船舱里随波逐流。

但在当时，约翰逊还没有丧失求生意识。他异常清醒地认识到，当"防卫号"蒸汽动力耗尽之时，那东西肯定会追上来。于是，他决定背水一战。他把引擎开到全速，自己极速回到甲板上，掌舵扭转船头。恶臭扑鼻的海水打起漩涡、泛起白沫，蒸汽压越升越高，勇敢的挪威人驾着船撞向追来的胶状怪物。在他面前，这头怪物从污秽的泡沫中升腾而起，就像一艘来自地狱的朦胧巨舰。

---

18 | 希腊神话中吃人的独眼巨人，海神波塞冬和海仙女托俄萨之子。

那可怕的章鱼头离船首的斜桅近在咫尺，触须在坚实的船身周围扭曲翻飞，但约翰逊仍然不顾一切，继续迎面撞上。接着，怪物像膀胱一样爆裂，海上霎时一片狼藉，半流质的污物从天而降，仿佛翻车鱼炸开的场面。恶臭的气味，宛如一千座坟墓同时炸开。那声爆裂的异响，没有人愿意用文字写下来。

有那么一瞬间，船被一团呛人的绿色浓雾所包围，让人完全不辨方向。接着约翰逊看到船尾冒起一片翻腾的毒沫——天哪！那堆来自群星的不可名状之物所遗留的胶质碎裂物，正如云雾般重组它畸形的身躯。不过，此时"防卫号"已开足马力，离怪物越来越远。

这就是事情的全部经过。

自那以后，约翰逊就只能在船舱里对着雕像发呆，以及为自己和身边狂笑的疯子，准备最简单的食物。

完成那次勇猛的亡命之举后，他失魂落魄，再也没有摸过船舵。随后，4月2日的风暴降临，阴霾笼罩了他的内心，他感觉自己如鬼魅般旋转着，穿过无尽的液体深渊；恍然之间，他仿佛乘着彗尾，目眩神迷地穿行宇宙；又恍惚在地底深渊和月球之间往复跌宕；扭曲而狂喜的旧日支配者与长着蝠翼的地狱小绿魔，狰狞狂笑，构成了怪异的交响，这一切都让人如身临其境。

他在梦魇中被拯救——"警戒号"，海事法庭，达尼丁的街道，漫长的归乡旅程，以及埃格贝格堡的祖屋。他无法说出真相，否则别人会以为他疯了。他要在临终之前，写下所有事实，却不能让妻子起疑心。假如死亡能抹掉那段记忆，那真是命运之神对他的恩惠。

这些就是我读到的手稿。我将它连同那块浮雕，以及安吉尔教授的手稿，一起放进白铁箱子。而我本人的这份记录，也会一并放进去。经过这场对理性的考验，我发现了个中关联和真相，但希望这一切永远不要再被人发现。

　　我窥视了宇宙间一切无可名状的恐惧。从此以后，不论春日的明媚天空，还是夏日的绚烂花朵，再美好的事物，于我而言都如苦药一般难以下咽。我知道自己将不久于人世，叔祖父死了，可怜的约翰逊死了，我也将随他们而去。我知道的太多了，而克苏鲁崇拜依然存在。

　　我想，克苏鲁也还活着。

　　它又一次遁入自太阳诞生之初，就一直护佑它的石窟。4月风暴过后，"警戒号"曾搜索过那片海域，但一无所获——那座受诅咒的城市已再次沉没。但那些地上的信徒们，还在人迹罕至之处，环绕着供奉雕像的巨石，咆哮杀戮，嗜血起舞。

　　克苏鲁准是被困在了黑暗的深渊，否则这个世界早已流离失所，哀鸿遍野。但最终的结局，又有谁能知道呢？已经上升的必将沉没，已经沉没的也终会上升。无可名状之物在深渊里酣梦以待，让腐朽和衰败吞没人间诸城，覆亡无日。

　　那一刻终将到来——但我不能想，也无力去想！

　　且让我祈祷吧，倘若我死后手稿依然存留，但愿经手之人谨慎行事，切勿轻举妄动，莫要越雷池半步。

星之彩
The Color Out of Space

(1927年)

《星之彩》导读

1.《星之彩》创作于 1927 年 3 月,是洛夫克拉夫特的短篇小说名篇,亦是作家本人最为满意的作品之一。

2.1927 年 9 月,科幻杂志《惊奇故事》首次登载了这篇作品,洛夫克拉夫特也因此获得二十五美元的稿费。大概是嫌稿费太低,他从此再也没有向《惊奇故事》供过稿。

3. 洛夫克拉夫特对当时科幻作品中外星生命体的人格化感到乏味,因而他写此文的目标是:描写出一种真正的"异星生命体"。他做到了,创造了一种彻底超出人类经验以外的存在——星之彩。

4. 星之彩是一种来自外层空间的色彩,人类既不能理解其动机,也不能分辨其是否具有情感、道德,甚至意识。

5.《星之彩》被很多专家和作者认为是洛夫克拉夫特最好的小说,将"无可名状之恐惧"表现得最为淋漓尽致。

6. 史蒂芬·金曾表示,他创作于 1987 年的小说《汤米敲门者》,深受《星之彩》的影响,其中一名主人公也被命名为加德纳。

7. 恐怖电影大师约翰·卡朋特认为,《星之彩》如果被改编成电影,绝对会是一部伟大的科幻电影。迄今为止,它已经多次被改编,最近的一次在 2019 年,主演为尼古拉斯·凯奇。

阿卡姆[19]西部山峦起伏，山谷里是从未有人涉足的密林。幽暗的峡谷里，树木怪异地倾斜，小溪潺潺流淌，终年不见天日。缓坡上有破败的古老农场，岩脊的背风处是一处覆满苔藓的低矮房舍，隐匿着新英格兰久远的秘密。但如今一切早已荒芜，粗大的烟囱坍塌倒地，瓦楞屋顶下，侧墙危险地鼓起。

老住户早已搬走，外来者也不愿居住在此。法裔加拿大人、意大利人和波兰人，一茬又一茬尝试在此定居者，最终都搬走了。究其根本，并非那些可见、可视或可触摸之物，而是某种存于幻想中的东西。此地不宜幻想，甚至连梦境也不得安宁。

因此，外来者才望而却步。

老阿米·皮尔斯从未向人提起那些"诡秘的日子"，多年以来，他的脑子一直有些古怪。他是此地仅存的老居民，也是唯一知晓"诡秘的日子"的人。他敢留下来，是因为他的房子紧挨着阿卡姆周围开阔的田野和过境公路。

过去曾有一条公路，穿过山谷，通向现在的枯萎荒地。而今那条公路早已荒废，人们在南边新修了一条蜿蜒的小路。荒草之下，依稀还能找到旧路基。即便有一半的洼地行将被水库淹没，也仍然会有一些遗迹残存。

那时，阴森的林木将被伐尽，湛蓝的水面倒映青天，枯萎荒地将深

---

[19] 洛夫克拉夫特杜撰的一个小镇，它位于马萨诸塞州，临近敦威治、印斯茅斯和金斯波特。

埋在水下。那些"诡秘的日子"的谜团,也会与古老的海洋传说和原始的地球秘密一起,永远沉睡水底。

当我进入山地和峡谷勘测新水库时,人们告诉我,此乃邪恶之地。在阿卡姆镇时,也已经有人提醒过我。这是个充斥着女巫传说的古镇,因此我以为所谓的"邪恶",不过是几百年来,祖母们轻声吓唬孩子的鬼故事罢了。

我觉得"枯萎荒地"之名过于古怪且颇具戏剧性,无法理解它如何演变成了民间传说。然而后来,当我亲眼目睹西部那片幽暗峡谷和混乱斜坡时,除了那些古老的神秘传说,我对它已无任何怀疑。

我抵达此处时,正值清晨,却阴气逼人。植被过分浓密,枝干异常粗大,不适合作为健康的新英格兰木料。树木之间的通道幽森死寂,地面被潮湿的青苔和经年累月的枯枝败叶覆盖,十分松软。

在那些开阔处,主要是老路沿线的山坡上,坐落着一些小农场。有些建筑物尚存,有些残存一两栋房屋,而更多只剩下孤零零的烟囱或即将被杂草淹没的地窖。

杂草丛生,荆棘遍地,鬼祟的野生动物在灌木丛中窸窣作响。所有的一切,都笼罩着一层不安和压抑的阴霾,显得虚幻而怪诞,仿佛透视和明暗对比原理的关键部分出现了偏差。我理解了外来者为何不愿久居于此,因为此间让人根本无法入睡。这里太像是萨尔瓦多·罗萨[20]的风景画,太像恐怖怪谈里那些永久封印的木版画了。

即便如此,这也远不及"枯萎荒地"那般糟糕。我在偶然来到谷底,看见它的那一刻,就立即理解了这个怪异的名字。再没有任何名字更适合它,也没有别处更适合这个名字。

---

20 17世纪意大利巴洛克创新派画家。

简直就是诗人在目睹此处之后，为它创造的专属名词。

我想这里一定是一场火灾造成的，可为何这五英亩灰烬般的荒地，再未生长任何新生命呢？简直仿佛森林和田野被酸液腐蚀出一个巨大的斑点，仰面朝天。

它主要位于老路北侧，也侵占了南侧一点。我下意识不愿接近它，只是为了工作才不得不穿行其间。空旷的荒地上没有任何植被存活，只有一层尘埃或灰烬，貌似也不会随风飘散。

附近的树木看起来病恹恹的，发育不良。边缘还有不少树干，或干枯伫立，或倒地腐烂。

我快步走过时，看到右边地上散落着坍塌的老烟囱和一个地窖。一口荒废的水井，张着黑乎乎的大嘴、打着呵欠，井口氤氲的水汽与阳光怪异地嬉戏。相比之下，远处那片幽暗的森林，似乎更让人舒服一些。我似乎理解了阿卡姆人的那些惊悚传说。

附近没有建筑物，甚至建筑废墟也没有。这说明即使在过去，此处也十分偏僻。暮色降临，我不敢再经过那个不祥之地，便绕道南面那条蜿蜒小路返回镇里。我暗自期盼有一些云聚集过来，因为我对头顶那片虚无天空的畏惧，已深入灵魂。

当晚，我向阿卡姆的长者打听"枯萎荒地"，还有很多人口中闪烁其词的"诡秘的日子"究竟是什么。然而，除了打听到这些谜团发生的年代，远比我想象的近以外，一无所获。

这并非什么古老传说，而是那些讲述者，在有生之年亲身经历过的事。事情发生在20世纪80年代，有一家人离奇失踪，或者被杀害了。讲述者不愿说出更多实情，反而叮嘱我不要理睬老阿米·皮尔斯的胡言乱语。于是次日清晨，我专程去拜访了他。

听说他独居在一栋破败的老木屋里，那是树木开始变稠密的地方。房子古老得令人害怕，弥漫着年代久远的老屋特有的腐败气息。

我敲了半天门，才叫醒了那位老人。他拖着怯生生的脚步、缓慢地朝门口挪动时，我看出来了，他不怎么欢迎我。不过，他并没有我料想的那么虚弱，只是眼皮怪异地低垂着，褴褛的服装和花白的胡子让他瞧着异常憔悴与阴沉。

我不晓得如何才能请他开口讲述那些陈年旧事，只好假装为公事而来，告诉他我正在勘测水库，同时含混地问了一些关于本地的问题。

他远比我以为的要聪明，也很有教养，和我在阿卡姆交谈过的所有人一样，他很快就抓住了我的谈话重点。与在即将建成水库的此地居住的其他乡下人不同，他并不反对清理周围的原始森林和农田。

不过，他之所以并无不满，或许只是因为他的房子不在即将成为水库的地域范围内。

他在这古老幽暗的峡谷住了一辈子，如今这里即将被毁灭，他表现出来的，却是一种如释重负。

"它们最好立即淹没，应该在'诡秘的日子'时就淹没在水底。"说出这句话后，他那沙哑的声音愈发低沉，身体前倾，右手食指颤颤巍巍地指点着，给我留下了深刻印象。

就是那时，我听到了这个故事。尽管当时正值盛夏，他沙哑而凌乱的讲述，却让我一次又一次打着哆嗦。我还得不时打断他，将他从离题万里的讲述中拉回来，顺便指出一些他在科学常识方面的错误，或者填补他在逻辑和连贯性方面的空缺。

在他讲完后，我便理解了他为何会显得精神错乱，也不再奇怪阿卡姆的居民为何不愿多谈"枯萎荒地"。

在日落之前，我便匆匆赶回旅馆，我可不想披星戴月走夜路。次日，我回了波士顿辞职。我无法再次走近那片幽暗的古老森林和混乱的斜坡，更无法面对那灰烬般的"枯萎荒地"，以及烟囱坍塌滚落的砖石旁那口打着哈欠的黑色深井。

水库建成后，所有的秘密都会被淹没在水底。但即便如此，我也不会在夜间去探访那里，更不会在那些异星高悬时前往。此外，无论如何，我都不会喝一口阿卡姆镇的新供水。

老阿米说，一切都源于那块陨石。在那之前，自女巫审判以来，这里已无任何恐怖传说。甚至西部的森林也远没有密斯卡托尼克[21]的小岛那么令人畏惧——据说宗教裁判所的人，就是在那儿一个印第安人的历史还要古老的怪异祭坛边上审判女巫的。

在"诡秘的日子"降临之前，这片树林从不闹鬼，黄昏偶有古怪，但也绝不吓人。

那天午后，天空浮现白色云团，空中发生一连串爆炸，林荫深处的山谷腾起一股浓烟。到了晚上，阿卡姆的所有人都听说一块巨石从天而降，砸到了内厄姆·加德纳家的水井旁。那幢整洁的白色房子，坐落在肥沃的花果园内，正是后来的"枯萎荒地"所在之处。

内厄姆到镇上告诉大家陨石的事，顺便拜访了阿米·皮尔斯。当时阿米才四十岁，热衷于一切稀奇古怪的事。次日清晨，内厄姆夫妇带着密斯卡托尼克大学[22]的三位专家，匆匆前去查看那个来自未知星空的神秘访客。令人诧异的是，内厄姆说，陨石明显没有昨天那么大了。

"它缩小了。"内厄姆指着井边那个由碎土和焦草堆起的褐色土丘

---

21 | Miskatonic，这里指一条河，密斯卡托尼克大学就是以这条河命名的。
22 | 洛夫克拉夫特杜撰的一所大学，在他的多篇小说中出现过。它始建于1690年，《死灵之书》是该校图书馆的诸多藏品之一。

说道。但专家们坚定地认为，陨石不会缩小。

陨石持续高热，内厄姆说它在夜间还会发光。

专家们用地质锤敲打陨石，发现它出奇地柔软，与塑料相似。他们凿下一些作为样品，打算带回大学检测。样品虽小，但仍未降温，只好盛放在内厄姆从厨房拿来的一只旧桶里。

返程路上，专家们在阿米家歇脚，皮尔斯夫人注意到那块样品越来越小，并且烧穿了桶底。的确，样品很小，但所有人都认为可能方才就采集了这么一点儿吧。

第二天——所有的事都发生在1982年6月——专家们激动地再次前来了。他们遇到阿米时，告诉了他样品的怪异。样品被放进玻璃烧杯之后，竟然完全消失了，就连烧杯也一起不见了。

专家们说，那块陨石似乎特别喜爱硅元素。

在严谨的大学实验室里，样品的表现令人难以置信。木炭加热毫无反应，也没有释放任何气体；在硼砂珠实验中完全呈阴性；在任何温度下都不会挥发，包括氢氧吹管的高温；在铁砧上，表现出很强的延展性；在黑暗中会明显发光。

它一直没有冷却，而且加热后放在分光镜下，显示出许多不同于已知任何光谱上的颜色。这让整个密斯卡托尼克大学亢奋，人们兴奋地谈论着新元素、奇特的光学特征，以及科学家们面对未知事物感到困惑时经常会说的那些东西。

尽管它很热，但专家们还是用各种试剂，在坩埚里进行试验。水毫无作用，盐酸也一样。硝酸，甚至王水，也只是在其灼热的表面上嘶嘶溅开，留不下任何痕迹。

阿米很难记起所有细节，但当我按照通用实验顺序提到一些溶剂时，他还是想起来了。专家们使用了氨水、烧碱、酒精、乙醚、令人作呕的二硫化碳，以及其他一大堆试剂。然而，尽管样品随着时间推移逐渐变轻，温度也略有下降，但溶剂却没有任何变化，也没有迹象表明溶剂对它有什么作用。

但毫无疑问，它是一种金属。

首先，它具有磁性。将其浸入酸性溶剂后，会出现陨铁上常见的魏德曼花纹。当它的温度降到足够低时，实验转移到玻璃烧杯内进行。专家们把所有样品都放入一个玻璃烧杯后，就下班回家了。

然而，第二天早上，样品和烧杯都消失不见了，只有木架上一小块烧焦的痕迹，显示着它们原本所在的位置。

这些都是专家们经过阿米家时告诉他的，他再次跟随专家一道去察看那块"天外来客"。这次他的妻子并未同行。

陨石的确缩小了，就连最严谨的专家也无法否认这个事实。由于石块体积缩小，水井边那个褐色隆起物的周围，空出了凹陷的地面。陨石前天还足足有七英尺长，如今却不足五英尺。

陨石仍然灼热，专家们观察了它的表面，用锤子和凿子取下更大一块样品。这次他们凿得很深，当撬开碎块时，他们发现陨石的核似乎和其他部分并非同一材质。

有一个彩球镶嵌在陨石里，颜色类似于陨石标本怪异光谱中的某些色带，无法用语言定义。他们只是由陨石光谱类推，才将其称为"颜色"。彩球纹理光滑，质地硬脆，而且是空心的。一位专家用小锤使劲敲了它一下，它就"砰"的一声炸裂了。里面没有任何东西，几乎在碎掉的同时，它就消失得一干二净，只留下一个直径约三英寸的球形空穴。

所有人都相信，在陨石内部，还会有更多类似的彩球。

但事实证明,这不过是一厢情愿。他们尝试钻孔探寻更多彩球,却一无所获。最后,专家们带着样品离开了。然而这些新样品和先前的一样让人捉摸不透——具有可塑性,会散发热量,具有磁性,会发微光,在强酸中微微冷却,具有未知光谱,在空气中逐渐衰减,与硅元素反应会共同消失。除此以外,它们与已知物质毫无共同之处。

最后,实验室的专家们不得不承认,他们无法判定陨石的性质,只知道它非地球之物,是来自广袤外太空的碎片,具有外太空的独特属性,遵循外太空的物质原理。

当天晚上雷电交加。第二天专家们赶到内厄姆家,所见到的景象让他们非常失望。据内厄姆说,这块具有磁性的石头会持续"吸引闪电"。一个小时内,闪电六次击中前院的垄沟。暴风雨结束后,古井旁只剩下一个大坑,被塌陷的泥土塞了大半。

挖掘没有结果,专家们证实陨石彻底消失了。当所有的努力宣告失败,专家们除了回到实验室、检测那块包裹在铅容器里正在逐渐消失的碎片样本外,别无他法。那块碎片保持了一周,直至最后消失,专家们也没从中发现什么有价值的东西。

碎片消失得一干二净,让专家们质疑自己是否真的见到过那来自无尽星空的神秘痕迹——一条来自其他宇宙或是其他物质、能量和实体构成的领域的孤独而怪异的信息。

阿卡姆当地的媒体都是大学赞助的,对此事极为关注,纷纷派出记者去采访内厄姆一家。波士顿的日报也派来了记者。一夜之间,内厄姆成为当地的焦点人物。

彼时,内厄姆大约五十岁,身材瘦削,性情温和,与妻子和三个儿子住在山谷舒适的农场里。内厄姆夫妇和阿米夫妇来往频繁,交往的几年间，阿米一直对内厄姆称赞有加。

内厄姆似乎为自家住所能引起广泛关注而颇为自豪，在接下来的几周，他经常谈起那块陨石。那年的7、8月份非常炎热，内厄姆在他那横贯查普曼河的十英亩的草场上辛勤劳作，他那嘎吱嘎吱作响的马车，在阴冷的乡间小径上轧下深深的车辙。

相较往年，今年的劳作让他格外疲惫，他终于体会到了什么叫作岁月不饶人。

到了收获的季节，苹果和梨子渐渐成熟。内厄姆声称，今年果园的收获前所未见。果实个头硕大，泛着异样的光泽。产量如此之大，内厄姆不得不新定制一批木桶，来盛放即将收获的水果。

可是随着丰收而来的，却是巨大的失望。那些看起来甘甜诱人的水果，没有一个能吃。梨子和苹果的味道令人作呕，即使尝一小口，也会让人反胃好久。瓜果和西红柿也一样。内厄姆难过地发现，今年的果蔬收成，全都泡汤了。他分析原因，宣称是陨石毒害了土壤。万幸，他大部分庄稼都种在路两边的高地上。

那年的冬天早早地就降临了，天气异常寒冷。阿米见到内厄姆的次数越来越少，他注意到内厄姆忧心忡忡，其家人也变得少言寡语，不再像过去那样定期前往教堂参加村民们的联谊活动。

尽管他们一家人时不时会抱怨身体变差，心理也总是莫名紧张，但却找不出任何少言寡语和心情沮丧的原因。倒是内厄姆给出了一个明确的理由，是雪地上的一些脚印搅得他心神不定。那些不过是冬天里常见的红松鼠、白兔以及狐狸留下的脚印，但这位焦虑的农民声称，他看到了一些不太对劲的东西。他从来没有说明白是什么，但似乎认为那些松鼠、兔子和狐狸，与它们原本的生物特征不符。

起先，阿米不信内厄姆的话，直到一天晚上，他驾着雪橇从克拉克街角返回，途径内厄姆家时，看见了一只兔子。它在皎洁的月光下，横穿公路，跳跃的距离，吓坏了阿米和他的马。若非阿米及时勒住缰绳，马就要受惊了。

自那以后，阿米开始慎重对待内厄姆所说的一切。最令人诧异的是，为什么内厄姆家的狗，每天早上都蜷缩着打哆嗦，到后来几乎连吠叫的精神都没有了？

2月，草甸山麦格雷戈家的孩子们，在内厄姆家不远处，捕获了一只怪异的土拨鼠。它的身体比例似乎有一种无可名状的异常变化，脸上露出一种不属于土拨鼠的表情。

孩子们被吓坏了，马上把那东西扔掉了。村民们只是听说了这件事，并未亲眼所见。但马在内厄姆家附近受惊，已是司空见惯。形成风言风语的一系列基础要素，就这样快速发酵。

很多人都赌咒发誓说，内厄姆家附近的雪融化得更快。3月初，村民们聚集在克拉克街角的波特杂货店，展开了一场关于可怖之物的闲聊。斯蒂芬·赖斯早上经过内厄姆家时，注意到路边的淤泥里长出了臭菘[23]、体型巨大、颜色古怪、形态畸异，散发出的恶臭让马都难以忍受，不住地打响鼻。

那天下午，又有一些人专程驾车去看那些异常的植物，他们一致认为，这样的植物根本不应该存在。人们七嘴八舌地提及去年秋天收获的苦果子，都认为内厄姆家的土地有毒，罪魁祸首当然就是那块陨石。几个农民想起大学里的专家们曾发现过陨石的异样，就把这件事告诉了他们。

---

23 | 臭菘，生长在温带沼泽和草甸中的一种植物，会散发难闻的气味。

专家们来到内厄姆家，但并不想听什么乡野怪谈或鬼故事，这与他们秉持的理性研究方式相悖。

那些植物固然奇特，但所有的臭菘的形态和颜色也多少有些奇怪。也许是陨石中的某些矿物质渗入了土壤，但用不了多久就会被雨水冲走。至于那些奇怪的脚印和受惊的马——这是陨石坠落必然会引发的乡野传闻。因为迷信的乡下人什么都说、什么都信，而有理性精神的研究者不会被这些传闻所影响。

因此，在那段诡秘的日子里，几乎所有的专家都对此事不屑一顾。只有一位专家，在一年半后为警方分析两小瓶灰尘样品时才回想起，臭菘怪异的颜色，与陨石在分光镜下显示的怪异光谱非常相像，也很像陨石内核里那个彩球的颜色。

在这项案例分析中，土壤样本起初也显示出同样奇怪的颜色，但后来这种特征就消失了。

内厄姆家附近的树，都过早地发了芽，一到晚上，它们就会在风中令人不安地摇曳。内厄姆的二儿子萨迪厄斯，一个十五岁的小伙子，他发誓说那些树在没有风时，也会不停摇摆。当然，这比流言更让人觉得不靠谱。然而，空气中的确时刻弥漫着不安。

内厄姆一家都养成了偷听的习惯，尽管他们都没法说清楚到底听到了什么。事实上，这种偷听是在他们脑子不太灵光时发生的。不幸的是，这种情况日趋严重。

到后来，所有人都在说："内厄姆家的人脑子坏掉了。"

刚刚长出的虎耳草也有一种奇怪的颜色，虽然和臭菘的颜色不一样，但明显脱不了干系。内厄姆采了一些花，拿去给阿卡姆报社的编辑们看，但编辑部只是写了一篇关于虎耳草的讽刺文章，却不知道其中隐藏着村民深深的恐惧。

内厄姆的错误在于，他不该把那些疯狂生长的黄缘蛱蝶与虎耳草之间的联系，告诉一个麻木而冷漠的城里人。

到了4月，村民们因恐惧而陷入躁动，他们抗拒经过内厄姆家门口的那条路，以至于让它荒废。起因还是那些植物，果园里所有果树都开出颜色怪异的花，就连院子里的砂石地面和附近的农场都被传染了，只有植物学家才能分辨出它们原本的样子。除了绿色的草地和树叶，那里已经找不到任何正常的颜色，到处都是畸形而旺盛的棱柱状变体植物，在地球上任何地方都不可能寻见。

兜状的荷包牡丹成了一种邪恶威胁，血根草在妖异的艳丽中恣意生长。阿米和内厄姆一家都觉得这些颜色似曾相识，不由地想到了陨石核中那个破碎的彩球。

内厄姆避开房子附近的土地，在那十英亩的高地草场上播种。他寄希望于夏天疯长的植物，盼着它们把土壤里的毒素吸走。他已做好了最坏的打算，也渐渐习惯了身边有声音等着他去倾听。邻居们对他的房子避之不及，这当然让他难过，但更难过的人是他的妻子。

孩子们整天待在学校里还好些，可周围的流言蜚语，也难免伤及他们。萨迪厄斯特别敏感，所以他受到的伤害也最大。

5月，昆虫开始出没。

内厄姆的家附近满是梦魇般的虫鸣和爬行动物。大多数昆虫的外形和习性，都发生了变异；它们在夜间出没的习性，也不符合以往的规律。内厄姆一家又养成了夜间观察的习惯，查看四面八方，寻找着说不清道不明的东西。

这时他们才承认萨迪厄斯关于树木无风自动的说法是真的。内厄姆的太太是第二个看到的人，当时她正透过窗口望着月光下一棵枫树臃肿的枝干。那夜根本没有风，但枝条却摇摇晃晃，她想那一定是枫叶排出汁液的缘故吧。

如今，一切活物都变得非常奇怪，不过这回可不是内厄姆家的人发现的，日复一日的怪事已让他们变得麻木。一天晚上，一个从博尔顿来的风车推销员，无视乡野传闻，经过了内厄姆家，这位胆小的推销员看见了内厄姆一家从未见过的景象。

他将经历写成豆腐块大小的文章，在阿卡姆的报纸上登了出来。所有的村民，包括内厄姆，都是从报上看到的。

那天晚上特别黑，车灯昏暗，山谷中的一个农场附近——众所周知是内厄姆家，却不那么黑。所有植被、枝叶、草地和花朵，都发着一种微弱却清晰的光芒。有那么一瞬间，一小片磷光在谷仓附近的院子里缓缓移动。

直到那时为止，牧草还未受到影响，奶牛在周边的草地上悠闲地咀嚼。但到了5月底，牛奶开始变质。内厄姆把牛群赶到高地后，奶牛又恢复了正常。此后不久，草和叶子的变化肉眼可见。所有青翠的草木都变成灰色，并且异常发脆。

现在，阿米是唯一还会登门拜访的人，但他来的次数也少了。当学校放假后，内厄姆家几乎与世隔绝，只是偶尔会托阿米到镇上办点事儿。他们的身体和神志越来越衰弱，因此，当内厄姆妻子发疯的消息传开时，人们并不惊讶。

这事发生在6月，距陨石坠落大约一年，这个可怜的女人对着空气中漂浮的不明物惊声尖叫。她的胡言乱语里没有名词，全是代词和动词：有东西在移动、在变化、在漂浮，耳鼓膜被非声音的脉冲刺痛，有东西要被拿走了——她即将被耗尽——某种不应该存在之物缠住了她——必须有人阻止——在夜晚没有什么是静止的——墙壁和窗户都在移动。

内厄姆并没有把她送到镇上的精神病院,而是让她随意在房子周围活动,只要她不伤害到自己或别人。即使她的神情与以前有着天壤之别,他也无动于衷。但孩子们害怕母亲,萨迪厄斯看见她做鬼脸,差点被当场吓晕过去。内厄姆只好把她锁在阁楼里。

到了7月,她已不再说话,并用四肢爬行。在月底之前,内厄姆产生了疯狂的念头——他的妻子在黑暗中幽幽发光,跟附近那些植物一样。

在此之前不久,马匹受惊严重。夜里有某种莫名之物让它们受了惊吓,它们在马厩里剧烈地嘶鸣和踢打。内厄姆无法让它们平静下来,只好打开马厩的门,马像受惊的鹿一样冲了出去。内厄姆花了一周才找到它们,却发现它们已经失去控制,有什么东西破坏了它们的神经,用枪击杀已是它们最好的解脱。

内厄姆找阿米借了一匹马来运干草,结果那匹马死都不愿接近谷仓,它惊恐地哀鸣着向后退缩。没办法,内厄姆只好把它留在院子里,并用人力把沉重的马车推到干草棚,以方便装卸。

植物又灰又脆,先前那些颜色怪异的花儿也变成了灰色,甚至果实也是灰的,吃起来味同嚼蜡。紫菀和鼠尾草开出了灰蒙蒙的畸形的花,前院的玫瑰、百日菊和蜀葵都是一副污秽而妖异的样子。内厄姆的大儿子泽纳斯砍掉了它们。而那些怪异地膨胀起来的昆虫,就是那时死掉的,就连离开巢穴、飞进丛林的蜜蜂也难逃一死。

到了9月,所有植物碎成粉末,内厄姆担心在土壤的毒素被吸收殆尽之前,所有树木就会死去。他的妻子不时发出可怕的尖叫,他和孩子们则时刻高度紧张。他们开始避开人群,孩子们也不再去上学。而阿米在为数不多的几次拜访中，发现内厄姆家的井水出了问题。那是一种让人作呕的味道，却既不是恶臭也不是苦咸。

阿米建议他的朋友在高处新挖一口井，在周边的土壤恢复正常之前使用，但内厄姆却置之不理，他已经对这些怪异的事麻木了。在那些不见天日的日子里，他和孩子们淡漠而机械地喝着那些被污染的井水，吃着匮乏而难以下咽的饭菜，做着单调而徒劳的事，麻木不仁、听天由命，仿佛一半的魂魄已经迈入另一个世界，跟着无名守卫走向那人尽皆知的必然归途。

9月时，萨迪厄斯去了一趟井边就疯了。他去时拎着一只桶，回时却空着手，尖叫着挥舞手臂，一会儿傻笑，一会儿喃喃自语："井里有会动的颜色。"一家有两个疯子，实在太糟糕了，但内厄姆却表现得颇为大胆。内厄姆让那孩子活动了一周，直到他跌跌撞撞地就要摔伤自己了，才把他关在阁楼上，关在他母亲对面的一个房间里。

母子俩在锁死的门后尖叫，声音阴森恐怖。小儿子默温十分害怕。他觉得母亲和哥哥在用一种不属于地球的可怕语言交流。他的想象日渐离奇，自从和他最要好的二哥被关起来后，他就愈发不安。

与此同时，内厄姆家的牲畜开始死亡。家禽变成灰色后，很快就死掉了。切开后发现它们的肉质干朽且恶臭扑鼻。猪越来越臃肿，产生了无人可以解释的可怖变化，猪肉自然也不能吃了，内厄姆对此束手无策。村里的兽医不愿上门，从阿卡姆来的兽医也对此迷惑不解。

猪发灰变脆，在死之前就摔成了碎片，眼睛和嘴部发生了畸变，这令人极为费解，因为它们从未吃过任何被污染的植物。随后遭殃的是奶牛，身体的某些部分或者全部开始干瘪萎缩，它们的结局和那些猪一样——变灰变脆，然后四分五裂而死。

这些事不存在人为投毒的可能，因为这些都发生在一个紧锁的谷仓里，少有人经过。也不可能是因为被小动物咬伤而感染了病毒，地球上还不存在可以穿越固体的活物。只能判定是一种天然疾病，至于是什么病，没有人知道，甚至超出了人类的理解范畴。

等收获季节来临，此地已见不到什么活物了。牲畜和家禽死绝，狗也逃走了。三条狗一夜之间消失得杳无踪迹。家里的五只猫前几天也走了，但没有人在意，因为老鼠早已消失殆尽。只有内厄姆的妻子在发疯之前，会把那些猫当作心肝宝贝。

10月19日，内厄姆踉跄着冲进阿米家，告诉了他一个噩耗。可怜的萨迪厄斯死在了阁楼上，死状凄惨。内厄姆在农场后面围着栅栏的家族墓地里挖了个坟坑，埋葬了他。

萨迪厄斯的死与外界无关，因为上锁的窗户和门都完好无损，这和谷仓里的情形一模一样。

阿米夫妇尽可能安慰这个屡受打击的男人，不过心里都惶恐不安，感到有一股恐怖的力量，紧紧扼住内厄姆一家不放，他家的一切都萦绕着一种来自异界的气息。

阿米迫不得已地把内厄姆送回家，尽力安抚哭到撕心裂肺的小默温。泽纳斯倒是不需要安抚，这段时间他神情空洞，除了听父亲的吩咐，什么都不做。阿米觉得，这已经是命运对他的垂青了。

偶尔，阁楼上会传来虚弱的声音，回应默温的尖叫声。面对阿米的疑惑，内厄姆解释说，他的妻子已极其衰弱。

直至夜幕降临时，阿米才从内厄姆家成功脱身。

当植物开始发光、树木无风自摆，即便再深厚的友情，也无法让他留在那个地方。庆幸的是阿米想象力不够，但他的精神仍然受了影响。

倘若他有能力把周围发生的怪事都联系起来,并加以深入思索的话,他将彻底发疯。

暮色之中,他行色匆匆,耳边回荡的,尽是那个疯女人和孩子歇斯底里的尖叫声。

三天后的清晨,内厄姆冲进了阿米家的厨房。阿米不在家,皮尔斯夫人被内厄姆前言不搭后语的讲述吓坏了。

这次是小默温不见了。

昨天晚上,他提着灯笼和水桶去打水,就再也没有回来。而在出事前几天,他早已精神崩溃,无法自控,只会对着一切尖叫。

当时,院子里传来一声惨叫,内厄姆赶出去时,孩子已经不见了,灯笼和桶也一起消失了。内厄姆在树林和田野里找了整整一夜,天亮时拖着沉重的步子回来,却在井边看到一些奇怪的东西。

一团熔化的废铁,勉强看得出是灯笼。一个弯把手和扭曲的铁箍,都已经被熔了一大半,似乎是残留的水桶。

这就是整件事情的经过,内厄姆不敢有过多的联想。皮尔斯夫人听完后大脑一片空白。阿米回家听说此事后,也是一头雾水。

小默温不见了,告诉别人也于事无补。所有人都在回避内厄姆一家,而阿卡姆镇里那些人听说了,也只会当作无稽之谈。

萨迪厄斯死了,默温也不见了,有什么毛骨悚然的东西正潜伏在黑暗中蠕动,等待被人察觉。内厄姆自忖也将遭此厄运,他希望阿米能帮忙照顾他的妻子和泽纳斯——倘若他们能幸免于难的话。

这一定是天谴,但内厄姆想不出是什么原因——因为他一直都严格遵循上帝的旨意,为人处世问心无愧。

在两周没见到内厄姆之后,对朋友的关心让阿米克服了恐惧,朝内厄姆家走去。

看见高大的烟囱不见炊烟,阿米意识到,最坏的情况可能已经发生。整个农场的景象令人震惊——地上积满了枯朽的灰草和树叶,古老的墙壁和屋脊上散落着葡萄藤蔓的残骸,光秃秃的大树朝着11月灰色的天空恶意地伸出树枝。

幸运的是,内厄姆还活着,只是虚弱不堪地躺在厨房的一张靠椅上,还有一些意识,能够向泽纳斯发出简单的命令。

房间里滴水成冰,内厄姆见阿米打寒战,嘶哑地呼喊泽纳斯给炉子里添点木柴。壁炉空荡荡,没有烧火,烟囱里灌入的风,将烟灰刮得四处乱飞。

过了一会儿,内厄姆问阿米,添进去的木柴有没有让他舒服一些,这时阿米才恍然大悟。

最结实的绳索也会绷断——这个不幸的农民已经崩溃了。

经过反复询问,阿米始终无法问出泽纳斯的下落。

"在井里——他就住在井里——"这位神志不清的父亲,只能给出这样不知所云的回答。

这时,阿米想起内厄姆的妻子,便转而打听她。

"娜比?问她干什么,她就在这里啊!"可怜的内厄姆惊讶地答道。

阿米意识到他得自己去找了。他任由那个人畜无害的胡言乱语者在椅子上躺着,自己从门旁边的钉子上取下钥匙,沿着咯吱咯吱的楼梯,爬上阁楼。

这里十分逼仄,且恶臭汹涌,听不见任何响动。眼前的四扇门,只有一扇是锁着的,他用手里的钥匙逐一尝试,到第三把时,锁打开了。经过一番摸索,阿米终于推开了那扇低矮的白色房门。

里面漆黑一片，本来就小的窗户被粗木条遮挡了一半，完全看不清地板上有什么。空气中的恶臭令人作呕，以至于在进去之前，阿米不得不先退到另一个房间透透气。当他再次走进房间后，终于看见了角落有个黑乎乎的东西，就在看清的瞬间，他惊声尖叫起来。

与此同时，阿米觉得窗户有一刹那似乎被阴影遮住了，转瞬之间，他的身体被一股可恶的气流撞了一下。妖异的色彩在他眼前飞舞，如果不是恐惧占据了他，他会立即想起陨石里那个被锤子敲碎的彩球，想起春天发芽的病态植物。

但当时他想到的还是面前那个渎神的畸形怪物，显然遭受了与萨迪厄斯和那些牲畜同样的、不可名状的命运。更可怕的是，它一边溃散，一边在移动。

阿米不愿给我讲更多的细节，在接下来的讲述中，他再也没有提到那个在角落里的不明怪物。

有些东西是不能提及的，有时候人性的行为，却往往会遭到这种定律的严酷审判。我猜那个阁楼的房间里，并没有留下任何活的东西。在那种情况下，任何负责任者，都不可能让那个房间里留下任何可以活动的玩意儿，否则他将万劫不复。

除了阿米这个迟钝的农民，任何人都可能当场晕厥或发疯，但阿米却意识清醒地走出那扇矮门，将他身后那个受诅咒的秘密锁起来。现在还有内厄姆需要照顾，需要吃饭，更需要收拾一下，送去某个能够照料他的地方。

阿米正要下楼梯，楼下传来一声巨响，就像忽然噎住的尖叫声，他紧张地想起刚才在房间里擦过他身体的阴冷气流。他刚才的闯入和尖叫，究竟惊动了什么不可名状之物？莫名的恐惧让阿米停下脚步。他听到楼下的响动,明显是一种沉重的拖拽声,还有某种邪魔吮吸时发出的那种黏糊糊的恶心声音。

混乱的感觉达到了极顶,阿米不住地想起他在楼上看到的东西。

天啊!他到底误入了一个怎样恐怖的噩梦地狱?他既不敢后退,也不敢向前走,只是站在狭窄的楼梯拐角处哆嗦。整个场景的每一个细节都烙在他的脑髓里——声音,可怕的预感,黑暗,陡峭的楼梯——我的天哪!眼前的所有木制品,都发着微弱但清晰的光。无论是楼梯、侧柱,还是裸露的椽子和横梁,全都如此。

此时,马疯狂的嘶鸣从外面传来,接着是惊慌逃窜的声响。不一会儿,就跑得没了声音。

惊惶的阿米站在黑暗的楼梯上,猜测究竟是什么惊了他的马。但事情还没有结束,外面又传来另一种声音,听起来像是液体飞溅——是水,一定是那口井。

阿米把那匹叫"英雄"的马拴在井边,一定是马惊走时,车轮子把井边的石头撞进了井里。

而那些古老得令人生厌的木头,仍然在闪烁着惨白的磷光,天哪!这房子实在是太老了,大部分建于1670年以前,复折式的屋顶也不会晚于1730年。

这时,楼下响起了清晰而微弱的刮擦声,阿米紧握着一根从阁楼捡来的粗木棍,壮着胆子下楼,朝厨房走去。

他忽然驻足,他要找的玩意儿已经不在厨房了。

它朝阿米走来,它还活着。阿米不知道它究竟是自己爬过来的,还是被外力拽过来的,它快要死了。

所有的一切,都发生在刚过去的半刻钟内,但是崩溃、灰化和瓦解的过程早就开始了。眼前的玩意儿脆得吓人,不时有干燥的碎片扑簌脱落。阿米不能碰它,只能惊惧地看着那张扭曲变形的脸。

"那是什么?内厄姆——那是什么?"阿米小声问。那开裂而肿胀的嘴唇给出了最后的答复:

"没什……没什么……那颜色……燃烧起来……又冷又湿,但是会燃烧……它住在井里……我看见了……一种烟雾……就像去年春天的花……夜间在井里发光……萨迪、默温、泽纳斯……所有活物……从所有事物中汲取生命……在那块陨石里……肯定是从那块石头里来的,全都被毁了……不知道它想要什么……大学那些人挖出来的圆球……他们打碎了它……它们的颜色是一样的……花和植物也一样……还有更多的……种子……种子……它们越来越多……我在这周第一次见它……它一定在泽纳斯身上获得了能量……他是个大男孩,蕴含活力……它击垮了你的神志,然后你就……燃烧了……在井水里……你是对的……水坏掉了……泽纳斯再也没从井边回来……脱不了身……吸住了你……你知道有什么东西要来……但没有用……自从泽纳斯被带走,我就一直看见它……娜比怎么样了,阿米?……我的脑袋不行了……不知道有多久没有喂她吃饭了……如果我们不小心,她就会被抓走……只是一个颜色……到了夜里,她的脸上就会变成那种颜色……它一边燃烧一边吮吸……它来自异界……一位专家这么说过……他是对的……你要小心,阿米,它还会继续……直到把所有生命吸干……"

这就是全部,说话的玩意儿再也无法发声,它已经完全溃散了。

阿米找来一块红格子桌布盖住那堆遗迹,跟跄着从后门逃到田里。他沿着山坡,爬上那十英亩草场,又沿着北边的公路穿过树林,跌跌撞撞走回家。

他不敢从那口井边上经过，之前他透过窗户发现，井边没有缺少石块，显然马车根本没有撞到什么。落水声是别的东西发出的，有东西在杀死了可怜的内厄姆之后，又回到了井里。

阿米赶回家时，马早就回来了，这可吓坏了他的妻子。但阿米并未向她解释，就立即动身去了阿卡姆，向当局报告内厄姆一家死亡之事。他没有详述细节，鉴于萨迪厄斯的死亡早已人尽皆知，他只讲了内厄姆和娜比的死。他提到内厄姆夫妇的死因，与致使家畜死亡的怪病相同。另外，他也说了默温和泽纳斯失踪的事。

阿米在警察局接受了大量询问，最终，他被迫带着三名警官，连同验尸官、法医和经验丰富的兽医一起，去了内厄姆家的农场。

阿米对此极为抵触，他一点也不想去。已是午后，他担心到达那个被诅咒的地方时天就黑了，不过好在有多人同行，让他稍感宽慰。

六人乘着一辆双座敞篷马车，跟在阿米的马车后，约在下午四点钟到达农场。尽管这群人已见惯了惨绝人寰的场面，但对着阁楼上和红格子桌布下的东西，还是做不到无动于衷。整个农场呈现的枯萎荒凉的场面已经够可怕了，而那两个破碎的玩意儿简直超出了人能接受的极限。没有人能够长时间盯着它们，就连验尸官都说没什么好验的。

当然，他还是需要取些样本回去分析，于是就忙着去取样本。两个装有粉尘的小瓶，在大学实验室里得出了一个令人费解的结论。在分光镜下，样本呈现出未知光谱，与去年那块陨石的检验结果完全一样。但这个特性，在一个月内就消失了，剩下的尘埃主要是碱性磷酸盐和碳酸盐。

倘若阿米知道他们当场就要查个究竟，他绝不会讲出水井的事。当时已是日暮，他急着想离开，忍不住紧张地瞥了一眼水井的石栏，这引起了一个警官的警觉。

警官询问他，阿米不得不说出内厄姆一直害怕井里有什么东西，以至于不敢到井里寻找默温或泽纳斯。

随后，他们打算将井排干彻底检查。阿米只好战战兢兢地在旁边看着他们将一桶又一桶散发着恶臭的水提上来，泼在旁边的泥地上。开始所有人都强忍着恶心，但到最后全都捂上了鼻子。

整个过程并不长，因为井的水位很浅。没必要具体描述他们发现的东西。默温和泽纳斯确实在里面，但只剩骸骨。此外还有一头小鹿和一条大狗的残骸，以及众多小动物的骨头。

井底的淤泥异常疏松，布满气孔，不住地冒着泡泡。

有人用一根长杆测试深度，却发现木杆可以插到任何深度，没有碰到任何坚硬的物体。

夜幕降临，他们点起灯笼，想从井里找到更多的东西，却白白折腾，最后只好回屋，坐在客厅里商量。

此时，半轮残月如幽灵般将月光洒在荒芜枯萎的原野上。所有人都坦承自己无能为力，他们实在找不到任何有说服力的证据，把植物的变异、家畜的畸变和人的不明疾病，以及默温和泽纳斯在井中离奇的死亡联系起来。

他们的确听过乡野传闻，但无法相信任何超自然的事物。

毫无疑问，陨石污染了土壤，但那些人和动物是另一回事儿，毕竟他们并没有吃过这片地里的东西。或许跟井水有关？非常有可能。分析井水或许会解开谜团。

不过，究竟是怎样的疯狂，才能让两个孩子都跳进井里？他们的行为如此相似，从残骸可以看出，他们同样遭受了变灰、变脆直至死亡的

过程。

为什么一切都会变成灰色继而碎裂呢?

验尸官坐在最靠窗的地方,是他首先注意到水井附近的光。夜幕笼罩大地,该死的泥泞闪着微光,并非反射的月光,而是一种更为明亮的光芒。似乎是从那口幽暗的井里照射出来的,倒映在周围的小水洼里。它的颜色相当古怪,正当大家聚集在窗前张望时,阿米猛然颤抖了一下。因为这种阴森的瘴气所发出的怪异颜色,对他来说并不陌生。一年前,他就在陨石里的彩球上见过,在春天疯长的那些植物身上见过,今天早上还在发生不可名状之事的阁楼上见过——有那么一瞬间,他在窗户栅栏上看见了它,随即一股阴湿的气息从他身边掠过。然后,可怜的内厄姆,就被有颜色的东西夺走了性命。

内厄姆临终前也说过,说它像那个球和那些植物。在那之后,院子里的马便挣脱逃跑,井里传出水花飞溅的声音。

此刻,那口井再一次喷射出苍白的妖异之光。

多亏阿米头脑警觉,在这样紧张的时刻,还能保持理性思考。他突然想到白天的蒸汽和夜间闪着磷光的水汽,显然来自同一种颜色。这是违背自然规律的,他想起内厄姆可怕的遗言:"它来自异界……一位专家这么说过……"

屋外拴在路边枯树上的三匹马,正在疯狂地嘶鸣踢打。马车夫刚想出去,被阿米一把拉住。

"别出去!"他轻声说,"外面正发生我们理解不了的事,内厄姆说过,井里的东西会把人吸干。他说那东西来自一个球,是去年6月那块陨石带来的,它吮吸生命并燃烧,颜色就像外面那光的颜色。谁也看不见,谁也无法说出它到底是什么。内厄姆认为它以生命为食,不断变得强壮。他在上周见过那东西。如专家们所说，它来自遥远的异界，那里并非上帝创造之处，与我们的世界截然不同。"

正当屋里的人犹豫不决时，井里射出的光线越来越强，三匹马一边癫狂地乱踢一边绝望地哀鸣。这真是个可怕的时刻，一栋古老的受诅咒的房子，房后四具令人毛骨悚然的残骸——两具来自屋内，两具来自井底。房前那口黏稠的井里，正在喷射着未知的邪恶虹光。

阿米一时冲动制止了马车夫的行为，他忘记了自己在阁楼房间里被彩色雾气擦到也毫发无损，不过这样做也没什么坏处。

没有人知道那晚外面究竟是何物，虽然这个来自异界的邪灵尚未伤害到任何意志坚强的人，但很难预料它最后会做什么。它的力量正在变强，在这云遮半月的天空下，它很快实现了自己的目的。

突然，窗口附近的一个警官猛吸一口气，其他人都望向他，并且随着他的目光往上看。他们的视线被紧紧拽住，每个人都因恐惧而沉默了。关于阿卡姆乡村的传闻再也没有必要争执，因为眼前的事实，足以说明一切。

他们后来私下达成一致意见，永远不在阿卡姆地区提及"诡秘的日子"。必须说明的是，当晚那个时候没有一丝风——虽然不久后的确起风了，但当时绝对没有，就连残存的枯朽篱笆和马车顶棚的穗子都纹丝不动。然而，在这紧张的时刻，院子里所有的树都摇晃着光秃秃的高树枝，如痉挛般抽搐着，在月光下的云层中癫痫般抖动，在有毒的空气中张牙舞爪——仿佛那些树黑色的根，正在与地下某些恐怖的无形之物撕扯纠缠。

每个人都屏住呼吸，随着一团黑云遮月，张牙舞爪的树影暂时消失了。所有人都惊呼起来，他们的声音因恐惧而显得压抑和嘶哑，听起来几乎一模一样。

可怖之物并没有随着阴影消失。就在这可怕的黑暗瞬间,他们看到树梢上有成千上万的光点在蠕动,喷射着微弱而邪恶的虹光,像摇曳的圣火,像圣灵降临节圣徒们头上滚动的火焰。那些非自然的光芒聚集在一起,就像一群食尸的萤火虫,围着一块受诅咒的沼泽,跳起了来自地狱的恶魔之舞。

阿米认识并畏惧这种颜色,那个来自遥远异界的无名之物。

水井里的磷光越来越亮,这让挤在屋里的人产生了一种必死无疑的感觉,这种感觉占据了他们全部的大脑,让他们再无别的想法。

磷光不再是闪耀,而是喷涌而出,宛如一条无形的激流,裹挟着无可名状的颜色,涌向天际。

兽医吓得瑟瑟发抖,他走到门前,又加上了一根结实的门闩。阿米抖得更厉害,他想让大家注意到树木亮度在增加,却由于惊恐过度发不出任何声音,只好指给他们看。马的嘶鸣和踢蹄声已经失控,但房子里的人谁也不敢以身犯险。

随着时间流逝,树木的光越来越亮,狂躁的树枝不断绷紧,越来越趋向垂直。水井边缘的木头也闪闪发光。一个警官无声地指着西边石墙附近的几间木棚和蜂房,它们也开始发光了。不过马车似乎还没有受到影响。

外面传来一阵剧烈的骚动和撞击声,为了看清发生了什么,阿米熄了灯。原来是那些已经发灰发狂的马匹,挣断了树桩,拖着双座敞篷马车跑掉了。

过度震惊反而让人恢复了理智,他们尴尬地低声聊了几句。

"它吞噬了附近所有的活物。"法医喃喃地说。但没有人回答,只有那个曾经下过井的人提示，或许那根长杆搅动了井下某种无形之物。"这太可怕了！"他补充道，"根本没有底，只有冒着泡的淤泥，下面像是藏着什么东西。"

阿米的马仍然在外面嘶吼乱踢，当他哆嗦着想说出自己杂乱的想法时，马那震耳欲聋的嘶鸣，几乎要将他的声音淹没。

"它来自于陨石……在井底长大……吞噬一切活物……以精神和肉体为食……先是萨迪，然后是默温和泽纳斯，还有娜比……最后是内厄姆……他们都喝过井里的水……它获取了能量……它来自遥远的异界，那里的一切与这里不同……现在它要回家了……"

这时，突然爆发出一束未知颜色的光柱，编织扭曲成某种怪异的形状——每位目击者的描述都不一样。

接着，那匹名为"英雄"的马发出了空前绝后的惨叫声，所有人都捂住了耳朵，阿米更是因恐惧和恶心而离开了窗口。这一切都莫可名状。当阿米再次向外看时，在洒满月光的地面上，那不幸的野兽已蜷缩成一团，一动不动地躺在马车支离破碎的车辕之间。

第二天，人们才将它埋葬，那是"英雄"的最终归宿。但现在还不是哀悼它的时候，有一个警察提醒大家，那些恐怖之物已经入侵房间了。因为灯光熄灭，大家可以清楚地看到一种微弱的磷光弥漫在整个房间。木地板、破地毯的碎片，以及小窗户的窗棂，都开始发光。磷光很快蔓延到裸露的角柱、附近的碗架和壁炉上，甚至窜到了每一扇门和家具上。

亮光时刻都在增强，显而易见的事实是——想要活命，就得马上逃离这间房子。

阿米带着他们从后门离开，一行人沿着小路，穿过田野，来到那块十英亩的草场。他们仿佛身处噩梦，一路跌跌撞撞，直到走上高地，才敢回头张望。

他们庆幸还有这条路可以逃走,倘若要走前门,恐怕无人敢直面那口水井、那些闪着磷光的谷仓和木棚,以及那些畸形如恶魔通体闪光的果树。万幸那些枝干只是向上缠绕。当一行人穿过查普曼河上的小桥时,月亮被乌云笼罩,他们只能摸黑前行。

当他们回望山谷及远处的内厄姆家时,目睹了一幅可怕的景象:整座农场,包括里面的树木、建筑物、还有那些尚未彻底变成灰色的草,全都闪烁着未知的异彩。

树枝朝向天空伸展,树梢燃烧着邪恶的火苗,可怖的火焰同时蔓延到房屋、谷仓和木棚的房梁上。这样的场景,简直是富泽利[24]的画作:井里喷射的神秘异彩,闪烁着妖异虹光,笼罩着一切——以它所在宇宙的法则——沸腾、感触、舔舐、伸展、闪烁、变形、邪恶地冒着泡。

然后,这个骇人之物如火箭、如流星,毫无预兆地向天空直射,在人们发出惊叹之前就消失在夜空,只在云层留下一个规则的圆洞。在场的人都绝不会忘记这一幕。阿米茫然地注视着天鹅座星群,那些莫名的异彩在"天津四"闪烁之处溶入了银河系。

不过,所有人的视线都被山谷里的噼里啪啦声扯回来,事情就是这样——每个人都可以证明——那绝非爆炸,而是木头崩裂。无论怎样,结果是相同的:在那个千变万化的瞬间,那座惨遭厄运诅咒的农场里,那些非自然的火光和物质,忽然爆发出一股强烈的光芒,刺痛了目击者的眼睛。

崩裂产生的尘雾夹杂着异彩的碎片冲上云霄,我们的宇宙一定与之相克。那些不祥之物迅速聚合,随着无名异彩的轨迹,转瞬即逝。

---

24 | 瑞士画家,作品吸收了布莱克式的幻想和象征手法,具有飘逸的动态、扭曲的造型、充满寓意和暧昧不明的隐喻。

身处无尽的黑暗,没有人敢回去探个究竟。狂风呼啸而来,似乎来自黑色星际的深渊。它厉声号叫,疯狂肆虐,鞭打着田野和扭曲的树木。七个心如死灰的人意识到,今晚再也等不到月光,让他们看清内厄姆农场的惨状了。

大难不死,他们没有心情表达什么见解,拖着沉重的步子,沿着北边的路走回了阿卡姆。阿米的状态比其他人更差,他央求伙伴们在回镇之前先把他送回家。他可不想独自穿过那片狂风呼啸的黑暗森林,因为,他看到了别人没看到的东西,让他在未来的许多年间,一直深受折磨却缄口不言。

就在刚刚狂风大作时,就在其他人因恐惧而不敢回头时,只有他勇敢地回头,朝山谷里不幸的朋友家望了一眼。他亲眼看见有个东西,从那灾难之地乏力地升起,又很快地下坠。而它坠落的地方,正是那个巨大无形的可怖之物冲上云霄之前所居之处。

显然它只是一种颜色,却并非我们熟知的颜色,也不属于我们这个地球和宇宙。阿米认得那种颜色,他知道还有一部分残余物潜伏在井里,这让他余生都未能得到安宁。

阿米再也不愿靠近那个地方。四十年过去,他一次也未曾去过,他很欣慰水库即将把那里淹没。

对此,我也很高兴,因为我不愿自己经过那里时,看见阳光被扭曲成其他颜色。我希望水库里的水永远很深,但即便如此,我也绝不会喝上一口,并且我以后再也不会到阿卡姆的乡村来。

那天跟阿米在一起的三个人,次日凌晨回到农场。他们在日光下搜索着废墟,但那里只剩下烟囱上的砖头、地窖里的石头、七零八落的矿石和金属废弃物,以及那口邪恶水井的井沿。

他们埋葬了阿米的马,把马车还给了他。所有曾经活着的东西都消失殆尽,如今此处枯梅朽株,只剩五亩尘土飞扬的不毛之地。直到今天,它都像是森林和田野被酸液腐蚀出的一个巨大斑点,裸面朝天。尽管乡间有这样或那样的传说,但几个曾瞥见过这里的人,都将此处称为"枯萎荒地"。

乡村的流言总是颇为怪诞,但是如果城里人和化学家们有兴趣来分析那些废水,或者那些风也吹不散的灰色尘埃,那么传说就会变得愈发古怪。植物学家们也应该研究一下此处的植物,或许可以证实一些村民的说法:枯萎荒地正在一点点扩大,尽管一年也许只扩大一英寸。

那些人说,每年春天此地的牧草颜色都不太正常,冬天的雪地里还会有一些野兽怪异的足迹。在枯萎荒地,积雪似乎总是比别的地方薄。在这个汽车兴盛的时代,所剩无几的马匹仍然会在死寂的山谷里躁动不安,而猎犬们在接近灰色尘埃时嗅觉就会失灵。

这件事给本地人也造成了精神创伤,在内厄姆离开后的几年里,许多人都变得不太正常,但他们总是无法决绝离去。后来,那些意志强悍者都走了,只有外来者才敢住在那些破败的老房子里,却也未能久居。他们抱怨说,那个鬼地方总是古怪到让人无法直视,幽暗的山谷总能激起人们畸形的幻觉,就连梦境都惊悚至极。

旅人经过山谷时,总会莫名不安;画家在描绘这些过于茂密的树林时,也总是惊惧不已。它的诡秘不只是视觉上的,更多的是精神冲击。让我吃惊的是,在我还没有听阿米讲述这些之前,当我独自穿越那片土地时,竟然有相同的恐惧。

暮色降临时,我暗自希望有乌云聚集,对头顶上那片深邃无垠的夜空的畏惧,似乎已深入灵魂。

这就是我了解到的一切。不要问我对此有何意见，我也不知道。在阿卡姆，除了阿米之外无人可以求证、无人愿意谈及"诡秘的日子"，那三位见到过陨石和彩球的专家早已逝去。

我相信陨石里不止一只彩球，它们当中的一只汲取了足够的养分后离开了，还有其他同伴未能及时离开。毫无疑问，它们还留在井底，每当看见瘴气氤氲的水井边缘的阳光，我就觉得不太对劲。

村民们说枯萎的面积每年都在扩大，说不定就是那个东西在吸收营养，缓慢成长。但不管那鬼东西是什么，它必须有所依附，难道它缠绕在那些奇形怪状的大树根部吗？

如今，阿卡姆的传言就是那些粗壮的橡树会在夜里发光，无风摇曳。

它究竟是什么，上帝才知道。根据阿米的描述，那东西应该是一种气体，但它并不遵循我们这个世界的法则。它不是我们用天文望远镜和感光板所能观察到的天体和宇宙的产物，也绝非天文学家能测量到运动轨迹和大小的气流。

它是一种来自宇宙之外的色彩，来自一个无形的异界。它的存在为我们揭示了宇宙之外的黑色深渊，那不经意间透露的存在，就足以让我们大脑晕厥、肢体麻木。

我并不信阿米会故意骗我，我也不认为他的故事像镇上的人预先向我警告的那样，仅仅是些胡言乱语。一些恐怖的东西随着陨石来到此地，至今尚未离开，尽管我不知道还有多少。

我很欣慰水库将会淹没一切，同时，又期望阿米不会惨遭不幸。他目睹了太多事实——影响是潜移默化的。为什么他一直不搬走？他对内厄姆的遗言记得那么清楚："脱不了身……吸住了你……你知道有什么东西要来……但没有用……"

阿米是个好老头，等水库动工后，我一定要写信给总工程师，请他帮忙照顾阿米。我可不希望他变成一个又灰又脆的畸形怪物，可这一幕始终在我脑海里萦绕，让我寝食难安。

敦威治恐怖事件
The Dunwich Horror

(1928年)

《敦威治恐怖事件》导读

1. 《敦威治恐怖事件》写于 1928 年夏,1929 年 4 月刊登于《诡丽幻谭》杂志,是洛夫克拉夫特得到评价最高的作品,也是他本人最骄傲的作品之一。

2. 这篇小说为洛夫克拉夫特带来生平最大一笔稿费——二百四十美元。

3. 这篇小说是洛夫克拉夫特诸多作品中唯一一篇"人胜天"的作品,三位人类教授驱逐了一位强大的半神。这在克苏鲁神话故事中极其罕见,因此有人诟病说,文中的正邪对立,背离了克苏鲁神话的世界观。

4. 文中第一次对三柱神之一的犹格·索托斯做了正面描述,主人公威尔伯就是这位外神与人类女子的子嗣。

5. 小说中的密斯卡托尼克大学,是洛夫克拉夫特在克鲁苏神话系列故事中虚构的一所大学,建校于 1690 年,位于马萨诸塞州阿卡姆镇。该大学在克苏鲁神话中地位显赫,相当于漫威的神盾局。洛夫克拉夫特笔下的调查员,几乎都出自该大学。密斯卡托尼克大学图书馆内藏有不少不属于人类知识的禁忌典籍,包括拉丁文版《死灵之书》。

6. 这部小说是洛夫克拉夫特在前往马萨诸塞州中部的漫长旅途中的产物,将美国乡村恐惧放入恐怖小说中,为后世的类型文学和血浆电影建立了故事模型。

7. 小说的灵感来自亚瑟·梅琴的《大神潘恩》。亚瑟·梅琴是洛夫克拉夫特推崇的现代超自然恐怖文学的四位大师之一,其余三位为阿尔杰农·布莱克伍德、蒙格塔·罗德斯·詹姆斯和邓萨尼勋爵。

8. 亚瑟·梅琴的文学影响力并不限于类型文学,也包括纯文学领域,比如对拉美魔幻现实主义小说也有很大的影响。

9. 这篇小说在 1970 年与 2009 年被两次改编成电影。

蛇发女妖、九头蛇、奇美拉——关于塞拉伊诺与鹰身女妖们的可怕传说——也许在迷信者的头脑里不断创造衍生——但它们的确存在过。它们只是转述，只是象征——原型就在我们中间，向来如此。否则为什么我们明知是虚构，却偏要受其影响？难道我们生来就害怕它们的伤害吗？不，完全不是！

这种恐惧源于更古老的土壤。它们的存在比它们的形象出现得更早——或者说，就算没有形象，它们也同样存在……这种恐惧纯粹是精神的——世上越是没有此类形象，恐惧就越强烈。而这种害怕在人类无辜的幼儿时代，占据着支配地位。倘若我们有办法应对它，便可以更深入地洞察世界形成前的历史，至少可以一窥人类诞生前的秘境。

——查尔斯·兰姆《女巫与其他暗夜恐惧》

一

如果你在马萨诸塞州中北部地区旅行，在艾尔斯伯里公路刚过迪恩斯的岔路口拐错了弯，就会来到一个古怪而偏僻的乡镇。

通往乡镇的是一条蜿蜒土路，灰尘漫天，车辙密布，两边是荆棘缠绕的乱石墙。随着地势变高，道路也越来越窄。

这里森林随处可见，树木异常高大。野草、荆棘与灌木之茂密，让此处看起来一点都不像有人居住。另一方面，这里耕种的土地不仅稀少，而且贫瘠。稀疏散落在田间的房屋风格，却惊人地统一，全都显得老旧、肮脏而破败。

你偶尔会在破烂的门阶前，或是乱石散布的草坡上，瞥见几个面容苍老、神情孤僻的老人在探头探脑地看你，可不知为什么，你就是不想向他们问路。这些老人沉默而神秘，让你觉得跟他们说话就像是触犯了什么禁忌之物，只希望自己不要跟他们扯上关系。

沿着小路爬到高处，映入眼帘的，是密林之上高耸的群山，那种让人莫名不安的感觉会愈发强烈。那些山峰的形状过分地圆，过分地对称，非常不自然，让人不舒服。这些山头上大都围着一圈圈高大的石柱，有时，蓝天会格外清晰地映衬出它们的轮廓。

沿路深不见底的峡谷和山涧纵横交错，一座座粗制滥造的简陋木桥总让人觉得不太牢靠。当翻过山头，再次向下走时，就能见到成片的沼泽，你会本能地感到厌恶。倘若是在夜晚，当北美夜鹰凄厉地尖啸时，不计其数的萤火虫蜂拥而来，随着牛蛙古怪嘶哑的聒噪声舞动，你只会觉得毛骨悚然。密斯卡托尼克河上游河道狭窄而闪亮，如一条诡异的毒蛇，在圆顶山丘之间蜿蜒爬行。

随着山峦逼近，相较于石柱林立的峰顶，覆盖着密林的山坡会更引人注目。那些阴森而险峻的山体，会让你望而却步，但你无路可避，只能继续前行。

穿过一座棚桥，你会看到一个蜷缩在河流与山峦的陡坡之间的村落。一个个腐朽破烂的复折式屋顶，显示出它的历史远早于附近的其他区域，你一定会感到惊讶。等走近些，你会不安地发现大多数房子早已荒废，岌岌可危。一座尖塔破损的教堂，如今已沦为肮脏的集市。

你会害怕穿过那座阴森的棚桥，可除此之外，别无他路。一旦过了桥，你便会隐约闻到一股臭味，那是历经数百年时光之后所散发的腐朽发霉的味道。如果你能尽快离开此地，沿着羊肠小道绕过山脚，穿过平坦的田野，重新回到艾尔斯伯里公路，你一定会如释重负。

日后有一天，你也许会知道，你曾路过了敦威治。

外人都尽可能不去敦威治。在那场恐怖事件后，通往该地的所有路标都被摘除了。说实在的，按照一般的审美标准，敦威治景色宜人。然而从未有采风的艺术家或者避暑的游客蜂拥而至。

两个世纪前，当人们谈论女巫血统、撒旦崇拜和森林妖精还不会被嘲笑时，就总是以此为借口，对该地敬而远之。在我们这个崇尚理性的时代，虽然1928年的恐怖真相被善意的谎言掩盖，绝大多数人不知隐情，但人们依然会远远地避开它。

不过，也许有一个原因——虽然并不适用于外乡人——与大多数新英格兰地区的穷乡僻壤一样，当地的原住民已堕落到令人厌恶的地步，并在退化的不归路上越走越远。

他们已经形成了一个新的族群，因为乱伦和近亲繁殖，在生理和心理上都有了明显的缺陷。他们的平均智力低得可怜，他们的历史也公然充斥着道德败坏、半遮半掩的谋杀、悖常的乱伦以及各种不可言说的暴力与变态行径。当地的古老贵族，也就是1692年从塞伦迁来的两三个古老的名门望族，总算还没有堕落到那步田地。

不过这些家族的旁支，也已经沦落到与肮脏的平民为伍，如今能证明他们的出身和血统的，只剩下被他们辱没的姓氏。维特利和毕肖普家族，依然会将他们的长子送去哈佛或者密斯卡托尼克大学，但这些离乡的游子,很少会再回到他们祖辈居住的破败屋檐下。

没有人能说清敦威治到底怎么了——哪怕是那些对恐怖事件有所了解的人。在古老的传闻里,曾有一些印第安人在这里举行过亵渎神灵的仪式和聚会。通过这些仪式,他们会从巨大的圆山里召唤出禁忌的魅影,而地下则会传来爆裂声和隆隆巨响,回应他们癫狂的祷告。

1747年,亚比雅·哈德利牧师初到敦威治教堂,就以"魔鬼和他的爪牙们就在身边"为主题,进行了一场影响深远的布道。他说:

"我们必须承认,那些渎神恶灵的存在,已是不可否认的事实。有数十位在世的可靠证人能够证明,他们曾听见从地底传来阿扎赛尔[25]、巴泽勒尔[26]、别西卜[27]以及彼列[28]的诅咒声。不到两周前的一个夜晚,我也曾亲耳听见屋后的山丘里有邪魔在交谈,吱嘎吱嘎、轰隆轰隆,还有呻吟声、尖啸声和嘶嘶声,那绝非人世间的生物。这些声音一定来自那些只有邪术才能找到的洞窟,只有邪魔才能开启巢穴。"

这次布道后不久,哈德利牧师就失踪了。不过,他那篇布道文发表在斯普林菲尔德的媒体上,至今仍能查到。年复一年,总有人声称在山间听到怪异的响声,地质和地貌学家至今都未能解开谜团。

也有传言说,山顶环绕的石柱附近会飘出恶臭;在特定时间站在谷底的某些位置,能隐约听见疾风呼啸。还有另外一些传说,试图解释"恶魔狂欢地"的由来——那是一片被诅咒的荒芜山坡,没有树林,没有灌木,寸草不生。

此外,还有数量众多的夜鹰,每到温暖的夜晚就啼啸不止,让当地人闻之色变。他们说这种鸟是接引亡灵的使者,它们总是站在树梢等候

---

25 | Azazel,阿扎赛尔,居住在沙漠、旷野中的恶鬼。在犹太教的赎罪日,人们会给其送去替罪羊,借以消除众人的罪。
26 | Buzrael,洛夫克拉夫特杜撰的恶魔。
27 | Beelzebub,鬼王别西卜,苍蝇之王。
28 | Belial,犹太—基督神话体系中的恶魔,具有多重身份。

灵魂出窍，并以呕哑嘲哳的哀鸣，应和垂死之人临终前的呻吟。倘若它们抓住了死者出窍的灵魂，就会如魔鬼般狞笑着振翅远去；倘若失败了，它们就会在一片失望的死寂中销声匿影。

当然了，这些传说既老套又荒谬，毕竟年代久远。敦威治确实古老得离奇，比方圆三十里内任何一处人类聚居地都要古老。时至今日，你还能在村子南边看到毕肖普家族的祖宅的地窖墙和烟囱，那栋房子建于1700年。而瀑布下面那间建造于1806年的废弃磨坊，已经是当地最现代的建筑物了。

工业在此无法扎根，就连19世纪轰轰烈烈的工业运动，在这里也很快夭折。

在当地所有的建筑中，最高的还是那些山顶上的石柱，但它们通常被认为是印第安人而非殖民者的手笔。人们在那些环绕的石柱和哨兵岭上一块形如桌台的巨石附近，发现了许多骷髅和骸骨，因而当地人都认为这里曾是肯塔克部印第安人的坟场。

不过，根据人种学学者的分析，这些遗骸应该属于高加索人种[29]，尽管这个说法显得荒谬而不可思议。

二

1913年2月2日，周日凌晨五点，威尔伯·维特利诞生在敦威治一座空阔的大农宅内。宅子坐落在山坡上，距离村庄有四里地，离最近的人家也有一英里半。人们之所以记得那天，是因为恰逢圣烛节。不过在

---

[29] 拉丁人种，原本大多居住在欧洲西部、中亚、北非等地，泛指白人。

敦威治,居民是以别的古怪名义过节的。另外,当天在山里响起了怪声,全村的狗通宵达旦狂吠不止。

在整件事中不太受人关注的,只有孩子的母亲——拉薇妮娅·维特利。她属于维特利家族堕落的一个旁支,是个貌不惊人且略带畸形的白化病患者,三十五岁,长期与她的父亲住在一起。她父亲年轻时据说沾染了恐怖的黑巫术,但现在也就是个上了年纪的疯老头而已。

没人知道拉薇妮娅的丈夫是谁,不过出于当地的习俗,村民并不排斥这个孩子。但私下里的说三道四和大胆臆测,总是难免。事实上,他们把能想到人全都猜了一遍。

虽然这个孩子肤色黝黑,貌如山羊,与他母亲病态的白皮肤和红眼睛毫无相似之处,但拉薇妮娅似乎对他颇感自豪,有人听见她嘟囔着神神叨叨的预言,说这个孩子不同凡响,将来必成大器。

拉薇妮娅就是这么一个神叨的人,她从小独来独往,喜欢在暴风雨时进山闲逛。一直以来,她都在研读父亲从祖辈那里继承下来的古书。那些散发着霉味的大部头书籍,已经在家族里流传了两个世纪,由于时光和蛀虫的侵蚀,大多剥落成碎片。她从未上过学,却被父亲灌输了许多支离破碎的古老传说。

村民对维特利的农舍敬而远之,除了老维特利摆弄黑巫术、名声不好之外,最主要的原因是,在拉薇妮娅十二岁时,维特利夫人在家中不明不白地死于非命。

由于被村民孤立,又受到父亲古怪的影响,拉薇妮娅沉溺于疯狂而夸张的幻想,喜欢用各种稀奇古怪的行为打发空闲。她从不做家务,因为她家在许久以前,就不再注重洁净。

威尔伯出生的当夜,人们听见一声让人毛骨悚然的尖叫,那声音盖过了山间的怪声和狗群的咆哮，但没有哪个医生或产婆前去接生。村民们对他的出生毫不知情。直到一周后，老维特利驾着雪橇来到村里，前言不搭后语地和奥斯本杂货铺的闲人聊天，众人才知道他多了个外孙。

老头似乎有些变化，他混沌的脑子里多了几分鬼祟的谨慎，平常大家都怕他，而现在他好像在害怕什么。不过这也没什么大不了的，对家务事烦心的男人从来不在少数。可是在交谈中，他的脸上似乎流露出一丝喜色，后来人们在他女儿脸上也看到了类似的神情。关于那孩子的父亲，他说过一番话，时隔多年，依然还有许多人记得。

"我不在乎别人怎么想。如果拉薇妮娅的儿子随了父亲，他会出乎你们所有人的意料。你们可别以为他父亲是本地人。拉薇妮娅读过书，她见过你们闻所未闻的东西。我敢说她的男人是艾尔斯伯里最好的丈夫。如果你们像我一样熟悉这些山，就绝不会想要为她举办一场教堂婚礼。告诉你们吧，总有一天，你们会听到拉薇妮娅的儿子，站在哨兵岭的山巅呼喊他父亲的名号！"

在威尔伯出生的头一个月里，只有两个人见过他。一个是老泽卡利亚·维特利，他是维特利家族尚未堕落的一员；另一个是厄尔·索耶的同居女友玛米·毕肖普。

玛米的拜访纯属好奇，随即传开的闲言碎语里的确掺杂了她的见闻。泽卡利亚送来两头奥尔德尼奶牛，那是老维特利向泽卡利亚的儿子柯蒂斯购买的。

打那以后，人丁不旺的威尔伯一家便开始不断买牛，直到1928年的敦威治恐怖事件发生才终止。而让人不解的是，如此大规模地买牛，维特利家的牛棚却从未被塞满。有一阵子，一些好奇的闲人偷偷到他家清点那些在陡坡上吃草的牛，发现顶多不过十头或十二头，而且都像是生了大病，毫无生机和活力，很明显是患上了牛瘟。牲口死亡率如此之高，很可能是牧草不干净的缘故，或者是肮脏的牛棚里有致命的真菌和病毒。此外，他们还在牛身上见到了奇怪的伤口和溃疡，看起来像是被利器所伤。有人记起，在威尔伯刚出生的几个月里，去农舍探望的人注意到，那个须发蓬乱的脏老头和他邋遢的女儿的喉咙上，似乎也有类似的伤痕。

威尔伯出生后的那个春天，拉薇妮娅恢复了到山间散步的习惯，她畸形的胳膊上总是抱着那个皮肤黝黑的孩子。当大多数村民见过那个孩子后，就渐渐对他们一家失去了兴趣。尽管那孩子每天都以肉眼可见的速度飞快发育，但人们已经意兴阑珊了。

威尔伯的长势确实惊人，出生三个月，个头和力气已经比别的一岁小孩还要大。他的动作举止，甚至嗓音都表现出异常的克制和从容。而真正令所有人惊讶的是，在出生七个月时，他就能蹒跚学步，又一个月之后，就已行走自如。

那年万圣节的午夜，在哨兵岭的山顶——那个摆放着桌形巨石的古老坟场，燃起了熊熊大火。塞拉斯·毕肖普——毕肖普家族尚未堕落的一员——声称在火光出现前的一个钟头，看见威尔伯步伐坚定地登上山巅，后面紧跟着他的母亲。

他的言论引来不少流言蜚语。那天，塞拉斯正在寻找一头走失的小母牛，灯笼暗淡的光线照出两个身影一闪而过。他们悄无声息地钻进灌木丛，似乎是一丝不挂，着实把塞拉斯吓了一大跳。但后来他有点不太确定那个男孩有没有穿衣服，似乎是系着某种流苏腰带，还穿着一条深色的短裤或者长裤。

自那以后，再没有人见过威尔伯衣冠不整的模样。任何让他衣冠不整的事，都会令他变得恐慌和愤怒。在这方面，他与邋遢的母亲和外祖父简直天壤之别。此事一直令人好奇，直到1928年敦威治恐怖事件后，一切都有了合理的解释。

  第二年的1月，村民们又大惊小怪，开始议论纷纷：拉薇妮娅的崽子才十一个月就已经会说话了，不仅不是本地口音，而且口齿伶俐，完全不像个牙牙学语的孩子。这孩子话不多，但只要开口，就会流露出某种难以捉摸的古怪——敦威治当地人都不具备这种东西。这种古怪不在于话语内容，也不是因为他的用词习惯，而是与他的语调或者发声器官有关系。

  威尔伯的面容，同样因一种过分的少年老成而格外引人关注。虽然他遗传了母亲和外祖父的短下巴，但是坚挺早熟的鼻梁和近似拉丁人的黑色大眼睛，让他看起来像个颇有智慧的成年人。然而，尽管他气质睿智，长相却奇丑无比。他嘴唇肥厚，皮肤黑黄，毛孔粗大，头发卷曲劣质，耳朵长得瘦长古怪——总让人联想到山羊，或者某种野兽。很快，村民对他的厌恶就超过了对他母亲和外祖父的厌恶。

  所有围绕着威尔伯的猜测，都掺杂着老维特利当年研究的黑巫术。据称，有一次，老维特利站在山顶的巨石中央，面对一本翻开的巨书，尖声呼喊"犹格·索托斯"这个可怖的名讳时，连群山都为之颤抖。

  村里的狗似乎也相当憎恶这个孩子，他不得不采用各种防卫手段，对付狗群的狂吠和威胁。

三

  在这段时间里，老维特利一直在买牛，但他家的牛群数量仍旧没有明显的增长。同时，他开始砍伐木料，修缮家里尚未利用的区域。这栋尖顶大宅的后半部分，隐藏在山坡上嶙峋的乱石堆里。一直以来，一楼那三间保持得最完好的屋子就足够父女俩使用了。

老维特利身上爆发出惊人的体力，一个人完成了所有的繁重活儿。尽管他总是疯言疯语、喋喋不休，但他的木工活儿却都经过了精确的设计和计算。威尔伯刚出生不久，老头就动手把一间工具房清理干净，装上墙板，换上了牢固的新锁。现在他在修缮楼上的废弃房间，所有见过的人，都说他的手艺丝毫不逊于专业木匠。不过，见到他把二楼所有的窗户都封死了，人们才觉得他终究还是个疯子。当然还有很多人认为，整个修缮行为本身就是疯子的举动。

不过，他在一楼为刚出生的外孙整修一个房间，这倒是合情合理。有好几个人见过那个房间——四面墙壁都装着高大坚固的书架，那些平时胡乱塞在房间角落里的霉烂的古籍和散落的残片，被按照某种顺序，精心摆放在书架上。而令人奇怪的是，二楼那些窗户被封死的房间，却禁止任何人参观。

"它们对我只是有些用处，"老头一边说，一边用生锈的炉子熬的糨糊，修补着一张印有大黑体字的残页，"但这孩子能更好地利用它，我要尽我所能把书修补好，这都是他将来要学的。"

1914年9月，威尔伯一岁零七个月大，他的体格和能力有些吓人。他就像一个四岁的小孩，言谈流利，举止得体，遇事随机应变，常在田野和山岭上自由奔跑。当拉薇妮娅去山里游荡时，他也总会陪伴在母亲身旁。在家时，他埋头苦读那些古籍里的怪异图表和绘画，一个又一个冗长宁静的下午，老维特利总是在一旁指导他的功课。

这时房子的修葺已经完工，但只要是见过的人都不免有些纳闷，为什么要把楼上的一扇窗户改造成坚固的木板门呢？那扇窗户位于东侧山墙的尽头，紧挨着山坡，一条牢固的木板通道从地面直通窗口，没人知道这玩意儿是干什么用的。竣工之后，人们注意到，自威尔伯出生后就被锁死的旧工具棚被再度废弃了。木门大敞，随风摆动。

有一次，厄尔·索耶去维特利家卖牛，无意间踏进了工具棚，结果被一阵令人作呕的气味熏了出来。他发誓说，除了在山顶的印第安人坟场，他这辈子没闻过这么恶心的味道。没有任何正常的东西会散发那种气味，甚至不可能来自人间。不过话说回来，敦威治这地方，可从来不是什么洁净之地。

接下来的几个月风平浪静，但所有人都赌咒发誓说，山里的怪声变得越来越频繁了。

1915年五朔节前夕[30]，当地发生了一连串地震，就连艾尔斯伯里都有被波及。当年万圣节，哨兵岭上再一次燃起大火，伴随着熊熊烈火，地下传来隆隆的轰鸣。人们说："又是维特利一家在搞鬼。"

小威尔伯继续以不可思议的速度生长，他四岁时，看起来就像是十岁孩子。他废寝忘食地大量读书，话越来越少。此时，村民们开始谈论他那张山羊脸上逐渐显露的魔鬼模样。有时，他会以一种怪异的节奏吟诵某种晦涩的词句，凡是听见的人，无不感到毛骨悚然。众所周知，所有的狗都对威尔伯表示出敌意，所以他不得不随身携带手枪。即便他很少会开枪，但狗的主人们都不给他好脸色看。

个别拜访者发现拉薇妮娅经常独自待在一楼的房间，而窗户被封死的二楼却经常会传出诡异的叫喊和脚步声，她从不向外人提起自己的父

---

30 | the May Eve，4月30号到5月1号之间的夜晚，魔鬼们和女巫们在布罗肯山顶举行狂欢节，它又被称作"女巫们的安息日"。

亲和儿子在楼上干什么。

有一次,一个爱开玩笑的鱼贩子,尝试打开通向楼上的上了锁的木门,拉薇妮娅忽然大惊失色。后来鱼贩子和别人谈起这件事时说,他听见楼上有马蹄踩踏地板的声响。闲人们将木门、通道和那些失踪的牛联系起来,他们想起了老维特利年轻时候的传闻,不禁汗毛倒竖。据说只要在特定的时段,向某些异端神灵献祭一头小公牛,便能从地底召唤出诡异之物。

村民们注意到,这段时间狗表现出畏惧和敌意的对象,已经从威尔伯上升到了维特利全家。

1917年,战争爆发,乡绅索耶·维特利担任当地征兵委员会主席,他想方设法也凑不够合格的人数送去新兵训练营。这种区域性的人种退化,引起了地方政府的关注,于是派遣了几位官员和医疗专家前往敦威治调查。新英格兰地区的报纸读者,应该还记得这件事。

公众的关注让媒体开始关注维特利一家,直接导致《波士顿环球报》和《阿卡姆广告人》在周日特刊中浓墨重彩地描述了威尔伯的早熟、老维特利的黑巫术、塞满书架的古怪书籍、老农舍被封死的二楼,以及该区域的诡异气氛和深山里的怪异声响。

当时,威尔伯只有四岁半,看起来却像个十五岁的小伙子,嘴唇上方和脸颊都冒出了粗糙的黑色绒毛,声音也变得粗哑低沉。

厄尔·索耶带着一群记者与摄影师来到维特利家,提醒他们留意那股从封死的二楼渗下来的恶臭。他说那种味道跟废弃的工具棚里散发的一模一样,此外,在山顶的石柱圈附近也能闻到相同的味道。

敦威治本地人看了报道,并对其中明显的错误发出嘲笑。不过有一点他们很不解,为什么那些记者总是着力强调老维特利用古老的金币买牛这件事呢?

虽然维特利一家在接待来访者时,脸上总挂着掩饰不住的厌恶,但是为了避免节外生枝,他们也没有粗暴地赶走记者或是拒绝与来访者交谈。

四

此后十年间,维特利一家的事迹,渐渐淹没在这个病态村落的琐碎生活里。人们渐渐习惯了他们古怪的生活方式,也不再理会他们在五朔节前夕和万圣节之夜的神秘仪式。每年两次,他们会在哨兵岭的山巅点燃熊熊烈火,群山一次又一次发出隆隆巨响回应他们。无论在什么季节,那个偏僻的农舍里总会闹出怪事。这段时间去过维特利家的人都听见了封闭的二楼发出的怪响,即便维特利一家人都在楼下,也是如此。另外,他们依然频繁地用母牛和小公牛献祭,有人说要向防止虐待动物协会投诉,但终究只是说说而已,毕竟敦威治人向来不愿引起外界的关注。

1923 年前后,威尔伯还是个十岁的小男孩,但他的思维、声音、体格和满脸的胡须都让人觉得他已经成年。也就是这一年,维特利家迎来了第二次大改造。改造的重点仍然是二楼。人们根据丢弃的碎木料猜测,他们拆掉了二楼所有的隔墙,甚至包括阁楼层,从而开辟了一个宽阔的空间。此外,他们还拆掉了中央的大烟囱,安装了一根薄薄的白铁皮炉管。

这次整修后的春季,老维特利留意到,越来越多的夜鹰在晚上从冷春谷飞到窗前鸣叫。他似乎觉得这件事意义非凡,并告诉奥斯本杂货铺里的闲人,他觉得自己大限将至。

"它们在应和着我的呼吸鸣叫呢。"他说,"我猜它们已经准备好要抓住我的魂魄了,它们知道魂要走了,可不打算让它逃掉。伙计们,等我咽气了,不管它们有没有抓住我,你们都会知道的。如果抓住了,它们就会整夜欢唱;要是失手了,它们就默不作声。我正等着它们呢,兴许我的魂儿还有力气跟它们好好打一架。"

1924 年的收获节之夜[31],威尔伯骑着家里仅剩的一匹马,穿过重重夜幕,赶到奥斯本杂货铺,打电话请来了艾尔斯伯里的霍顿医生。

霍顿医生赶到农庄时,老维特利已经半截身子入了土,若有若无的心跳和沉重的呼吸,都预示着他大限将至。

拉薇妮娅和威尔伯都守在床前,可是二楼却传来阵阵令人不安的拍打或涌动声,宛如惊涛拍岸。不过,最让医生心神不宁的还是门外的夜鹰此起彼伏的鸣叫,它们就像一个庞大的军团,一遍又一遍地哀鸣着,像魔鬼般应和着垂死老人微弱的气息。霍顿医生觉得这一切太过反常,简直不可思议,就像他竟然会为了这次出诊来到敦威治一样反常而不可思议。

快到子夜一点时,老维特利回光返照,暂时恢复了意识。他从吭哧吭哧的粗重喘息中,对着外孙挤出几句话。

"还需要再大一些,威利,还需要更大的地方。你在成长,那东西长得更快,它很快就能服侍你了。吟诵完整版 751 页的那首长诗,为犹格·索托斯打开大门,然后一把火烧掉那监牢,在空气里点火现在已经伤不了它了。"

老头显然已经神志不清了。他停顿了片刻,屋外的大群夜鹰也跟着改变了鸣叫的节奏,远处的群山间隐约传来躁动。老维特利又说了最后

---

31 | 收获节是女巫八大节日之一,又名 8 月前夕,标志着收获季节和仲夏的开始。

几句话。

"按时喂它,威利,但要控制食量,不要让它长得太快。如果在你为犹格·索托斯打开大门之前,它就撑破住处逃了出去,那就一切都完了。只有来自异界的它们,才能让它繁衍和发挥用处……只有它们,旧日支配者期待归来……"

他的话再度因沉重的喘息而中断,夜鹰的啼鸣再一次随之改变,拉薇妮娅不禁失声惊叫。就这么拖了一个小时,老维特利才咽下最后一口气,霍顿医生伸出手,合上了他灰暗的眼睛,嘈杂的鸟鸣归于死寂。拉薇妮娅抽泣起来,但威尔伯却在群山的轰鸣中轻轻一笑。

"它们没有抓住他。"他用低沉的嗓音咕哝道。

此时,威尔伯已经在他的研究领域学识渊博,并与许多珍藏古代稀有典籍的图书馆管理员书信往来,在圈子内小有名气。另一方面,敦威治人却对他愤恨交加,因为当地发生了多起儿童失踪案,村民们怀疑与他有关。或许是出于对威尔伯的畏惧,又或者是因为他手上的那批金币,人们对他的质疑声逐渐沉默下来。这段时间,威尔伯也像他外祖父一样,用古老的金币购买大量的牲畜,而且越买越多。

他的外表已非常成熟,身高也达到了正常成年人的极限,可他似乎还在长大。1925年的一天,他在密斯卡托尼克大学的一位笔友前来敦威治拜访,当时威尔伯的身高已超过两米,他那位学者笔友离开时脸色苍白,看起来吓得不轻。

近些年来,威尔伯越来越蔑视自己患有白化病的丑陋母亲,最后甚至禁止母亲在五朔节[32]和万圣节时与自己一起去山上祭祀。1926年,这位可怜的母亲向玛米·毕肖普抱怨,说她很害怕自己的儿子。

---

32 | 五朔节,欧洲古老的传统民间节日,起源可追溯至新石器时代,每年5月1日举行。

"我知道他的很多事情,但我不能告诉你,玛米。"她说,"但现在很多事情连我都不知道了。我对天发誓,我真的不知道他想要什么、想做什么。"

那年万圣节,山间的响声前所未有地大,哨兵岭山巅的大火也一如往常。然而,更引人注意的却是大群夜鹰有节奏的鸣叫声。这年的夜鹰迟迟没有南迁,全都聚集在维特利家那漆黑的农庄附近。刚过午夜,它们那刺耳的长鸣猛然变成混乱的狂笑声,响彻整个乡间。直到黎明时分,它们才渐渐散去,匆匆赶往南方过冬,这比往年整整晚了一个月。

起先,没有人知道这意味着什么,村里似乎没什么人死掉。然而,在那之后,无人再见过拉薇妮娅——那个可怜的白化病女人。

1927年,威尔伯对田间的两座小屋进行了修缮,并且将自己的古书和财物全都搬了过去。没过几天,厄尔·索耶告诉村民,威尔伯又在改造老宅了。

这一次,威尔伯彻底封闭了一楼的门窗,并拆掉了所有的隔墙。竣工之后,他搬进了田间的小屋,索耶觉得威尔伯似乎惶恐不安。当地人普遍怀疑他知道母亲的下落,但极少有人愿意靠近他家。

那一年,威尔伯的身高已经超过两米一,却依然没有停止生长的迹象。

五

接下来的冬天,发生了一件怪事。威尔伯有生以来,头一次离开了敦威治。他向哈佛大学的怀德纳图书馆、巴黎的法国国家图书馆、大英博物馆、布宜诺斯艾利斯大学以及阿卡姆的密斯卡托尼克大学图书馆都写了信，但都没能借到那本他非常渴望阅读的古籍。不得已，他只能亲自走一趟。这个年轻人衣衫褴褛，不修边幅，肮脏不堪，操着一口粗俗的方言，出发前往距离敦威治最近的密斯卡托尼克大学，想找到那本书。

就这样，这个身高将近两米五、肤色黝黑、长着一副山羊模样的怪人，提着一个从山村小店里买来的廉价旅行袋，来到了阿卡姆，意图查阅一本长久被锁在大学图书馆里的可怖典籍——阿拉伯疯子阿卜杜拉·阿尔哈兹莱德所著的《死灵之书》。该书由奥洛斯·沃尔密乌斯翻译成拉丁语，17世纪在西班牙出版。

在此之前，威尔伯从未进过城，但他并未在城中逗留，而是径直赶往密斯卡托尼克大学。在进校门时，一头看门犬对他表现出强烈的愤怒和敌意，不仅狂吠不止，还疯狂地拉扯着狗链企图扑向他。但他毫不在意地走了进去。

威尔伯随身带着外祖父留给他的《死灵之书》，那是迪伊博士翻译的英文版，价值连城，可惜残缺不全。在获准查阅拉丁文本之后，他立即开始对照两个版本，希望能找到残本缺失的第751页上的某个段落。出于礼貌，他不得不向图书馆馆长透露这些。这位同样博学的图书馆馆长亨利·阿米蒂奇曾拜访过维特利的农庄，此刻，他正在向威尔伯客气地询问各种各样的问题。

威尔伯只好承认，他正在寻找某种仪式或咒语，里面包含了犹格·索托斯这个可怕的名讳。但他发现两本书之间存在差异、重复和矛盾，让他难以抉择。

当他终于选定一段话动手抄录时，阿米蒂奇博士不由自主地越过他后背看了一眼打开的书页，竟然从他左手边的拉丁文版本看见了对世界的和平与理性最有威胁的恐怖。

阿米蒂奇博士默默在心底翻译了那段话：

……人类既非这世界最古老的主宰，也非最后一任主人，更没有与普通的生命和物质各行其道。旧日支配者昔在，旧日支配者今在，旧日支配者亦将永在。它们并不存在于我们所知的空间，而是存在于各空间之间。它们无声无息，无影无踪，行走在宇宙的初元与异元之间。

犹格·索托斯是门。犹格·索托斯即门之匙，犹格·索托斯即看门人。过去、现在、未来，犹格·索托斯万物归一。它知晓旧日支配者从何而来，也知晓它们将从何来。它知晓旧日支配者曾踏足何处，也知晓它们将踏足何处，亦知道因何无人睹其真容。通过它们的气味，人类偶尔可知它们近在咫尺，却从未有人目睹其身形。我们只有通过它们与人类的子嗣的容貌管中窥豹，然而其子嗣也有诸多不同面貌，形态变化万千，有的形似人类，有的像它们一样无形无质。

它们只在特定的时节，从有咒语和仪式的偏僻污秽处走过，无形无迹，唯留腐败。风传播它们的声音，大地吟诵它们的意念。它们摧毁森林，将城市碾为齑粉，却没有森林和城市目睹行凶之手。卡达斯在冰冷废墟上识得它们，可谁又知晓卡达斯？南极冰原和沉没于浩瀚大洋的小岛石柱上，刻着它们的印记，可是谁人见过那些冰封的城市？谁人见过挂满海草和藤壶的封印巨塔？伟大的克苏鲁是它们的表亲，也只能隐约窥视它们。耶！莎布·尼古拉丝！透过那污秽，你当知晓它们。

它们的手扼住你的喉咙，你依然毫未察觉。它们的栖息处，就在你上锁的门口。犹格·索托斯是门之匙，无数空间交会之门。人类盘踞之地，曾是它们的地盘，也终将是它们的地盘。冬去春来，春去秋来，旧日支配者耐心等待，静候终有一日，重临人间。

阿米蒂奇博士读着这段话，联想到敦威治地区的鬼怪传说，以及威尔伯身上的可怖谜团，从他来路不明的出生到弑母疑云，一阵刺骨的恐惧从背后袭来，宛如墓穴里刮来的冰冷阴风。眼前这个弯腰伏案、形如山羊的巨人仿佛来自另外的世界，仿佛只有部分属于人类，而与他有关系的，是潜伏在黑暗深渊，某些超越了能量与物质、时间与空间的幻影般的存在。

这时，威尔伯抬起了头，用他那洪亮而古怪的腔调讲话，仿佛他的发声器官不同于人类。

"阿米蒂奇先生，我想我必须把这本书带回家。里面有些东西必须在特定的环境下才能尝试，在这儿可不行。如果要用烦琐的条条框框阻止我，那简直是天杀的罪过。让我带走它吧，先生，我发誓没人知道。我一定会爱护它的，这本迪伊博士的英文版弄成这样，可不是我的问题……"

威尔伯停了下来，他在图书馆馆长脸上看到了坚定的拒绝，而他那张山羊模样的脸上，也渐渐显露出狡诈的神情。阿米蒂奇原本想让威尔伯抄录他所需要的章节，但想到可能造成的后果，就立即打消了这个念头。若将通向渎神异界的钥匙交给这样一个生物，那才是天杀的罪过。

威尔伯认清了现实，故作轻松地说："好吧，既然不方便，我也不会勉强。也许哈佛不会这么小气。"言尽于此，他起身大步跨出房间，弯腰穿过一扇扇门户。

阿米蒂奇听见看门犬疯狂地咆哮着，透过窗户，他目送威尔伯那大猩猩般的背影离开校园。他想起自己听过的离奇传闻，想起《阿卡姆广告人》周末版上刊登的专题报道，还有他造访敦威治时听来的山野怪谈和民俗故事。有些不属于地球——至少不属于三维空间的地球——的无形之物，正裹挟着恶臭和恐怖，在新英格兰的峡谷涌过，令人厌恶地盘桓于群山之巅。

长久以来，阿米蒂奇一直相信这些，而此刻，他似乎觉得这种入侵的恐怖正在逼近，并且提前瞥见了古老梦魇统治的黑暗王国。他疾首蹙额，哆嗦着把《死灵之书》锁好，可房间里仍然弥漫着来历不明的恶臭。

"透过那污秽，你当知晓它们。"他回忆起《死灵之书》上的句子。是的——不到三年前他拜访维特利老农庄时，闻到的正是这种令他作呕的味道。他回想起威尔伯那张山羊脸、那种不祥的气息，不禁觉得那些关于威尔伯的出身的传说太可笑了。

"乱伦？"阿米蒂奇喃喃自语，"老天啊，真是一帮傻子。哪怕让他们见识了亚瑟·梅琴的《大神潘恩》，他们一定也会以为只是一桩普通的敦威治家庭丑闻。可是，威尔伯的生父到底是什么东西？是否属于这个世界？究竟是怎样一种被诅咒的无形力量在影响着这里呢？他在圣烛节出生——往前九个月，刚好是1912年的五朔节，那晚的群山发出的异响，就连在阿卡姆都能听到。五朔节之夜，到底有什么东西在山间行走？到底是一个什么样的恐怖存在，将自己的血脉与这个半人联系在一起？"

接下来的几周，阿米蒂奇博士四处收集所有能找到的、关于威尔伯及敦威治无形之物的资料。他从霍顿医生那里，得到了老维特利的临终遗言，这些话让博士陷入了沉思。

随后，他又去了一次敦威治，却没有多少新发现。但通过仔细研究《死灵之书》上威尔伯特别关注的那部分内容，他发现了一些可怕的新线索，直指向冥冥之中威胁着这颗星球的诡秘邪魔，了解了它的本质、手段和欲望。

他与波士顿的几位研究古代神话的学者探讨，也写信咨询其他地方的学者，所有的一切都让他越来越惊愕，最终变成了强烈的恐惧。夏日将逝，他隐约觉得自己必须做点什么，应对潜伏在密斯卡托尼克上游的恐怖之物和以威尔伯·维特利的肉身行走人间的怪物。

六

敦威治恐怖事件，发生在 1928 年的收获节至秋分之间，阿米蒂奇博士见证了它掀开序幕。那时，他听说威尔伯去了一趟剑桥，发疯似的想从怀德纳图书馆借走《死灵之书》，或者抄录一份副本。但他没有成功，因为阿米蒂奇已经向所有保存该书的图书馆发去了严正警告。威尔伯在剑桥表现得极度紧张，他迫不及待地想拿到书，同时也迫切地想赶回家，仿佛离开家太久会造成什么严重后果似的。

8 月上旬，事情的发展出人意料。8 月 3 日凌晨，阿米蒂奇博士被狗叫声惊醒。那声音时而低沉，时而癫狂，持续不断，而且还越来越响，中间夹杂着令人毛骨悚然的停顿。

紧接着，一声完全不同的号叫，惊醒了阿卡姆的一半居民，恐怕还会成为他们毕生的噩梦。如此号叫，绝不可能来自这个世界的生物，甚至不可能出自这个世界的任何事物。

阿米蒂奇匆忙抓起一件衣服就往外跑，他穿过大街和草坪，跑向学校，很多人已赶在了他前面，图书馆的防盗警铃在刺耳地响着。月光下，黑漆漆的窗口大敞着，显然有东西已经闯入——因为狗吠和号叫都是从里面传出来的，但声音越来越弱，已变成呜咽和呻吟。

阿米蒂奇本能地意识到，里面的一切可能不适合没有心理准备的人看见。因此他在开门之时，就以馆长的身份命令其他人退后回避。在到场的人中，他看到了沃伦·赖斯教授和弗朗西斯·摩根博士。之前，他曾将自己的推测和焦虑与这两人通过气，因此他招呼两人跟他一起进入图书馆。

除了狗低沉的哀号，馆内再无其他声音。这时，阿米蒂奇忽然听见了灌木丛中一群夜鹰齐声长鸣，节奏规律得可怕，仿佛在应和一个垂死者的临终呼吸。

房子里充斥着一股阿米蒂奇博士非常熟悉的恶臭，他们仨穿过大厅，径直跑向传来哀号声的宗谱类阅览室，一时竟没人敢去开灯看看发生了什么事。后来还是阿米蒂奇鼓起勇气，摁下了开关。当即，他们三个中的一个——不确定是谁——看见杂乱的桌椅之间的那团东西，忍不住失声尖叫。赖斯教授表示，尽管当时他并没有跌倒或晕厥，但有一瞬间他完全丧失了意识。

那东西约有两米七八，侧身半蜷，躺在一摊散发着恶臭的黄绿色脓浆与黝黑黏液里。狗撕碎了它身上所有的衣物，还扯下了一部分皮肤。那东西还没有死，无声地抽搐着，胸膛的起伏节奏完美而恐怖地暗合窗外夜鹰的鸣叫声。

房间里散落着皮鞋和衣物的碎片，窗下有一个空帆布袋，显然是被扔在那儿的。靠近中央书桌的地板上有一把左轮手枪，后来发现的一枚哑弹解释了为什么没人听见枪声。不过，当时他们只注意到地上躺着的东西，无暇顾及其他。倘若说没人能写出那东西的模样，似乎有些老套，也不够准确。事实应该是，如果谁试图把它与地球上的生物模样相对应，那么他的描述肯定不够形象。

毫无疑问，它具备一部分人的特征，有着人类的双手与头，以及尖下巴的山羊脸——这是维特利家族的典型相貌。但它的躯干与下肢，却是令人难以置信的畸形怪物。若不是套着肥大的衣物，它行走在外时早就被人干掉了。

它的腰部以上基本与人相似，只是胸膛上——那块被狗的利爪摁住的地方，却长着一块像鳄鱼鳞甲一样的厚皮。背部是黑黄相间的斑纹，隐约像是蛇的鳞片。然而，腰部以下才是最恐怖的。人类的特征消失殆尽，完完全全是怪物。

皮肤上覆盖着一层浓密粗糙的黑毛，腹部长出二十多条带着红色口器的灰绿色触肢，不过此刻都无力地瘫在地上。它们的排列方式十分古怪，似乎遵循了某些地球乃至整个太阳系都尚未知晓的几何对称原理。

触肢与躯干的连接处，都陷在一个长着纤毛的粉红色圆环上，每个连接处的末端，看起来都像一只尚未发育完全的眼睛。而尾部，那与其说是它的尾巴，不如说是长着一根带紫色环形斑纹的长鼻子或是触须的器官——种种迹象表明，这上面长着一张尚未发育完全的嘴，或是喉咙。

如果忽略那些黑色长毛，这东西的下肢倒是有点像史前巨蜥的后腿，但它们的末端既不是蹄子，也不是爪子，而是一对长着脉络状硬脊的肉趾。

这东西呼吸时，那截尾巴模样的器官和触肢均有规律地变换着色彩，就像因某种体液的循环而导致它从普通的色泽转化为非人的淡绿色。另外，它的尾肢会变为浅黄色，而紫色环形斑纹之间，则会出现令人厌恶的灰白色。

这东西似乎没有真正的血液，只是不断涌出黏稠而恶臭的黄绿色脓浆，在地板上缓缓流淌、扩散。

三人的到来，惊动了那垂死的东西，它既没抬头也没转身，却开始嘟嘟哝哝。阿米蒂奇博士没能记下它嘟哝的内容，但确定不是英语。起先的几个音节，不属于地球上任何一种语言，但最后断断续续蹦出的，明显是出自《死灵之书》的词语。显然，这个怪物正是为了那本渎神的书籍，才招致杀身之祸。

根据阿米蒂奇的回忆，那些片段听起来像是：

"尼嘎，尼格哈瓜，巴古·修古格，伊哈：犹格·索托斯，犹格·索托斯……"[33]

随着窗外的夜鹰有节奏的啼鸣，它的声音渐渐低了下去，归于寂静。

喘息声停止了，狗抬起头，凄厉长号。地上躺着的那东西的那张黄色的山羊脸上有了变化，巨大的黑眼睛让人毛骨悚然地合上了。窗外，夜鹰的啼鸣戛然而止，像是遇到了什么可怕的事，惊慌失措。一时间，振翅声和呼啸声，盖过了围观人群的议论纷纷。

这群长了羽毛的守望者，遮天蔽月，直上云霄，被它们想要猎取的东西吓得落荒而逃。

这时，狗猛地惊跳起来，发出恐惧的嘶吼，急吼吼地从窗口跳了出去。围观人群一阵喧哗，阿米蒂奇博士冲他们大喊，在警察和法医到来之前，任何人不得进入图书馆。庆幸的是，阅览室的窗户位置很高，没人能够窥视里面的情况。即便如此，他还是小心翼翼地用黑帘子遮住了窗户。

两名警察抵达现场，摩根博士在前厅接待了他们，并劝说他们等法医到来完成尸检、把尸体盖好后，再进入那恶臭熏天的阅览室。

---

[33] N'gai, n'gha'ghaa, bugg-shoggog, y'hah： Yog-Sothoth, Yog-Sothoth…

与此同时，地板上东西发生了可怕的变化。你无法想象那东西是如何在阿米蒂奇博士和赖斯教授眼前，以何种速度和方式萎缩融解的。可以这样说，威尔伯·维特利身上除了脸和手以外，属于人类的部分少之又少。待法医赶到时，污迹斑斑的地板上，只剩下一摊白色的黏稠物，就连那股恶臭都挥发殆尽。

显然，威尔伯没有骨骼，连颅骨都没有。至少是没有稳定成形的固态骨骼，这或许源自他那位无人知晓的父亲。

七

然而，这一切都不过是敦威治恐怖事件的序幕。

对这一系列难以解释的异状，当局按规定走完了所有程序，并未向外界透露任何细节。随后还派人去艾尔斯伯里和敦威治清算威尔伯的遗产，通知任何可能的继承人。

调查人员发现，所有村民都焦躁不安。圆顶山峰下方的异响越来越大；维特利家那间被木板封闭的农宅里，散发出浓烈的臭气，并传出越来越大的拍打和撞击声。威尔伯离开后，帮他照料牲畜的厄尔·索耶，已经快被吓疯了。

调查人员编了个借口，没有去那间弥漫着恶臭的宅子，仅仅去了威尔伯生前住的那间新修的小屋，走马观花地转了一圈。他们向艾尔斯伯里政府提交了一份冗长的报告，宣称死者的继承权归属问题，目前还在漫长的诉讼过程中。在密斯卡托尼克溪谷上游，姓维特利的人，不论是家世没落的，还是未没落的，都数不胜数。

在一张被威尔伯当作书桌的老梳妆台上，调查人员发现了一叠厚厚的手稿，上面写满了怪异的字符。根据段落间隔以及墨水和笔记的变化，调查人员判断是日记，但具体内容是个谜。

经过长达一周的争论，这份手稿连同死者的古怪藏书，一起被送进密斯卡托尼克大学，让学者研究、破译。然而，就连最高明的语言学家也很快意识到，这项差事并不轻松。至于那些威尔伯和老维特利经常用来付账的古老金币，也未发现任何线索。

9月9日夜晚，恐怖来临。傍晚时候，群山轰鸣；夜幕降临之后，狗狂吠了整整一夜。次日清晨，早起的村民闻到村子里弥散着一股古怪的臭味。七点左右，乔治·科里家的工人——在冷春谷和村子之间干活的卢瑟·布朗，疯了似的跑回来，跌跌撞撞地冲进厨房，全身因恐惧而抽搐不止。他早上赶着一群牛去了唐埃克牧场，而现在，受了惊的牛群在外面的院子里魂不守舍，一边叫唤一边用蹄子刨地。

卢瑟上气不接下气地向科里夫人讲起了他的遭遇。

"峡谷外面那条路上，科里太太，有个怪东西在那里！闻起来像雷击的味道。路边的小树和灌木都被推开了，像有一座房子从路上拖过一样。这还不是最恐怖的。路上还有脚印，科里太太，很大很大的脚印，有桶那么大——全都深陷在地里，像是被大象踩过似的——但踩出这脚印的东西，绝不止四条腿！跑回来之前，我仔细看了其中一两个。每个脚印都有线条从一个地方分散出去，就像大棕榈叶，但有两三片棕榈叶那么大。那些脚印一直沿路走下去了。而那扑鼻的臭味，就是维特利家附近那种味道。"

讲到这里，他语无伦次，一想到那些恐怖景象，就止不住地哆嗦。科里太太见问不出更多的信息，就开始给左邻右舍打电话。直到这时，真正恐怖的事情才正式拉开了序幕。

她打电话给距离维特利家最近的塞斯·毕肖普家,女管家萨莉·索耶接了电话。科里太太还没来得及转述卢瑟的话,就听女管家唠叨起来。萨莉的儿子昌西昨夜没睡好,一大早就爬上了维特利家后山。在看了一眼那片地方、又看了一眼毕肖普先生的牛群昨晚休息的牧场之后,他仓皇失措地跑了回来。

"是的,科里太太。"电话线的那头传来了萨莉颤抖的声音,"昌西刚回来时,话都说不出来。他说老维特利的房子炸开了,木屑四散,就像里面装满了炸药一样。只有底楼没被炸光,但到处都覆盖着一层焦油似的东西,难闻极了,顺着被炸断的椽子往地上滴。院子里还有可怕的脚印,每一个都比野猪的头还要大,也粘满了黏糊糊的东西。昌西说脚印朝着草场的方向去了。还有个大谷仓也倒了,脚印经过的地方,石墙全都坍塌了。

"还有啊,科里太太,他还说,他说自己找到塞斯的牛时,几乎快被吓死了。在靠近恶魔狂欢地上游的草场,他找到了它们。有一半的牛不见了,另一半血已经被吸干。它们身上的伤口,就像拉薇妮娅的崽子生下来后,她们家的牛身上的伤口。塞斯去现场查看情况了,但一定不会靠近维特利家。昌西没有看清脚印离开草场后又去了哪里,不过,他觉得那东西应该是朝着山谷通向村子的那条路去了。

"我跟你说,科里太太,有些不该出来的东西被放出来了。要我说,就是威尔伯那小子搞的鬼,活该他遭了报应。我早就说过,他不是人。他和老维特利在那间封死的房子里,一定养了什么东西,那东西比他更不是人。敦威治一直有些看不见的东西——活的东西,但不是人,对人也不安好心。

"昨晚,地下又有声音了。昌西听见冷春谷的夜鹰彻夜啼鸣,吵得他睡不着觉。随后,他隐约听见老维特利家的方向有动静,像是木头被撕裂的声音。就这么一直闹腾到天亮,他也没睡着。所以一大早他就起床了,想去维特利家看看到底发生了什么事。这下算是开了眼了,科里太太,情况很不好,大家应该团结起来干点什么。我总感觉附近有可怕的东西,好日子不多了,天知道那是什么鬼东西!

"你家卢瑟知不知道那些脚印往哪儿去了?没有?好吧,科里太太,脚印走的山谷边上的路,如果还没到你家附近,那肯定是朝山谷里去了。我早就说过冷春谷不干净,那里的夜鹰和萤火虫怎么看都不像是上帝创造出来的。我还听人说,站在岩石坍塌和熊洞之间那个位置,能听见奇怪的风声和说话声。"

那天中午,敦威治的一大半男人和男孩聚在一起,来到维特利农舍和冷春谷之间的大路和草场上,心惊胆战地查看了那些巨大的脚印、毕肖普家惨遭毒手的牛群、臭气熏天的农庄废墟,以及路边被碾压过的植被。

不管那玩意儿是什么,毫无疑问,它已经去了下面那条阴森幽暗的峡谷,山坡上所有树木都被折断了,悬崖上所有的灌木丛也都被拖出一道巨痕。仿佛一座房子遭遇山崩,从几近垂直的峭壁上的茂盛植被上滑下来。谷底没有声音,只有一股隐隐的臭味。

大家站在悬崖上吵吵嚷嚷,但没有人愿意下去一探究竟。队伍里有三条狗,起先一直狂吠不止,但靠近悬崖后,都受了惊吓,死活不愿再靠近。有人打电话给《艾尔斯伯里记录报》爆料,可是编辑见识了太多敦威治的怪事,只是随手写了一篇滑稽短文,不久后还被美联社转载了。

当晚,人们回到家,关好门窗,锁好牛棚,再也没人敢把牛露天放养。大约凌晨两点，冷春谷东边的埃尔默·弗雷一家被狗群的咆哮声惊醒，并闻到一股骇人的恶臭。他们听见外面传来一阵隐约的啪嗒声或飒飒声。弗雷夫人正打算给邻居打电话，就被剧烈的木头断裂声打断了。声音是从牛棚传来的，接着就听见牛群发出恐怖的嘶鸣和踢踏声。几条狗蜷缩在脚边，已经被吓傻。弗雷虽然点亮了灯，却不敢出去，他很清楚，出去只有死路一条。女人和孩子们捂着嘴，不敢哭出声，生命的本能告诉他们，只有安静才能活命。

不知过了多久，牛的叫声越来越微弱，最后变成了呻吟。紧接着是一声巨大的撞击，又是一连串劈啪作响……弗雷一家紧紧挤作一团，丝毫不敢动，直到最后一丝声音消失在冷春谷深处。峡谷里的夜鹰啼鸣应和着牛棚里的呻吟，赛琳娜·弗雷哆嗦着爬到电话前，把这个骇人的消息传递出去。

第二天，整个村庄都陷入恐慌。村民们来来回回地查看惨剧发生地。两条巨大的拖痕从峡谷延伸到院子里，光秃秃的土地上满是巨大的脚印。红色牛棚的一边完全凹陷，棚里的牛只剩下四分之一——其中还包括那些被撕裂的碎片，尚未咽气的也只好杀掉。

厄尔·索耶建议向艾尔斯伯里或阿卡姆求援，可其他人觉得于事无补。老泽伦·维特利——一个来自维特利家族半衰败的分支的老头，提出了一个疯狂的建议，他觉得应该继续在山顶举行仪式。他所在的家族保留着许多传统，而他记忆中在巨石环内举行的仪式，也和威尔伯祖孙的方式完全不同。

夜幕降临，村里人一向消极，根本无法有效自保。只有少数关系密切的人搬到一起住，在黑暗中轮流值班放哨。大多数人只能反复加固门窗，擦洗枪膛，将干草叉放在手边。然而，除了山间的怪声，什么都没发生。

每当白昼到来，人们都希望那个怪物就这么迅速消失了，正如它突然出现那样。

甚至有些胆大的人还提议主动出击，到谷底一探究竟，不过他们也只是说说而已，并未给大多数人做出切实的勇敢榜样。

当夜幕降临，人们再一次加固门窗，不过，已经没那么多人害怕得住在一起了。然而到了清晨，弗雷和赛斯两家人都说家里的狗躁动不安，而且他们也隐约听到了动静，并闻到了臭味。外出打探情况的人也在环哨兵岭的山路上，发现了一系列新的痕迹。同往常一样，小路两旁被摧残的景象，充分表明怪物有庞大到可怕的体型。

此外，从痕迹可以看出，那个东西应该是从冷春谷出来，爬到山上后，又原路折返了回去。

山脚处，弯折的灌木丛被劈开一道三十英尺宽的痕迹，直通山顶。哪怕是最陡峭的岩壁，也未能改变这痕迹的路线，这让所有人倒吸一口凉气。且不管那怪物是什么，它竟然能爬上完全垂直的峭壁。人们沿着小路爬上山顶，发现那痕迹到山顶就终止了——或者说，它沿着原路返回了。

当初，维特利一家在五朔节前夕和万圣节之夜围着山顶的桌状巨石点燃魔焰、吟诵巫咒；而今，那只小山般的怪物掀翻了巨石，在其表面留下一层浓稠的恶臭物质，正是怪物在维特利家地面上留下的沥青状黏稠物。

人们面面相觑，议论纷纷。然后他们往山下看去，那个怪物很显然是沿着原路回去了。任何猜测都纯属徒劳，事已至此，理智、逻辑以及正常的动机思路都派不上用场。只有不愿一起前来的老泽伦，或许能够对整件事给出恰当的评论，至少可以提供貌似合理的解释。

周四晚上刚入夜时的情况，和前些天差不多，然而事情的发展却让人无法高兴。峡谷里的夜鹰反常地啼鸣不止，许多村民都无法入睡。大约凌晨三点时，所有的共线电话[34]都颤抖着响了起来，接起电话的人都听见了一个恐惧而疯狂的声音在尖叫："救我！噢！上帝啊……"还有人在短暂的惊呼后听见了一声撞击，然后就是一片死寂。

谁都不敢轻举妄动，也没人知道电话是谁打的。天亮之后，他们才开始给每个熟人打电话，结果发现只有弗雷一家无人应答。

一个钟头后，真相揭晓。一队临时组织起来的村民武装，胆战心惊地来到弗雷家。那景象令人震惊，却也在意料之中。地上新添了许多巨大的压痕和可怕的脚印，房子已经垮了，弗雷家像蛋壳一样塌成了碎片。废墟里没有任何活物，也没有尸体，只剩下阵阵恶臭和一摊黝黑的黏液。

埃尔默·弗雷一家就这样消失了。

八

与此同时，在阿卡姆一间书架林立、房门紧闭的房间里，恐怖事件已经进入到一个相对平静却更加折磨人的精神的新阶段。

威尔伯的日记手稿被送到密斯卡托尼克大学，古代和现代语言学家们对此一筹莫展。尽管手稿采用的文字系统，与美索不达米亚平原的阿拉伯语十分相似，但相关领域的权威却完全看不懂其中的内容。最后，语言学家们一致认定，这份手稿使用的是一种加密的字母系统。然而，一般的密码破译方式毫无用处，即使考虑到作者使用的方言，也依旧没

---

[34] 一种多个电话机接在同一线路上的通信方式，类似现代家庭里的分机。

有任何进展。

尽管在维特利家找到的古籍很有意思,有几本甚至能为哲学家与科学家开启新的探索范畴,但对手稿的破译工作毫无帮助。其中一本自带环扣的厚重大书,也用了未知文字系统,与手稿的文字完全一样。

日记手稿最终交到了阿米蒂奇博士手上,他不仅对维特利家族的事感兴趣,在古代及中世纪的神秘学领域,也有着渊博的学识。

阿米蒂奇觉得,这套字母很可能是某些被查禁的神秘教派所使用的秘密文字,自远古流传下来,且从萨拉森巫师那里继承了许多习俗。不过,他没把这当回事——如果猜得没错,使用这种字母只是为了给某种现代文字加密,因此没有必要追寻符号的渊源。考虑到手稿的书写量巨大,阿米蒂奇觉得作者应该不会自找麻烦、大费周折地使用母语以外的文字书写,除非是一些特殊的仪式和咒语。因此,阿米蒂奇从一开始就假定手稿的主体语言是英语。

目睹同行们屡次受挫,阿米蒂奇博士知道密文一定相当艰深复杂,试图用简单的方式破解,简直想都不要想。

整个8月下旬,他一头扎进密码学知识里,利用图书馆的丰富资源,夜复一夜地钻研密码学典籍:特里特米乌斯的《密码术》、吉安巴蒂斯塔·波尔塔的《书写中的隐秘字符》、德·维吉尼亚的《数字研究》、费尔肯纳的《密码破译法》、18世纪戴维斯和西克尼斯的专题论文,以及其他公认的当代权威学者,如布莱尔、冯·马滕和克鲁勃的《密码学》。他一边研读这些书,一边尝试破解手稿,并最终意识到,自己面对的是一份微妙精巧到极致的密码文本:多个独立的对应字母表,像乘法表一样交叉排列,搭配任意的密钥关键词以传达信息,但这些密钥只有加密者才知道。

在破解过程中，阿米蒂奇发现古籍比近现代的书籍更有帮助，因此他猜测，手稿采用的密码体系源自远古时代，由一代又一代神秘主义的研习者流传至今。

有好几次，他似乎看到了真相的曙光，却都遭遇了某种始料未及的障碍，快到9月时，破译工作才终于有了眉目。从手稿中某些字母总是精准地出现在特定位置上来看，原文的确是用英语写成的。

9月2日晚上，阿米蒂奇博士攻克了最后一道障碍，终于第一次通读了一段威尔伯的手稿。如之前所料，这的确是一本日记，清楚地显示出作者在神秘学方面的渊博学识，但在一般常识方面却表现得像个文盲。阿米蒂奇破解的第一段长文，写于1916年11月26日，当时只有三岁半的威尔伯，看上去就像个十二三岁的小伙子。

今天学了"召唤千军万马的阿克罗咒语"，不太喜欢。山峰回应了我，但空气没有。楼上那位比我快，比我想象的还要快，它似乎没有长多少地球的脑子。

开枪打了埃兰·哈钦斯的牧羊犬杰克，因为它想咬我。埃兰说如果狗死了，他就要杀了我，我想他不会。

外公昨晚一直让我练习"德沃仪式"，我好像从两个磁极望见了地底之城。等地球被清理干净后，我还未能掌握"德沃·哈那仪式"，我就只能去磁极了。

召唤千军万马时，它们从空气中告知我，我还得花很多年的时间才有能力清理地球。我想，那个时候外公应该去世了，所以我必须得学习位面之间的所有角度，学会犹格·索托斯和莎布·尼古拉丝之间的所有仪式。它们会从外面的世界来帮我，不过没有人血，它们就没法显形。

楼上那位看起来也是这样。每当我结出维瑞之印,或朝它吹去伊本勇士粉时,就能隐约看清它的样子。它看起来就像五朔节前夕山顶上的它们。

另一张脸也许会逐渐消失。等地球被清理、地球生物都灭绝之后,不知道我会是什么样了。千军万马的阿克罗咒召唤出来的那位说我可能会变形,外面还有很多事情需要我去完成。

清晨来临,阿米蒂奇博士浑身被冷汗浸透。他专注于工作,精神高度集中,毫无倦意。整个晚上,他都在灯下伏案工作,颤抖着双手一页页翻看,用尽可能快的速度翻译日记。在极度紧张中,他打电话告诉妻子,自己晚上不回家了。

一大早,妻子特地给他送来早餐,他却一口都没顾得上吃。一整天,他都在伏案破译,只有偶尔不得不寻找复杂的密钥时,才恼火地停下来。妻子给他送去的午餐和晚餐,他只吃了一丁点儿。一直到深夜,他才在椅子上打了个盹儿,却很快就被一连串的噩梦惊醒。那些噩梦与他发现的威胁人类生存的真相一样可怕。

9月4日早晨,在赖斯教授和摩根博士的坚持下,阿米蒂奇与他们匆匆见了一面。离开时,两人都打着哆嗦,面如死灰。当天晚上,阿米蒂奇只断断续续地睡了一小会儿。第二天,他又投身于手稿破译工作,并写下大量笔记。这样废寝忘食的工作,一直持续到中午,他的私人医生哈特韦尔要求他停止工作,但他拒绝了。阿米蒂奇告诉医生,这本日记生死攸关。不过,他允诺在适当的时候,会给医生一个解释。

傍晚时分,他终于读完了那本可怖的手稿,精疲力竭地瘫倒在椅子上。妻子送来晚餐时，他已处于半昏迷状态。然而，当注意到妻子正在浏览自己的笔记时，阿米蒂奇立即厉声呵止。他虚弱地起身将书桌上散乱的笔记资料装进了一个大信封，并揣在大衣内兜里。虽然他勉强可以走回家，但他觉得自己需要医疗救助。

于是，他立刻叫来哈特韦尔医生。当医生把他安顿在床上时，他嘴里不停地念叨着："可是，上帝啊，我们又能做些什么？"

阿米蒂奇博士终于还是睡着了，但第二天醒来有些神志不清，他没有向哈特韦尔医生作任何解释。在略微清醒的时候，他急切地表示自己必须与赖斯和摩根进行详谈。

而在比较癫狂的时刻，他一直胡言乱语，恳求人们立即毁灭关在农庄里的什么怪物；还荒唐地声称一支来自异元空间的可怖的古老种族，将要灭绝地球上的所有生物——包括人类。他大声疾呼，世界处于极度危难之中，旧日支配者企图将地球扫荡一空，并将地球拖离太阳系甚至物质宇宙，拽进另一个面——因为在万古之前，地球就是从那里掉出来来的。

他叫人送来《死灵之书》和雷米吉乌斯的《恶魔崇拜》，希望在这些可怕的典籍中找到某些仪式，以制止他妄想出来的危机。

"阻止它们，快阻止它们！"他大声疾呼，"维特利一家想放它们进来，后果不堪设想！告诉赖斯和摩根，我们必须采取行动——这是一场看不见的战争，但我知道如何配置粉末……自从8月2日，威尔伯死在这儿之后，就没人喂过它了，按照那个速度……"

阿米蒂奇虽已七十三岁，但身子骨很硬朗，休息了一整晚之后，精神就好了许多，也没再发烧。他在周五苏醒，意识清明，但心情沉重，恐惧挥之不去，同时也觉得自己肩负着极大的责任。

周六下午，他一有力气便去了图书馆，并与赖斯和摩根见面会谈。三个人绞尽脑汁进行了最疯狂的猜测、激烈的辩论，从下午一直谈到晚上。他们从书架和保险柜里搬来成堆古怪而可怕的书籍，匆忙而狂热地摘抄了数量惊人的图解和仪式。他们没有丝毫怀疑，毕竟就在这栋建筑物内，他们都曾亲眼见过威尔伯的尸体。

因此，他们不敢抱有哪怕一丝的侥幸，更不会认为日记只是一个疯子的胡言乱语。

在是否向马萨诸塞州警方报案这件事上，他们的意见有了分歧，但最终决定不报警。此事牵涉的一些东西，若非亲眼见过，绝不会有人相信。这一点，已经在威尔伯一事的后续调查中得到了证实。三人讨论到深夜才散会，但并未制定出明确的行动计划。

整个周日，阿米蒂奇都在忙着对比配方，调配从大学实验室里取来的化学试剂。他越回想那本可恶的日记，就越是怀疑在消灭威尔伯留下的那个东西时，这些化学药剂能起到多大作用。

当时他还不知道，仅仅在几个小时之后，那个威胁整个地球的存在，就会突然摆脱束缚，成为敦威治村永世难忘的恐怖噩梦。

对阿米蒂奇博士来说，周一和周日没什么区别，因为手边的工作让他不停地查阅资料和做实验。进一步研究日记后，他又对整个计划做了调整。但他很清楚，即使在最后关头，肯定也还会有大量变数。周二，他制定出了明确的行动计划，并决定在一周内前往敦威治。

然而，计划赶不上变化。第二天，震惊的消息就来了。《阿卡姆广告人》一个不显眼的边角，刊登了一则来自美联社的滑稽消息：私酿威士忌酒的敦威治，终于酝酿出一个古今未闻的大怪兽。阿米蒂奇看到后，几乎当场就要昏过去，他赶紧打电话告知了赖斯和摩根。

三人商讨至半夜，次日就匆匆收拾了行装。

阿米蒂奇深知，自己将要使用的是一股无比恐怖的力量，但除此之外，他想不出任何办法能阻止这一切——其他人已经在他之前做了更深奥、更邪恶的事情。

九

周五的清晨，阿米蒂奇、赖斯与摩根便驱车前往敦威治，在下午一点左右，他们到了村里。天气宜人，但即便在最明媚的阳光下，那些古怪的圆形山顶和幽深的峡谷里，依然笼罩着一种死寂般的恐怖。偶尔他们还能瞥见蓝天之下，耸立在山顶的荒凉巨石圆环。

奥斯本杂货店里肃寂无声，空气里弥漫着恐惧的气息。显然，此地已经发生了某些恐怖的事。很快，他们便获悉了埃尔默·弗雷一家的灭门惨剧。

他们花了一整个下午，开车走遍敦威治，四处打听情况，而每到访一处，内心的恐惧便增加几分。他们来到弗雷家的废墟，目睹了残存的黝黑黏稠物和院子里的脚印。他们还去看了塞斯·毕肖普家受伤的牛，以及多个受损的植被带。在阿米蒂奇看来，那个爬上哨兵岭的痕迹几乎就像是末日灾变的先兆，他久久注视着山顶那块形似祭坛的阴邪巨石，若有所思。

事发当日，村民也曾报警，有一队州警从艾尔斯伯里赶来。三位学者打算找到警察，跟他们交换一下意见，可是压根儿连警察的影子也找不到。据说总共是五个警察，当地人还跟他们谈过话，可是现在只能在弗雷家院子附近找到一辆警车。

老山姆·哈钦斯忽然想到了什么,吓得脸色煞白。他轻轻推了推弗雷德·法尔,指着不远处那阴森幽深的山谷。

"天啊!"他倒吸一口凉气,"我告诉过他们不要进谷里去,我真是没想到,他们在见识了那些痕迹和气味之后还敢下去。难怪中午时候,我听见下面有夜鹰叫……"

听了这话,在场的每一个人都不寒而栗,每一只耳朵都本能地竖起来。目睹了怪物的所作所为,阿米蒂奇感觉肩上的担子更沉重了,他不禁微微颤抖起来。

夜幕降临,怪物将至。

"当在暗夜中所行的不义之事……"老图书馆长默诵了一遍他倒背如流的咒语,手里还紧紧捏着一张纸——上面记录着他尚未记住的备用咒语。手电筒一切正常,旁边的赖斯从箱子里取出一瓶喷雾杀虫剂,而摩根则拿出一支大口径步枪——尽管他的同伴已经提醒过,任何物理武器都对那东西无效。

阿米蒂奇心里非常清楚怪物的恐怖,但他并未向敦威治居民透露任何信息,免得白白增加他们的心理负担。他希望不要惊动任何人,悄无声息地消灭这个怪物。夜色愈发深沉,村民们纷纷回到家中。虽然现有的证据说明,人类的门锁与门闩对怪物毫无用处——只要它愿意,它可以肆意折弯树木、碾碎房屋——但对无助的村民来说,他们只想把自己关在家里。村民们见三名学者打算驻守在弗雷家附近,都摇着头叹息离开,心里已经与这三人作了永久告别。

那晚,山间一如往日轰鸣,夜鹰也战栗地嘶鸣。冷春谷的风吹来阵阵熟悉的恶臭,不过怪物并未出现。不管藏在谷底的东西为何物,它一定在等待时机。阿米蒂奇警告同伴,千万别起趁着黑夜偷袭的念头,那无异于找死。

黎明时分,天色昏暗,夜里的怪声渐渐平息。天空一片灰色,阴冷异常,不时落下蒙蒙细雨,云层在西北方的群山上空越积越厚。来自阿卡姆的三位学者还未决定接下来如何行动。雨越下越大,他们躲到弗雷家残存的屋檐下避雨,讨论究竟该守株待兔,还是该主动出击,进入山谷搜寻恐怖怪物。此时,遥远的天际不时传来阵阵雷鸣,一片电光在云后闪烁,然后一道分叉闪电从近在咫尺处掠过,仿佛坠入了峡谷最深处。天色越来越暗,三人都希望这场暴风雨赶紧过去,天空放晴。

然而一个小时后,天色依然暗得可怕。路上传来一阵嘈杂声,十多个人哀号着,疯了似的跑了过来。领头的人一边号哭一边叫嚷,三位学者在听清他的话后,猛然惊跳起来。

"啊,我的天啊!"那人哭喊道,"它又来了,光天化日之下就出来了,现在就在外面,天知道它会在什么时候找上我们。"

他喘得说不下去,另一个人接上话头。

"大约一个小时前,泽布·维特利接到科里太太的电话。她说,他家的佣人卢瑟看见闪电,就赶着牛群往家跑。他看见峡谷口的树木全都被折断了,还闻到了恶臭。另外,他还听见了嗖嗖、哗哗的声音,比树木和灌木被压断的声音还要大。忽然之间,路边的树全朝同一个方向倒下,泥泞里还出现了可怕的脚印,泥水飞溅。但不可思议的是,除此之外,卢瑟什么东西都没看见。

"小路前方是毕肖普溪,卢瑟听见木桥发出可怕的咯吱咯吱声,肯定是木板裂开了。然而,自始至终,他都没看见有什么东西。然后,声音朝着威尔伯家和哨兵岭去了。卢瑟也是胆大包天,竟然敢凑过去看,地上全是污浊的泥水。天阴得厉害,大雨很快就冲掉了痕迹。但在谷口处,树木成片倒地,还有许多木桶那么大的脚印,跟周一见到的一模一样。"

先前那个激动的发言者插嘴道:"不过这只是开头,算不上真正的麻烦。泽布拨出电话,所有人都在线上听着,塞斯·毕肖普忽然切了进来。他家的女管家萨莉说,她刚才看到路边的树都被折断了,还有一种很含糊的动静——像一头大象喘着气,踏着沉重的步子朝她家走来。紧接着便是一股扑鼻的臭味。她儿子昌西惊叫着说跟维特利家的味道一模一样。这时,狗也狂吠起来,发出骇人的悲鸣声。

"接着,萨莉发出一声惨叫。她看见路边的棚子忽然倒塌,像是被风吹倒,可是风势压根没那么大。每个人都屏息凝神,很多人吓得直喘粗气。突然,萨莉叫喊说前院的木篱笆碎了,但是她看不见到底是什么东西干的。大家都听见昌西和塞斯在惊叫,同时萨莉也惊叫着说,有什么重东西撞上了房子,但绝不是闪电,而是有东西在一下一下地撞击,可透过窗户却看不见任何东西。然后……然后……"

恐惧笼罩在所有人脸上。阿米蒂奇浑身哆嗦,但勉强让自己保持镇定,催促对方继续说下去。

"然后,萨莉大喊救命,还说房子要塌了。我们在电话里听见一声巨响,还有一连串的惨叫声……就像埃尔默·弗雷家一样,只是更惨……"

这个男人止住了话头,人群中的另一个人继续说道:"就这么多了,电话里再也没了声音。我们尽可能召集了更多的人,乘着汽车和马车,匆匆赶到科里家看了看,就过来想问问你们,有没有什么好办法?但我认为这是上帝的惩罚,谁也逃不掉。"

阿米蒂奇意识到,主动出击的时机到了。他毅然对这群胆战心惊、犹豫不决的农民说:

"伙计们，我们必须跟着它。"他尽量让自己的声音听起来可靠，"我认为我们有干掉它的机会，你们都知道维特利一家是黑巫师，这东西就是用黑巫术弄出来的恶灵，也只有用同样的手段才能消灭它。我看过威尔伯的日记，也读过他以前读的一些书。我想我找到了有效的咒语，可以驱除那东西。当然，这种事谁也没有十足的把握，但值得一试。我早就知道，那东西是隐形的，这个远距离喷雾器里装了药粉，可以让它暂时显形。待会儿我们就试一试。它虽然可怕，但远没有威尔伯企图召唤的东西那么糟。如果他还活着，恐怕已经召来了更可怕的存在。你们根本想象不到，人类刚刚躲过了一场浩劫。目前，我们只需要对付一个就够了，而且它还不会繁殖。不过，它仍然是个大威胁，我们必须下定决心干掉它。

"我们必须追踪它——首先要前往事发现场查看。谁能带个路？我对这里不熟悉，但我想应该能抄小道。大家觉得怎么样？"

人们互相推诿了一阵，厄尔·索耶伸出了满是污垢的手，指着外面渐渐变小的雨，轻声说："那是去塞斯·毕肖普家最近的路，先穿过那片洼地，趟过小溪，翻过凯利家的牧场和伐木场，再走上大路，就不远了。"

阿米蒂奇三人立即出发，村民们远远跟在后面。天色渐亮，看来风暴已经过去了。其间，阿米蒂奇走错了方向，乔·奥斯本叫住了他，自己跑到前面去带路。随着队伍不断前进，人们逐渐拾回了勇气与信心。小路的尽头是一座密林覆盖的陡峭山崖，必须把异常古老的大树当作梯子才能继续向前，这对众人的意志和品质是个严峻的考验。

终于，他们来到了泥泞的大路，太阳破云而出。这里距离目的地已经很近了，周边折断的树木和地面上清晰的足迹，说明的确有东西从这里经过。转过一道弯，就看见了废墟，他们匆匆查看了现场。和弗雷家一样,这里生不见人,死不见尸。谁也不愿逗留在一片恶臭和黏液里,但他们跟随那些可怕的足迹,向着维特利家的农庄废墟和哨兵岭山巅的巨石祭坛走去。

经过威尔伯的住处时,所有人都明显地在颤抖,他们的激情里重新掺杂了犹疑。跟踪一个邪恶的庞然大物,绝非易事。在哨兵岭的山脚下,宽大的压痕和足迹离开了大路,转向山坡,一直向山顶延伸。

阿米蒂奇拿出一个高倍袖珍望远镜,眺望那陡峭的绿色山坡。随后,他把望远镜递给了视力更好的摩根。摩根看了片刻,忽然发出一声惊叫。他指着山坡上的某处,把望远镜递给厄尔·索耶。厄尔·索耶从未使用过望远镜,他笨拙地摸索了半天,还是在阿米蒂奇的帮助下才成功对焦。不一会儿,他就发出了比摩根还要夸张的尖叫。

"我的天哪!草和灌木都在动!它在往上爬——很慢,就快爬到山顶了,天知道那是什么东西……"

刹那间,恐惧的种子开始散播。追踪怪物是一回事,但找到它是另一回事。阿米蒂奇的咒语或许管用,但万一没用呢?人们纷纷质疑阿米蒂奇对怪物了解多少,但他们对所有的回答都不满意。他们觉得,自己距离那些完全超越人类理性的禁忌之物,仅有一步之遥。

十

最后,上山的只有来自阿卡姆的三个人——须发皆白的老阿米蒂奇,头发铁灰、身材健壮的赖斯教授,以及相对年轻精干的摩根博士。他们把望远镜留给了胆怯的村民,并耐心地教会他们如何使用。当他们向上爬时，村民们轮流用望远镜关注着他们。

山路崎岖难行，阿米蒂奇好几次都需要依靠帮助才能继续前行。在他们的上方，可怖的怪物以无法阻挡的强大意志向上蠕动，不过很明显，双方的距离在逐步拉近。

当阿米蒂奇三人决定绕道而行时，正在拿着望远镜的柯蒂斯·维特利告诉其他人，那三人意图爬上一座矮山峰，而怪物还需要相当的距离，才能到达那里。届时，他们就可以俯瞰它。事实证明这是个明智的举动，就在隐形的怪物越过那个峰顶不久，他们三人也爬了上去。

这时，刚接过望远镜的卫斯理·科里，看见阿米蒂奇正在调试赖斯拿着的喷雾器，他知道马上要有事情发生，忍不住叫了出来。人群骚动起来，他们记得那只喷雾器，据说它能让怪物短暂显形。有两三个人紧紧闭上了双眼，但柯蒂斯·维特利却夺过望远镜，把倍数调到了最大。他看见赖斯站在制高点的位置，正对着怪物的后背，只要抓住这个机会，就能把显形粉末洒在怪物身上。

没有望远镜的人，只是看见山顶瞬间出现了一团灰云，体积有一幢中等的房子那么大。但拿着望远镜的柯蒂斯发出一声惨叫，扔掉了望远镜，任凭它落进齐踝深的泥浆里。他身体踉跄，差点摔倒在地，还好旁边的两三个人及时扶住了他。只听他如蜂鸣般呻吟：

"啊，啊，我的天，那……那个……"

人群乱作一团，七嘴八舌地追问。只有亨利·惠勒想到把望远镜捡起来，擦去上面的污泥。柯蒂斯已经讲不出一句完整的话了，即便是零碎的词语，也让他深感困难。

"比仓库还大……浑身蠕动着绳子……太可怕了，像个鸡蛋，有几十条腿，像长着嘴的大木桶，走路时，嘴半闭着……不是固体，像大凝胶……浑身凸起的巨眼……边上长着一二十张嘴或者大象鼻子,有炉管那么大,摇摇晃晃,一张一合……全身是灰色,还有蓝色或紫色的环……我的上帝啊,顶上还有半张人脸……"

最后这段记忆,对柯蒂斯来说过于沉重,在能说出更多东西之前,他已完全昏死过去。弗雷德·法尔和威尔·哈钦斯把他抬到路边湿漉漉的草地上。

这时,亨利·惠勒颤抖着举起望远镜对准山头,希望能看到点什么。透过望远镜,他看到三个人影正沿着陡峭的斜坡朝山顶奔跑,仅此而已。接着,所有人都听见身后的幽谷里,哨兵岭的灌木丛中,传出了不合时宜的奇怪声响。不计其数的夜鹰齐声嘶鸣,刺耳的合唱声中,隐隐透出紧张和邪恶的期盼。

这时,拿过望远镜的厄尔·索耶告诉大家,三人已经攀上了峰顶,位置跟那块巨石祭坛一样高,但隔着相当远的距离。他说,有一个人正在以某种节奏,将双手举过头顶。随着他进一步描述,众人隐约听见远处响起歌声,似乎正配合手势在高声吟唱。远处山顶上的奇景,必定无比怪诞而震人心魄,可此刻没人有心情欣赏。

"我猜他正在念咒语。"惠勒说着抢回望远镜。

夜鹰的嘶鸣愈发疯狂,按照某种怪异而毫无规律的节奏鸣唱,但与山上仪式的节奏完全不同。

突然,阳光暗淡下来,天上却没有一丝云彩,所有人都注意到了这一奇特现象。群山开始轰鸣,与来自天际的轰鸣遥相呼应。闪电划过长空,人们感到惊奇,却找不到一丝风暴来临的迹象。三个阿卡姆人吟唱的圣歌也越来越清晰。惠勒通过望远镜,看见他们一边吟唱,一边挥舞着胳膊。远处的农舍里传来狂野的犬吠。

天光愈发暗淡，人群惊异地望向天边。渐渐变深的蓝色天宇，出现了一片紫色的鬼魅暗影，朝着群山倾轧过来。闪电再次划过，光华耀眼。人们仿佛看见那块巨石祭坛旁显出了一团雾蒙蒙的东西。现在，没人再用望远镜了。夜鹰的嘶鸣此起彼伏，空气里充斥着无边的险恶，敦威治的村民鼓起勇气，咬牙应对。

没有任何的预兆，突然响起了一阵深邃而嘶哑的声音，让任何亲耳听闻者都毕生难忘。那声音绝非发自人类，人类的声带不可能发出如此诡谲反常的声音。要不是能确切听出声音源自山顶祭坛，人们肯定会认为它来自地狱深渊。可能把它称为"声音"并不准确，因为它的音色，比最低的低音还要深沉可怕，直抵人心深处的恐惧。然而，又不得不称之为"声音"，因为它虽然模糊，却又无可辩驳地构成了一些词句。

那声音非常响亮，几乎比群山和天空的轰鸣还要响亮，然而却没有人能看到发声之物。凭借想象，人们推测它来自不可见的异界，他们挤作一团，仿佛在等待着更为猛烈的一击。

耶格那侬……耶格那侬……斯弗斯科纳……犹格·索托斯……

一个令人毛骨悚然的低哑声音在天际回响。

伊布斯克……赫伊·尼古尔克德拉……

吟唱变得断断续续，虚空中像是发生了某种精神博弈。亨利·惠勒对着望远镜瞪大双眼，山顶上，三个人影疯狂地挥动手臂，比划着古怪的手势，似乎咒语即将迎来高潮。

那雷鸣般深沉的沙哑声音究竟来自何方?是来自心底流淌着恐惧的黑暗源泉,还是天外潜藏着宇宙意识的无底深渊?抑或来自体内潜藏万古的神秘本能?眼下,它们再次重聚力量,话语变得连贯,陷入了极端而彻底的终极疯狂。

呃——咿——呀——呀——呀——呀哈——呃呀呀呀……嗯啊……嗯啊……救……救……救命!救我!……父——父——父亲!父亲!犹格·索托斯!

声音戛然而止。雷鸣般的声音从巨石祭坛上方的虚空中倾泻而下,毫无疑问,那是英语的音节。村民们面如死灰、头晕目眩,但随后再也没有听到一句英语。山崩地裂般的巨响让所有人惊跳起来,无人知晓那末日般的轰鸣,究竟来自地底还是天空。

紧接着,一道夺目的闪电从紫色的天空中落在巨石祭坛上,一股无形的能量和难以形容的恶臭,如巨浪翻腾——漫过山顶,席卷乡野——涌向四面八方。树林、野草和灌木丛疯狂摇曳,山脚下的村民被浓烈的恶臭熏到窒息,几乎晕厥倒地。

狗在远处凄厉地号叫,青翠的野草和树叶瞬间枯萎成病态的灰黄色。田野上,树林间,到处落满夜鹰的尸体。

恶臭消散得很快,那些植物却未再好转。时至今日,那座山峰上的植被,依然透着某种诡异而污秽的气息。当可怜的柯蒂斯·维特利恢复意识时,他看见从阿卡姆来的三个人,正从山坡上缓缓走下来,沐浴在恢复了明亮和纯净的阳光里。他们神情肃穆,静默不语,似乎还未走出刚才的情绪。他们所目睹的恐怖,远比把山脚下这群村民吓成一团的更要命。面对村民七嘴八舌的提问，他们仅仅是摇头，但反复强调了一个关键的事实。

"那东西永远消失了。"阿米蒂奇说，"它已经被撕碎、分解成初始的状态，永远不会再出现。正常的世界不可能容下它，它身上只有一小部分是我们熟悉的物质。它和它的父亲很像，而且它的大部分，已经回到它父亲那里去了。它们存在于物质宇宙之外的未知领域或维度，人类只有通过最卑劣的渎神仪式，才能将它们从某些未知的宇宙深渊召唤出来，短暂地降临在山顶的祭坛上。"

片刻的沉默之后，柯蒂斯·维特利本已支离破碎的意识，渐渐拼凑回来。他抱住头，喃喃自语。方才消退的记忆重新涌现，令他昏厥过去的可怕景象历历在目。

"噢，上帝啊，那半张人脸，竟然长在顶上……一对红眼睛和白化病人一样的卷发，跟维特利家族的人一样没有下巴……它是章鱼、蜈蚣，或者蜘蛛一类的东西，却在顶端长了张人脸。看起来像威尔伯，只不过比他大了好多……"

他精疲力尽地停下来，村民们茫然地看着他，还没有理解他的话。比起恐惧，他们更多的是迷惑。只有老泽伦·维特利想起一些陈年旧事，却一直缄口不言。此刻，他终于开口了。

"十五年前，"他说，"我听老维特利说过，总有一天，你们会听到拉薇妮娅的儿子，站在哨兵岭的山巅呼喊他父亲的名号……"

但乔·奥斯本打断了他，继续向几个阿卡姆人追问：

"那究竟是什么东西？它真的是小威尔伯凭空召唤来的吗？"

阿米蒂奇斟字酌句地回答道：

"它……嗯，这么说吧，基本是种能量，不属于我们的宇宙。这种能量遵循其他法则活动、生长、成型，那些法则与我们这个世界的自然法则完全不同。我们决不能把这种东西召唤进来，只有那些最邪恶的人和教派才会这么干。威尔伯身上也有这种能量成分，足以让他变成魔鬼，一个早熟的怪物，并渐渐长成骇人的模样。他的日记我会烧掉，如果你们足够明智，就该把那块巨石祭坛炸掉，把山顶上一圈圈的石柱全都推倒、毁掉。正是它们帮助维特利一家把邪灵召来地球，企图消灭整个人类，并出于一些不明的目的，想把地球丢弃到无可名状的异界宇宙。

"至于我们刚才赶走的那东西，是维特利家养大的，因为它将在可怖的恶行中扮演重要角色。那东西长得又大又快，原因和威尔伯一样，不过它比威尔伯更甚，因为它体内有更多异界的能量。

"你不必问威尔伯如何凭空召唤它，他没有召唤，那是他的孪生兄弟，只不过比他更像他们的父亲。"

暗夜私语者
The Whisperer in Darkness

(1930年)

《暗夜私语者》导读

1.《暗夜私语者》写于1930年2月至9月,1931年8月刊登于《诡丽幻谭》。

2. 小说中提到的外星生物米·戈,是一个可以跨越宇宙殖民的强大种族,来自超越时空之外的黑暗领域,在多个宇宙建立了基地和殖民地,离地球最近的殖民星球是犹格斯,也就是冥王星。

3. 米·戈的外形像巨型甲壳昆虫,但在生物学上更接近真菌,所以又被称为犹格斯真菌,它们可借助翅膀穿越真空。它们在侏罗纪时代降临地球,与当时统治地球的古老者发生战争,占据了北半球。

4. 米·戈在地球上分布广泛,包括南美安第斯山脉、北美阿巴拉契亚山脉以及亚洲的喜马拉雅山脉。它们来地球的主要目的,是采掘一种叫托卡的金属。它们雇用或强迫人类代理人帮它们办事,因此经常和各种神秘教派搭上关系。

5. 米·戈的生物科技非常先进,甚至可以制造旧日支配者。它们通过外科手术可以将人类的大脑摘除,大脑放在仪器里可以穿越宇宙,身体在培养液中可永久存活。

6. 米·戈有宗教信仰,崇拜三柱原神,但它们对科学更感兴趣。它们的对手是"黄衣之王"哈斯塔的秘密信徒,专门猎取米·戈。

7. 米·戈制造了闪耀的偏方三八面体,可以召唤奈亚拉托提普的恶意化身夜魔。

8. 在这篇小说中,洛夫克拉夫特提到的多重宇宙、超光速飞行和人机结合,对后世的科幻文学和影视都产生了深远的影响。

9.《暗夜私语者》在2011年被拍成电影,影片以全黑白形式拍摄,风格很到位。

一

请记住，直到最后一刻，我也未曾目睹任何恐怖的景象。

然而，若说是纯粹的精神刺激，让我得出那个结论，让我最终崩溃，连夜逃出埃克利的农庄，摸黑驾驶他的车，在佛蒙特州的荒山野岭间抱头鼠窜——那也是对我最后这段经历所揭示的事实的刻意忽略和麻木不仁。

尽管我已将对亨利·埃克利的理解与推测和盘托出，但我看到的、听到的事实以及它们对我产生的影响，让我直到现在也无法判断那些可怕的推论究竟是对是错。

埃克利的失踪说明不了什么，屋里屋外，除了弹孔，再无异状。这就像他临时出门到山间散步似的，只是一直没有回来——甚至毫无他人来过的迹象，而书房里那些恐怖的圆筒和机械也杳无踪迹。

他在此地葱茏的苍山间出生，在泠泠淙淙的溪流陪伴下成长，却对这片土地表现出异常的恐惧——这同样说明不了什么，世界上很多人都有类似的情绪。但这些怪癖，很容易被用来解释他在最后这段时间里，所表现出的古怪行为和强烈焦虑。

对我来说，整件事情始于1927年11月3日佛蒙特州那场史无前例的大洪水。当时，我和现在一样，在密斯卡托尼克大学担任文学讲师，该大学位于马萨诸塞州的阿卡姆镇。在授课之余,我还热衷于研究新英格兰地区的民间传说。

洪水过后不久,报纸上铺天盖地的都是救灾消息,同时也出现了河上漂来怪异事物的流言。我的许多朋友出于好奇,对此议论纷纷,并征求我的看法。我很高兴自己的业余爱好能得到他们的尊重,但也表示此事不值一提,因为那些流言看上去不过是一些乡野迷信的重新演绎。而那几位受过高等教育的朋友则坚持认为,流言背后隐藏着不为人知的诡秘真相,对此我觉得无奈而可笑。

后来,这些流言真正吸引到我,主要是因为我读了剪报上的消息,又听人转述了一桩奇闻。我一位朋友的母亲住在佛蒙特州的哈德威克镇,她在给儿子的信中提到了这件事。

这则奇闻与其他的流言并无多大区别,只是牵涉三件在不同地域发生的事。第一件发生在佛蒙特州首府蒙彼利埃附近的威努斯基河;第二件是在佛蒙特州的努凡镇外,流经康涅狄格州温德姆郡的西河;第三件发生在林登维尔上方,喀里多尼亚郡的帕苏姆斯克河水域。虽然也零星提到过其他支流,但最终都归于这三个流域。

在每一件事中,都有村民声称在山涧奔泻而来的洪水里,看见一个或数个令人惶恐的怪东西。于是,就有田父野叟翻出尘封已久的粗浅怪谈加以附会,虽然牵强但很受追捧。

那些村民认为他们看到的是生物,是从来没有见过的新物种。虽然洪灾泛滥期间生灵涂炭,水流裹挟人类的尸体颇为常见,但那些村民却坚称,尽管那些生物在大小和外观上与人类相似,却绝非人类,甚至不是佛蒙特州内的任何已知生物。

它们长约五英尺,通体粉红,表皮有坚硬的甲壳,长着几对巨大的对称背鳍或膜翼，还有很多组与节肢动物相似的附肢。本该是脑袋的位置，却有一颗结构复杂的椭球体，长着大量短小的触须。

值得注意的是，不同地区的人看到的东西，竟然惊人地一致。不过，考虑到那些乡野怪谈曾流传甚广，其中描绘的生动形象可能对目击者产生过影响，让他们对所睹之物下意识地依据传说进行润色，我也就不那么惊讶了。

我当时认为，那些淳朴到有些头脑简单的乡下人，一定是在滚滚洪流中，看见了人类或牲畜被泡得肿胀的残躯，内心的恐惧激发了潜藏在他们记忆里的怪力乱神，才给那些悲惨之物强加了一些离奇故事，以缓解不安。

那些古老的传说艰涩、含混，大部分的内容已被人们遗忘。不过通过其中一些特别的细节，可以看出它们受到了印第安古老传说的影响。我虽未去过佛蒙特州，却对这些故事了如指掌，因为我读过伊莱·达文波特留下的那本题材罕见的著作——记录了他在1839年，从该州境内众多长者口中收集的故事素材，并且，这些故事与我在新罕布什尔州群山中的老人那里听来的传说非常相似。

简单点说，这些传说隐晦地暗示，在偏远的群山之巅的密林深处、无源之水流淌的幽暗河谷，潜藏着一个可怕的生物族群。很少有人见过它们，但总有冒险者敢于深入人迹罕至的荒山野岭、鸟兽无踪的陡峭河谷——他们声称见过那种生物的踪迹。

在溪边的湿地或荒野的浮土上，有人见过一些怪异的足迹或爪印，还有人见过一些石块堆砌的圆圈——绝非天然形成，其周围的杂草已被踩踏殆尽。

另外，在深山之中，还有一些深不可测的、被巨大岩石封堵的洞穴，看情形也不可能是自然形成的——洞口处有大量进进出出的脚印,远比其他地方要密集。但最可怕的是有人曾目睹过那些怪物。据说都是在暮霭笼罩的深山密林,或者不通人烟的天梯石栈。当然,这样的情况实属罕见。

倘若关于这些怪物的描述两般三样,人们或许也不会太在意,但事实上,所有的描述,众口一词,就连细节也相当吻合:体型巨大,形如螃蟹,通体浅红,长了很多条腿,背部中央长着一对巨大的、蝙蝠般的膜翼。有时,它们用所有的脚爬行;而有些时候,它们只用两条后腿行走,用其他几对节肢搬运巨大的不明物体。

甚至有一次,有人看到了一大群这种生物。它们排成整齐的三列队,纪律严明,在林间的浅滩涉水而行。还有人在满月的夜晚,目击一只怪物从一座荒僻的小山顶上振翅起飞,月辉映衬出它那巨大的蝠翼,而后,刹那间它就消失在茫茫夜空。

总体而言,那些东西并未惊扰人类,不过它们可能与某些探险者的失踪脱不了干系,尤其是那些将房屋修建在幽深山谷,或者是山脊峰顶的人。当地居民深知有些区域不宜定居,虽然其中的理由说不清道不明,但习俗却流传下来。人们偶尔抬头望向山崖绝壁时,总会有莫名的心悸——尽管他们早已忘了,在那幽静的矮山上,有多少居民杳无音信,有多少农舍化为灰烬。

不过,根据早期的传说,这些生物只会伤害那些贸然侵入它们领地的人。但在稍晚一些的描述里,它们似乎对人类起了好奇心,甚至企图在人类世界建立秘密哨站。

有些记录说,人们清晨起床后,会在窗台上发现怪异的爪印。据说,它们甚至曾偶尔在自己的领地之外,制造一些离奇的失踪事件。

此外还有一些传闻，有独自走在密林小路或车道上的行人，曾听到一些模仿人类说话的嗡嗡声，在向他们发出邀请。而那些住在原始森林附近的人家，家里的孩子常会被听到或看到的什么东西，吓得魂不附体。最晚出现的故事，事关深居密林的隐士和偏远山区的农民，他们在生命的某些阶段，精神骤然发生蜕变，变得不可理喻，旁人对其避之不及，并背地里说他们把自己出卖给了"魔鬼"。

在 1800 年前后，在东北某县有过一场排斥隐士的运动，他们被控诉为魔鬼代言人。这些传说源远流长，直到被人当作迷信，与事件的原发地脱离了具体的干系。

至于那些东西究竟是什么，莫衷一是。

人们通常管它们叫"那些东西"或者"古老的东西"，但在各个时期和不同地区千差万别。大多数人直截了当地把它们当作魔鬼的亲信，并推测它们或许就是诸多令人敬畏的鬼神之说的源起。

而那些凯尔特人的后裔——主要是那些居住在新罕布什尔州、有着苏格兰与爱尔兰血统的居民，他们的家族曾获得温特沃思总督的殖民许可，在佛蒙特州定居。他们把怪物与邪恶的妖精，以及生活在沼泽地带的小精灵联系在一起，利用一些古老的咒语佑护自己不被侵扰。

不过，最离奇的解释来自印第安人。尽管不同部落有不同的传说，但在关键问题上的看法却惊人地一致：这些怪物并非地球生物。

其中最完整也最生动的当属彭纳库克人的神话，声称"翼行者"[35]来自大熊星座[36]，它们在地球群山之间开矿，采集一种在他处无法获取的矿石资源。神话里说，它们并未在此定居，只是建立了前哨站，它们会带着大量矿石飞回北方的星宿。它们只伤害那些靠近者或窥视者。动

---

35 | 原文为 the Winged Ones。
36 | 北天星座之一，是著名的北斗七星所在星座。

物会避开它们,并非害怕它们,而是出于本能的敌意。它们不能食用地球上的东西,但是会从母星带来食物。

人类千万不要靠近它们,总有年轻猎手企图接近它们的聚居地,最终生不见人死不见尸;也不要倾听它们在暗夜的林间秘语,那种声音就像蜜蜂在模仿人声。它们能听懂人类的所有语言,包括彭纳库克人、休伦人和五大部落所使用的语言。但它们似乎没有也不需要自己的语言,它们通过头部交流,变幻不同的颜色来表达各种想法。

当然,所有的传说,不论白人的还是印第安人的,都在19世纪渐渐消逝——即便偶尔焕发生机,也很快就偃旗息鼓。

佛蒙特州的风俗渐渐固定下来——根据某种固有的习惯,形成惯常的路线和定居地点,繁衍生息。鲜有人记得,是怎样的敬畏和禁忌造就了这样的习俗,甚至敬畏和禁忌本身也被忘记了。

绝大多数人只是知道山区某些区域非常危险,土地贫瘠,有种无收,居住在那里会招来厄运。一言以蔽之,就是离那儿越远越好。

最终,在风俗习惯和经济利益的结合下形成的传统,深深地烙在那些在既有定居区内生活的人心里,无论如何,他们都不愿再走出自己的安全区。那些东西出没的山林地区,也因此被人无视了。这倒不是某种刻意安排,仅仅是凑巧。

除非发生某些罕见的局部性恐慌,平常只有大言耸听的老祖母和那些追忆往昔的耄耋老人,才会在炉边嘀咕起群山里的怪物。不过,就连这些老人也承认,没必要再害怕那些怪物,它们已经习惯了在那里生活,与人类互不侵犯。

凭借过往的广泛阅读,以及我亲自从新罕布什尔州采集的民间故事,我对这些情况十分熟稔。因此当谣言随洪水而至时,我很容易就猜到这些荒诞不经之说，是基于怎样的神话背景。为此我花了很大的精力，向朋友们解释。当有几位以争辩为己任的家伙，坚持说这些报道里存在着一部分合理成分时，我只能一笑置之。

他们之所以如此执拗，是基于那些早期传说存在着连续性和一致性。但是佛蒙特州的群山从未有人勘查，武断地宣布其中可能有什么，或者不可能有什么，都很不明智。我坦诚告诉他们，所有这些传说与人类文明早期的想象和经历有密切关系，符合一套众所周知且对绝大多数人都适用的固定模式。但他们还是坚持己见。

我知道争执毫无意义，于是尝试向他们证明，佛蒙特州的神话与那些家喻户晓、将自然人格化的神话故事并没有什么不同。这类神话让远古世界到处是半羊怪法翁[37]、林间树妖和萨梯[38]，给近代希腊留下了卡利坎扎罗伊[39]小恶魔，在威尔士和爱尔兰的荒野杜撰出矮小、怪异而可怕的隐匿宗族穴居人。但我的这些论证毫无作用。

于是，我又指出，尼泊尔的山地民族也相信有与佛蒙特州的传说中相似的怪物——"米·戈"[40]或"大雪怪"——潜伏在喜马拉雅的岩石和冰山中。但这个例子，同样没能说服他们，反而为他们提供了反驳我的依据。他们声称，这更加说明那些远古的传说，在某些方面可能确有其事。同样也表明世界上曾存在某些更古老的怪异物种，只是在人类出现并处于统治地位后，不得不躲避起来。但可以想象，虽然它们数量不断递减，但极可能存活到较近的时代，甚至到现在仍未灭绝。

我越对此不屑，那些顽固的朋友就越坚持，还说就算没有那些古老神话的背景，近期的报道依然清晰、一致和具体，叙述笔调平淡、没有

---

37 | 法翁，Faun，罗马神话中指林地的妖精，是一种带角的半人半羊，有山羊一样的蹄子。
38 | 萨梯，Satyr，希腊或罗马神话中半人半羊的森林之神。
39 | 卡利坎扎罗伊，一种在安纳托利亚神话故事中出现的恶毒小妖精。
40 | 米·戈，传说中喜马拉雅地区的大雪怪，藏语称为米·戈，意为人形怪物。

夹杂个人感情色彩，仅从这点来看就不容小觑。

其中有两三个极端狂热的，还提到了那些古老的印第安传说，暗示这些隐匿的生物并非地球上的原生物种。他们还引用了查尔斯·福特[41]那些荒诞不经的书籍里的话——来自其他世界和其他空间的旅行者经常造访地球——来证明自己的观点。

不过，我的这些对手中的大多数是浪漫主义者，他们看多了亚瑟·梅琴的恐怖杰作，企图将小说里那些异想天开的鬼祟"小精灵"带进现实生活中来。

二

我和朋友们那些激烈而有趣的论争，最终以书信的形式刊登在《阿卡姆商报》上，信中所提到的佛蒙特州几个地区的报纸，还转载了其中的一部分。《拉特兰先驱报》用半个版面刊登了双方论战的精华摘要。而《布莱特尔伯勒改革家报》全文刊出了我的一篇历史和神话学研究概论，并在"漫笔"思想专栏里附带评论，对我的怀疑结论表示支持和赞许。

1928年春，尽管我从未去过佛蒙特州，却一跃成为当地名人。就在这时，我收到了亨利·埃克利寄来的质疑信。这封信给我留下了深刻印象，让我第一次，也是最后一次，踏上那片迷人的土地，目睹层峦叠翠的险峰，聆听林间溪流的呢喃低语。

我对亨利·温特沃思·埃克利的了解，几乎都来自信件。在他那座偏僻的农舍经历种种以后，我与他的乡邻，以及他生活在加州的独生子

---

[41] 查尔斯·福特（1874—1932），美国人，异常现象研究者和作家，现代UFO研究的奠基人。

有多次信件往来。

通过这些信件，我才知道他生于一个有名望的古老家族。这个家族曾出过许多法官、律师、行政官员和有教养的农场主，不过，到他这一代，家族重心已经从社会事务转向了学术研究，而他是最后一位留守故乡的家族代表。

他在佛蒙特州立大学读书时，就在数学、天文学、生物学、人类学及民俗学等领域都颇有建树。不过在此之前，我从未听过他的名字和事迹。在他的信件中，他也从未向我说起过他的个人情况。然而，从一开始，我就认定他是一位品德高尚、才智过人、受过良好教育的绅士，同时也是一个远离凡尘俗世和人情世故的隐士。

尽管他在信中讲述的内容令人难以置信，但我对他的态度，不由自主地比对其他质疑者更为严肃。

一方面，他确实亲历过那些怪事，亲眼所见，甚至亲手摸过一些怪异的东西；另一方面，他愿意把自己的发现和推测，放在有待论证的位置上，这才是一个真正的科学研究者该有的态度。他没有先入为主，而是用那些他确信的证据，一步步地进行合理推论。但是，我认为，一件事如果方向不对，干得越多就可能错得越多。不过他这属于智者之失，态度值得肯定。

看完信后，我并未像他的朋友们那样，把他对群山的畏惧和古怪想法归于精神错乱。通过字里行间，我能感觉到他是个有故事的人，他讲述的东西也值得一查。不过我也相信，最终查出来的结果，跟他原本以为的离奇事物，必然大相径庭。

但没过多久，我就收到了他寄来的实物证据。正是这些物证，让我对整件事情的认知发生了改变，让我的理性经受了极大的挑战。

事已至此，我只能全文抄录埃克利的来信。在信里，他大概介绍了自己面临的情形。而这封信，也成了我思想发展过程中的重要转折。信已不在我手里，但我能记得信中的每一个字。在这里，我必须再一次强调，这封信的作者心智健全、头脑清晰。这封信用难以辨认的古体字信手写成，一看就知道是那种与外界少有往来的老派学者的笔迹。

乡村免费邮递 #2

1928 年 5 月 5 日

佛蒙特州，温德姆郡，汤森镇

马萨诸塞州，阿卡姆镇

索顿斯托尔大街 118 号

艾伯特·N. 威尔马斯先生

尊敬的先生：

我怀着极大的兴趣阅读了《布莱特尔伯勒改革家报》（1928 年 4 月 23 日的那期）上刊登的您的长信。在信中，您谈论了对去年秋天洪涝时，有人在水面上发现奇怪生物尸体的事，以及那些与此事相吻合的离奇民间传说的看法。对您所持的立场，鉴于您的外乡人身份，我可以理解。同理，"漫笔"专栏的作家支持您的看法，也在情理之中。不仅如此，佛蒙特州内外，但凡受过教育的人，应该普遍都与您持同样的立场。甚至我在年轻时（我现在五十七岁），在尚未进行相关研究之前，也抱着跟您相同的态度。但在广泛调查和精心钻研达文波特的著作以后，我最终亲自前往周边人迹罕至的山区实地勘察，结果，我的看法完全变了。

最初引导我从事这方面研究的，是山野老农夫们在田间地头的一些蒙昧传说。不过事到如今，我真是希望自己当初没有碰这些东西。毫不自谦地说，我对人类学和民俗学领域并不陌生，我曾在大学里花了很多时间和精力研习相关内容，熟知这一领域的权威专家，像泰勒、卢布克、弗雷泽、卡特勒法热、默里、奥斯本、基思、G.艾略特·史密斯等人。关于那个古老秘密种族的传说，我也早有耳闻。我也阅读了那些刊登在《拉特兰先驱报》上的您本人和那些反对者的书信摘要，所以，我自认为对你们的战况颇为熟稔。

现在我想说的是，虽然从目前所有推论来看，您的看法似乎是对的，但我恐怕得告诉您，您的对手或许要比您更接近真相——甚至比他们意识到的要更接近。当然，他们只是停留在理论的层面，而且他们对我所了解的详情一无所知。倘若我跟他们一样，也只是了解一些皮毛，我虽然觉得他们的盲信情有可原，但我会完全站在您这边。

啰唆了这么久，还没有进入正题，大概是因为我真的害怕提起它。其实我想说的是，我掌握了确凿的证据，可以证明在那些人迹罕至的深山老林里，确实住着可怕的生物。尽管我并未目睹洪水里的尸体，但我曾见过跟它们一样的东西，不过我现在不敢说是在哪里见到的。此外，我还见过它们的脚印，甚至最近，我还在我家附近见到了（我住在位于汤森镇南边黑山脚下的埃克利祖宅里）。脚印离我家仅咫尺之遥，实在太可怕了。我也曾无意在山间听到一些怪异的声响，但我实在是不愿意把它们写出来。

在同一个地方，我曾多次听到过那种声音。于是，我用一台可以录音的留声机，把声音录了下来，我会请您来听一听我的录音。不过，住在我附近的老人，听到这些录音时，被其中一个声音吓得瘫倒在地。因为那个声音，与他们小时候听祖母模仿过的一模一样，就是达文波特在书里提到的林间的嗡嗡声。

我当然明白我这么说,会引来多数人异样的目光。但在您下结论之前,不妨先来听一听录音,顺便问问那些偏僻地区的年长村民对此有何看法。如果您能证明它不足为奇,那真是求之不得。不过我以为,万事皆有因[42],这件事没那么简单。

我写信给您,并非为了争论,而是向您提供一些情况。以我对您的了解,您会感兴趣的。这些事情,我只会私下跟您交流,而在公开场合,我站在您这一边。因为就此事来说,公众知道得越少越好。我自己的研究也完全秘密进行,绝不想凭此吸引公众的注意力,更不想让他们寻奇探秘。

真相就是,的确有一些非人类生物在监测我们,甚至还安插耳目在我们中间收集信息。这是一个可怜的家伙告诉我的,如果他神志健全(至少在我看来是正常的),那不出意外,他就是探子。我的大部分信息和线索,都是从他那里得来的。后来他自杀了,但我确信还有别的探子在活动。

那些怪物来自另一个星球,它们可以在星际间存活,并有能力穿越星际。它们的膜翼笨拙而有力,能够用某种方法借助以太[43]在太空飞行,但掌控方向的能力不足,因此在地球上几乎没什么太大用途。假如你不把我当疯子,那等我以后再给你详细解释。

它们来地球是为了挖矿,所需的金属矿石深埋在大山底下,而且我想我知道它们从何而来。只要不理会它们,我们就不会受到伤害,但如果人类过于好奇,那就难保会发生什么了。

可能一支装备精良的人类军队,就能踏平它们的采矿基地,这也

---

42 | 原文为拉丁文:Ex nihilo nihil fit,出自古希腊哲学家巴门尼德。
43 | 以太是古希腊哲学家亚里士多德所设想的一种物质。本文写于1930年,以太学说尚有一席之地,但后来被科学界抛弃。

是它们所忧虑的。但真要这么干，可能会有更多的、数不胜数的怪物从天而降，然后轻而易举地征服地球。但到目前为止，它们觉得没必要这么做，它们宁愿顺势而为，免得横生枝节。

我认为它们想干掉我，因为我发现了它们太多秘密。我在祖宅东边圆山的森林里，发现了一块黑色石头，上面刻着未知的象形文字。自从我把它搬回家后，原本平静的生活就起了变化。假如它们认为我知道的太多，就会杀掉我，或者把我带去它们的星球。它们偶尔会掳走一些博学的人，以便随时掌握人类动向。

这就引出我写这封信的第二个目的了，斗胆劝诫您终止论战，别把公众的眼球吸引过来。人类必须避开那些山峰，人类的猎奇心绝不能再被进一步唤起。如今，淘金者和地产商大量涌入佛蒙特州，漫山遍野地搭建廉价的平房，夏日的观光客也闻声而来，到处都是他们的身影。人类危在旦夕，亟须悬崖勒马。

我本人很希望与您继续保持联系，如果您愿意，我也会尝试把我的录音和那块黑石头寄给您——石头磨损得厉害，照片拍不出细节。我之所以用"尝试"，是因为我觉得那些怪物会阻止我这么干。村子附近的农场里，有个叫布朗的猥琐家伙，我觉得他就是探子。我觉得它们正在切断我与这个世界的联系，因为我实在是对它们了解得太多了。

它们有各式各样的方法，查清我的所作所为。就连这封信，您也可能收不到。如果情况继续恶化，我打算离开这栋住了六代人的祖宅，搬到加州的圣地亚哥跟我儿子同住。但故土难离，不到万不得已，我不愿走这一步。况且，它们既然已经注意到这里，我也不敢再把房子转卖给他人。它们似乎很想把那块黑石头拿回去，并且把录音毁掉。当然我肯定会尽可能阻止，不让它们得手。我饲养的大型犬就能吓退它们。它们的数量不算多，行动也不利索，我先前说过，它们的翅膀并不适合在地球上飞。

我很快就要破译出石头上的文字了，使用的方法相当可怕，以您在民俗方面的造诣，或许可以帮我找出某些遗漏和谬误。我想您一定很熟悉在人类出现之前就存在的恐怖神话，就像《死灵之书》里提到的关于犹格·索托斯和克苏鲁的神话故事。我曾经见过《死灵之书》的复制本，听说贵学府的图书馆里也珍藏了一本。

最后我想说，威尔马斯先生，我认为我们各自的研究，能够相互印证、互相弥补。但是我不想，也不希望给您带来危险，因此我要事先声明：拿到石头和录音，会让您陷入危机。但我想您一定会发现，为了探寻知识，冒再大的风险都是值得的。

如果您的确需要，我可以开车到努凡镇或者布莱特尔伯勒，将两件东西寄送给您，毕竟现代的邮寄服务更值得信任。

我现在形单影只，与世隔绝，就连仆人或助手都雇不到。那些东西每到夜间，就会接近屋子。家犬狂吠不止，没有人愿意留下。如今我庆幸妻子在世时，我尚未陷入泥潭，否则她真的会被逼疯。

真心希望这封信没有过分叨扰您，也希望您能联系我，而不是当作疯子的胡言乱语，把信扔进垃圾筐。

谨致问候

亨利·W. 埃克利

另：我冲洗了几张照片作为证据，以证明我所言非虚。那些老人们认为照片真实得可怕。如果您感兴趣，我尽快寄给您。

很难形容我初次读完这封信的感受，以往那些反对者的论调，虽然庸常乏味，但总能惹我发笑。按理说，埃克利的这封信比那些理论更为滑稽，可我却笑不出来。这封信字里行间透出的异样，让我不得不怀着矛盾的严肃态度来对待。

这倒不是我真的相信了他所说的——有什么星际种族隐匿在我们周围，而是认真考量以后，我确信这位来信者神志健全且极为真诚。他在信中提及的、富有想象力的内容，只有一种解释，就是他正面对着某种真实存在、但无法用常理解释的现象，才只能求解于想象。

虽然实际情况可能与他想象的不一样，但从另一方面来说，深入研究这件事也并非毫无价值。

这位先生似乎有些过分激动和焦虑了，但我并不认为他是无中生有。从自洽的角度来说，他条理分明，逻辑清晰。而且他所讲的刚好与某些古老传说，甚至是夸张的印第安神话，十分吻合。

他在山中听见的诡异声响、找到的黑色石头，完全有可能是真事，但这与他的那些荒谬结论没什么关系。最有可能的是，他受到了那位自称是外来生物的探子的自杀者影响。而那人无疑是个臆想狂，他对埃克利所说的那些虚言妄语里，刚好含有一丝看似合理的内容，让原本就研究民间传说、对此类事件半信半疑的埃克利，天真地相信了他。至于事情的最新进展，我认为是埃克利那些无知的邻居们也相信了怪物会在深夜包围他们的房子，因此仆人和助手才被吓跑了。当然，那些狗狂吠不止也是个原因。

至于那份录音，我只能相信他是通过他自称的方式录到的。这肯定有明确的解释，某种动物的声响被误听成人声，或者是那些像动物一样的夜行人的交谈。那么刻着象形文字的黑色石头是什么呢？我想起埃克利说要寄照片过来，那上面让老人们深信不疑的东西究竟是什么呢？

当重读那份潦草的书信后，我突然有了一种怀疑，那些少见多怪的反对者们，在这件事上，很可能比我认为的更接近真相。虽说外星怪物不存在，但那些穷乡僻壤之中很可能住着一些世代畸形的野人。如此一来，那些洪水里漂浮的尸体就不那么难以置信了。可就此认为远古传说和那些新闻报道背后都有大量的事实基础，会不会显得太武断了？我心乱如麻，但突然意识到自己竟然因为一份怪异来信而乱了方寸，不禁羞愧万分。

不过，我还是给埃克利回了信，以友善的态度表达了我对此事的兴趣，请他提供进一步的详细情况。他的回信几乎和返程的邮政车一样快，随信夹带着一些用柯达胶片拍摄的场景和物品，为前一封信中所说之事提供证明。

我第一眼看到那些照片，就有一种莫名的惊骇感，似乎自己正在接近某种禁忌之物。尽管照片大都很模糊，却有一种很强的表现力。而它们的真实性，又加强了这种力量。通过这些照片，我能够直观地观察到它呈现的景象，而且我也相信，我看到的照片不包含任何偏见、差错或欺骗。

越看这些照片，我越觉得之前对埃克利和他的故事判断有误。毋庸置疑，这些照片就是明确的证据——证明佛蒙特州的群山中的确有一些超出人类认知范畴的事物。其中最可怕的是那个脚印，那张照片拍摄于阳光笼罩的一片荒坡上的泥泞小道。我一眼就看出那绝非伪造，因为照片上轮廓清晰的卵石和草叶比例非常明确，像二次曝光这种伪造把戏几乎无法实现。

那些"脚印"其实叫"爪印"更恰当，即便到现在，我还是无法准确描绘，只能说它们非常像螃蟹行走留下的印记，而且无法辨别前后方向。足迹并不深，也不像是刚踩过的样子，尺寸和普通人的脚印差不多。从中心位置开始，几对锯齿状的小螯向两边延伸。如果说这种生物身上只有这样一种运动器官，那它的功用着实令人迷惑。

另一张照片，明显是在暗影里通过长时间曝光拍摄的，照片上有一处林地洞穴，一块形态规整的圆形巨石塞住入口。出口前光秃秃的地面上，有一些来回交织的密集痕迹。在放大镜下查看，我心慌地注意到，那些痕迹很像前一张照片里的足迹。

第三张照片显示，在一座荒山之顶，一丛丛竖立的石头，摆放成德鲁伊仪式的环形石阵。石阵附近的草被踏平，甚至磨光，却找不到任何脚印。那里显然极为荒僻，人迹罕至，连绵的群山构成照片的背景，一直绵延到模糊的地平线。

如果说脚印让人不安，那块黑石头则是让人不解。埃克利显然是把它放在书桌上拍的照片，背景里可以看到几排书和一尊弥尔顿的半身像。石头宽约一英尺，高约二英尺，朝向镜头的曲面不太规则，若要对这个曲面或石头的大致形状进行具体描绘，则完全超出了我的语言能力。我甚至无法判断它遵循了哪种几何学原理进行的切割，但它的确存在加工的痕迹。

我从未见过比它更怪异的东西，它明显不属于这个世界。至于表面的那些象形文字，我只能辨认出一小部分，但仅仅其中的一两个符号就让我震惊。当然，这存在伪造的可能，毕竟除了我以外，肯定还有人读过阿拉伯疯诗人阿卜杜拉·阿尔哈兹莱德那本恐怖邪恶的《死灵之书》。

不过，就算是伪造的，那些象形文字也让我毛骨悚然，因为我认出了其中的某些有象征意义的文字。这不禁让我联想到一些亵渎神灵的流言——讲述了早在地球和太阳系的其他星辰成型之前，就已存在之物的疯狂传说。

其余的五张照片,有三张拍的是沼泽和深山,似乎有某些怪异的活动痕迹。另一张是埃克利家附近的古怪印记,据他所说,在拍摄的前夜,家里的狗狂吠不止。印记非常模糊,看不出什么有效信息,不过似乎跟那些足迹很相近。最后一张是埃克利的祖宅,一栋白色的两层小楼,干净整洁,还带着阁楼。祖宅约有一百二十五年的历史,草坪修剪得十分美观,一条用石子镶砌的小路,通向一扇雕刻精致的乔治王朝风格的大门。草坪上,一个和颜悦色的男人,留着很短的灰胡子,身边蹲着几只大型犬。我猜他应该就是埃克利,照片是他自己拍摄的——连着软管的球形相机按钮,就捏在他右手中。

看完照片,我开始阅读那封才写完不久的冗长来信。接下来的三个小时,我一直沉浸在难以言喻的恐怖深渊里。埃克利在前一封信里粗略提到的一些事,在这封信里展开了细致而具体的描绘。他用很长的篇幅,详尽地描述了自己在夜里听到的声音,以及黄昏时在山上浓密的灌木丛里窥见的那些粉红色怪物。

他还讲述了一个可怖的宇宙传说——他将自己的渊博学识,和那个自称是探子、后来自杀的疯子之间的交流相结合,融汇成了这个传说。我发觉自己面对的,全是曾在别处听说过的名讳和术语,它连通了某些极其可怕的存在——犹格斯[44]、伟大者克苏鲁、撒托古亚[45]、犹格·索托斯、拉莱耶、奈亚拉托提普、阿撒托斯、哈斯塔、伊安[46]、冷原、哈利之湖[47]、贝斯穆拉、黄色印记[48]、雷姆利亚—卡斯洛斯[49]、布朗,以及

---

[44] 犹格斯,米·戈的殖民星球,洛夫克拉夫特称之为冥王星。
[45] 撒托古亚,旧日支配者,形如蟾蜍,栖身于黑暗世界恩凯伊的地底深处。
[46] 伊安,一个在冷原上的可怕城市。
[47] 哈利之湖,一个处在哈斯塔城和卡尔克萨城(可能在毕宿五)附近的湖,由低温凝结的半液态气体构成。
[48] 黄色印记,一个虚构的符文,属于黄衣之王哈斯塔。
[49] 雷姆利亚,一块远古大陆,沉没于印度洋。卡斯洛斯,一位亚特兰蒂斯术士。

Magnum Innominandum[50]。

我被拖拽着,穿越无可名状的万古岁月和不可思议的维度空间,回到就连《死灵之书》的作者也只能隐晦猜测的远古世界。在那里,来自遥远星际的另类存在们,曾恣意横行。

我看到元初生命的源头,看到其中汩汩淌出的亿万溪流,看到其中最微不足道的一条与地球的命运交汇,形成了生命的海洋。

我的脑子感到一阵眩晕,我简直不能相信,长久以来一直用理性解释世界的我,此刻竟开始相信那些最反常、最异想天开的东西。一系列真实存在的证据就在眼前,多到可恨,多到无法辩驳。

埃克利的研究态度冷静而严谨,他对这件事的想象,完全排除了疯癫、狂热、歇斯底里和妄自揣测,对我的思考和判断产生了巨大影响。

当我放下那封信时,已经理解了他的恐惧,并决定尽我所能,阻止公众接近那些怪物出没的荒山野岭。

哪怕到了此刻,时间模糊了印象,让我对过去的经历和可怕的疑虑有所怀疑,但我依然不会引述埃克利信里的内容,也不敢写在纸上。对这封信、录音和照片的消失,我发自内心地开心。我也希望那颗海王星之外的新行星,永远不会被人类发现。我马上就会解释原因。

读完信后,我便不再参与关于佛蒙特州恐怖事物的辩论。反对者的质疑,我也尽量不作回应,或者答应以后再说。

终于,这场争论淡出了大众的视野。

从5月下旬到整个6月,我和埃克利始终保持通信,然而偶尔会出现信件丢失的情况,为此我们不得不凭着记忆重写一遍。大致来说,我们一直在交流对各种隐秘神话的看法,并努力把佛蒙特州的恐怖事件和

---

50 | Magnum Innominandum,拉丁文,不可提及的至高存在。

上古世界的传说理出一个更为清晰的脉络。

首先，我们几乎完全确定，这些恐怖生物与出没在喜马拉雅山脉的米·戈是同一种东西，都是梦魇的真身。另外，我们还兴趣盎然地做了一些动物学的推测，若非埃克利反复叮嘱不要透露给任何人，我肯定会求助我的同事德克斯特教授。而此刻，我之所以违反规定，是因为我认为在眼下这个阶段，公布这些事比保持沉默更有利于公众安全——警告人们远离佛蒙特州的群山，同时也警示那些征服高峰的勇敢者，不要再去喜马拉雅山探险了。

除此之外，我们还有一件具体的事要做——破译那些刻在邪恶黑石上的象形文字，这将帮助我们掌握某些前所未知的深邃而令人惊眩的秘密。

三

6月底，那张录音唱盘终于到了。邮件丢失事件发生后，埃克利已不信任当地的陆路邮政，选择从布莱特尔伯勒通过航运寄来。以往那种被刺探的感觉，最近变得越来越强烈。

他在信里多次提到某些人的诡秘举止，怀疑这些人是怪物的傀儡和探子。沃尔特·布朗是重点怀疑对象，他是一个阴森猥琐的农民，独自住在半山腰上荒芜的林间小屋。经常有人见他在布莱特尔伯勒、贝洛斯福尔斯、努凡以及南伦敦德里等城镇的街巷里，漫无目的地闲逛，其行为举止十分不可思议。

埃克利确信，在自己偶然偷听到的一段可怕谈话中，就有布朗的声音。他还在布朗家附近发现过一个爪印,而最邪恶的是,在那个爪印旁边有布朗的脚印——双方似乎相向而立。

因此,埃克利才驾驶他的福特车,经佛蒙特州荒凉的乡村公路,前往布莱特尔伯勒给我寄送录音唱盘。随之附带的便条上,他坦承自己有些惧怕那些乡间小路了,除非是大白天,要不然他都不敢去汤森镇购买日用品。他一遍又一遍地说,知道这些事情有百害而无一利——除非远离那些荒山,越远越好。他打算近期就搬去加州,与儿子同住。但要放弃一个烙下自己所有记忆和祖辈感情的地方,谈何容易。

我从大学的行政处借来一台唱片机,在播放录音之前,我再一次翻阅了埃克利的数次来信,仔细查看其中对此事的说明。据他说,这张唱盘是在1915年5月1日凌晨一点左右,在一个被巨石封死的岩洞口录下的。那个岩洞位于黑山西侧的山坡上,山脚下是里氏沼泽。那里时常传出奇异的声音,因此他才带着设备专程前去录制。

以往的经验告诉他,五朔节前夕——也就是欧洲神秘传说中魔鬼狂欢的夜晚,会有更多的收获,事实也的确如此。但自此以后,他再也没有在那里听到过同样的声音。

与森林里的其他声音不同,唱盘录下的声音更像一种仪式声,其中一个很可能是人类的声音,但埃克利也不敢断定。从声音里可以听出,那是一个儒雅的人,并非猥琐的布朗。不过,整段录音的关键,是另一个声音。那是一种极其可怕的嗡嗡声,虽然与人类声音毫无相似之处,但说出的话——甚至语气,都像一个精通英语文法的学者。

录音的清晰度时好时坏,可能与偷录的位置有关,当时埃克利距离仪式较远,岩洞里的声音低沉而含混,所以录音听起来断断续续的。幸亏埃克利还帮我准备了一份根据录音整理的文字资料,在播放录音之前,我又大致浏览了一遍。那些文字里并无直接的恐怖，而是透着一种阴森的诡秘。但是只要想到它的来源和取得它的方式，它就有了一种难以言喻的恐怖。

我在此写下我记得的部分，我之所以相信自己的记忆，不仅是因为我读过文字，更因为我反反复复听过那段录音——这些都已铭刻在我心里。那可不是能让人轻易忘掉的东西。

（无法辨识的声音）

（儒雅的男人声）

……是森林之主……也是冷原人的礼物……从黑暗之源到星空之渊、从星空之渊到黑暗之源，永生永世传扬着对伟大者克苏鲁的赞颂、对撒托古亚的赞颂、对不可提及的至高存在的赞颂。荣耀归于生生不息的森林黑山羊。常佑！莎布·尼古拉丝！那孕育万千子孙的山羊！

（一个模仿人类说话的嗡嗡声）

常佑！莎布·尼古拉丝！那孕育万千子孙的森林黑山羊！

（人的声音）

看哪！森林之王正在……七步，九步，走下黑色玛瑙石阶……赞颂归于深渊中的他，阿撒托斯，汝教导吾等万千神迹……以黑夜之翼穿越星空，穿越那……给犹格斯，最年轻的幼子，独自在边缘的黑色以太里旋转……

（嗡嗡的声音）

……到人类中去，找到前路。那是深渊中的它知晓之处。奈亚拉托提普，伟大的信使，所有的一切都要向你倾诉。它将化身人类之形，那蜡质面具和隐藏一切的长袍，从七日之界降临人间，去藐视……

（人类的声音）

奈亚拉托提普，伟大的信使，穿越虚空为犹格斯带来奇妙愉悦之奈亚拉托提普，百万蒙宠者之父，阔步行过……

（声音戛然而止）

这就是我听到的所有语句。那时，我带着一丝恐惧，犹豫地放下唱臂，听着蓝宝石唱针发出的摩擦声。我很庆幸自己最先听到的是那个含混而断断续续的人声。那是一个温文尔雅的声音，带着一点儿波士顿口音，显然不是佛蒙特州当地的村民。录音的声音很微弱，让我急不可耐，我好像在埃克利整理的资料里找到了对应的文字。只听那人用浑厚的波士顿口音说道：

常佑！莎布·尼古拉丝！那孕育万千子孙的山羊！

接着，我听到了另一个声音。虽说埃克利的资料已让我做好了准备，但直到今天，每当想起那个声音带给我的震慑，我仍会止不住地战栗。后来，我也向别人说起过录音内容，可是所有人都认为，那只不过是拙劣的赝品和疯子的胡言乱语。这也情有可原，毕竟他们没有亲耳听过录音，也没有亲眼见过那些信件。如果听过或者看过，我相信他们的想法会完全改变。

说到底，我还是后悔自己过于遵守约定，没有让其他人听录音，而那些信件后来也都丢失了，造成了如今的遗憾。但是，了解事件背景和相关情况的我，在直接听到那些真实的声音时，体会到了一种极端的可怕。

虽然这个紧跟在人声后的嗡嗡声只是一种仪式性的应答，但在我的幻觉中，它仿佛来自无可名状的地狱，穿越了无法想象的黑暗深渊才传进我的耳朵。时至今日，已过去两年多，可是在这期间的每时每刻，那微弱的、梦魇般的嗡嗡声，一直回响在我耳边，就像第一次听到的那样。

常佑！莎布·尼古拉丝！那孕育万千子孙的森林黑山羊！

即便如此，可我始终无法对其进行细致分析，更无法进行形象的描述。它就像某种令人作呕的巨型昆虫，在生硬地模仿异族语言。虽然吐字清晰，但我认定它的发声器官跟人类，或是任何哺乳动物都毫无相似之处。不论是音色还是音调，不论是声音的振幅还是泛音的音频，都相当怪异，完全脱离地球生命的范畴。

第一次听到这个突兀的声音时，我几乎当场晕厥，强忍着眩晕，我才心不在焉地听完了剩余部分。当嗡嗡声诵出那一段较长的话时，那种难以言喻的邪恶感，比第一段声音强烈无数倍。直到录音在那个波士顿口音的人声中戛然而止，我还坐在原地，呆若木鸡，久久盯着唱机。

后来，我又反复播放录音，参照埃克利的文本，竭力研究和分析其中的含义。在此讲出我们的结论，既令人不安又毫无意义。不过我可以透露一条线索，埃克利和我都确信，顺着这条线索，可以追溯到神秘的古老宗教中某些令人厌恶的原始习俗。我们合理推测，那些隐匿的外来生物，似乎与人类中的某些成员，保持着悠久而复杂的同盟关系。但这种关系有多广泛和深入，当下与远古时期相比有什么变化，我们无从得知。不过，这条线索至少给我们创造了一个空间，供我们进行无限联想和猜测。

人类和宇宙的无尽虚无之间，似乎存在某种可怖而古老的联系，并划分为几个明确的阶段。这一切意味着，那些出现在地球上的亵渎神明之物，来自位于太阳系边缘的黑暗行星犹格斯。但犹格斯只是那个可怕星际种族的前哨站，它们真正的来源肯定在太阳系以外的遥不可及之处，甚至是爱因斯坦宣称的时空连续体之外，或是超出人类认知的浩瀚宇宙之外。

在这期间，我们仍在讨论那块黑色石头，并想找到安全的方式把它运到阿卡姆来。埃克利不建议我在目前这种情况下，去佛蒙特州找他。出于某些原因，埃克利对那些寻常的运输路线，已经不再信任。最终，他决定带着石头亲自前往贝洛斯福尔斯镇，利用波士顿至缅因州的铁路系统，经过基恩、温彻顿以及菲奇堡等地，再送到我手上。但这么一来，他就不能沿着大路去布莱特尔伯勒，而必须驾车穿过好些偏僻的林间小道。

埃克利告诉我，上次邮寄录音唱盘时，他注意到邮局门口有个鬼鬼祟祟的人，一直徘徊不前，这让他很不安。面对邮政工作人员的问话，那人支支吾吾，显得非常焦躁。后来，那人又上了托运录音唱盘的火车。因此，在我告知他录音收到以前，他一直心神不宁。

就在此时，也就是 7 月的第二周，我寄的一封信又不见了，我是通过埃克利的一封忧心忡忡的来信才知道的。

自那以后，他就告诫我别再把信寄到汤森镇，而是寄到布莱特尔伯勒的邮局。因为当地铁路的客运业务已经废止，所以他要亲自驾车，或者搭乘公共汽车去取。我能明显感觉到他变得越来越焦虑，他详细描述了看门狗在无月之夜的频繁狂吠，多个清晨在庭院后面的泥泞路上发现新鲜的足迹。有一次，狗狂吠了一整晚，早上出门时，他见到了一行行整齐而密集的足迹，而对面是密集的狗爪印，为此他专门寄来了一张令人惶恐的照片。

7月18日，周三早上，我收到了一封来自贝洛斯福尔斯的电报。埃克利在电报里说，他已将黑石寄出，由波士顿至缅因的5508号列车运送。列车将于中午十二点十五分离开贝洛斯福尔斯，并在下午四点十二分抵达波士顿北站。我估计，它最晚在次日中午抵达阿卡姆。

整个周四上午，我都在等这件包裹，可直到中午也没有消息。我打电话给邮局，得知没有我的包裹。我有些惊慌，立即给波士顿北站的货运代理打了长途电话，才知道寄给我的东西根本没有到站。

听到这个消息，我竟然有种莫名的平静，似乎对此并不意外。那天的5508号列车的到站时间晚了三十五分钟，但并没有我的包裹。不过，他们向我保证会调查清楚。晚上，我连夜写信给埃克利，说明相关情况。

次日下午，波士顿方面效率极高地完成调查，工作人员也在第一时间给我打电话，根据5508号列车铁路货运员工的回忆，有一件事可能与包裹的丢失有关。那天下午一点，列车停靠新罕布什尔州的基恩站时，他和一个棕黄色头发的男人发生了争执。那人极为瘦削，嗓音非常怪异，看起来土里土气的。

那人对一个很重的箱子十分感兴趣，声称那是他的东西。但列车和公司的登记名单里，并没有他的名字。他自称叫"斯坦利·亚当斯"，说话含混不清，还夹杂着嗡嗡声，使得那位员工莫名眩晕并神思恍惚。员工已无法想起对话是何时结束的，只记得列车启动后，他才猛然清醒过来。波士顿方面的代理人员还说，这位员工是个诚实可靠的年轻人，家庭背景和社会关系很明晰，在公司干了很久了。

通过邮局得到那名员工的姓名和住址后，当晚，我在波士顿约见了他。他性格坦率、招人喜欢，但除了之前所说，他再也没有说出更多信息。

奇怪的是，他都不敢说自己还能不能认出那个"斯坦利·亚当斯"。经过交流，我发现他的确再说不出什么了，才返回阿卡姆，连夜给埃克利、货运公司和警察局，以及基恩车站的负责人各写了一封信。那个声音怪异的男人既然能如此诡异地影响到铁路员工的精神状态，说明他是个关键角色。因此我希望能通过车站的其他员工和电报局的记录，找到一些他的信息，还有他是在何时何地、用何种方式向货运员工打听包裹的。

最终，我不得不承认，所有调查都徒劳无果。

7月18日午后，的确有人在车站附近见过那个人，也有人记得他带着一个沉重的箱子，但所有人都对他一无所知，不知他从何而来，也不知他去向何处。

就目前掌握的情况来看，那人并未去过电报局，也没有收过信件。货运公司也没有向任何人透露那块石头装在5508号列车上。

此事发生后，埃克利也展开了调查。他亲自前往基恩，向车站员工和附近居民打探消息。不过在这件事上，相较于我，他的宿命感更强一些。他甚至认为箱子的丢失不可避免，是事态发展的必然结果，其中隐含着威胁，因此他对找回石头并不抱希望。

他说荒山里的生物和它们的探子，无疑都有心灵感应和催眠的能力。他还在一封信中暗示，那块石头可能已不在地球上了。

但对我来说，此事让我极为愤怒。因为我原本可以通过石头上模糊不清的古老象形文字，解读出一些谜团的奥秘。如果不是埃克利在新的来信里告诉我，群山中的恐怖已经有了全新的变化，让我的注意力发生转移，我一定会耿耿于心，长久无法释怀。

四

埃克利颤抖的笔迹让人怜悯。他在信中说，那些未知怪物似乎已经决定要干点什么了，它们正在逼近他。每个月亮隐匿的黑夜，狗的嘶吼都让人毛骨悚然。甚至在白天经过那些偏僻小路时，他也能明显感觉到有人在监视他，阻止他做事。

8月2日那天，他驾车前往乡村，在经过一片密林时，发现一棵粗壮的大树横倒在路上。当时，身边的两条狗凶猛咆哮，他顿时意识到有东西潜伏在附近。他都不敢想象，如果没有狗，会发生什么可怕的事。不过，最近一段时间，他只要离开房子，就会随身带着两条强壮的大狗。

8月5日和6日在路上也遭遇了事故。一次是有人向他开枪，子弹擦车而过；一次是狗在车上狂吠，这说明丛林里有邪恶的东西在靠近。

8月15日，我收到了一封混乱的信，让我极为惶恐。真希望他能扔掉之前一直坚持的忍耐和孤僻的陋习，去报警，去寻求援助。

埃克利在信中说，12日夜晚，有人向他家密集开枪。第二天早上，他发现自己的十二条狗，有三条中弹身亡。路面上的爪印密密麻麻，其中还有沃尔特·布朗的脚印。他打电话到布莱特尔伯勒，想再订一批狗，但没说几句电话线就被掐断了。

他亲自开车去布莱特尔伯勒，得知架线工们在努凡北部的荒山里发现主电缆被齐整地割断了。他在信中说，他买了四条健壮的大狗，还为他的大口径连发步枪准备了几箱子弹，正打算回家。这封信是在布莱特尔伯勒的邮局写的，没有任何延误就寄到了我手上。

到了这个时候，我对此事的态度已经从科学研究转为内心的惶恐。我既为独居在偏远农舍的埃克利担心，同时也隐隐为自己担心，因为我发现，自己已经无法置身事外了。此事已蔓延开来，最终会将我一同卷入并吞噬吗？我在给埃克利的回信里催促他去寻求救援，并暗示说，如果他不这么干，我可能要自己采取行动了。就算他不愿意，我也打算亲自去佛蒙特州，帮他向政府部门报告目前的情况。

可是，我收到的回应，是一封来自贝洛斯福尔斯的电报：

  感谢支持，但没什么用，勿擅自行动，那只会伤害你我，等候解释

亨利·阿克利

可是，事情毫无转机，甚至进一步恶化。在回复这封电报之后不久，我收到了埃克利的一封潦草的短信，其中的消息让我震惊。

他在信中说，自己并未向我发过电报，也没有收到我之前的信。获悉此事后，他随即赶到贝洛斯福尔斯，得知发电报的是一个棕黄色头发的男人。那人说话含糊不清，带着古怪的嗡嗡声，此外再无线索。邮局职员给他看了发电报的原稿，笔迹潦草而陌生。值得注意的是电报签名"埃克利"被错写为"阿克利"[51]。这真是细思极恐，但就在这种危机下，他仍不厌其烦地向我描述自己面临的处境。

他提到，狗又死了几条，也新买了几条。他还打算再买些枪，每个月亮隐匿的黑夜，都是枪支登场之时。这段时间，大量的怪物爪印，以及好几个包括布朗在内的人类脚印，出现在他房子周围。埃克利承认事态严重恶化，不管祖宅能不能卖，他都要搬到加州去。但一个人抛弃故土实在是不容易，他想再坚持一阵，或许可以吓跑那些入侵者——尤其是他已经公开放弃所有行动，不再刺探它们的秘密了。

51丨埃克利是英文名 Akeley 的音译，原作电报中的落款为 Akely。此外，原作中电报结尾的"等候解释"之后无句末点号。翻译遵从原作，并非编校错误。

我立即回信，再次表示自己愿意提供援助，也再次提出去探望他，并协助他说服当局、证明他所面临的险境。在回信里，他的态度似乎不像过去那么决绝，只是说自己希望再等几天，在整理东西的同时，说服自己离开这片他热恋的故土。周围的人一贯用怀疑和蔑视的态度对待他的研究与推测，怀疑他神志错乱，所以他最好还是安静地离开，以免引起村民骚动。他承认自己已经受够了，就算是败退，也想保持最后的尊严。

8月28日，我收到这封信，立即写了一封回信鼓励他，表达对他的支持。显然，这封信效果显著，他在来信中提到的恐怖事件少了许多。尽管如此，他还是不太乐观，他说近期的平静是因为满月的光芒吓退了怪物。他只希望最近不要出现阴天，并含糊地提到，月缺之时，他会搬到布莱特尔伯勒去住。

我再次写信鼓励他，但在9月5日，我又收到了他的信。那并非回信，而是继他上一封来信后的又一封新信。看完这封信，我不知该如何回复，考虑到它的重要性，我决定凭记忆全文引述：

周一

亲爱的威尔马斯：

这是上一封信的一篇沮丧的附言。昨晚阴云密布，虽然没有下雨，但也没有月光。情况很糟糕，尽管我们曾满怀希望，但事实上我离终点不远了。

午夜过后，有东西落在我的屋顶上，所有的狗都冲了出去，我听见它们四处撕咬和狂奔。有一只甚至通过矮厢房跳上屋顶，在上面展开一场可怕的搏斗。我听见了永生难忘的嗡嗡声，接着闻到了一种恶心的味道。就在这时，子弹打进窗户，差点击中了我。我认为是怪物的军队趁着狗在屋顶上搏斗时，逼近了房子。

屋顶上究竟发生了什么，我不得而知，但我担心怪物已经学会了在地球上自由飞行。我赶紧熄了灯，利用窗口射击，在扫射一圈之后，似乎把它们击退了。

早上我在后院发现了几大摊血迹，旁边是几摊黏糊糊的绿色物质，散发着恶心的味道。而在屋顶上，我看到了更多的黏液。五条狗被杀了，其中一条有可能是被我的子弹误伤的。现在我正在修被子弹击碎的窗户玻璃，一会儿计划到布莱特尔伯勒再买一些狗回来，狗场的人肯定觉得我疯了。

迟些再给你写信，我可能会在一两周内搬走，一想到要离开，简直心如刀绞。

埃克利草书

这不是埃克利仓促写给我的唯一一封信。第二天，也就是9月6日早上，我收到了另一封信。那些狂乱而潦草的笔迹，令我惊悸不安，绝望而迷茫。我不知道该说什么，也不知道能做什么。我只能再次凭借记忆，尽可能如实地写下信的内容：

周二

乌云并未消散，今晚仍然是月亮隐匿的黑夜。再说也到了月缺之时了。要不是它们总在第一时间切断电缆，我肯定会给房子通电，并安装一个大探照灯。我想我是疯了，或许我写给你的一切，都是我的梦或者臆想。之前已经够糟了，但这次终于超过了我的极限。

昨天晚上，它们对我说话了——用那种受诅咒的嗡嗡声，说了一些我根本不敢向你转达的事。在狂躁的狗吠声中，我清晰地听到了它们的声音，甚至在某一刻，我还听到了一个人的声音。别再管了！威尔马斯，它们的可怕超出你我的想象。

它们已经不让我去加州了，也不打算让我活着，准确地说，应该是让我以某种概念上或精神上活着的状态存在下去，并非在犹格斯，而是更远的地方，在银河系之外，甚至超过宇宙最后的曲线边缘之外的地方。

我回复它们，我不去那种地方，更不愿意以那样恐怖的方式去，但我的反对毫无意义。我住的地方太过偏远，用不了多久，它们就能在光天化日下随意往来。又有六条狗死了，今天我开车去布莱特尔伯勒时，一路上总觉得有东西在跟着我。

我把录音唱盘和黑石头寄给你犯了大错，你赶紧把唱盘毁掉。我明天会再写一封信给你，如果我还在的话。希望我能尽快整理好书籍和行李，在布莱特尔伯勒暂住。如果可以，我一定会抛下一切逃离，但我脑子里却有某些东西阻止我这么干。我可以逃到布莱特尔伯勒，而且应该还算安全，但我觉得就算住在那里，也和家里没什么区别——我已经成了一个被监禁的囚徒。

我非常清楚，就算抛下一切逃跑，也终究是徒劳。这一切都太可怕了，你别再卷进来了！

你的朋友，埃克利

收到这封信后，我一夜没睡。我怀疑埃克利是否已经精神崩溃。这封信的内容毫无理智可言，但考虑到过去发生的事，却有一种强大到可怕的说服力。我没有回信，心想还是等他回复我的上一封信后再说。但第二天,我就等来了回信,而信中所讲的新情况,让我的那封信变得毫无意义。信的字迹潦草不说,还有很多污渍,明显是在极为狂躁和仓促的状态下写的。信内容如下:

周三

威——

来信收悉,但此时任何讨论都已是徒劳。我现在听天由命,已无精力与它们抗争,就算我放弃一切逃跑,它们也会抓住我。

昨天,我去布莱特尔伯勒时,乡村邮递员给了我一封信,邮戳是贝洛斯福尔斯的。里面描述了它们处置我的方式,原谅我不能复述。你自己也要当心!毁掉录音!

今夜仍是阴天,月亮一直亏蚀,真希望我能有勇气去求助,但敢来帮我的人肯定都会认为我疯了,除非我能拿出证据。我和周围的人好几年都没有往来,他们不会无缘无故来帮我的。

但是威尔马斯,我还没有告诉你更可怕的事,请做好准备再往下看,因为你肯定会震惊,我保证这些事情都是真实发生的。

我已经见到并亲手触摸过它们中的一个,或许应该说是一部分。天哪,太可怕了!当然,它已经死了。我的狗抓住了它,今天早晨我在狗舍旁边发现的。我把它保存在柴房里,想当成说服别人的证据,但没过几个小时,它就分解消失了,什么都没留下。你还记得吧?那些河里的奇怪尸体,是在大洪水后的第一个早晨被人看见的。最可怕的是,我拍下它的照片想给你看,但照片上除了柴房,一无所有。

这些东西究竟是什么构成的?我看见它,也摸到了它,而且它们也留下了脚印,那无疑是由物质构成的,但究竟是什么物质呢?

我难以描述它的形态,像是一只巨大的螃蟹,本该是头部的位置,却是由许多黏稠厚实的东西构成的角锥状的肉环或肉瘤,上面长满了触角。我以前说的那种黏稠的绿色液体,就是它的血液或者体液。现在每分钟都有更多的怪物降临地球。

沃尔特·布朗失踪了,最近在他常出没的地方没见到他,我想一定是被我开枪击中了,但那些生物每次都把死伤者带走。今天下午来镇子上时,一路都很顺利,我猜它们肯定觉得我已经是砧板上的肉,不需要再跟着我了。我正在布莱特尔伯勒写这封信,也许这就是永诀。倘若真是如此,请写信给我儿子乔治·古德伊纳夫·埃克利,地址是加州圣地亚哥普利斯特大街176号。

千万不要到这里来!如果一周后没有我的消息,也没有在报纸上看到我的新闻,请写信给我儿子。

我决定破釜沉舟,打出两张底牌,希望我还有精力这么干。首先我会用毒气对付它们,我已经搞到了合适的化学品,也为我和狗准备了防毒面具。如果没用,我就去找治安官,就算他们认为我精神错乱,把我关进精神病院,也总比被那些怪物折腾强。也许我能让他们注意到房子周围的脚印,虽然很模糊,但每天早晨都能看到。不过,我猜警察会说是我伪造的,因为在他们眼里,我一直是个怪人。我一定要想办法留下一个警察过夜,让他看看所发生的事。不过,那些怪物一定也会知道,也许就不出现了。

晚上只要我想打电话,它们就会把电线切断。维修人员觉得非常奇怪,这本来可以当作证据,但他们怀疑我是自己切断的,已经一周都没人来为我重新接线了。

我能找到一些村民证明那些东西真实存在,但因为他们没受过教育,所以他们说的话被人嗤之以鼻。再说他们早先就有意避开我的住处,对事情最新的进展不了解。无论如何,他们都不愿到我屋里来,邮递员听了他们所说的,还开起了我的玩笑。唉!我真想告诉他,这一切都是真的!我也想过让他看脚印,但是每次他下午过来的时候,脚印就已经消失了。假如我用一个匣子或者平底锅罩起来,又显得特别蠢,会让他以为我在开玩笑。

我真希望自己没有隐居,那样的话就会有人来串门。除了那些无知的村民,我从来不敢给其他人看那块黑石头和照片,也不敢给他们播放录音。他们只会说这些东西是我伪造的,还嘲笑我。但我还是打算公开那些照片,怪物虽然不会显形,但脚印拍摄得很清楚。可惜的是,今天早上怪物的尸体消失之前居然再没人看见过!

但是,我不知道自己是不是在意这些,在经历了这么多事之后,能去疯人院我都求之不得。至少医生可以帮我下决心离开这栋房子,这就足以拯救我了。

如果没有我的消息,就写信给我儿子乔治。再见了!毁掉录音,不要卷进来!

你的朋友,埃克利

实话说,这封信将我投入了幽深的恐惧中。我不知该如何回信,只得潦草地写了几句语无伦次的建议和鼓励,用挂号信寄给了埃克利。我记得自己在信里催促他立刻搬到布莱特尔伯勒去,寻求警方保护。我还说我会带着录音过去,向警方证明他神志清明。

鉴于目前的情况,我甚至觉得,应该立即发出大规模警告,提醒公众警惕那些潜伏的怪物。此时此刻,我已完全相信埃克利所说的一切。不过,我还是认为他没拍到怪物尸体的照片,是他过于激动导致的失误,而非怪物本身真有那么离奇。

五

9月8日是周六，下午，我又收到了埃克利的一封信，显然不是对我上封信的回复。这封信与以往的信件截然不同，行文语气不再慌乱，字迹也不是潦草的手写体，而是用一台新打字机打出来的。最古怪的是，他竟一反常态地邀请我去他那里，并再三向我保证不会发生任何意外。这种明显的反差，无疑透露出在偏远群山里的恐怖事态一定发生了某些极为重大的变化。

我会再次根据记忆引述原文，并尽可能地保留原信的风格。信封上盖着贝洛斯福尔斯的邮戳。此外，埃克利的署名竟然和正文一样，都是打印出来的——那些刚学会用打字机写信的新手才会犯这样的错误。然而，从信的正文来看，却没有任何拼写错误，不像是新手的作品。因此我断定埃克利过去一定使用过打字机，可能是在大学期间。

这封信并未让我心里的石头彻底落地，只是让我一直紧绷的神经开始放松，但同时也有一种隐隐的不安。如果埃克利在极度恐惧中，仍能保持神志清醒，那么如今突然放松下来，写这封信时是否也处于正常状态呢？另外他在信中所谓"关系改善"指的是什么？整封信的态度，与以往简直判若云泥！

以下是我根据自己的记忆复写出来的信的大致内容。

1928年9月6日，周四

佛蒙特州，汤森镇

马萨诸塞州，阿卡姆镇，密斯卡托尼克大学
艾伯特·N. 威尔马斯先生

我亲爱的威尔马斯：

　　我怀着喜悦的心情给您写信，因为我终于可以告诉您，不必再为我信中所说的蠢事而困扰了。我说的"蠢"不是指那些怪事，而是指我在惶恐状态下的胡言乱语。那些事全都是真的，意义重大。问题出在一直以来，我都以一种十分不恰当的态度对待它们。

　　我记得我曾对您说过，那些奇异的生物试图与我沟通。就在昨天晚上，这种交流终于实现了。我回应了它们的某些讯号，同意它们派信使进入房间。当然了，需要说明的是，信使是一个人类。他告诉了我许多我们无法想象的事，也向我证明，我们完全误会和曲解了它们在地球上建立秘密基地的目的。

　　至于它们曾给人类带来什么，以及它们对地球有所企图的邪恶传说，都是源自我们对古老预言的误读。那些寓言都是建立在我们的文化背景和思维习惯之上的，事实上，它们完全超越了我们人类的想象力。所以，不论是我的妄自揣测，还是那些村民和印第安土著的猜想，都与事实大相径庭。那些过去我以为的病态、可耻和堕落的东西，事实上令人敬畏，不仅拓展了人类的眼界，甚至可以说是辉煌壮丽的。而我之前的偏见，不过是人类现阶段面对陌生事物的典型态度：憎恨、惧怕和畏缩逃避。

　　现在我心里充满懊悔和惋惜，为我曾在夜间的冲突中，误伤了这些不可思议的异类物种而悔恨。要是一开始,我就能理智地与它们和平对话就好了!但它们并不怨恨我,它们的情感与我们并不相同。它们最大的不幸,就是在佛蒙特州找了一些像沃尔特·布朗一样品质低劣的社会底层者当联络人,以致我对它们产生了极大的偏见。事实上,它们从未故意伤害人类,反而时常遭受人类的错怪和窥伺。

有一伙恶人组成了一支神秘的教派,如果我说他们与哈斯塔和黄色印记相关,您这样博学的神秘主义专家肯定能理解。他们代表着来自其他维度的恐怖力量,致力于追踪并伤害那些外来生物。它们采取激烈的措施,并非针对人类,而是为了对付那些袭击者。顺便提一句,我们丢失的信件并非外来生物所为,而是那些教徒。

这些外来生物希望与人类和平共处,互不干涉,逐步加强在智力方面的交流。由于人类的科学发明和机械设备极大地拓展了认知范围和活动能力,让外来生物在地球上秘密维持前哨基地的想法变得越来越难,所以两个种族之间必须建立更为和睦的关系。

它们渴望更全面地了解人类,也希望人类中的哲学和科学权威能更好地了解它们。在了解和沟通的基础上,危机自然就会化解。双方可以建立一种双赢的共存模式。那些认为它们企图奴役和腐化人类的臆断,是荒谬而可笑的。

作为双方改善关系的开始,它们选择我担任它们在地球上的首席发言人,毕竟我对它们有过相当的了解。昨夜,我得知了许多令人震惊且拓展人类视野的知识,接下来,它们还会通过口述或文字告诉我更多。现阶段它们还不希望我去星际间旅行,不过我倒是希望以后有机会能去看一看。它们会用特殊的方式协助我实现,但那种方式会超过迄今为止人类所拥有的一切经验。

从今往后，我的房子将不再被围困，我也不再需要养那么多狗，一切都将回归正常。现在，我已不再恐惧，取而代之的是极少数人类才能获取的知识恩惠和思想冒险。

这些外来生物很可能是所有时空中最奇妙的有机生命体，它们在宇宙中广泛分布，其他生命体都是它们的退化变种。假如非要用人类的概念来定义它们，可以说它们更像植物而非动物，拥有某种类似真菌的结构。不过，它们体内还存在着一种类似叶绿素的物质，营养系统的结构非常奇怪，与真正的茎叶真菌并不相同。事实上，构成这种生命体的物质，与我们宇宙内的任何事物都不同，就连电子振动频率都不相同。这就是为什么我们的眼睛可以看到它们，而相机胶卷却无法拍摄成像。不过，如果通晓了相应的知识，优秀的化学家可以调配出独特的感光乳剂，记录下它们的影像。

在它们的种族中，它们这一族群是独一无二的，因为它们可以单凭肉身就穿越没有热量和空气的星际虚空，而其他变种则要依靠机械设备，或者某种奇异的外科手术移植才能实现。只有为数不多的族群才像佛蒙特州的族群一样，长有可以借助以太飞行的翅膀。而栖息于旧大陆某些偏远山区的族群，则是通过别的方式来到地球。它们与佛蒙特州的族群是平行进化的不同变种，没有密切的亲缘关系，从外表看更像是动物生命体，与我们认识的物质有相似的构造。

佛蒙特州的族群的脑容量比其他族群都要大，但并不意味着是进化的最高阶段，它们通常通过心灵感应交流，但是还存在基本的发声器官，只需要通过小手术（它们的外科手术水平极为发达，所以接受手术是平常事），就能大致模仿其他依靠声音交流的有机生物的语言。

它们有许多聚居地，离地球最近的，是太阳系内一颗尚未被发现的行星。这颗行星黯淡无光，位于太阳系边缘，在海王星之外，是太阳系的第九颗行星。正如我们推测的那样，这颗行星就是某些古老著作和禁忌典籍中神秘暗示过的"犹格斯"。随着外来物种和人类关系的改善，那里很快就会引起我们世界的关注。如果天文学家对这些思潮足够敏感，他们就会发现犹格斯的存在，对此我一点也不惊讶，而前提是外来物种也希望他们这么做。

当然了，犹格斯只是一块踏脚石，这些生物主要生活在一些结构奇异的深渊、完全超越人类想象力的边界之外。在我们人类的认知里，四方上下谓之宇，往古来今谓之宙，时间和空间构成的整体就是整个宇宙。但是对它们来说，我们的整个宇宙，只是它们的无垠永恒中，一粒渺小的原子罢了。现在，这浩瀚无垠的知识，终于向我敞开。有史以来，享有如此殊荣的人类，绝不会超过五十个。

您刚开始肯定以为我在胡言乱语，但终有一天，威尔马斯，您会明白我偶然间发现的这个机会是多么的宝贵。我希望尽可能与您分享一切，为此我必须向您透露许许多多的事，但这些事都不适合通过信件交流。过去，我不让您来找我，但现在已经安全了，我欣然收回警告，并诚挚邀请您前来。

在大学开学之前，您能否来一趟？要是您能来的话，我保证您会有一段愉悦的旅程。请把录音唱盘和我的那些信件也带来，我们需要用那些材料，拼凑出一个庞大的全景。那些照片也烦请一起带来，最近忙忙乱乱，我竟然把照片和底片都弄丢了。天哪！我要在那些摸索与猜测上增加多少丰富的事实，这得是个多么大的构想啊！

不要犹豫了，现在没有人在刺探我，您也不会遇到任何不安和反常之事。您来的话，我的车会去布莱特尔伯勒接您，请做好长时间驻扎的准备，期待与您彻夜长谈那些超乎人类认知之事。当然，还烦请保密，因为此事现在还不能让大众知道。

开往布莱特尔伯勒的列车服务相当不错，您可以在波士顿拿一张时刻表。您搭乘波士顿——缅因州的列车到格林菲尔德，然后再换乘短途客车到布莱特尔伯勒。我建议您乘坐下午四点十分从波士顿开出的那趟车，傍晚七点三十五分抵达格林菲尔德，转乘九点十九分的短途车，于十点零一分到达布莱特尔伯勒。这是工作日的列车表。请把出发日期告知我，我让车去车站接您。

请原谅我用打字机写信，您知道，最近我写字时手抖得厉害，恐怕无法长期伏案书写。我昨天在布莱特尔伯勒买了这台"日冕牌"打字机，相当好用。

静候回音，希望能尽快见到您。别忘了那些信件、录音和照片。

预致谢意
亨利·埃克利

我反复阅读这封古怪的信件，思前想后，心里的情绪难以言喻。如前所述，这封信让我紧绷的神经放松，同时有隐隐的不安。但这样的表述过于粗略，更多纷繁复杂的感觉，并不明晰，宽慰和不安相互交织，此起彼伏。

首先，这封信与之前的一系列信件相比，发生了完全相反的变化——情绪从极端的恐惧到冷静的欣喜，甚至狂喜到自鸣得意——这种变化犹如迅雷不及掩耳，毫无预兆也毫无保留。我无论如何也不肯相信，一个人在短短的一天内，情绪和观念会有如此大的转变——无论他这一天得到了多少安心的启示。更何况，这个人在周三才写了一封疯狂的诀别信。

这种相互矛盾的不真实感，让我怀疑这些远方来信讲述的奇异故事，会不会只是我脑海里产生的虚幻梦境。但很快我就想到了那张唱盘，于是陷入了更强烈的困惑中。

这封信完全超出了我的预想，我仔细分析了这封信后发现，它由两个明显不同的方面构成。

一方面，我假设不论过去还是现在，埃克利始终头脑清楚、神志正常，那么以此为前提，这种根本性的变化就显得过于迅速了，简直无从想象。

另一方面，埃克利自己在风格、态度和语言习惯上的变化，远远超出了正常的、可预料的范围。他整个人的个性和性格仿佛经历了一场诡异的突变，这种变化如此彻底，如果他表达前后两种态度时，神志都十分正常，那么我无法理解与调和这两种态度存在的根本矛盾。

此外，信件不管是措辞还是拼写，都发生了微妙的变化。由于我的学术训练，我对行文风格异常敏感。我能觉察到他连日常的书写习惯和语言节奏都有了很大变化。能有如此颠覆性的变化，一定是遭遇了灾难性的情绪巨变，或者揭示出了颠覆三观的真相。

但从另一个角度来说，这封信也非常符合埃克利的性格特征，那种上下求索的无限热忱、老派研究者固有的求知欲望也一如既往。我不止一次怀疑这封信是出自伪造，或者遭到了别有用心者的篡改，可是，邀请我去检验信件内容的真伪，难道不正好说明它并非伪造吗？

周六整晚我都没有休息，一直坐着思索这封信背后可能隐藏的深意和秘密。过去四个月，我每天都要面对一系列接踵而来的惊悚事物，我的脑袋胀痛不已，如今我又要以同样的态度，重新研究这一令人吃惊的新材料，再度重复之前经历的所有心路历程。

直到深夜，强烈的好奇逐渐取代了先前的困惑和不安。不论是理性还是疯癫，不论是本质的变化还是心情的放松，埃克利的探索和调查的确有了巨大的变化。这种变化在短时间内消除了他的危险，不管这种变化是真的，还是仅仅是他的幻想，都为他展现出了有关宇宙的全新图景，同时也给予了他超越人类认知范畴的知识。

这封信也点燃了我对未知世界的热情，那种竭力突破知识边界的想法也深深地打动了我。摆脱时空和自然法则那令人厌倦到发疯的限制，与浩瀚的外部世界建立联系，接近那些黑暗而深邃的关于永恒和无限的终极秘密，如此伟大的壮举，当然值得一个人赌上全部的生命、灵魂和理智！

对此我深信不疑！

况且，埃克利说现在已经没有危险了，还热情地请我去拜访他，而不像过去一样警告我不要去找他。一想到他要与我分享的秘密，我就兴奋不已。坐在那间不久前还被围攻过的农舍里，身边放着记录怪异事件的录音唱盘和那些信件，与一位和外星信使交流过的学者促膝长谈，如此美妙的场景，想想就有一种让人晕厥的魅力。

于是，周日早晨，我给埃克利发了封电报，告诉他，如果他方便的话，我将在下周三——也就是9月12日，前往布莱特尔伯勒探访他。在选择车次时，我没有听从他的建议，实话实说，我并不想在深夜前往佛蒙特州那片阴森的区域。

我打电话到火车站预订了另一班次，早起乘八点零七分的车次到波士顿，然后转乘九点二十五分的车次前往格林菲尔德，中午十二点二十二分到站。这个时间刚好能赶上一趟开往布莱特尔伯勒的列车，最终在下午一点零八分抵达布莱特尔伯勒,这个时间比深夜十点零一分更适合与埃克利会面,然后乘坐他的车,进入那片隐藏着无穷秘密的群山。

我在电报里简述了自己的行程安排,当晚就收到了埃克利的回复。他赞同了我的安排,这让我很高兴。他的电报内容如下:

  行程收悉,甚好。周三下午一点零八分接站。勿忘唱盘、信件与照片。行踪保密。期待伟大启示。

埃克利

为埃克利送电报的人确认了我发的电报已被签收,这个过程必须要有正式的信使或借助电话系统,把电报从汤森电报局送到他家。收到这封电报,打消了我潜意识里残留的全部忧虑。我不再怀疑那封信件的真实性,心头的那块大石头到现在算是真正落地了。事实上,我无法形容自己的轻松感,所有的疑虑都被抛到了九霄云外。

那天晚上,我终于睡了个好觉,睡得很沉也很安稳。在接下来的两天里,我急切地为这趟旅行做了全面的准备。

六

周三,我按原计划动身前往佛蒙特州,随身的箱子里带着日用品和埃克利千叮咛万嘱咐的信件、照片和那张录音唱盘。应他的要求,此行我未向任何人透露。所谓"事以密成,语以泄败",尽管事态出现向好的转机,但仍然是一件属于我俩的隐秘之事。

与来自外太空的生物进行实质性的思想交流,即便是我这样有专业训练和心理准备的人,仍然会忐忑不安,甚至茫然失措,何况那些对此毫不知情的芸芸大众呢?

我在波士顿换乘之后,踏上向西的旅途。火车渐渐驶出熟悉的地区,窗外的风景越来越陌生。我百感交集,但究竟是恐惧多一些,还是期盼多一些,自己也说不清。只是任凭火车拉着我,经过沃尔瑟姆市、康科德市、艾尔镇、菲奇堡市、加德纳市、阿瑟尔镇……

火车抵达格林菲尔德时晚了七分钟,不过还好,换乘的北上短途车也推迟了发车。仓促转车之后,伴随着轰鸣声,列车穿过午后的阳光,驶入我多次在信中读到却从未踏足的土地。我忽然有一种莫名的紧张,这种怪异的感觉让我略感窒息。

从小到大的时光,我都在南部和沿海地区那些更为机械化的都市里度过,相较而言,我正前往的新英格兰地区更为原始和古老,那是先人生活的地方——没有污染,没有外国人,没有工厂的雾霾,没有五彩斑斓的广告牌,甚至没有混凝土道路——是一片现代文明未曾染指的世界。那里还有薪火相传的土著居民,他们扎根于此,是这片土地结出的真正的果实。他们传承着某些怪异的古老记忆,为鲜少被人提及的诡异而离奇的信仰提供了沃壤。

车窗外,蓝色的康涅狄格河波光粼粼。火车经过诺斯菲尔德,从河上驶过后,郁郁葱葱的神秘群山隐隐浮现。列车员巡查车厢时,我才知道自己已经抵达佛蒙特州。他提醒我将手表回拨一小时,因为北方的山区不使用最新的夏令时。随着指针的回拨,我觉得自己的日历仿佛回到了上个世纪。

列车沿河而行,与新罕布什尔州擦肩而过。远处陡峭的旺塔斯蒂凯山峰渐渐逼近,那里也是诸多古老神话的汇聚之地。不一会儿,左侧显现街道,右侧的河中出现一座葱绿的小岛。乘客纷纷起身,向车门涌过去,我也跟着过去。等车停稳后,我走出车厢,来到布莱特尔伯勒车站的站台上。

站台外停着一排等着接人的汽车,一时之间,我竟然认不出哪一辆才是埃克利的福特车。我刚想走过去辨认,已经有人认出了我。那人向我走过来并伸出手,问我是不是从阿卡姆来的艾伯特·N. 威尔马斯。他的声音成熟而有磁性,但显然不是埃克利本人,和照片中头发花白、蓄着胡须的埃克利毫无相似之处。他很年轻,穿着时尚,留着一撮黑色小胡子,像是城里人。他说话彬彬有礼,听起来有一种模糊而古怪的熟悉感。这让我有点心神不宁,却怎么也想不起在哪儿听过这个声音。

他告诉我他是埃克利的朋友,因为埃克利哮喘忽然发作,不适合出门奔波,所以他代替东道主从汤森镇来接我。不过埃克利的问题并不严重,不影响与我的会面。

我不清楚诺伊斯先生——他自我介绍的——对埃克利的研究和发现了解多少,但看他若无其事的模样,似乎只是个不明隐情的局外人。想到埃克利长期隐居,竟然还有一个随时帮忙的朋友,我还是有些许意外。不过,这丝毫没有影响我上他的车。

直到这时,我才注意到,这辆车并非埃克利描述的那种老式小轿车,而是一辆洁净敞亮的新款轿车,显然是诺伊斯的,上面挂着马萨诸塞州的车牌,还有令人喷饭的"神圣鳕鱼"标识。因此我猜测,这位临时向导只是夏季暂居在汤森镇罢了。

诺伊斯坐进驾驶位,发动了汽车。

空气里氤氲着莫名的紧张气氛,让我不想说话,幸而诺伊斯侃侃而谈，缓解了这种尴尬。

汽车开上一个缓坡，右转进入主道。午后的阳光斜照小镇，如此引人入胜。它就像我儿时记忆里的新英格兰古老小城一样，慵懒地打着盹儿。屋顶、尖塔、烟囱和砖墙都错落有致，它们共同形成的轮廓里，有某些东西撩动了我的旧日心弦。

我仿佛走在一条通道上，它将把我带向一片时光沉积之地，有一些古老和神异的事物，在那里自由滋生和驻留，从未受过惊扰。

汽车驶离布莱特尔伯勒，驶入峰峦叠嶂的群山。高大而凶险的花岗岩陡崖扑面而来，繁盛的树木郁郁葱葱。这一切似乎都暗示着诡秘，以及某些自太古残存至今，且敌意不明的存在。这让我内心的拘束和不安变得愈发地强烈。

有一段路程，我们沿着一条宽阔的河流行驶。河水不深，可能源自北方某些无名山涧。

当诺伊斯告诉我这就是西河时，我本能地打了个寒战。因为我忽然想起，新闻报道里曾提到过这条河，上次大洪水过后，那些螃蟹一样的怪物尸体，正是在这条河里被发现的。

窗外的乡野越来越偏僻，越来越荒芜。那些旧时遗留的破败廊桥，悬架在山涧之间，令人触目惊心。一条沿河的废旧铁轨，散发着肉眼可见的荒凉气息。偶尔能瞥见令人生畏的巨大河谷，峭壁千仞，兀然矗立。嶙峋的山间葱葱茏茏，掩映着新英格兰原始花岗岩的险峻和阴郁。峡谷之中，万千溪流奔涌，最终汇聚入河。河水承载着群山中不可名状的秘密，蜿蜒流淌。

不时有隐蔽的狭窄岔路，通向密林深处，无数的自然精灵，兴许就隐匿在参天古木之间。看到这些，我不由地想起当初埃克利驾车驶过这条路时,曾遭受的诡秘事物的阻挠。此刻,我终于感同身受。

不出一个小时,我们就到了古朴而秀丽的小镇努凡。人类通过冷酷征服和彻底占有,明确划定了自己的世界,而这座小镇,便是我们与人类世界的最后联系。

在此之后,我们便舍弃一切对于可见可及、逝者如斯之物的依赖,进入阒然无声的虚幻秘境。缎带般的小路以一种蓄意的任性,在杳无人烟的山岭和荒凉萧瑟的峡谷间蜿蜒起伏。

除了发动机的声音之外,偶尔传进耳朵的,只有从幽暗森林无数隐秘的泉眼里,涌出的涓涓细流的潺潺水声。

那些半球形的低矮山丘之间,逼仄得让人喘不过气来。即便我已听说过它们的险峻和陡峭,但依然超出了我的想象,与我所熟悉的世界相去甚远。

在那些无人能及的峭壁上,在人类从未涉足的密林里,似乎藏匿着某种无可名状的诡异之物。甚至山丘本身的轮廓,也暗含了某些早在亘古就被遗忘的奇特含义,仿佛是传说中的泰坦巨人留下的宏伟象形文字,它的荣耀只存在于我们罕见的梦境深处。

所有关于往昔的传说,所有根据亨利·埃克利的信件和物品得出的令人震惊的推论,源源不断地从记忆里涌现,让我的紧张感和险恶感愈发强烈。此次探访的目的,以及此前发生的那些令人恐惧的怪事,此刻一齐向我袭来,彻骨的寒意几乎浇灭了我探究离奇事物的热情。

我的向导大概也留意到了我心神不宁,他原本只是偶尔闲聊,但随着道路越来越偏僻,路面崎岖不平,车越走越慢、上下颠簸,他的言语也变成了滔滔不绝的讲述。

他向我说起乡野的美景与神秘,言语间透露出他对埃克利的民俗研

究也有所涉猎。从他彬彬有礼的提问中可以猜出，他知道我此行的科研目的，也清楚我携带了重要材料，但对于埃克利已经触及的那些可畏而深奥的知识，他并未表现出任何赞誉或欣赏。

诺伊斯举止优雅，言谈得体，显示出良好的教养。按理说他的话本应打消我的疑虑，让我安心。但奇怪的是，随着我们颠簸着驶向未知的荒野和山林，我的不安情绪却越来越严重。

有几次，我察觉诺伊斯在套我的话，想知道我对这片土地的可怕秘密到底了解多少。他的话音里有一种模糊的熟悉感，他每说一句话，这种感觉便增强一分，这让我十分困惑。尽管他说话的腔调很有教养，声音也并无特别之处，但对我来说，那种熟悉感并不普通，也绝不正常。不知为何，我总将它与某些被遗忘的梦魇联系在一起，并且有种感觉，如果我想起它，就会彻底发疯。假如此刻我能找到一个合适的借口，我会毫不犹豫地打道回府。事实上，我没法这么做，况且我到达之后，就能与埃克利展开一场冷静的科学交流，这种谈话，一定能让我的情绪稳定下来。

汽车翻山越岭，穿越这片美丽的土地。开阔的美景似乎有催眠的魔力，让我缓缓平静下来。时间也仿佛迷失在这片巨大的迷宫中，仙境般的花海如波浪般绵延起伏，让我重温了旧日时光的全部美好——

秋季绽放的缤纷花朵，镶嵌在古老树林和纯净草场的边缘；远处的山崖爬满野蔷薇和荒草；断崖下方辽阔的空地上，小小的棕色农庄点缀在参天古木之间。就连阳光也散发着超凡的魅力，仿佛整个地区的空气中，都弥漫着与众不同的气息。如此魔幻的场景，我只在意大利早期画家的作品里见过。

索多玛[52]与莱昂纳多[53]曾构思过这种广袤的景象,并把它绘制在文艺复兴时期的穹顶之上,可那些只是远景。此时此刻,我们正置身这样一幅巨大的画卷里,我似乎在魔幻的景致里发现了一些生而知之,抑或是继承自祖先之物——那是我一直在苦苦寻觅,却徒劳无获的东西。

车沿着陡坡一路向上,翻越一个平缓的山头后,忽然停了下来。在我们左边,整洁的草坪一直延伸到路边的白石边界。草坪那边是一栋两层半的白色大房子,雅致的外观为此地风光增色不少。

房子的右后侧,有一排拱廊连接的建筑,应该是粮仓、库房和磨坊。这些都在埃克利寄给我的照片里出现过,所以当我看到路边的铁皮邮箱上写着亨利·埃克利的名字时,丝毫都没有惊讶。

房后不远处是一片植被稀疏的沼泽地,再往后是被森林覆盖的陡坡,山顶树木参差不齐。那是黑山的峰顶,而此刻我们正在半山腰。

我刚想开门下车取行李,诺伊斯让我稍等片刻,他说要跟埃克利通报一声。他随即解释自己还有别的急事,无法久留。

看着他沿着小路匆匆走向房子,我从车上下来,活动了一下腿脚,为稍后的长谈做准备。

直到这会儿,我才忽然意识到,目前所在的位置,正是埃克利在信中描绘的令人惊惧的围攻现场。我心中的紧张和不安顿时达到顶点。老实说,一想到自己要跟诡秘的外来生物扯上关系,我不禁对即将到来的谈话有一丝畏惧。

一般来说,与那些怪异事物面对面接触,往往令人惊骇而非激动。想到在那些充斥着恐惧和死亡的暗夜之后,埃克利就是在这条土路上发现了那些可怕的痕迹和恶臭的绿色浓浆,我的心情一下子就不好了。不

---

[52] 索多玛,15世纪末16世纪初的手法主义画家。
[53] 莱昂纳多,即莱昂纳多·达·芬奇。

经意间，我发现埃克利的看门狗竟然一条都不在了，难道他与外来生物和解以后，就把狗都卖掉了吗？要是我可绝不会这么干，我可不太相信他在信里提到的和平条约有多么真诚。说到底，他是个心思单纯的人，没什么处世经验。谁知道在这场结盟的表面下，是否还隐藏着更为凶险的暗流？

我的眼睛随着思绪望向了那片积满尘土的路面，上面曾保留了可怖的证据。过去几天都很干燥，尽管这里人烟稀少，但不太平整的路面上，依然满布车痕。

怀着一丝好奇心，我勾勒着这些痕迹的大体轮廓，并竭力抑制对此地及其记忆所引发的骇人想象。在阴郁的死寂里，在远处隐约的溪流声中，我举目四望，重峦叠嶂、浓荫蔽天、陡崖绝壁、郁郁苍苍，到处弥漫着令人感到威胁和不安的气息。

这时，一幅画面跳进了我的脑海，之前那些似是而非的威胁和离奇的念头顿时变得微不足道。

我刚才说，自己怀着一丝好奇心打量地上的痕迹，但忽然之间，这种好奇心就被一阵足以令人瘫软的惊恐所扼杀。虽然痕迹混乱重叠，不太可能让我注目，但我躁动不安的目光，还是在小径与公路之间注意到某些细节。我绝望而又确凿无疑地意识到了那些细节所蕴含的可怕含义。

在收到埃克利寄来的照片时，我曾连续几个小时，观测照片里那些外来者的爪印，并对它们了如指掌。爪印模糊不清，无法判断其行进方向，由此可以断定，这种恐怖生物绝非地球生物。我打心眼里希望是自己认错了，但又不得不客观地说，在我眼前，至少存在三处新鲜爪印，而且留下的时间不会超过三小时。

爪印混杂在埃克利家门口数目众多的人类脚印之中，格外引人注目。

这可是那些活生生的犹格斯真菌生物所留下的足迹，简直惊悚至极，令人发指。

我尽量让自己保持镇定，抑制住尖叫的冲动。说白了，既然我相信埃克利信中所言，见到这些也是意料之中的事。他们既然达成了和解，那么登门走访何足为奇？虽然如此安慰自己，但我心中的惊惧并未得到缓解。没有人在第一次见到来自宇宙深渊的生物爪印时，可以做到无动于衷！

就在这时，诺伊斯从门里出来，快步向我走来。我想，我必须保持镇定，因为这位和善的朋友可能对埃克利的调查研究一无所知，那些隐秘深邃且骇人听闻的研究不该惊扰到他。

诺伊斯匆忙地告诉我，埃克利知道我来特别高兴，本打算立即见我，不过他哮喘突发，可能在一两天内都没办法好好招待我。哮喘发作对身体影响很大，高烧让他全身乏力、十分虚弱。发病期间，情况不会好转，他只能轻声说话，动作也会变得笨拙和迟缓，无法随意走动。同时他的脚肿胀得厉害，一直肿到脚踝，所以只能缠上绷带，裹得严严实实的，像患了痛风的老卫兵。他今天的状态尤其糟糕，恐怕我只能自己招呼自己了。不过，埃克利依然渴望与我交谈。现在他正在前厅左边的书房里，房间的窗帘都拉上了，发病期间，他的眼睛也变得对光线敏感。

说完这些，诺伊斯礼貌地和我道别，开车向北驶去。

我缓缓靠近那栋白房子，它的大门半开着。进门之前，我慎重地扫视周围，想知道究竟是什么让我有如此难以名状的怪异感觉。

库房和粮仓整洁而平常，宽敞的车库没有上锁，埃克利那辆破旧的福特车就停在里面。随即我就发现了古怪——没有声音！通常来说，农场里必然会有家禽牲畜的声音，但在这里，却一片死寂，没有任何生命存在的迹象。那些鸡和猪呢？还有奶牛，在哪里？当然了，牛或许是外出吃草了，那些看门狗也可能卖掉了。但是连一点鸡咕咕和猪哼哼的声音都听不到的话，就有些不太正常了。

我没有在小路上逗留太久，就毅然走进半开的大门，随手把门关上了。当时我忐忑不安，因为这么做，意味着我已经被关在里面了。有那么一瞬间，我甚至产生了拔腿逃跑的冲动。这倒不是因为屋里看起来有多么凶险，恰恰相反，面前的殖民时代晚期风格的门厅洁净而优雅，室内家具和装饰的品味，也让我由衷赞赏。

让我想逃离的，是某种说不清道不明的细微感觉，或许是我闻到了某种怪异的味道。但我心里明白，即便是保养得再好的古老农舍里，也难免会有一些霉变的味道。

七

我并未被这些阴暗的犹疑所左右，而是按照诺伊斯的指示，推开了左边那扇装有六块镶板和黄铜门闩的白门。房间比我想象的更为幽暗，那股怪异的味道也愈发浓烈。空气中似乎有一种微弱的律动或震颤，或许这只是我的幻觉。

有那么一瞬间，严密的窗帘缝隙漏进来的微光，让我隐约看到点东西，但是一阵怀着歉意的干咳——或是呢喃细语，将我的注意力吸引到房间深处最黑暗的角落里。那里有一张宽大的躺椅，在朦朦胧胧的阴影里，我似乎看见了一张白色的人脸和一双手。

他似乎张着嘴，在跟我说话，我赶紧走过去，向他问好。

虽然光线黯淡，但我立即就认出，他就是邀我来此的人。我曾仔细打量过他的照片，绝不会认错这张饱经风霜的坚毅面孔，以及那圈灰白的短胡须。

但当我再次仔细打量他时，我的心情蒙上了一层焦虑和悲哀，因为这张面孔的主人，此时已身染重病。那是一张僵硬、麻木、死气沉沉的脸，甚至连眼都不眨一下。这让我觉得他除了哮喘以外，肯定还有更为严重的问题。不过我也意识到，前一阵的恐怖经历肯定对他的身心造成了严重冲击，心无旁骛、百无禁忌的钻研足以拖垮一个人，就算是比他更年轻的人也无法承受。

我想长期的过度紧张已经让埃克利全面崩溃，突如其来的放松和安慰并不足以将他从这种状态里拯救出来。他枯瘦的双手搁在膝盖上，虚弱而可怜。他身穿宽松的晨袍，一条鲜艳的黄色围巾遮住了他的头和脖子，只露出一张惨白的脸。

这时，我注意到他在对我说话，用的还是刚才打招呼时的那种喃喃低语，我听不清他在说什么，灰白的胡须挡住了他嘴唇的动作，另外他声音里的异样让我感到极度不安。但当我集中注意力时，就很快明白了他想表达的意思。他的口音里没有夹杂一丝方言，使用的言辞流畅而得体，甚至比信件里给我的印象还要好。

"我想您应该就是威尔马斯先生吧？原谅我无法起身迎接您。诺伊斯一定跟您说过，我病得很重，但我还是忍不住想让您来一趟。我在最后一封信里说过，我有许许多多的事想对您讲，等明天我感觉好些了，再一一告诉您。我们通信那么久，今天终于可以见到您本人了，我激动的心情无法用言语表达。那些信件、照片和录音唱盘您都带来了吧？诺伊斯把您的行李箱放在大厅里了，您应该已经看见了。今天晚上，恐怕只能请您自便了。您的房间在楼上,就是这间房子的正上方。楼梯尽头是浴室,您随意使用。右手边的门出去是餐厅,餐食已经为您备好,您想什么时候吃都可以。或许明天我可以好好款待您,但现在我实在是无能为力。

"您就把这当成自己家,不要拘束。您可以先把那些信件、照片和唱盘拿出来放在桌子上,再带着行李上楼。明天咱们就在这里讨论,您看,留声机就在那个角落。

"不必了,谢谢您。您不用担心我,这都是老毛病了。天黑前过来,我们可以随意聊聊,您随时都可以回去休息。我平常就在书房睡觉,养成习惯了。等明天早上,我就能好一些了,可以跟您一起探讨那些必须研究的东西。您当然明白,我们面对的事绝对是石破天惊,远远超出人类科学与哲学所思考的范围。时空和知识的终极深渊将向我们敞开,整个地球上没几个人可以享受这份殊荣。

"您知道吗?爱因斯坦错了。某些物质和能量的速度已经超过了光速。借助某种正确的手段,我们可以随意穿越时空,亲眼目睹或体验远古或未来的地球。您无法想象这种生物的科学技术已经达到了怎样的程度,它们可以对有机生命的思想和肉体做任何事情。我期待探访其他行星,甚至其他恒星和星系。首先要探访的就是犹格斯星,那是外来生物定居的、距离我们最近的地方,在太阳系的边缘,是一颗怪异的黑暗星球,尚未被天文学家发现。适当的时候,这些生物会与我们进行思想交流,引导人类发现犹格斯星——或许它们会通过一个人类盟友,给科学家一些启示。

"犹格斯星上有许多宏伟的城市,城市里高塔林立,所用的材料是我曾想寄给您的黑石头,那块石头就是从犹格斯带来的。在那里,阳光比星光还暗淡，但这种生物不需要光线，不会在高塔和神殿的墙上修筑窗户。因为它们有更为微妙的感官，光线反而会妨碍和伤害到它们。它们源自一个超越时空之外的黑暗宇宙，那里不存在光线。任何心智脆弱的人探访犹格斯，一定都会崩溃发疯，但我一定要去。

"犹格斯星上有许多神秘的巨桥，是一个被遗忘的种族修建的，它们早在这种生物从虚空降临犹格斯之前，就已灭绝。大桥下流淌着黏稠的黑色河流。倘若有此经历者还能保持神志清醒，并将所见所闻讲述出来，那么他足以比肩但丁或爱伦·坡。

"但要说明的是，这颗有着菌类花园和无窗城市的黑暗星球，实际上并不可怕。只不过对于我们来说，好像是可怕的。当这种生物在远古时期第一次探索我们的世界时，也怀有和我们一样的恐惧。您要知道，它们在很早以前就来到地球了。那个时候，传说中的克苏鲁纪元尚未终结，沉没的拉莱耶城仍然屹立在水面上，它们记住了所有这一切。它们曾通过一些无人知晓的通道，进入过地球内部，有一些通道就在佛蒙特州的深山里，连通地底深处未知生物创造的世界。那里有散发着蓝光的昆扬[54]、散发着红光的幽嘶[55]，以及暗黑世界恩凯伊[56]。可怖的撒托古亚就来自恩凯伊。您应该知道，在《纳克特抄本》《死灵之书》和亚特兰蒂斯大祭司克拉卡什·通保存的科摩利奥姆神话里，都曾提到撒托古亚——一个状如蟾蜍般的无定形强大生物。

"不过等会儿我们再谈这些，现在肯定已经下午四五点了。您最好还是先把资料拿出来，去吃点东西，再舒舒服服地回来接着聊。"

我遵从房子主人的指示，缓缓转过身，把行李箱里的文件取出来放好，然后前往早已为我备好的房间。路边的爪印记忆犹新，埃克利的喃

54｜昆扬，克苏鲁神话中一个属于类人种族的地底世界，出自《荒丘》。
55｜幽嘶，克苏鲁神话中一个位于昆扬下方的世界，由瓦卢西亚王国残余的蛇人建立，因蛇神伊格的诅咒而毁灭。
56｜恩凯伊，幽嘶下方的暗黑世界，旧日支配者撒托古亚的栖身之所。

喃低语又平添了几分异样。他的话让我觉得,他对那颗被真菌生物占领的禁忌之星犹格斯了如指掌,这种想法让我毛骨悚然。

我同情埃克利的病情,但不得不承认,他那嘶哑的嗓音既可怜也让我厌恶。真希望他在谈论犹格斯的阴暗秘密时不那么得意忘形。

房间相当舒适,装饰华丽,没有发霉的味道,也没有那种让人心神不宁的震颤感。我将行李放好,下楼跟埃克利打了个招呼,就去享用午餐。

餐厅在书房边上,厨房也在同一排。餐桌上的食物很丰盛,成打的三明治、蛋糕和奶酪,旁边还有杯碟和保温壶,看来主人没有忘记热咖啡。大快朵颐后,我倒了一大杯咖啡,却发现有一点小失误——我喝了一勺后,觉察到其中有一股令人不快的辛辣味。于是,我放下了杯子,没有再喝。

在这期间,我想到埃克利坐在隔壁昏暗的房间里默默等待,就问他要不要一起吃。可他低声说他现在吃不下,稍后在睡前,他会喝一点儿麦乳精,今天他只能吃这些东西。

吃完饭,我坚持收拾了餐桌,清洗碗碟,顺便倒掉我不爱喝的咖啡。然后回到黑暗的书房,搬了一把椅子,放在主人身边,我打算和他聊一下他感兴趣的话题。信件、照片和唱盘放在房间中央的大桌子上,暂时还用不上它们。没过多久,我就忘了那股怪味和奇异的震颤。

我说过,埃克利的一些信里——尤其是篇幅最长的第二封信——有一些内容,我至今不敢引用,也不敢写成文字。这种胆怯时至今日仍对我有影响,基于同样的理由,我也不会详细重述那晚在偏远群山的黑暗房间里听到的喃喃细语。而那个嘶哑的声音向我描述的宇宙,究竟有多么恐怖,我连一丝一毫都不敢透露。

埃克利本来就知道很多骇人听闻的事,自从与外来者和解以后,他所知晓的恐怖，已经超出了任何神志健全者的承受极限。

他讲述了终极无限的结构体，维度空间层面的并置，还描述了由宇宙原子彼此连接的无尽链条相互交织所构成的那个由物质和类物质电磁集合而成的有弧度、有角度的超级宇宙，以及我们所知道的时空宇宙在超级宇宙中的位置。

即使到现在，我也拒绝相信他所说的这些。

从来没有一个正常人，能如此危险地接近这些基元存在的奥秘；也没有哪个生物的大脑，能如此接近那超越一切形式、力量和对称性的混沌中所蕴含的绝对湮灭。通过谈话，我知道了克苏鲁源于何处，也明白了那些历史上记载的短暂出现过的星体，多半只是昙花一现。

在交谈过程中，埃克利数次欲言又止。不过从他胆怯而迟疑的讲述里，我猜到了那隐藏在麦哲伦星云和球状星团背后的秘密，也猜到了古老的"道学"之下的黑暗真相。

他揭露了杜勒斯[57]的本性，让我获悉了廷达洛斯猎犬[58]的特质——虽然它们的来源无人知晓。同时，众蛇之父伊格的传奇，在他的言谈中被褪却象征和隐喻。当他讲述到宇宙之外那个《死灵之书》用阿撒托斯的名讳掩盖其本质的核心混沌时，我感到了极端的厌恶。

用最确切和详尽的方式，揭露那些秘密传说中污秽梦魇的事实，的确耸人听闻。而那些近乎病态的、直白的讲述，远远超越了那些远古和中世纪的神秘主义者所做的最大胆的叙述。

因此我本能地开始相信，最初创造这些邪恶传说的作者，必然接触过埃克利所说的外来生物，甚至可能造访过那些宇宙之外的疆域——那

---

57 | 杜勒斯，一种微小的异度空间里以血肉为食的生物。
58 | 廷达洛斯猎犬，克苏鲁神话中一类习性极为独特的异形生物，生活在与我们的世界完全不同的维度世界里，能穿越时空追猎那些穿越时间的生物。

里正是埃克利如今想要去的地方。

当知道了那块黑色石头是什么以及它本身意味着什么时,我不禁为自己当初没有收到它而庆幸。我对石头上的象形符号的猜想竟然完全正确!然而,现在的埃克利已完全接受了他偶然发现的这一系列可怕事实,实际上,不仅是接受,他还热切地渴望去探寻恐怖深渊。

我很想知道,自从他寄给我最后一封信之后,究竟和怎样的外来生物打过交道,也想知道那些生物是否有一些会以人类的面貌出现,就像他提到的那个间谍一样。

霎时,我的大脑紧张到无以复加。幽暗房间里扑鼻的古怪气味和隐约感到的震颤,让我产生了各种离奇古怪而荒诞的想法。

此时,夜幕降临。我想起埃克利在信中描述的夜晚,忽然意识到今晚也是无月之夜。我也不喜欢农舍的位置——密林覆盖的山坡投下的阴影里,山坡通往人迹罕至的黑山顶峰。

征得埃克利的同意后,我点上了一盏油灯,把亮度调到最小,放在远处的书架上,紧挨着幽灵般的弥尔顿半身像。但随即我就后悔了。在晦暗的光线下,埃克利毫无表情的僵硬面孔和萎靡枯瘦的双手让他看起来极为怪异,宛如一具死尸。他根本无法动弹,却还是会微微点头。

听完他的一席话,我无法想象他明天还能说出什么更为可怕的秘密。但最后他还是告诉了我明天将要讨论的话题——他要去的犹格斯以及宇宙之外的世界,甚至我也有机会与他同行。

当听到自己被计划加入这次宇宙旅行时,我吓得差点跳起来。如此惊慌失措一定让埃克利觉得好笑,因为当我表现出害怕时,他的头开始剧烈晃动。

随后,他非常温和地告诉我人类该如何穿越星际真空飞行。事实上,已经有人完成了这种壮举。人类完整的身体的确无法完成这种星际穿越，但外来生物已经找到了一种方法，利用它们匪夷所思的外科手术、生物、化学及机械技术，将人类的大脑和身体构造分开，只带着人类的大脑去旅行。

它们有办法将大脑与身体剥离，而不造成任何伤害，甚至还能继续维持残余机体的生命。而没有防护的大脑则将被装进隔绝以太的金属圆筒中，浸泡在可以提供补给的营养液里。

金属圆筒的材质来自犹格斯，通过电极可以连接能仿制视觉、听觉和语言三种功能的精密仪器。这些有翼的真菌生物携带装有大脑的圆筒穿越空间，可以说是轻而易举。

等抵达了任何一颗真菌生物文明的星球，就会有许多可调节的设备连接圆筒中的大脑，通过简单的调试后，大脑便重获生命。在连续不断的时空旅行中，每个阶段都有完整无缺的感官、知觉和语言能力，尽管只是一种没有肉体的机械模拟的生命形态。

就像随身携带一张唱盘，只要找到唱机，就可以播放。原理非常简单，至于实际操作是否可行，埃克利并不担忧。这样的壮举不是已经实现很多次了吗？

埃克利抬起看起来已经僵化的手，指着房间另一侧高大的架子，架子上整齐地摆放着十几个金属圆筒。我过去从未见过这种圆筒，它们大约一英尺高，直径却不足一英尺，每个圆筒向外的弧面上，都镶嵌着三个呈等边三角排列的插槽。

其中一个圆筒的两个插槽，连接着后面两台古怪的机器。不需要埃克利说明，我也能猜到它们的用途，我像是得了疟疾般打起寒战。

埃克利的手又指向身边的墙角，那里堆着一些复杂的设备，还有一些线缆和插头,其中有几台很像圆筒后面的机器。

"这里有四种仪器,威尔马斯。"埃克利轻声说道,"这些仪器每一种都对应三种功能,一共十二种功能。所以那上面的圆筒里总共有四种生命。三个人类,六个无法以肉身穿越太空的真菌生物,两个海王星生物——天哪!真希望你能看看那些生物在它们自己星球上的模样,其余的生物则都来自银河系外一个很有意思的暗星的中心洞穴。在圆山的主基地里,还有更多的圆筒和仪器。有些圆筒装着外宇宙生物的大脑,是来自遥远的外太空的盟友或者探索者,它们拥有和我们迥然不同的感官,有特制的机器提供给它们合适的感知和表达能力,也方便其他物种理解它们想传递的信息。宇宙中不同的生物,都会建造各自的基地,圆山基地就是一个星际交流的中枢。当然,它们只借给我最普通的仪器供我体验。

"来,把我指给你的三台仪器搬到桌子上。高的那一台——前面装着两个玻璃透镜的,还有那台有真空管和音箱的盒子,最后是顶上有金属碟的那台。现在去拿那个标着 B-67 标签的圆筒,站在那张温莎椅上才够得着。重吗?别担心,只要确定是 B-67 就行。不要碰那个连着两台仪器的新圆筒,对,就是贴着我的名字那个。把 B-67 放在桌子上,和仪器放在一起,把三台仪器上的旋钮全都拧到最左边。

"现在把把带透镜的仪器导线插进圆筒最上面的插槽,对,把带真空管的连在左侧的插槽,最后一台连到右侧的插槽。现在把旋钮都转到最右边,首先是透镜仪器,然后是金属碟的那个,最后是带真空管的。对,就是这样。我告诉你,这相当于是个人类,跟我们所有人都一样。明天再让你体验其他生命吧。"

直到今天,我依然不明白自己为何像个牵线木偶般听从埃克利对我说的那些话,也不知道应该把埃克利当作正常人还是疯子。经过了前面的谈话,我已经准备好应对任何事了,但是这种操作仪器的滑稽表演,像极了疯狂发明家或者科学怪人的怪诞行为,让我产生了怀疑——先前那些荒诞离奇的言论也没有引起如此多的疑虑,眼前这个呢喃低语者的所有言行,已经完全超越了人类的认知。

但仅仅因为缺少确凿可信的证据,就认为这一切荒诞无稽吗?难道遥远的外太空就不能存在其他物种吗?

我的大脑一片混乱,头晕目眩。紧接着,我觉察到刚才连上圆筒的三台仪器都发出了一种摩擦和转动的混合声,但很快就归于寂静。会发生什么?我会听到人说话吗?如果有人说话,我该如何证明他不是某个隐藏起来的监视者,正伪装成无线电设备跟我们说话呢?直到现在我也不愿意承认我听到了什么,或者在我眼前真正发生了什么。但似乎的确发生了些什么。

简而言之,那台装着真空管和音箱的仪器开始说话了。它的言语要点清晰,具备思考能力。毋庸置疑,说话者就在现场,而且正观察着我们。那个声音响亮,带有金属质感,但毫无生机,在发音的细节上能听出其机械特性——既没有语气变化也没有情绪变化,只能以可怕的精确和从容喋喋不休,刺耳的声音犹如金属刮蹭。

"威尔马斯先生,"那个声音说,"我希望没有吓到你,我和你一样是人类,但我的身体此刻正安放在往东一英里半的圆山内,由合适的维生系统维持运转。而我本人就在你面前,我的大脑在圆筒里,能通过这些电子设备看、听和交流。一周后,我将像以前无数次那样,再次踏上时空之旅,很荣幸这次将有埃克利先生同行,也希望您能与我们同路。我听说过您的名声,也留意过您与埃克利先生的通信。现在,终于见到了您本人。当然了,我就是与那些外来生物结盟的人类之一。我第一次遇见它们是在喜马拉雅山,我给了它们许多帮助。作为回报,它们让我有了少数人才能享有的体验。

"如果我告诉您我去过三十七个天体,其中包括行星、暗星和一些难以界定的天体,八个位于银河系,两个位于我们的时空宇宙之外,您会怎么想?这些旅程没有对我造成任何损害。它们灵巧而熟练地取出我的大脑,这个过程甚至不能称之为外科手术,因为这对于外来生物来说非常简易而平常,而且与大脑分离的肉体将不再衰老。另外补充一句,依靠这些机械功能和时常补充的营养液,脱离身体的大脑同样会永生不朽。

"总之,我由衷地希望您也能与我们一起上路。那些外来者渴望结识您这样的渊博之人,也愿意向您展现那些伟大的深渊。第一次与它们见面,您或许会觉得怪异,但很快就能适应。我认为诺伊斯先生也会一起去,您就是他开车接来的对吧?他早在几年前就已经加入了我们,我猜您大概听出了他的声音,埃克利寄给您的录音里就有他。"

听到这里,我下意识地惊跳起来。讲话者停顿了一会儿,才继续说下去。

"所以,威尔马斯先生,我只是提议,选择权在您自己手里。我只补充一句,像您这样见闻广博的民俗学者应该把握机会。没什么可怕的,整个过程不痛不痒,一个完全机械化的感官世界乐趣无限。当电极断开,我们会沉醉在鲜活而美好的梦幻里。

"如果您不介意,等明天我们再继续交流。晚安,只需要把所有开关拧回左边就可以,无所谓顺序,但最好把透镜仪器留在最后再关。晚安,埃克利先生,请照料好我们的客人。现在可以关机了。"

谈话结束，我麻木地按照指示关闭三个开关，不觉神思恍惚，对刚才发生的一切茫然不解。当埃克利用低沉的声音让我把桌上东西都放回原位时，我的脑子依然发蒙。他对刚才发生的事未置一词，事实上任何话语都无法让我平缓下来。他说我可以把油灯带回房间，我意识到他可能是想独自在黑暗中歇息。

的确该休息了，整个下午和晚上我们都在谈话，就算是精力旺盛的人也会疲惫。我懵懵懂懂地向他道了晚安之后，端着油灯上了楼，尽管我的口袋里还装着一支性能优良的袖珍手电。

离开诡异的书房让我略感轻松，但当意识到自己身在何处以及即将遭遇的势力时，我仍然无法摆脱恐惧、危险和无可名状的怪异感。

荒郊野外，山崖高耸，幽暗深林，诡秘脚印，黑暗中重病缠身的僵硬身影，呢喃细语，梦魇般的仪器，骇人的手术和怪异的星际旅行……一切的一切，都如此陌生。它们一再闯进我的生活，巨大的压力此起彼伏，腐蚀着我的意志，甚至几乎耗尽了我的精力。

诺伊斯竟然是录音里那场诡谲仪式的司仪，这个信息尤其让我震惊。不过我的确从他的声音里，体会到了令人厌恶的熟悉感。另一点让我震惊的，是自己对埃克利的态度——每每我摆脱其他念头细细斟酌时，就会有这样的感觉——之前与他书信往来时，我发自本能地喜欢文字展现出的这个人，可是现在，他却让我无比厌恶。

他的病本该激起我的怜悯，可却恰恰相反，他那副半死不活的样子让我惶恐不安。他僵硬而呆滞的神态简直是一具死尸，而那喋喋不休的低沉嗓音简直不像人类！

我猛然觉得，他说话的音调，跟我听过的任何话音都不一样。虽然他的嘴唇被小胡子挡住，看着一动不动的，但他的发音却有一种潜在的力量和穿透性,根本不像哮喘病人的气咽声丝。即使隔着房间,我依然能听清他的话。偶尔,我会觉得这个低沉的声音并不虚弱,而是刻意压低着嗓子——但他为何如此,我无从得知。

其实从一开始,我就从他的声音里觉察到了异样。此刻回头再想,我似乎顺藤摸瓜地找到了一种熟悉感,正是这种熟悉感,让我在之前觉察出诺伊斯声音的异样。但我究竟在何时何地听到过这种声音,一时无法确定。

不过有一点我敢肯定,自己绝不会在这里多待一晚,我对科学的热情已经被恐惧和厌恶抵消。此刻,除了尽快逃离这张由诡谲与病态编织而成的大网之外,我别无他想。我知道的已经够多了。

我能够确定,宇宙万物存在着某种联系,但这并不意味着人就该随意涉足。

邪恶之力包裹着我,挤压着我的感官,令我窒息。暗夜无眠,我熄灯和衣而卧,右手持着左轮手枪,左手紧握袖珍手电。虽然这么做有些荒诞,但我当时的确做好了应付任何突发事件的准备。楼下寂静无声,我可以想象,埃克利正像一具死尸般僵硬地躺在黑暗里。

不知何处传来了时钟的滴答声,这一丁点正常的声音让我心怀感激,同时也提醒了我——这里没有任何动物。且不说没有家畜的动静,就连虫鸣和蛙声都听不见。此时除了远处溪流的潺潺水声,几乎一片死寂,我感觉自己仿佛置身虚无的星际。究竟是怎样一种来自星空的无形瘟疫笼罩了此地?我想到古老的神话中,狗和其他动物总是厌恶外来生物,不禁再次想起小路上那些爪痕。

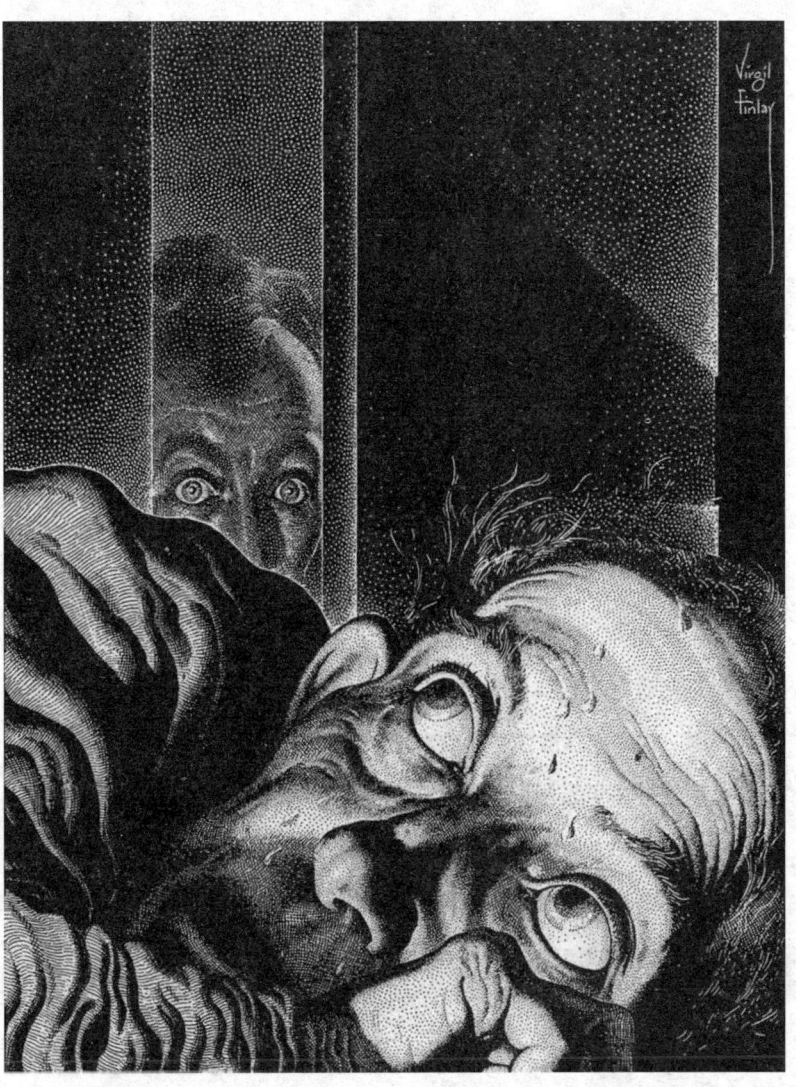

八

后来我还是睡着了,别问我睡了多久,也别问我接下来的事有多少是梦境。如果我告诉你,我在某个时刻醒来,并听见了、看见了一些事,你一定会觉得我是在做梦——而且直到我冲出房子之前,都是在做梦。

当时,我冲出房子,跌跌撞撞地冲进车库,跳上破旧的老福特,疯狂而漫无目的地在怪物出没的群山和险恶的森林里颠簸了数小时,终于来到了一个小村镇。后来我才知道那就是汤森镇。

当然了,你也许会无视这一切,认为照片、唱盘、圆筒和仪器,以及其他诸如此类的证据,都是我编造的谎言,是我借用亨利·埃克利的失踪自导自演的一场骗局。

你甚至会认为,整件事都是埃克利和几个怪人合作,精心制造的无聊恶作剧——是他自己在基恩取走快递包裹,让诺伊斯录制了那张唱盘。但奇怪的是,诺伊斯的身份至今未能确认——尽管他经常在当地出没,可附近的村民却无人认识他。

我现在特别希望自己在逃跑之前能记下他的车牌号,又或许我没有那样做才是更好的选择。

因为,不管你怎么说,也不管我有时会如何自我怀疑,有一件事毋庸置疑,那就是来自异度空间的邪恶势力,一定就隐匿在人迹罕至的群山之中,且在人类世界里已经安插了耳目和爪牙。

因此,从今往后,我只想尽可能地远离它们的势力范围。

听说了我的离奇经历后,治安官带着民兵赶到农舍,但埃克利已杳无踪迹。他宽松的袍子、黄色的围巾以及包裹手脚的绷带，都遗落在安乐椅旁的地板上。也不知道他有没有带走其他衣物。看门犬和家畜的确已经不见了，房间内外的几面墙上，都有可疑的弹孔。

除此之外，别无异样。没有圆筒和仪器，没有行李箱带来的证据，没有奇怪的味道和震颤的感觉，没有小路上的脚印……最终，我们一无所获。

从埃克利家逃出来后，我在布莱特尔伯勒待了一周，并找了各种认识埃克利的当地人打听他的情况，结果让我更加坚信整件事并非梦境或者幻觉。埃克利的确购买过狗、弹药和化学品，他的电话线也总是被无故割断。所有认识他的人，包括他在加州的儿子，都承认他偶尔会对自己从事的研究发表奇谈怪论，而这些言论从始至终都未曾变化。

体面的镇民们一致认为他疯了，不假思索地断言所有证据都是他精神错乱时狡诈的伪造，没准还有几个古怪同伙的唆使和协助。相反，那些社会地位低下的村民，却支持他所说的每个细节。埃克利曾给一些村民看过他的照片和黑石头，也播放过那张可怖的唱盘。他们都觉得那些脚印和嗡嗡声，与古老传说中的一些描述十分符合。

他们还说，自埃克利发现那块黑石头之后，农舍周围便怪事频发。除了邮递员和少数几个内心强大者，现在没有人敢靠近那里。在当地，黑山和圆山都是臭名昭著的危险区域，我找不到任何一个详勘过它们的人。这片地区曾发生过多起居民失踪案件，埃克利在信中提到的那个流浪汉沃尔特·布朗，如今也已失踪。另外，我还遇到一个农民，他自称在洪水期间亲眼见过泛滥的西河里漂浮的古怪尸体。但他的讲述过于混乱，并无太大价值。

离开布莱特尔伯勒时，我暗下决心，绝不再踏入佛蒙特州半步，而且我非常确定,我将严格遵从这个决定,永不动摇。那些荒山野岭,肯定是某个可怕宇宙种族建立的前哨基地。当报纸宣称观测到了海王星之外的第九大行星时,我便对自己的结论更为确信。正如那些外来者所说,它一定会被人类观测到。

天文学家将其命名为"冥王星",他们自己都没意识到这个名字是多么恰当,又多么让人毛骨悚然。毫无疑问,它就是黑暗的犹格斯。

那里的居民为何选择在此时,让我们知道它的存在?

一想到这个问题,我就忍不住打起了寒战。这种恶魔般的生物可能正在采取新的策略,以危及地球和人类。

虽然我一直试图说服自己,这些都是自己的妄想,但终究徒劳。

但是,我还是决定把当夜在农舍里发生的事讲出来。如前所述,我在惶惶不安中陷入了昏睡,梦境光怪陆离、可怖异常。很难说清究竟是何物唤醒了我,但在那一刻,我很确信自己是醒着的。

懵懵懂懂中,我觉察到门外的地板上传来鬼祟的窸窣声,接着就听见有人笨拙地摸索着门闩,但声音随即就消失了。

当楼下书房里传来声音时,我的感官才恢复了正常。听起来像是有好几个人在说话,似乎在争论着什么。

只听了几秒钟,我便彻底清醒了。听到那些声音后,任何还想要继续睡下去的念头,都显得荒唐可笑。它们的音调怪异多变,但只要听过那张受诅咒的唱盘,就能辨认出其中至少两个声音。

我脑子里闪过一个无以言喻的恐怖念头——此时我正与来自虚空深渊的无名怪物处于同一个屋檐下。毋庸置疑,那两个声音正是外来者与人类沟通时使用的那种邪恶的嗡嗡声。它们虽然存在个体差异,声调、音色和语速不尽相同,但都属于同一个令人厌恶的种族。

第三个声音是圆筒里的大脑连接仪器后发出的声音。我确信不会听错,因为今晚在和埃克利谈话时,我曾听过这个声音——响亮,带着金属质感又毫无生机,没有任何语气和情绪变化,精准而从容——深深地烙在了我的脑子里,绝不可能忘记。

一开始,我怀疑这个刺耳的声音可能就是之前与我交谈过的大脑,但随即就想到,任何大脑接上发声仪器都会发出相同的嗓音,区别可能在于语言、节奏、语速及发音方式等。

参与争论的还有两个人类的声音:一个听起来是粗俗的乡下人口音,我应该不认识;另一个是优雅的波士顿口音,是昨天下午的向导诺伊斯。

我竖起耳朵想听清他们在说什么,但厚实的地板隔绝了大部分声音。不过我还是察觉到了一些刮擦、拖拽与骚动的声响。楼下的房间里一定满是活物,数目远超我能辨认声音的那几个。那种骚动的声音很难描述,几乎没有什么合适的声音能拿来对照。

不时有几个活物在房间里移动,它们的脚步声十分奇异,像是兽脚或硬塑料的粗糙表面碰撞地面时发出的咔嗒声。打一个不恰当却具体的比方,就像有人穿着宽松、开裂的木屐,在打磨过的木地板上踱步。究竟是什么东西发出这种声音的,我实在不敢深究。

过了一会儿,我意识到自己根本不可能辨认出任何连续而完整的话语,我听到的都是些支离破碎的词句——其中还包括埃克利和我的名字,时不时从楼下飘上来,尤其那个仪器发声时更是反复提及。但由于缺乏上下文联系,它们说的内容,我实在是无从猜测。

时至今日,我仍然拒绝根据这些语言碎片,做出任何明晰的推断,哪怕我得到的仅仅是一些暗示而非启发。

我敢肯定,楼下房间里正在召开一场可怕的秘密会议,但究竟在商讨什么骇人的议题，就不得而知了。虽然埃克利先前向我保证那些外来者是友善的，可奇怪的是，此时此刻我明显感觉到书房弥漫着一股恶意和淫邪气息。

耐心倾听良久，我渐渐地区分出了不同的声音，虽然仍听不清它们所说的内容，但已经能体会到一些发言者大致的情绪。

例如，有一个嗡嗡声表现出了不容置疑的权威性；而那个机械声音，尽管响亮而规整，却处于从属和恳求的位置；再听诺伊斯的语气，似乎是在安抚调解。其他的声音我已无法分辨，然而，我没有听到埃克利熟悉的呢喃低语声。不过我也明白，他那么虚弱的声音，根本无法穿透厚实的地板。

我尝试写下自己能听见的只言片语，并尽我所能将这些声音的发声者标记出来。这段叙述从我首先听到的那个仪器声音开始。

（发声仪器）

"……我自己招来的……送回信件和唱盘……结束吧……接纳……看见和听见……该死……非人之力，毕竟……全新的圆筒……天哪……"

（第一个嗡嗡声）

"……我们停下时……渺小和人类……埃克利……大脑……说……"

（第二个嗡嗡声）

"……奈亚拉托提普……威尔马斯……唱盘和信件……拙劣的骗局……"

（诺伊斯）

"……(一个很难正确发音的词或者名字,可能是恩迦·克森)……无害的……和平……几周……戏剧性的……早就告诉你……"

(第一个嗡嗡声)

"……没有理由……原计划……效果……诺伊斯能看住……圆山……新的圆筒……诺伊斯的车……"

(诺伊斯)

"……好吧……请便……在这里……休息……地方……"

(七嘴八舌,无法分辨)

(嘈杂的脚步声,包括那种特别的移动或咔嗒声)

(怪异的振翅声)

(汽车发动,远去)

(死寂)

以上就是我竖起耳朵听到的大致内容。彼时,我正躺在险恶的群山深处,那座外来者出没的农舍的二楼卧室陌生的床上,穿戴整齐,右手握着手枪,左手抓着手电筒。

如前所述,我已经彻底清醒,然而直到声音消失许久,我仍浑身麻痹乏力,动弹不得。

我听见楼下远处有一座古老的康涅狄格州木钟在滴答作响,接着辨认出了一个人不规则的鼾声。在那场奇怪的会议后,埃克利终于睡着了,他的确需要好好睡一觉。

我茫然失措,说到底,刚才偷听到的内容,与先前推断出的差别不大。难道我不知道外来者可以自由出入农舍吗?只是它们这一趟来得很突然,让埃克利有些吃惊罢了。

然而，那些只言片语里究竟有什么东西，让我感到了彻骨的寒意、激起了我心中莫名诡谲的猜忌呢？我由衷地希望自己能真正醒来，证明刚才的经历只是梦境一场。我觉得自己在潜意识中，已经捕捉到了什么东西，只是感官尚未察明。

可是埃克利呢？难道他不是我朋友吗？如果这一切对我有伤害，他难道不会反对吗？

楼下传来阵阵平和的鼾声，似乎正在嘲笑我心中突然剧增数倍的恐惧。

有没有可能埃克利已经被它们利用了？它们会不会将埃克利当作诱饵，引诱我带着照片和唱盘来到这里？会不会因为我俩知道的太多，它们决定一并将我们毁灭呢？

我再次想起埃克利在最后两封信之间的态度的巨大变化，是那么突兀和不自然。本能告诉我，此事必有蹊跷，眼见未必为实。

那杯我没有喝下去的咖啡，会不会被人下了药？

我必须跟埃克利好好谈谈，让他恢复理智，不要被那些生物利用他探索宇宙秘密的好奇心迷惑，趁着一切还不算太晚时逃出去。如果他没有足够强大的内心与那些外来者决裂，我可以帮他一把。就算我不能说服他离开，最起码我可以独自离开。我想他不会介意我开走他的老福特，然后将它留在布莱特尔伯勒的某个停车场里。

我注意到车就在车库里，门大开着，显然是埃克利以为危险已经过去了。我想那辆车应该随时可以上路。

晚上谈话时，我曾对埃克利产生了短暂的厌恶，但此时已完全消失。他与我是一根绳上的蚂蚱，我们必须团结一致。我知道他身体不太好，不忍在此时叫醒他，但我必须这么做。照目前的情况来看，决不能等到天亮。

终于,我可以活动了,马上伸展身体,恢复了对肌肉的控制。

我小心翼翼地起身——这几乎是一种本能的反应,戴上帽子,提上行李箱,借着手电筒的光走下楼。由于紧张,我的右手仍紧握着手枪,只用左手拿着手电和行李箱。

我也不知道自己为何如此紧张,按理说,只是去叫醒房子里除了我之外,唯一的居住者而已。

我踮着脚,走下嘎吱作响的楼梯,来到一楼大厅。鼾声愈发清晰,来自右边的起居室。左边书房的门敞开着,一片漆黑,无声无息。我推开起居室的房门,手电光找到了鼾声的源头,照在沉睡者的脸上。顷刻之间,我关上了手电筒,猫一样蹑手蹑脚地退回大厅。此刻我的谨慎举动已非出自本能,而是遵循理性。因为睡在长椅上的人根本不是埃克利,而是诺伊斯。

此时,我茫无头绪,但常识告诉我,最安全的做法就是在吵醒任何人之前,先尽可能地查明原委。回到大厅后,我悄悄关上了起居室的门,插上门闩,降低吵醒诺伊斯的可能性。随后,我轻轻走进黑暗的书房,希望找到埃克利。不论是睡是醒,他应该都在那张大躺椅上,那显然是他最喜欢的休息场所。

然而,当我走近时,手电光照在了桌子上,照亮了一个可怕的圆筒。圆筒上连接了视觉和听觉仪器,旁边还有一台发声仪器,随时可以连接。我想这一定是在刚才那场会议中发言的大脑。

有那么一瞬间,我有一种强烈的冲动,想为它连上发声仪器,听听它想说些什么。

我想它一定发现了我的存在,因为连接了视觉和听觉仪器,足以让它察觉到手电光和我轻微的脚步声。但是，我终究还是没敢乱动这个东西。无意中，我注意到这就是那个标记着埃克利的崭新圆筒，昨晚我曾见过它，但埃克利叫我不要去碰触。

此刻，我回想起那个瞬间，为自己的胆怯而后悔。我真希望自己当时能勇敢地为它接上发声仪器，天知道它会向我吐露什么样的秘闻，并向我解释它的身份的可怕谜团。

但在当时，我没去碰它，或许这是个仁慈的决定。

我把手电光从桌子转向角落，我以为埃克利就躺在那儿，但椅子上空无一人。那件熟悉的老式晨袍从椅子垂落到地板上，旁边是黄色的围巾和奇异的大块绷带。

就在我犹豫着推测埃克利可能去了哪儿时，我注意到，房间里的怪味与弥漫在空气中的震颤感全都消失了。它们因何而来呢？

我忽然想起，它们只在埃克利的周围出现，越靠近他的地方，气味和震颤就越强烈。只要离开他所在的书房，就完全感觉不到。我站在原地，用手电漫无目的地在书房里扫来扫去，绞尽脑汁地寻求这些怪事的合理解释。

我多么希望自己当时能悄悄地离开书房，而不是把手电光再次照回空荡荡的躺椅上。但事实是，我照了。于是我无法再静悄悄地离开，而是捂住嘴巴发出了一声尖叫。

那声尖叫肯定惊扰了睡梦中的诺伊斯，而万幸的是并未吵醒他。

我的尖叫和诺伊斯未曾中断的鼾声，是我在这座位于诡异群山和黑暗森林的山峰脚下的恐怖农舍里，最后听到的声音。在这片有着偏远葱翠群山与可憎溪流的乡间的阴森土地上，超越宇宙的恐怖全都聚集在这一刻。

我连滚带爬地逃出屋子，但居然没有丢下手电筒、行李箱和那柄转轮手枪，这真是个奇迹。

我没有再发出任何声响，溜出了书房和农舍，拖着身体和行李钻进了仓库里的老福特车上，随即发动那辆老爷车，冲进了无月之夜，逃向某个未知的安全地点。随后的旅程就像是爱伦·坡或兰波作品里的精神错乱，或是多雷画作里的疯癫幻象。

最终，我还是抵达了汤森镇。

全部事实，就是如此。如果我依然神志健全，那就是我的幸运。

有时，我很担心时光会带给我什么不测，尤其是那颗新的行星"冥王星"被如此离奇地发现之后。

前面我说过，我拿着手电筒在书房里照了一大圈，光线最终回到空荡荡的躺椅上。那时我注意到椅子上还摆放着其他一些东西，不太起眼，但就在松垮的晨袍旁边。

总共有三个东西，可后来的调查人员，并未发现它们。正如我一开始说的那样，它们看起来一点都不恐怖，真正恐怖的是它们让人联想到的东西。即便是现在，我依然对自己半信半疑，甚至会部分接受一些怀疑论者的看法，将自己的经历归结为噩梦和因紧张而产生的错觉和幻想。

那三个东西精致到有些邪恶，配置了精巧的金属夹子，可以附在某些生物上——但究竟是什么生物，我拒绝猜测。

无论我内心深处的恐惧告诉我那究竟是什么，我都希望——由衷地希望，它们只是某位艺术大师制作的蜡制品。

天哪！

那个藏在黑暗里的呢喃低语者，那可怕的气味、那震颤的声音！那是巫师，是间谍，是邪灵，是外来者……那刻意压低、令人毛骨悚然的嗡嗡声……一直以来放在架子上,那个崭新的圆筒里的东西……可怜的家伙……"匪夷所思的外科手术、生物、化学及机械技术……"

那些放在椅子上的东西,完美无瑕,每个微小的细节都惟妙惟肖。甚至,那就是实物——亨利·温特沃思·埃克利的脸和双手。

印斯茅斯的阴影
The Shadow Over Innsmouth

(1931年)

《印斯茅斯的阴影》导读

1.《印斯茅斯的阴影》创作于 1931 年 11 月至 12 月，1936 年以单行本的形式出版，是洛夫克拉夫特生前唯一出版的书籍。1942 年，《诡丽幻谭》发表其删节版。其时，他已去世五年。

2. 单行本发行约两百册，每本价格低于一美元。

3. 洛夫克拉夫特本人对这篇小说很不满意，刚开始拒绝发表，后来是在朋友们的坚持下才发出来的。但有他的权威研究者认为，这是他最好的作品之一。

4. 小说中的大衮本为古代闪米特人的农耕之神，后来成为非利士人的主神，形象为半人半鱼。1917 年，洛夫克拉夫特创作了小说《大衮》，大衮鱼人怪物的形象，成为最早的克苏鲁元素。

5. 洛夫克拉夫特将大衮引入克苏鲁神话后，发展成为深潜者，而大衮是深潜者的首领、旧日支配者克苏鲁的从属。有人认为它是下级旧日支配者；也有人认为，它只是长生的大型深潜者。

6. 深潜者（Deep Ones）是海洋类人种族，是克苏鲁的仆从种族，在全球各地的深海海域都建有神话般的城市。它们外形似鱼蛙的结合体，除非遭受杀害否则永生不死，侍奉父神大衮和母神海德拉。深潜者可与人类交配生下后裔，其后裔大都会有"印斯茅斯相貌"。

7. 印斯茅斯小镇的原型是马萨诸塞州的东北部城市纽伯里波特，位于梅里马克河口。洛夫克拉夫特于 1923 年和 1931 年秋天去过那里，但在小说里，纽伯里波特变成了印斯茅斯的邻镇。

8.《印斯茅斯的阴影》曾被多次改编成影视，其中 2001 年的电影《异魔禁区》就借鉴了小说的内核。

一

　　1927年的冬天，针对马萨诸塞州海港古镇印斯茅斯的某些情况，联邦政府派人展开了一次秘密调查。公众最早对此知情，已是次年的2月。当月，政府下令，在该镇实施了一系列大规模的突击逮捕行动。接着，在采取了一系列安全措施之后，爆破和焚烧了大批废弃码头附近的房屋。据说这些房屋长久空置，蛀蚀严重，行将坍塌，所以普通群众对此并未上心，只是当作政府实施禁酒令[59]的一次严重执法冲突。

　　而一些敏感的报刊读者却发现了古怪，因为此次行动逮捕的疑犯数量惊人，投入的警力也不同寻常，对疑犯的后续处置更是疑点重重。没有任何审讯的消息，也没有明确指控，甚至连疑犯的下落都讳莫如深。坊间有些传闻，提及瘟疫、集中营和军事监狱，但大都含混不清，没有定论。这件事之后，印斯茅斯成了一座空城，直到最近才有人口复苏的迹象。

　　多个自由组织为此事提出抗议，政府经过长时间的闭门研究，邀请一些团体代表去调研部分集中营和军事监狱。结果，那些人回来后，便对此事绝口不提，漠然置之。

　　新闻记者虽然难对付，但最终大多还是向政府妥协。只有一家小报声称，一艘潜艇朝恶魔礁外的海底深渊发射了几枚鱼雷。然而，由于这

---

[59] 1920年至1933年，美国政府实施"禁酒令"，因此出现了黑帮、走私、暴力等一系列社会问题。

家小报经常刊登荒诞不经的报道一向不受重视，加上这条消息又是在一个海员聚会的场所听来的，就更加显得牵强附会。毕竟那片黑色的低矮礁岩距印斯茅斯码头，足足有一英里半的距离。

附近村镇的居民对此地常有流言蜚语，却极少对外界散播。他们提到印斯茅斯的凋敝和荒芜已将近一个世纪；关于那里发生的疯狂而可怕的事，也已私下谈论了百余年；太阳之下，还能有什么更惊悚的事情发生呢？许多经历教会了他们保守秘密，根本无须威逼利诱。再说了，他们知道的其实很有限。印斯茅斯贫瘠荒凉，人烟稀少，与内陆城市隔着辽阔的盐沼地，外人绝少涉足其间。

但即便所有人对此保持着心照不宣的缄默，我仍决定打破禁忌。我心里清楚，官方的调查全面而彻底，即便我透露出一些政府企图掩盖的蛛丝马迹，也不会造成实质的伤害——不过是引起公众的震惊和厌恶罢了。况且，他们发现的情况，也存在多种解释。我不知道他们向我讲述的内容，占了整个故事的多大比例。同时，我也有诸多理由，希望他们不要继续深究。因为我本人与这件事的联系，比任何一个人都要紧密。烙在我脑海里的可怕画面，至今仍需我强烈克制才让我不会做出什么极端之事。

1927年7月16日清晨，我发疯似的逃离印斯茅斯，惊恐万分地恳请政府进行调查并采取措施，接着，整个事件才得以公之于众。在事件刚刚发生，真相未明之际，我并不愿意说太多。而今时过境迁，公众对此事的兴致也已经消退，我却产生了一种奇怪的想法——想讲述一下我在那个谣言四起、阴霾笼罩、弥漫着死亡和邪恶的海港小镇里度过的那几小时，有多么可怕。

把这些说出来，有助于我恢复自信、宽慰内心，让我知道自己并非第一个屈从于传染性噩梦的人,也能让我在面临可怕的抉择时迈出关键性的一步。

我此生只去过一次印斯茅斯。在那之前,我甚至从未听说过这个地方。当时,我正在新英格兰地区观光游览、访古探幽、寻根问祖,以此方式庆祝自己成年。

我原计划从古老的纽伯里波特,直接到阿卡姆,那是我母亲家族的所在地。我自己没有车,路上只能乘坐火车、电车和大巴,所以尽可能地选择最省钱的路线。从纽伯里波特去阿卡姆,只能坐火车。

在火车站的售票处,正为高额的票价犹豫不决的我,从售票员的口中第一次听说了印斯茅斯。

他身材健硕,一脸狡黠,听口音不是本地人。他看出我囊中羞涩,向我提了一个省钱的方案——在此之前,我从未听说过。

"我想,你也许可以去坐那辆老班车,"他的声音中有些迟疑,"不过,没有多少人愿意坐那辆车,因为它会经过印斯茅斯,你可能听说过这个地方吧?所以人们都不喜欢它。一个叫乔·萨金特的印斯茅斯人经营这条线路,很少能招揽到客人。真不知道他是怎么经营下去的,可能是因为票价便宜吧。车上每次只能见到两三个乘客,都是印斯茅斯当地人,没有一个外地乘客。如果不晚点的话,每天早上十点和晚上七点,会在广场上的哈蒙德药房门口发车,车看起来非常破旧,我从来没上去过。"

那是我第一次听说阴影笼罩的印斯茅斯。任何一座既未出现在普通地图上,也没有列入新近旅行指南的小镇,都会引起我的兴趣,而那位售票员的闪烁其词更是加重了我的好奇心。一个小镇竟然能让附近居民如此厌恶,肯定有不同寻常之处,值得专程探访一番。如果去阿卡姆的路上能经过那里,我非常愿意在那里稍作停留。

于是，我请那位售票员多讲讲那个地方。他表现得非常谨慎，却不自觉地透出了一丝得意。

"印斯茅斯啊？呃，那里的确古怪，就在马努克塞特河口，曾经繁华得像座城市。在1812年的战争之前，它还是一个比较重要的港口。不过，一百年多年过去，那里早就衰败了，甚至没有铁路经过。不仅从波士顿到缅因的主干线不经过那里，就连从罗利延伸过去的支线铁路，早几年也停运了。

"那里空置的房子比居民还多，除了捕鱼和捕龙虾，也没有别的像样的产业。居民都在我们纽伯里波特、阿卡姆或者伊普斯威奇做点小生意。过去还有些工厂，现在都关门了，只有一家精炼厂还在勉强维持。

"精炼厂以前规模不小，老板是马什，比克罗伊斯[60]还有钱。但老家伙性情古怪，深居简出——据说是得了皮肤病，或是身体变异了，反正见不着人。精炼厂是他爷爷奥贝德·马什船长创办的。马什的母亲是外国人。五十年前，马什迎娶一个伊普斯威奇的姑娘时，在当地引起了轩然大波。大家对印斯茅斯人总是这样，所以附近的人都会掩饰自己的印斯茅斯血统。但我觉得，马什的儿孙都和常人无异，我亲眼见过他们。不过，话说回来，我好像很久都没看见他那几个年龄大些的孩子了。至于马什本人，我倒从没见过。

"为什么人们都厌恶印斯茅斯？孩子，不要太把这里的人说的话当回事。他们一般不说话，却一开口就语不惊人死不休。过去很长时间里，他们一直在传印斯茅斯的闲话，不过都在私下里说。我觉得吧，他们十分害怕印斯茅斯。但他们说的那些话，你听了会笑掉大牙。有的说什么老马什船长和魔鬼做交易，让地狱的魔鬼在印斯茅斯定居。有的说，在

---

60 | Croesus，小亚细亚西部古国利迪亚的国王，极其富有。

1845 年前后，有人曾在码头附近意外撞见了恶魔祭拜仪式，甚至看到了可怕的祭品。我来自佛蒙特州的潘顿，这种怪力乱神的事听多了，从不相信这种鬼话。

"不过，你应该找老年人打听一下黑色礁石的事，他们管那个叫恶魔礁。它平常都露出水面，涨潮也不会淹没太多，但还算不上一座岛。传说有人在那块礁石上看到过很多恶魔，它们或坐或卧，或在洞穴里出没。礁石形态怪异，崎岖嶙峋，距离海岸有一英里半。航运发达的时候，水手们为了避开它，宁愿绕个大圈子，也不愿靠近。

"那些水手都不是印斯茅斯人，他们不喜欢老马什船长，据说他有时会趁着夜里水位低的时候登上恶魔礁——这或许是真的。我敢说那里的岩石构造非常有意思，有可能他是在寻找海盗的宝藏，说不定已经找到了。不过也有人说，他是去跟恶魔做交易。其实要我说，礁石的坏名声都是老船长带去的。

"不过这些都是 1846 年大瘟疫以前的事了。那场瘟疫让印斯茅斯人口减少了大半，爆发的原因一直没查明，多半是海船从太平洋或其他什么地方带回来的。当时情况非常糟糕，当地还发生了骚乱和各种暴行，不过并未波及外面。瘟疫结束之后，印斯茅斯也毁了，再也没能缓过来，现在的居民最多三四百人。

"但是，附近的人之所以厌恶印斯茅斯，根本原因是种族歧视——我不是指责那些歧视者，因为我自己也厌恶印斯茅斯人，不愿到那里去。听口音，你应该是西部人，不过你大概也知道新英格兰曾有大量船只在印度洋、太平洋那些陌生的港口往返，有时也会带回一些奇奇怪怪的人。你可能听说过，塞勒姆有人带回了个外国老婆，科德角附近现在还住着一群斐济岛民。

"总之,印斯茅斯的人不简单。盐沼和溪谷让印斯茅斯与世隔绝,没人知道那里会发生什么。不过在二三十年代,老马什船长把自己的三艘船全部召回时,肯定带回了一些奇奇怪怪的东西。现在印斯茅斯人的长相,总有些不太对劲的地方。我说不清楚,但那种不对劲会让你感到毛骨悚然。如果你乘坐萨金特的车,就能在他身上看出一些蹊跷。他们有些人额头窄扁,鼻子平塌,眼球突出、闪闪发光——似乎永远都不会闭上。皮肤也不对劲,粗糙结痂,脖子两侧满是褶皱,而且年纪轻轻就开始秃顶,等到再老一些估计看起来会更糟。不过说实话,我还没见过年老的印斯茅斯人。我猜他们不是老死的,而是照镜子被自己吓死的。就连动物也厌恶他们,在没有汽车的时候,他们经常会把马惊了。

"周边城镇的人都不愿和印斯茅斯人来往。他们对外地人也很不友善,尤其是那些到他们地盘上钓鱼的人。说来也怪,印斯茅斯港的鱼多得惊人,不过你要是敢去钓鱼,很快就会被人赶走。他们以前来这里都是坐火车的——在那条支线铁路取消后,他们会步行到罗利,再坐火车前来。不过现在他们改乘那辆老班车了。

"是的,印斯茅斯有个吉尔曼旅店,但我觉得不怎么样,不建议你留宿。你最好在这里过夜,搭乘明早十点的车去印斯茅斯,然后再从那里搭乘晚上八点的车去阿卡姆。几年前,有个工厂检验员,在吉尔曼旅店住宿,至今心有余悸。好像是说那里住着一群怪人,旅店大多数房间都是空的,可他总是听到那些房间传出声音。这把他吓坏了。他说那些人都是用外语交谈的,而真正可怕的是讲话的声音——听起来极不自然,就像汁液飞溅。这种声音持续了一整晚,吓得他整晚都不敢脱衣服,一直干坐着等到天亮就逃之夭夭了。

"那人叫凯西,他说当地人时刻紧盯着他,像是在监视他。他还觉得马什的精炼厂十分古怪,精炼厂在马努克塞特河下游的瀑布边的一座旧磨坊里。他说的和我之前听到的一样,账本乱七八糟,没有一笔清楚明细的账。马什究竟从哪儿弄到的那些黄金原料,一直是个谜,他们从来没有进货渠道,可就在几年前,他们竟然运出来一大批金锭。

"以前有人说,有些水手或精炼厂工人会悄悄变卖一些古怪的外国珠宝首饰,马什家的女人也会佩戴那样的首饰。大家猜测,或许那些玩意儿是老奥贝德船长从神秘教派控制的港口买来的,尤其因为他经常订购一些玻璃珠和小饰品,航海人以前常用这些东西和土著居民交换货物。有些人坚持认为,奥贝德船长在恶魔礁上发现了海盗窝藏的赃物。但有趣的是,老船长已经死了六十年了,内战以来,印斯茅斯再无大型船只出海,可马什家还是会订购那些货物——都是些玻璃或者橡胶材质的廉价货。说不定是印斯茅斯人自己喜欢那些玩意儿,天知道他们是不是已经堕落得和野蛮人一样糟糕了。

"1846年那场瘟疫,几乎毁掉了印斯茅斯所有优秀的血统。如今那里就是个谜,马什家和当地富人没一个好东西。我刚说过,尽管镇上房子不少,但居民肯定不到四百人。他们阴险狡诈,无法无天,尽干一些鬼祟的勾当,倒是很符合南方人所骂的'白垃圾'。他们捕捞鱼和龙虾,用卡车运出去贩卖。真是邪了门了,哪来那么多的鱼虾?

"没人知道那些人的死活,那里对州政府的教育官员和普查官员来说简直就是噩梦,任何热衷打听的外地人在当地都不受待见。我听说不止一个商人和政府官员在那里失踪,还有传闻说,有个家伙去过以后就疯了,现在还关在丹佛斯精神病院。他究竟遭受了什么非人待遇啊?

"所以我才不建议你到那里过夜,我从没去过,也不打算去。虽然有些人会善意地劝你远离印斯茅斯,不过我觉得光天化日之下,应该也不会出什么事。如果你只打算观光旅游、探访古迹的话，印斯茅斯还是挺不错的。"

那天晚上，我花了不少时间，在纽伯里波特的公共图书馆查找印斯茅斯的资料。本来还打算在商店、餐厅、机修厂或消防站向当地人打听更多信息，但他们的嘴十分严实。最后我意识到，自己不该浪费时间劝说他们克服出于本能的沉默。我感觉他们对我怀有戒心，似乎任何对印斯茅斯感兴趣的人都是可疑分子。

入住青年旅社后，工作人员劝阻我不要去那个阴郁的地方，图书馆职员也持相同态度。显然，在受过教育的人看来，印斯茅斯是一个文明退化的典型城镇，只不过传闻和故事将那里的情况夸大了而已。

图书馆里的《埃塞克斯县志》对印斯茅斯记载寥寥，只提到它建于1643年，独立战争前以造船业著称。在19世纪早期，因航运而繁荣，之后凭借着马努克塞特河流的水力，发展成一个小型的工业中心。但没有太多关于1846年瘟疫和暴乱的记载，大约是县里觉得家丑不可外扬。

县志对小镇衰败的前因后果同样惜墨如金，但后面的档案却隐含着重要价值。内战以后，整个印斯茅斯的工业只剩马什家的那座精炼厂，除了固定的捕鱼业之外，金锭交易成为主要的商业贸易。

随着海产品价格下跌，以及大型公司之间的激烈竞争，渔业利润越来越低。但印斯茅斯海港附近的鱼群从未减少，因此渔业一直是当地居民的主要营生。很少有外人会移居印斯茅斯，有一些语焉不详的证据显示，曾有少量波兰人和葡萄牙人尝试在那里定居，却被当地人用古怪又极端的方式赶走了。

书里最有意思的部分，是关于印斯茅斯那些怪异的珠宝首饰。显然它们在新英格兰地区引起过不少轰动。其中有几件样品，被保存在阿卡姆的密斯卡托尼克大学博物馆和纽伯里波特历史学会的展览室。描述珠宝的文字，乏味而平淡，但我依稀感觉到其中潜藏的一丝异样，撩拨着我的心弦，挥之不去。

时间已经很晚了，但如果可能的话，我还是想亲眼去看看。听说那件配饰尺寸巨大，做工和比例都非常特别，应该是一项王冠。当然，前提是有人能安排我进展厅。

在我的恳求下，图书馆管理员给了我一封介绍信，让我去见历史学会展览馆的馆长安娜·蒂尔顿小姐。她就住在附近，见面后，我简单向她说明情况。尽管已经闭馆，但这位和善优雅的女士还是把我带进了展览馆。馆内藏品丰富且珍贵，但我当时并没有心情细赏，而是径直看向角柜里那件光彩夺目的古怪饰品。

它静静地躺在紫色天鹅绒衬垫上，尊贵而奇特，造型虽然古怪，却散发着异样的光彩。即便是缺乏审美能力的人，也能体会到它如梦似幻的美。直到现在，我仍然很难形容它到底是什么，不过就像我之前说的，它应该是一项王冠。

它正面高耸，外围宽大，形状极不规则，像是为一颗椭圆的、畸形的脑袋定制的。主要材质是黄金，但光泽度较为暗淡，似乎是某种未知金属与黄金熔炼成的奇特合金。首饰保存得相当完美，表面以高浮雕技艺雕刻或印铸出极具震撼而又颇具迷惑性的图案——有些是简约的几何图形；另一些则明显与海洋有关，表现出令人难以置信的高雅形态和精湛技艺，让人愿意花好几个钟头去细细研究。

我看得越久，就越对它着迷，但同时又产生了一种隐隐的不安，很难辨识，也无法描述。起初，我以为不安来自王冠古怪的异域风格。以前我见过的艺术品，要么属于某些已知的国家和种族，要么是一些企图颠覆旧有艺术的现代派先锋艺术,但这顶王冠完全不同。它表现出了某种高度成熟的创作风格和完美工艺。然而这种风格,我闻所未闻,与我所了解的所有创作风格——不管是东方的还是西方的,古老的还是现代的都截然不同,简直就像来自另一个世界。

很快,我就意识到,自己的不安还有另一个原因——那些通过图形与数学方式所呈现出的诡谲意象,所有的图形都指向时空中存在的遥远奥秘和无可名状的深渊。如此一来,浮雕上原本单调的水生动物图像,竟然变得凶恶起来。

浮雕上还有一些传说中才有的怪物,半鱼半蛙,形貌诡异怪诞,令人厌恶,似乎唤醒了我们作为动物的某种内生的原始记忆,甚至让人忍不住想象,这些异端鱼蛙的形象充溢着某种未知的非人邪恶和终极奥义。

相较于王冠的造型,它的来历就平淡多了。

据蒂尔顿小姐说,1873年,一个酩酊大醉的印斯茅斯人,以不可思议的低价,将它抵押给了联邦街上的一家当铺。之后不久,物主就死于一场酒馆斗殴。历史学会从当铺老板手里买下它,并举办了隆重的展览。虽然它的标签上写着"可能来自印度洋或太平洋上的小岛",不过坦白讲,这只是一种猜测。

关于王冠的来源以及它出现在新英格兰地区的原因,蒂尔顿小姐对多种假设做了分析。她倾向于认为这是奥贝德·马什船长发现的海盗赃物里的一件。理由是自从马什家知道王冠的下落后,就千方百计地想以高价回购。当然历史学会是绝不会出售的。

她送我出门时,明确告诉我,这一带有教养的人普遍认为,马什家族的财产主要来源于海盗的赃物。她本人虽然未去过印斯茅斯,却对那个笼罩着阴霾的堕落之地深恶痛绝。

她还告诉我，关于那里崇拜恶魔的谣言并非空穴来风，当地确实盛行某个神秘教派，并已根深蒂固，吞噬了所有正统教派。

神秘教派名为"大衮秘教"，毫无疑问是一百多年前，当印斯茅斯的渔业开始衰落时，从东方传过来的神秘教派，充满了邪恶和堕落。自从秘教传入后，印斯茅斯的鱼群忽然恢复了昔日的数量，此后再未减少。因此，该教吸引了许多头脑简单的平民，没过多久，就成了印斯茅斯最有影响力的教派——取代了共济会，甚至占据了新格林教堂的共济会大厅作为总部。

对虔诚信教的蒂尔顿小姐来说，这些足以让她对那个腐朽荒凉的小镇敬而远之。但在我眼里，这反而又增添了几分神秘。我原本只对印斯茅斯的建筑和历史感兴趣，如今又多了一些对人类学的热忱。

那天晚上，在青年旅馆狭小的房间里，我兴奋得彻夜难眠。

二

第二天早上，不到十点我就提着行李箱，站在老集市广场的哈蒙德药店门口，等待前往印斯茅斯的班车。

随着发车时间临近，我留意到街上的行人或纷纷避让到街上的其他地方，或走向对面的"完美午餐"餐馆。看来，售票员没有夸大其词，本地人对印斯茅斯人的厌恶非常明显。过了一会儿，一辆灰色的旧巴士沿着联邦大街颤巍巍地开了过来。它掉了个头，停在我面前。我的直觉告诉我，就是这辆车。果然，前挡风玻璃上挂的牌子上，模糊不清地写着"阿卡姆——印斯茅斯——纽伯里波特"。

车上仅有三名乘客，他们皮肤黝黑，蓬头垢面，看起来郁郁寡欢。车停稳后，他们慢腾腾地下来，一声不吭，沿着联邦大街贼头贼脑地离开了。司机也下了车，走进药店去买东西。我猜他就是乔·萨金特。

事实上，我只看了他一眼，厌恶感就陡然而生，完全不由自主，也没有任何理由。我似乎突然就理解了这趟车为什么备受冷落，也理解了附近居民为什么不愿意去印斯茅斯。

当司机从药店走出来后，我更加细致地打量他，试图找到那种厌恶感的来由。

他体型枯瘦，佝偻着背，身高接近六英尺，穿着破旧的蓝色便服，头戴一顶边缘脱线的棒球帽。他的年龄大约三十五岁，脖颈两侧却长着深深的皱纹，如果不看他那张表情呆滞的脸，你肯定会觉得他十分苍老。

他的脑袋又窄又扁，泛着水光的蓝眼睛高高凸起，似乎不会眨眼。鼻子扁平，额头和颧骨塌陷，耳朵发育不完整，嘴唇又宽又厚，毛孔粗大。灰色的脸颊上几乎没有胡须，只有几根稀稀拉拉的黄色卷毛。脸上有些地方皮肤不平整，像是生病导致的皮肤剥落。

他的手掌很大，青筋暴起，浮现出一种罕见的灰蓝色。手指出奇地短，与手掌不成比例，总是蜷曲着伸不直。当他走向班车时，我注意到他步履蹒跚，双脚巨大，我心里暗暗好奇他怎么能买到合脚的鞋子。

他身上有一股浓重的鱼腥味，让我对他更加没有好感。他一定经常在渔船码头晃悠，才沾染上那种特有的气味。我猜不出他是否有异族血统，但如此奇特的外貌，显然不像亚裔，也不像波利尼西亚人或黎凡特人，更不像非洲人。可是我理解其他人为什么将他当成异类。

不过，我个人倒是更倾向于认为，这是某种生物学上的退化，而非什么异族血统。

当意识到车上除我以外不会有其他乘客时，我觉得有些不自在。我并不愿意独自与这位司机同车。但随着发车时间临近，我渐渐克服自己的不安，跟着他上了车。我递给他一美元，低声吐出一个词"印斯茅斯"。他好奇地看了我一眼，但什么都没有说，只是找给我四十美分的零钱。

为了欣赏沿途海景，我找了一个与司机同侧，但离他最远的位置坐下来。

车猛地抖了几下发动了，拖着一团尾气，轰隆隆地驶过联邦大街的老旧砖房。我发现路人都避开目光，尽量不看这辆车。等左转进入主干道之后，车比刚才平稳了许多，驶过共和国初期的庄严宅邸和更古老的殖民时期的农庄，穿过格林低地和帕克河，最后驶入了一条漫长而单调的海滨乡村路。

阳光明媚，微风和煦，但随着车子一路前行，由沙地、莎草和矮小灌木丛构成的风景，变得越来越荒凉。

汽车驶离前往罗利和伊普斯威奇的主干道，驶上一条临近海滩的狭窄小路。窗外就是湛蓝的海水和普朗姆岛的轮廓，目力所及之处，没有一栋房屋，路上行驶半天也没见到一辆车。风侵雨蚀的电线杆上，只搭了两根电线。车不时会驶过架在河沟上的粗劣木桥，桥下的河流蜿蜒通向内陆，将这块土地与世隔绝。

有时能在流沙中看到枯树桩和断壁残垣，这让我想起了一本史书里的记载。曾几何时，这里也土地肥沃，物产丰富，人丁兴旺。然而，在1846年的大瘟疫之后，一切都变了。

朴实而简单的民众总是觉得，衰败与某些不可知的邪恶相关。而事实上，是人们的滥砍滥伐才导致水土流失严重、土地失去保护，最终被狂风卷来的黄沙淹没。

车继续行驶，普朗姆岛消失在视野里，我的左边只剩下浩瀚无边的大西洋。这时，狭窄的小路变得陡峭起来，我看着道路尽头高耸入云的山顶，心中感到一丝不安。这辆车仿佛会一直向上，离开地球，融入高空的气流，直抵深邃而神秘的苍穹。

海风里夹杂着不祥的气息，司机佝偻的背影和狭窄的脑袋显得尤为可憎。这时我才注意到，他的后脑勺和前额一样——肮脏的灰色头皮上，只有几缕稀稀拉拉的黄色毛发。

班车抵达山顶，下方是一片空旷的河谷，河流两侧绝壁如削，一直延伸到金斯波特角，然后转向安妮岬，往北是马努克塞特河的入海口。远处雾茫茫的地平线上，我能隐约看到金斯波特角的轮廓，并依稀辨认出那座在诸多传说中都被提到过的古宅。

但此时此刻，我所有的注意力，都被近处的景象吸引了。我意识到，我面对的，正是被谣言的阴影笼罩的印斯茅斯。

这是一个占地广阔、建筑密集的城镇，因人口稀少而显得死气沉沉。林立的烟囱，只有极少数在冒烟。在海平面的映衬下，隐约可见三座尖塔高耸直立。其中一座高塔的尖顶损毁严重，而且与旁边一座高塔一样，外墙上本应安置大钟的位置只剩黑黢黢的大窟窿。巨大的复折式屋顶与坍塌的山墙堆积，散发着腐朽和蠹蛀的气息。

汽车下坡时，我可以清晰地看到大多数的房顶已经塌陷。其中有一些乔治亚风格的方形大宅，带斜屋顶、圆阁楼和围着栏杆的"望夫台"。它们大多远离海滨，其中个别看起来状况还不错。一条锈迹斑斑的废弃铁路从中穿过，蔓延的杂草几乎将其淹没。歪斜的电线杆上早就没有了电线，通向罗利和伊普斯威奇的马路也已荒芜，几乎找不着踪迹。

靠近海边的房屋相当破败，只有一栋砖石结构的白色钟楼保存完好，看起来像一座小工厂。港口建有大堤，年代悠久，淤积了大量的沙子。依稀能辨认有几个人影坐在那里。大堤的尽头原本是一座灯塔，如今残余基座。堤内淤积的沙石已形成一条沙嘴，上面有几个简易的棚屋、一些泊岸的平底小船以及零星的龙虾笼。河流奔涌，流经钟楼，再转向南方，在大堤末端入海——这儿应该是海港里仅有的深水区。

码头的残迹随处可见，从海岸一直延伸到海里，坍塌、腐朽——南面的码头最为严重。尽管是涨潮期，但我还是在遥远的海上，瞥见了一条黑色长线——似乎潜伏着莫名的邪恶，想必那就是恶魔礁。我注视着它，原本冷漠的排斥情绪里，竟混进了一丝难以察觉的向往。这丝向往比之前的排斥更让我不安。

一路无人，两边是些荒废程度不同的农场，少数几间有人居住的房子，窗户也用破布塞住了，贝壳和死鱼被扔在乱糟糟的院子里。

偶尔有萎靡不振的人影在贫瘠的田里干活儿，或者在腥秽的沙滩上挖蛤蜊；面貌丑陋如猴子的儿童，三五成群，在茅封草长的门前嬉戏。这些人看起来比那些建筑更让人不舒服，每个人的容貌和举止都有一种说不清道不明的诡异，让人有种出自本能的厌恶。

有那么一瞬间，我恍然觉得自己曾见过这样的场景，见过这种典型的身体特征——或许是在书里，或许是在某种特别恐怖或阴郁的环境里，但这种恍惚的熟悉感转瞬即逝。

当车驶下山后，在一片诡异的死寂中，我听到了持续的瀑布声。

油漆脱落的破旧房子，密密麻麻地排列在路两旁，显现出一座城市的模样。眼前是一片街景，鹅卵石街道和青砖人行道依稀可见。然而房屋已经荒废，有些还出现了裂缝，只有岌岌可危的烟囱和地窖的残垣似乎还在诉说着往日的光景。可四处弥漫的,却只有令人作呕的鱼腥味。

很快,我就看到了十字路口,左侧通向海滨的残败和腐朽,右侧则通向昔日的繁华和尊严。虽然还是没有人,但已经有了人居住的痕迹。沿街的窗口挂着帘子,偶尔还有停在路边的破旧汽车。

马路和人行道的界限越来越清晰,路边的房子十分古老,几乎都是19世纪早期的木石结构,但维护尚好,还能居住。作为一个业余的古迹研究者,置身如此古意盎然的街道中,我几乎忘记了之前所有的不适。

不过在抵达目的地前,有一个地方让我产生了强烈的厌恶。汽车途经一个开阔的广场——或者说是道路交汇中心,路两旁各有一座教堂,中心是一处残败的环形绿地。右侧路口有一座立柱大厅,白色的外墙如今已经变灰,斑驳的墙壁上挂着黑金两色的牌匾,牌匾上的字迹已模糊褪色,勉强可以辨认出"大衮秘教"来。我记得蒂尔顿小姐说过,这里以前是共济会的教堂,如今成了神秘教派的据点。

就在我费力辨认其他时,我的注意力被街对面的教堂传来的刺耳钟声打断,我赶紧扭头去看。

钟声来自一座低矮的石砌教堂,它建成的时间,显然要比周围其他建筑要晚。那是一座笨拙的仿哥特风格建筑,建筑基座高得不合比例,窗帘遮得严严实实。大钟上没有指针,但一声声嘶哑的钟声告诉我,现在十一点了。随即,我的时间观念就被一个突然出现的恐怖景象冲散,在未看清那是什么之前,我的心已经被恐惧紧紧攥住。

教堂地下室的门敞开着,透出一片矩形的黑暗,就在我的凝视下,有东西从黑暗中穿过。它在我的脑海里烙下了短暂却如噩梦般的印象,尽管理性分析找不出丝毫可怕之处,但这反而更让人抓狂。

那是活物,是我进入城镇后,除司机之外见到的第一个活物。如果当时我的情绪更稳定一些，八成不会觉得可怕。那是一位祭司，穿着怪异的袍子——显然是大衮秘教更改教会仪式后，改制的服饰。然而让我意识到不寻常和恐惧的，是祭司头上那顶冠冕，竟然与蒂尔顿小姐昨晚给我看的东西一模一样。

这激发了我无尽的想象，也给冠冕下那张模糊的脸孔和裹着袍子的蹒跚身影，增添了几分无可名状的邪恶气质。但这并不能解释我的恐惧从何而来。

一个当地的神秘教会，为神职人员选定一款独特的头饰，而这种头饰本来就因其古怪为当地人熟知，或许它的确来自海盗的赃物，但这又有什么奇怪的呢？

街道上陆续出现了一些长相令人厌恶的年轻人，有的独自一人，有的三五成群。街道两旁破损的底层被改造成小商铺，门口挂着肮脏的招牌，偶尔还有一两辆卡车停在路边。

瀑布的声音越来越大，不一会儿，就能看到一条很深的河谷，上面横跨着宽阔的公路桥。桥两边有铁护栏，对面是一个大广场。汽车从桥上驶过时，护栏发出咣当咣当的声响。

我透过窗户朝两侧望去，荒草丛生的断崖边缘以及沿路而下的山间，竟然有几座古老的工厂。河水充沛，两条瀑布从右手边的上游飞流直下，左手边下游的方向也至少有一条。水声隆隆，气势磅礴。

车子驶过河谷，来到巨型半圆广场，停在一栋圆顶的高楼前。高楼墙上有残留的黄漆，斑驳的招牌告诉我，这里就是吉尔曼旅店。

我开心地下了车，提着行李箱进入旅店办理入住。陈旧的大堂里，只有一个上了年纪的男人，他并没有印象中的印斯茅斯长相。我想起一些关于旅店的流言，不过并不打算向他询问。等我走出旅店回到广场时，班车已经开走了。我开始仔细打量周围的景象。

广场用鹅卵石铺就,一边是河流,另一边是围成半圆的砖石斜顶建筑——大约建于19世纪初。以广场为中心,几条街道分别向东南、正南和西南方向辐射。街上路灯稀少,是清一色的低功率的白炽灯,尽管我知道今晚的月光会很亮,但还是庆幸自己会在入夜前离开。

这一片的建筑状况不错,有十多家店铺仍在营业,其中一家是"第一国民"旗下的便利店。此外还有一间阴暗的餐厅、一间药店和一家水产批发店。广场最东头靠近河边的地方,则是本镇唯一的工厂办公室——马什精炼公司。一眼望去,周边有十多个人,还有四五辆轿车和卡车。

显然,这就是印斯茅斯的镇中心了。

向东望去,是蔚蓝的海港,三座乔治亚风格的尖塔遗世独立,虽已衰败,但依然引人注目。河对岸临近海边的地方,就是那座白色的钟楼,矗立在马什精炼厂上方。

我决定先去连锁杂货店问问,那里的员工应该不是印斯茅斯本地人。店里只有一个大约十七岁的男孩在看管生意,我高兴地注意到他非常开朗友善,这意味着我会得到一些可靠的信息。

他非常渴望交谈,才聊了几句,我就知道他不喜欢这里——不管是到处弥漫的鱼腥味,还是鬼鬼祟祟的居民。能和外人说上一句话,都会让他开心半天。

他来自阿卡姆,寄宿在一户伊普斯威奇人家中,只要有空,就会回家。家人并不想让他在印斯茅斯工作,但公司派他到这里来看店,他不想失业,只好过来。

据他说,印斯茅斯既没有图书馆也没有商场,我可以在周围逛逛。进城的主路叫费德勒尔街,西侧是保存完好的旧式居民区——包括布罗德街、华盛顿街、拉法耶街以及亚当街，东侧是靠近海滨的贫民区。沿着贫民区的中心大街，可以找到乔治王时期的教堂，不过年久失修，已经荒废。他提醒我，在那片街区最好不要惹人注意，尤其是河的北边。那里的居民阴郁易怒，充满敌意，有一些外来者曾在那里失踪。

在印斯茅斯，有些区域是禁地，这是他付出了惨重的代价才得到的教训。比如绝不能在马什精炼厂、开放的教堂和"大衮秘教"的大厅附近逗留。那些教堂很奇怪，被他们各自在其他地区的同派教会极力否认。里面的牧师会穿着奇装异服，举行诡异的仪式。他们的教义异端而神秘，比如他们认为通过某种变形能让人获得永生。

男孩说，阿卡姆镇卫理公会的亚斯伯里教堂的年轻主事牧师华莱士博士，曾郑重警告他，不要加入印斯茅斯的任何教派。

至于印斯茅斯的居民们，那个男孩几乎不知该如何评价。

他们举止鬼祟，很少露面，像生活在洞穴里的野兽。除了隔三差五出门捕鱼以外，很难想象他们平常都在干什么。不过，根据他们的酒水消耗量来看，也许他们大部分时间都在酒精的作用下瘫倒在床。共同的认知让他们紧紧团结在一起，不屑于外面的世界——似乎他们已经集体进入了一个更加美好的世界。

他们的外表的确吓人，尤其是那双几乎不眨的眼睛总是瞪圆，好像永远不会闭上。他们的声音也让人感到无比恶心。听他们整晚在教堂里喋喋吟诵，简直是一种酷刑。尤其是在他们4月30日的"主节"，或10月31日的"复兴节"时，更为可怕。

他们喜欢水，经常在河里和海里游泳，游到恶魔礁是常有的事情，每个人都对这项艰苦的运动乐此不疲。

仔细回想起来，外面能见到的几乎都是年轻人，而且年纪越大的越丑陋。偶尔也有例外，像旅店那个老职员，看起来就很正常。人们都很好奇，这里的老人到底怎么了。不过也有人说，"印斯茅斯相貌"是一种隐性疾病，潜伏在人的体内，会随着年岁渐长而越发严重。

在已知疾病中，只有极少数的几种能给成年人带来如此巨大的生理变化，甚至涉及像颅骨这样的骨骼变形。但相比之下，还没有一种疾病会导致这种整体的面部畸变，简直匪夷所思。男孩含蓄地说，这种事恐怕很难得到真相，因为无论在印斯茅斯生活多久，你都不可能真正了解当地人。

男孩很笃定地认为，那些情况最糟的人都被关了起来。人们有时候会听到奇怪的声响。据说，在河的北面，那些临海而建的简易房屋，隐藏着错综复杂的地下通道，那里才是畸形者真正的聚集地。若这些人身上有异族血统，那么究竟是怎样一种血统呢？答案无从知晓。因为一旦有政府官员或外人来到印斯茅斯，当地人就会把那些样貌最可怕的人藏起来，不让外人瞧见。

男孩还说，向当地人打听这些只会是徒劳。唯一愿意交流的，是一个住在镇子北边贫民窟的老头，他叫扎多克·艾伦，已经九十六岁高龄，疯疯癫癫的，是镇上出了名的酒鬼。他有点神经兮兮，整天都在消防站附近转来转去，时不时回头张望，像是害怕后面有什么东西。他清醒时绝不跟陌生人说话，但他嗜酒如命，来者不拒，一旦喝醉了，就百无禁忌，无话不谈。

但从他那儿得不到多少有用的信息，他疯言疯语，讲一些根本不可能存在的怪力乱神，像是他醉到人事不省后幻想出来的。没人相信他。但本地人不喜欢他向外人说三道四，如果有人看见你和老头聊天，你可能会有危险。许多离奇的谣言都是从醉老头那儿传出来的。

生活在这里的外地人，说曾看到过怪物般的东西。不过考虑到这里既有醉老头的鬼故事，又有那些患病的畸形人，所以这样的传言也不足为奇。外地人从来不在深更半夜上街，这已经成了一种共识，认为这样的行为不安全。况且街道总是一片黑暗，让人感到压抑。

至于生意，虽然本地鱼群多到不可思议，但挣钱的人却越来越少。水产价格连年下跌，竞争却越来越激烈。印斯茅斯真正的生意，只有精炼厂。工厂的商务办公室就在广场东边，距离我们只有几步路。老马什从不露面，但是据说他有时会乘坐一辆窗帘紧闭的汽车去工厂查看。

关于老马什到底变成了什么样，众说纷纭。他以前是个衣着华丽的纨绔子弟。直到现在，人们也说他依然穿着爱德华王时期的长大衣，可以掩饰他身体的缺陷。老马什的儿子们以前在广场上的办公室负责管理，但现在也很少抛头露面了，将大部分事务交给更年轻的一代打理。马什的儿女们长相都很奇特，尤其是年纪最大的那位。据说他们的健康不容乐观，身体每况愈下。

马什的一个女儿长得像爬行动物，模样简直丑到令人无法直视，但她浑身上下戴满了怪异的珠宝。男孩说他曾见过几次那些珠宝，听说它们源自一批秘密宝藏，原本的主人不是海盗就是恶魔。这里的牧师，或者说祭司，也戴着这种风格的头饰。不过，这些东西并不常见，尽管有传言说在印斯茅斯有不少此类珠宝首饰，但这个男孩却从未在别处见过。

除了马什家族，本地还有三大望族——维特家、吉尔曼家和艾略特家，这些家族的成员也深居简出。他们居住在华盛顿街的豪宅里，据说房子里还藏匿着一些已经上报和登记死亡的家族成员，他们的模样已经无法见人。

男孩告诉我，很多街道的标识都不见了，因此他为我画了一幅粗糙但详细的地图，标出了地标性建筑。我预感这张地图会帮上大忙，就将它装进了口袋，并再三表示感激。鉴于本地唯一的餐厅环境恶劣，因此我在杂货店里买了些奶酪饼干和姜饼作为午餐。

我是这样计划的，先沿着主要街道随便走走，如果遇到外地人就聊几句，然后搭乘八点的班车前往阿卡姆。

可以看出，这个城镇的现状是一个社会衰退的典型案例，不过我不是社会学家，所以将观察的重点放在了建筑领域。

我漫步在印斯茅斯逼仄荒芜的街道上，经过大桥，转向轰鸣的瀑布。我近距离走过马什精炼厂，出乎意料的是，它非常安静，没有工厂通常特有的噪音。精炼厂位于大桥附近陡峭的悬崖上，旁边是街道交汇的广场。我想这里就是早期的市中心，独立战争以后才被现在的城镇广场取代。

从主街道的大桥上横跨河谷，走进一处废弃的街区，荒芜的景象不禁让我打了个冷战。大量坍塌的屋顶堆积成一道突兀但奇妙的天际线，在那之上升起了一座古老的教堂——塔尖早已折断，仿佛身首异处，显得阴森可怖。中心大道上的一些房屋依然有人居住，不过门窗大都用木板封死了。

顺着没有铺砌的小巷望去，我看见许多黑洞洞的窗口。由于地基下沉，许多简陋的小屋都歪斜出不可思议的角度。

那些窗户就像幽灵般盯着我，我需要鼓足勇气才敢继续走下去，转向东方的海滨区。

显然，当废弃房屋密度增大，恐怖的气息会呈几何倍数增长。这一片散落在海滨的房屋，形成一个荒凉的废墟城市。目光所及之处，都是空洞和死亡。一想到这片无尽的黑暗废墟已被蜘蛛网、记忆和爬虫所占据，恐惧和厌恶就油然而生，连最坚定的哲学理论和意志也无法驱散。

鱼市和主街一样萧索，不过这里还有一些用砖石建造的仓库。水街的情形和鱼街基本类似，唯一的不同，是靠海一侧的几个大缺口，过去曾是码头所在地。除了远处大堤上零零散散的几个渔民，我没有见到任何活物。除了潮水拍岸，以及马努克塞特河上的瀑布声，我没有听到过别的声音。这里让我的神经越来越紧张了。

我从水街那座摇晃的大桥往回走，一路上都忍不住回头张望。根据草图上所示，鱼市的桥已经坍塌，无法通行。

河的北岸虽然肮脏，但还算有些生机。到处是鱼罐头作坊，偶尔能看到冒烟的烟囱和修补过的屋顶，不时有难以找到来源的声音飘进耳朵，街道和小巷里时不时能见到摇摇晃晃的人影……然而我觉得这里比废弃的南岸更为压抑。

不说别的，这里的人比城中心的人更怪异、更不正常。有好几次我甚至会臆想出一些十分荒诞的情景，却不明白这种想法从何而来。

毫无疑问，这里的人比起远离海边的人，身上有更多的"异族血统"。如果"印斯茅斯相貌"的确是一种病，那么港口这一带的人的病情则恶化得更为严重。

一个细节让我心烦意乱，就是我隐约听到一些声音——按理来说，这些声音应该来自那些有人居住的房子——但事实上，最响的声音却来自那些用木板封闭起来的建筑物。我听到木头吱吱呀呀的声音、匆忙的脚步声以及一种令人生疑的嘶哑噪音，这让我想起杂货店男孩提到的秘密通道，心中不禁惶恐不安。

忽然我有了一个念头，想听听这里的居民是如何说话的。在街上这么久，我还没听到任何人说话。可与此同时，另一个念头也在警告我，还是不要听到为好。

在主街道和教堂街上,我只是稍作停留,匆匆欣赏了两座老教堂残缺的美后,便加速离开了可怕的海滨贫民区。

原本我的下一个目的地是新格林教堂——进城时我曾在那里看见了一个神职人员,但不知为何,我有些害怕前往。杂货铺的男孩也告诫过我,不要去那里。

因此,我沿着中心大道向北,走到马丁街然后转向内陆,在距离新格林教堂北边很远的位置,穿过费德勒街,进入了北部衰退的贵族街区——布罗德街、华盛顿街、拉法耶街以及亚当街。

尽管这些古老庄严的大街如今崎岖不平,而且脏乱不堪,但在高大的榆树树荫的庇护下,昔日的尊严还未完全丧失。

一栋栋古老的建筑让我目不暇接,大多数院落疏于照料,用木板围挡起来。但每条街上总有那么一两栋豪宅,有住人的迹象。

华盛顿街有一排房屋维护得非常好,花园和草坪平整而美丽。其中最奢华的一栋,门前有宽阔的花圃台阶,一直延伸到拉法耶街上。据此奢华程度,我猜房子的主人应该就是饱受病痛折磨的精炼厂的主人老马什。

街上仍然没有一个人。在整个印斯茅斯,我甚至没有见过一只猫或一条狗。更让人迷惑的是,那些豪宅的顶层和阁楼,窗户全都遮得严严实实的。这座死一般沉寂的小城,总是被一种神秘而诡异的阴影笼罩。我甚至有一种感觉——无论我走到哪里,总有一双双眼睛在暗中窥视着我——这种感觉始终萦绕不去。

当钟声再次响起时,我不禁打了个激灵。我依然记得那座低矮的教堂,此时已是下午三点。

我沿着华盛顿街来到河边,这是一片新区域,是以前的工业和商业区。我面前就是一座工厂的废墟——河谷上游还有更多,右边是一座旧火车站遗址和一座横渡峡谷的铁路桥。

尽管桥上贴了安全警示,我还是冒险从上面穿过,重回有生命迹象的河流南岸。一个怪人鬼头鬼脑地偷瞄我,其他的普通人则目光冷漠,甚至带着些许不解。印斯茅斯真让人无法忍受。

我转向佩恩街,走向广场,期待能早点搭乘某辆便车尽快离开,不想再等那辆可怕的班车。

就在此时,我看见在那座倒塌的消防站前,有一个面色通红、胡须茂密、眼睛潮湿的老头。他衣衫褴褛,坐在长椅上,正跟两个蓬头垢面但容貌正常的消防员聊天。

这个人一定就是扎多克·艾伦,那个讲述印斯茅斯古老传说和骇人故事的、疯疯癫癫的老酒鬼。

三

我当时一定是着魔了,或是见了鬼,才改变了主意。一开始我只是打算研究建筑,甚至我已经决定前往广场搭车,早点离开这座可怕的城镇。然而,扎多克·艾伦的出现改变了我的想法,让我原本打算匆匆离去的脚步慢了下来。

我已被明确告知,与这个醉老头谈话,不仅不会得到任何有价值的信息,而且还可能会有危险。可是一想到他见证了这个小城的繁华和衰败,我实在难以抗拒与他谈话的诱惑。就算最荒诞的神话和传说,也是基于现实的衍生和象征，更何况老艾伦见证了过去九十年间印斯茅斯发生的所有事情。强烈的好奇心战胜了理智和谨慎，年少轻狂的我，幻想着用一些廉价的威士忌，就能从他那些胡言乱语里，挖掘出一段真实的历史。

如果我现在上去和他搭话，无疑会引起那些消防员的疑心，他们一定会阻止我。所以，我打算先去搞一点当地人酿的私酒。杂货店的男孩告诉过我一个地方，酒要多少有多少。等买好酒，我就可以在消防站附近闲逛，并在扎多克闲逛时，假装和他偶遇。男孩说他是个焦躁的人，很少会在消防站附近待一两个小时。

想搞到一夸脱威士忌并不难，卖酒的地方就在艾略特街靠近中心广场的位置，只是价格有些贵。卖酒的伙计脏兮兮的，双眼瞪圆，是典型的"印斯茅斯相貌"，不过行为举止还算文明，大概经常接待像我这样来找乐子的外来者，比如卡车司机或者黄金贩子。

真是太幸运了，我刚回到广场，绕过吉尔曼旅店，走出佩恩大街，就瞥见扎多克·艾伦衣衫褴褛的瘦削身影。我按照计划冲他扬了扬手里的酒瓶子，让他注意到我，然后转进韦特街，走向我能想到的最偏僻的地方。我的余光注意到他慢悠悠地跟在我后面。

我照着杂货店男孩的地图朝南走向之前去过的海滨区，那里能见到的人只有大堤上的渔民，只要再往南走一段路，就能避开他们的耳目。我只需要在废弃的码头上，找个能坐的地方，就可以自由地跟扎多克交流了。还没走到中心大道，后面就传来一声微弱而气喘吁吁的声音："哎，先生！"我稍稍放慢步子，好让他跟上来，同时又摇晃了几下酒瓶引诱他。

我们在废墟里穿行时，我开始试探口风，发现这个老酒鬼的嘴竟然还挺严。南边是一片荒地，遍布断壁残垣。已经荒废的土石码头上杂草丛生，靠近水边的石头上长满苔藓，但勉强可以落座。北边有一座荒废的仓库，恰好可以阻挡所有人的视线。简直是适合长时间密谈的理想场所。于是，我带着老头穿过废墟，坐在石头上。周围死寂而荒凉，氛围阴森可怕，鱼腥味浓烈扑鼻、令人作呕，但我决心排除一切干扰，专心跟他谈话。

前往阿卡姆的班车八点出发，我还有足足四个小时的谈话时间。我一边给老头灌酒，一边吃我自己那份简陋的午餐。在劝酒的同时，我还得控制着量，既让他保持酒意，可以有问必答，又要避免喝太多醉到不省人事。大约过了一个小时，他酒劲上来，牙关开始松动，话渐渐多了起来。不过令人失望的是，只要涉及印斯茅斯的历史，他就会转移话题，不是指点江山，就是卖弄见识，或者干脆讲一些庸俗不堪的市井哲学。

两个小时后，眼看一瓶威士忌即将见底，我还是没能从老扎多克口中套出更多的话。我正犹豫着要不要把老酒鬼留在这儿，再去弄些酒时，事情有了转机。气喘吁吁的老酒鬼忽然话锋一转，让我不由得把耳朵凑过去，想听清他说的每一个字。此刻，我背对着鱼腥味弥漫的大海，而他则正对着。我注意到，面前的扎多克不知被什么东西吸引，直勾勾地盯着远处那座恶魔礁。此时的恶魔礁耸在水面之上，清晰可见，在阳光下甚至显得有些魅惑。这景象让他高兴不起来，他嘟嘟囔囔地说了一连串脏话。最后他一边喃喃自语，一边斜睨着那片海礁，忽然弯下腰来，抓住我的领口，用嘶哑的嗓音咬牙切齿地说：

"所有的事都是从那里开始的，那个该死的、邪恶的地方。它是地狱之门，通向无底深渊。都是老奥贝德干的好事，都是他招来的，都是他在太平洋招惹了不该招惹的东西。

"那时候大家都过得不如意，生意不景气，作坊没业务，就连新工厂也一样。镇上最优秀的人，不是死于1812年的战争，就是跟着吉尔曼家的'伊利泽号'和'游侠号'出海，最终葬身海底。奥贝德·马什家有三艘船——哥伦比亚号、海蒂号和苏门答腊女王号。当时只有他还在坚持跑东印度和太平洋航线——虽然到1828年的时候，艾斯德拉斯·马丁的'马来之光'号三桅船也出过海。

"没有比奥贝德更坏的人了，他简直就是撒旦的老狗！呸，呸！我现在还记得他怎么说的那些遥远的地方，他说逆来顺受的基督徒都是傻子。他还说人应该像印度人那样，供奉一些更好的神灵。那些神灵会倾听信徒的祈祷，会回报信徒的献祭，会带来大量的鱼群。

"奥贝德船长的大副马特·艾略特，也说过不少类似的话，不过他反对人们皈依神秘教派。他提到在塔希提岛的东面有一座岛，岛上有许多巨石遗址，古老得无人认识，有些像是加洛林群岛中的波纳佩岛上的东西，但雕像的面孔又很像复活节岛上的石像。那附近还有一座小火山岛，岛上也有许多遗迹，但雕刻的内容完全不同，全是各种可怕的怪物。那些遗迹都磨蚀得很严重，似乎在海底浸泡过很久。

"据马特说，岛上的土著常年都有捞不完的鱼，还佩戴着许多亮晶晶的手镯、臂环和头饰——都是用一种奇怪的金子打造的，上面刻满了各种怪物，跟火山岛巨石上刻的一样。那些怪物看起来既像鱼又像青蛙，姿态各异，简直就跟人一样。没有人知道他们是从哪里弄到这些首饰的，附近其他岛上的土著也很好奇，为什么其他岛上根本捕不到什么鱼，而火山岛却总有抓不完的鱼？马特和奥贝德也对此十分惊异。奥贝德还发现，当地每年都会有一些相貌俊美的年轻男女失踪，而且竟然看不到任何老人。此外，他认为，岛上有一部分人的相貌之离奇，就算对卡纳克人[61]来说，

---

61 | 卡纳克人，生活在新喀里多尼亚的土著。

也绝不正常。

"最终，奥贝德得知了神秘教派的真相——我不知道他是怎么办到的，但从那之后，他就开始和当地土著进行交易，换取那些用金子制作的奇异首饰。为了获取更多黄金，他还打听了那些首饰的来源，最后从老酋长瓦拉基亚那里获悉了来龙去脉。只有奥贝德相信那个老魔鬼的话，老船长能看穿那些岛民的心思。呵呵！现在我跟别人说这些，根本没人相信，我觉得你八成也不会相信，年轻人——但是看看你，你也和奥贝德一样，有一双能洞彻人心的眼睛。"

老醉鬼的嘟囔声越来越小，尽管我觉得他说的这些只不过是一些酒后的呓语，但从他语气里透出来的真实和可怖，还是让我不寒而栗。

"唉，先生，奥贝德自己也明白，世界上有很多东西都是大多数人闻所未闻的，实际上，即便他们听说了也不会相信。据说那些卡纳克人会将年轻男女祭献给居住在深海之中、类似神明的东西，以此换取各种丰裕的回报。他们在那座布满遗迹的小岛上，见到了那些东西，就是那种既像青蛙又像鱼的怪物。说不准美人鱼的传说，就源自这种生物。

"它们在海底建造城市，而那座岛屿就是从海底升上来的。看样子，当那座岛屿突然冒出海面时，仍有一些怪物生活在那些石头建筑里，因此卡纳克人才知道原来海底还有生物。克服了最初的恐惧之后，岛民们通过手势与它们进行交流，没多久就达成了交易。

"那些东西喜欢活人献祭，远古时期它们曾接受过人类的献祭，但后来渐渐与人类世界失去联系。至于它们如何处置活人祭品，估计奥贝德本人也不想知道。不过对教徒来说，这不算什么。他们过得很苦，绝望地渴求一切。于是他们向海底怪物献祭一些年轻人，每年两次——一次在五朔节，一次在万圣节，尽量保持规律。有时也会附送一些自己雕刻的小饰品。而作为回报，那些怪物会把鱼从四面八方驱赶过来，还时不时给他们一些金子饰品。

"啊，就像我说过的一样，当地人会带着祭品，划着独木舟，去那座火山岛上跟那些东西会面，再带着黄金珠宝回来。一开始，这些怪物从不上人居住的岛上来，但一段时间之后，它们就改变主意了。看样子，它们很渴望混迹在人类中间，并在五朔节或万圣节这种重要的日子里参加人类举办的祭祀仪式。它们既能在水里生活，也能在陆地上生活，我想它们应该是所谓的两栖动物吧？那些卡纳克人告诫它们，外人如果发现它们，可能会把它们全部杀掉。但它们毫不在意，还说如果它们乐意，可以轻而易举消灭所有人类——除非有人掌握了旧日支配者曾经使用的某些符号。不过，它们懒得费劲，每次外人到访，它们就会潜入水下。

"当这些癞蛤蟆模样的鱼怪提出与人类交配时，卡纳克人刚开始有些不情愿，但后来还是接受了。人类和这些水生怪物似乎有着某种关系——毕竟水是生命之源，只要做一丁点改变，就可以再次回到水里生活。那些怪物告诉卡纳克人，人类跟它们交配生出的孩子，一开始会像人类，不过后来会越来越像海底生物。最后，他们会回到水里，与海底生物生活在一起。还有很重要的一点，这些杂交的鱼人回到海里后，会永生不死——除非死于暴力。

"自打奥贝德认识那些岛民开始，他们就已经有了深海怪物的血统。随着年龄增长，鱼类的特征逐渐显露出来，他们就会藏匿起来不见人，直到他们能够离开陆地，回归大海。

"有些人的变异程度比较大，但也有些始终无法完全变异，也就没办法进入水里生活。但总体而言，大部分人都会变异。有些刚出生时就很像鱼人，很早就会完成变异；有些则必须在陆地上活过七十岁，尽管在此之前，他们也会进入水里尝试，但还是无法实现在水里生活。而那些已经回归大海的杂交生物，也会经常故地重游，因此有些人可以跟自己几百年前就离开陆地的先祖聊天。

"除了死于战争，或被当作祭品献给海神，或死于蛇毒、瘟疫与急性病的人，其他人都没有死亡意识。所有人都盼着身体发生变异，时间一长，变异也就没那么可怕了。他们懂得有得必有失，认为自己的付出得到了足够的回报。我觉得奥贝德在琢磨老酋长的故事后，也是这么认为的。瓦拉基亚是少数几个没有和海底生物通婚的人，他生于上流贵族家庭，他的家族只和其他岛上的贵族通婚。

"瓦拉基亚向奥贝德透露过一些关于海底怪物的仪式和咒语，还带他看了那些已经变异的村民。不过他没有让奥贝德见那些海底怪物。分别时，酋长给了船长一个有趣的小玩意儿——看起来是铅之类的金属做成的，他说只要将这个小玩意扔到水里，念出正确的咒语，就能从水里召唤出那些怪物。那些怪物遍布世界各地的海域，任何人都能在任何地方召唤出它们。

"马特对此深恶痛绝，他劝奥贝德离那个岛远一点。但奥贝德已经被贪欲蒙蔽了内心，尤其是他发现自己能以很低的价格买到金子之后，贪欲就变得更强烈了。交易持续了好几年，奥贝德积累了大量黄金一样的金属，足够让他在韦特街的旧磨坊那里开一家精炼厂。他不敢将那些首饰原样出售，免得被人打破砂锅问到底。尽管他手下的船员发誓绝不透露，但偶尔他们也能弄到一两件并私自转手卖掉。而奥贝德自己也会挑出少数适合人类的首饰，给家里的女人佩戴。

"时间来到了1838年，那时我只有七岁。有一天，老奥贝德经过那个岛时，发现岛上的人都消失了。大概是其他岛上的人发现了事情的真相，于是集体出手铲除了瓦拉基亚的部族。海底怪物并未出手，我猜是那些进攻者掌握了某种古老的咒语，让它们不敢动手。等下一个比大洪水时期还要老的小岛再从海底冒出来时，天晓得那些岛民为了上去看一眼，会付出什么样的代价。

"那真是一群虔诚的家伙，他们将大岛和小火山岛上所有东西都砸碎了，只留下一些大到无法摧毁的遗迹。他们在岛上散落了一些小石头——类似符咒，上面雕刻着与'万字符'极为相似的图案——说不定就是旧日支配者的印记。岛民都被杀光了，没有留下任何黄金首饰。附近几座岛上的卡纳克人对此讳莫如深，甚至不承认那个岛上曾有人居住。

"此事给奥贝德造成了沉重的打击，因为他的常规生意很不景气——这对印斯茅斯来说，同样也是不小的打击。因为在航海时代，船主和船员是按照比例分配利润的。绝大多数镇民都像绵羊一样听天由命，但他们真的过得太惨了，海里的鱼越来越少，工厂也是每况愈下。

"也就是在这个时候，奥贝德开始斥责本地人是蠢猪，遇到苦难只会向不会给到任何帮助的上帝祈祷。他告诉人们，他知道有一群人崇拜的神会回应祷告，给予信徒所需的一切。他还说，如果有人愿意同他一起，他或许就能得到神赐，为大家召来鱼群和黄金。

"那些在苏门答腊女王号上工作，去过那座小岛的船员们，当然明白他话里的意思，他们并不想和海底怪物打交道。而那些毫不知情的居民却受了蛊惑，开始询问奥贝德，自己需要怎么做，才能信仰那些可以带来回报的神灵。"

讲到这里，扎多克忽然变得支支吾吾，他看起来焦虑不安，身体颤抖。忽然，他紧张地扭头朝身后看了一眼，又转回来死死盯着远处那块黑色的礁石。我跟他说话，他也不理我，我知道必须让他喝完那瓶酒。

他刚才讲述的故事让我着迷,其中蕴含着某种深刻的寓意。这寓意根植在印斯茅斯的诸多怪异之上,经过想象力的加工,变得极富创造性,还零星带着异域神话的光彩。从始至终,我都不相信这个故事有一星半点是真的,但他的讲述却透着一种真实的恐怖,或许仅仅是因为故事里穿插了一些真实存在的奇异饰品——类似我在纽伯里波特见到的那顶王冠。也许那些饰品的确来自某些奇怪的小岛,而这个荒诞的故事,很可能是奥贝德自己编造的。因为我并不认为眼前这个老酒鬼,能编造出这样的故事。

我把酒瓶递给扎多克,他一饮而尽。我真没想到他能喝下这么多酒,而且从他高亢而略带喘息的声音里,完全听不出一点醉意。他舔了舔瓶口,将空瓶子揣进怀里,又开始兀自低着头自言自语。我赶紧凑上去,不想漏掉一个词。但在他浓密、脏乱的胡须下面,我隐约看到了一丝苦笑。是的,他的确说着话,可我却没办法全部记下来。

"可怜的马特……他一直反对这件事,试图说服人们与他站在同一边,花了不少工夫和牧师沟通,但没有用。共济会的人被赶走了,卫理公会的人也主动离开了,浸礼会的牧师巴布柯克再没出现过……耶和华之怒……那时我只是个精力充沛的小孩,但我有耳朵能听,有眼睛能看……大衮[62]和阿施塔特,彼列[63]和别西卜[64],金牛犊,迦南人和非利士人的神——巴比伦恶魔,大难将至,时日无多。[65]"

他又一次停下来。看着他那湿润的蓝眼睛,我担心他要醉倒了。于是轻轻摇了摇他的肩膀。他面带警惕转向我,又吐出一连串匪夷所思的话。

---

62 | 大衮,非利士人的主神,形象为鱼人,在弥尔顿的《失乐园》中首次被描述成恶魔。
63 | 彼列,犹太教传说中的地狱之王,主宰犹太教的整个火焚谷与所有死人和魔鬼。
64 | 别西卜,苍蝇之王,瘟疫之主。
65 | 出自旧约《圣经》的《但以理书》,是伯沙撒王设宴时,出现在墙壁上的预言。

"不相信我的话吗？呵呵。年轻人，那你告诉我，为什么奥贝德船长会在深夜带着二十多个人，把船划到恶魔礁大声吟唱？顺风的时候，整个镇子都能听见他们的声音。告诉我，为什么奥贝德会在恶魔礁另一侧的深水区——那个笔直插入海底的悬崖上，投下重物？告诉我，他拿着瓦拉基亚给他的那个滑稽的铅制小玩意干什么？还有，他们在五朔节和万圣节的时候在折腾什么？还有新教会里的那些人，他们以前是水手，现在为什么穿上了怪异的袍子、戴着奥贝德的金子饰品扮起了祭司？为什么？你说啊！"

他那双湿润的蓝眼睛里透出凶狠和癫狂，肮脏的白胡子像触电一样倒立起来，老扎多克大概是看出了我的惊恐，他邪恶地笑了起来。

"呵呵，呵呵！你明白了吧？或许你该变成那时候的我，在深夜的屋顶上眺望大海。告诉你吧，小孩子的耳朵尖得很，奥贝德和那些人去恶魔礁的事儿，我早就听说了。呵呵呵，我曾用我爸的望远镜在屋顶上瞭望恶魔礁，看到礁岩上密密麻麻满是影子，但只要月亮升起来，那些影子就会潜入海里。

"奥贝德和同去的人在一艘平底小船上，而那些黑影从恶魔礁的另一侧跳进深水，再也没有浮上来……你想变成那个浑身哆嗦的小孩吗？独自站在屋顶，用望远镜看到了一大群非人的影子，那是什么感觉？你知道吗？呵呵……"

老扎多克开始不受控制，我感到一种莫名的惶恐，他粗糙的大手搭在我肩膀上，我能感觉到他的颤抖绝不是因为兴奋。

"想想看，前一天晚上，你看到奥贝德把小船划到恶魔礁外，把某个重物投入深海。第二天，你就听说镇上有个年轻人失踪了，你会怎么想？还有人见过希拉姆·吉尔曼的一根汗毛吗？有人见过吗？还有尼克·皮尔斯,还有鲁埃利·韦特,还有阿多尼拉姆·索斯威克,还有亨利·加利森……你说说看,他们去哪儿了?呵呵呵……那些影子打着手势,它们长着手……

"从那之后,奥贝德的生意又有了起色,他的三个女儿戴上了前所未见的金首饰,精炼厂的烟囱又开始冒烟了。其他人的日子也有了起色,鱼群蜂拥至港口任人捕捞——天知道我们给纽伯里波特、阿卡姆和波士顿送了多少鱼。就是那段时间,奥贝德将铁路支线引到了这里。一些金斯堡的渔民听说这片海域鱼群丰沛,就开着渔船赶了过来,想分一杯羹。但他们全都失踪了,再也没有人见过他们。就是那时,人们成立了大衮秘教,他们从圣十字教会手上买下了共济会的教堂……马特·艾略特就是共济会的会员,他强烈反对这笔交易,但很快就失踪了。

"你要记住,我可没说奥贝德打算照搬卡纳克岛民的行为,也不觉得他从一开始就打算跟鱼人交配、孕育后代,甚至等他们长大后,回归大海永生不死。奥贝德想要的,不过是金子,他并不想付出那么惨重的代价。事实上,一开始所有人都对此十分满意……

"不过到了1846年,城里有了一些意见和看法。已经有太多的居民失踪,周日教堂集会上有太多离经叛道的传教,恶魔礁的话题沸沸扬扬。这其中有我的一份功劳,因为我把在楼顶上看到的事,告诉了市政委员莫利。

"有一天晚上,一群人跟着奥贝德出海,去礁石上聚会,后来我听到了枪声。第二天,奥贝德和其他三十二人被扔进了监狱。每个人都在猜到底发生了什么,想知道他们犯了什么罪,一时间众说纷纭。天哪,如果他们能动动脑子……两周后就会发现,整整两周,都没有人再失踪了。"

说到这里,老扎多克显得害怕而疲惫,趁着他沉默的空隙,我赶紧看了一眼手表。开始涨潮了,海浪声似乎把他从沉默中唤醒了。而让我开心的是,涨潮之后海水盖过海滩,鱼腥味似乎没那么刺鼻了。于是,我继续聆听扎多克的低声叙述。

"在那个可怕的夜晚,我看到了它们。那晚我在屋顶上,它们成群结队,蜂拥而来……爬上了恶魔礁,顺着港口游进马努克塞特河……天哪!那天夜里,印斯茅斯的街道究竟发生了什么……它们拍打我家的大门,但我爸坚决不开门……他拿上火枪,从厨房的窗户爬出去,去找莫利委员看有什么办法……到处都是死人和奄奄一息的人……枪声和刺耳的尖叫声……老广场、中心广场以及新格林教堂那边一片哀号……监狱的大门被撞开……声明……叛乱……当有人来到印斯茅斯发现有一半的人都失踪了之后,那些叛徒声称发生了大瘟疫。而活下来的人,要么加入了奥贝德一伙,要么永久保持沉默……我再也没有听到爸爸的消息……"

老人剧烈地喘息着,汗如雨下,放在我肩膀上的手也愈发用力。

"到了早上,一切都被清理掉了,不过总会留下一些痕迹……奥贝德控制了局面,说一切都会改变……会有异类和我们一起做礼拜,还要腾出一些房子用于招待客人。那些生物想跟我们交配,就像它们对卡纳克人做的那样。奥贝德不觉得这有什么问题,他没有阻止。他已经彻底迷失了,和疯了一样。他说海底生物会给我们带来大量的鱼群和财富,所以作为回报,我们也应该给它们想要的。

"一切已成定局,难以挽回。对我们来说,如果想要活命,只有尽可能避开外来访客。

"我们所有人必须向大衮起誓,后来有些人还要立下第二道、第三道誓言。而那些做出特殊贡献的人类，会得到特别的回报，比如金子之类的。但是毫无商量的余地。水下还有几百万个那样的怪物，它们并不愿意消灭人类，而倘若有一天它们迫不得已要这么做，那也是轻而易举的。我们不懂那种制服它们的咒语，何况那些卡纳克人绝不可能把他们的秘密和盘托出。

"只要它们需要，我们就必须提供足够的祭品和住处，以及一些野蛮人才喜欢的小玩意儿，这样它们就不会滋扰我们。它们禁止我们和外人交谈，以防秘密泄露。所有居民都要忠实地遵从大衮秘教，与它们交配生下的孩子都会长生不死。但是最终，他们都会回到母神海德拉和父神大衮身边，因为我们都来自那里——咿呀！咿呀！拉莱耶的府邸里，长眠的克苏鲁酣梦以待……"

老扎多克沉湎于胡言乱语，语无伦次。我只能屏住呼吸，侧耳倾听。可怜的老家伙，酒精的刺激加上他对堕落和疾病的憎恶，让他富有想象力的大脑堕入了迷幻的深渊。此刻，他开始呜咽，泪水顺着他那沟壑交错的脸颊，流进了浓密的胡须里。

"上帝啊，从十五岁到现在，我都目睹了什么啊！大难将至，时日无多……那些失踪的人，还有自杀的人。那些把实情告诉外人的印斯茅斯人被当成疯子，就像你觉得我是个疯子一样。天啊，我都看到了什么啊——它们很早就想杀掉我了，我知道的实在太多。只不过我曾当着奥贝德的面，发过大衮的第一誓言和第二誓言，所以我受到了保护，除非陪审团能证明我故意泄露了秘密。不过，我没有接受第三誓言，就算是死，我也绝不会发那种誓。

"内战的时候，情况变得更糟。1846年以后出生的孩子已经长大了。我非常害怕，自从那个可怕的夜晚之后，我再也不敢打听，在我的有生之年，再也没见过任何一个海底怪物——我指的是没有人类血统的纯种怪物。

"我参军入伍了，要是有胆识，我就不该回来，逃得远远的，到别处安顿下来。但是镇上的人写信告诉我，这里的情况没那么糟了。我猜那是因为1863年以后，政府派兵进驻了印斯茅斯。但在战争结束之后，军队撤走了，情况重新恶化。

"人们开始堕落，工厂和商店都关门了，港口堵塞，航船停运，铁路废弃。可是，它们……那些怪物依然不停地在那片该死的礁石上进进出出。城里越来越多的阁楼的窗户用木板封死，那些本应无人居住的房子里，越来越频繁地响起各种怪异的声音。

"外面的人对我们议论纷纷，有不少流言蜚语。这些传言里，有些是他们不经意间撞见的，有些则与那些来源不明的奇异首饰有关。不过，无论怎么传，都无法坐实。因为没有人会相信这些无稽之谈。他们认定那些金质的首饰是海盗的赃物，还说印斯茅斯人有异域血统、脾气暴躁。此外，本地居民也会尽量赶走外地人，还警告来访者不要乱打听，尤其是夜里不要乱跑。牲畜也畏惧那些怪物，马比骡子更容易受惊——不过有了汽车之后，就很少出这方面的事故了。

"1964年，奥贝德娶了第二任妻子，不过镇上没人见过她。有些人说奥贝德并不想娶，他是被逼无奈的，还和新妻子一起生了三个孩子。其中两个很小就失踪了，只剩下一个女儿——容貌与常人无异，被送到欧洲接受教育。后来，奥贝德也不知道使了什么花招，把她嫁给了一个毫不知情的阿卡姆小伙。现在，已经没有外地人愿意与印斯茅斯扯上关系了。如今经营精炼厂的，是奥贝德第一次婚姻留下的孙子巴纳巴斯·马什。他是阿尼色弗的儿子，他的母亲是个怪物，外人从未见过。

"现在，巴纳巴斯也快要变异了。他的眼睛已经闭不上了，身形也在恶化——据说现在还穿着衣服，但不久之后就会回到海里了。他说不定已经尝试过了，他们这种人会在身体完全变异之前，先下水尝试。他已经有十多年时间，没有在公共场合露过面了。不知道他那可怜的妻子怎么样了——他的妻子是伊普斯威奇人。五十年前，巴纳巴斯追求她时，马什家族差点将巴纳巴斯私刑处决。

"奥贝德是1878年离世的，那时他的儿女们都不在了，第一任妻子生的孩子也都死了，第二任妻子的孩子，天知道……"

涨潮的声音已经非常明显，这似乎影响了老扎多克的心情。之前感伤落泪的他，此刻神情惊恐，时不时还会停下来，紧张地回望身后，或者看看海上的礁石。尽管他的讲述荒诞离奇，但他的焦虑与不安还是感染了我。他的嗓门也越来越尖厉，似乎想用响亮的声音给自己壮胆。

"喂，你，为什么不说话？如果让你住在这里，你觉得怎么样？一切都走向腐朽和死亡。怪物无处不在，在你走过的每一个地方，在那些阴暗的地窖和漆黑的阁楼里，它们不停地爬来爬去、呻吟、号叫、蹦跳！嗯？换成是你，夜复一夜地听见从大衮秘教的教堂里传出哀号和惨叫，你会作何感想？你知道它们为何号叫吗？你想听听五朔节或万圣节之夜从恶魔礁传来的声音吗？你觉得我这个老头疯了对吗？先生，我告诉你，这些都还不是最糟糕的！"

老扎多克现在已经在喊叫了，他的癫狂和躁动，让我坐立不安。

"该死的！别那样盯着我，你的眼神跟他们的一模一样。我敢说，奥贝德·马什现在肯定下地狱了，永世不得翻身！呵呵呵……下地狱，我说的！抓不住我，我什么都没做，什么都没说——

"噢，你，年轻人？好吧，就算以前我从未说过，现在也要说了！

你坐好了听我说，这件事我从来没告诉过别人。我说过，那天晚上之后，我再也没有打探过什么，但我还是发现了一些事情！

"你想知道真正恐怖的是什么，对吗？听好，最恐怖的事情不是那些鱼怪做了什么，而是它们将要做什么！它们从海底不停地搬来某种东西，已经好几年了，最近才松懈了下来。河的北边、水街和中心大道之间的那片房子里，全是鱼怪和它们带来的那些东西。一旦等它们准备好……我说，等到那个时候……你听说过修格斯吗？

"哎，你有听我在说什么吗？我跟你说我知道那些是什么——有一天晚上我亲眼看见……啊——啊——啊——啊！"

老人忽然尖叫起来，声音里带着惨烈的恐惧，几乎将我吓晕。他的目光越过我，直勾勾地盯着那片腥臭的海面。他脸上露出的表情之惊恐，只会在古希腊悲剧里出现。他那瘦骨嶙峋的手紧紧抓住我的肩膀，一动不动僵在原地。我只好扭过头去，想知道他究竟在看什么。

我什么都没看见。海面上只有波浪连绵起伏，潮水不断冲刷着海岸，荡起层层浪花。扎多克用力摇晃着我的身体，我回过头来，发现他那恐惧得僵硬的面庞，渐渐变得混乱和慌张，眼皮抽搐，牙齿打颤，声音含混不清：

"快走！快走！它们看见我们了，快逃命吧！别浪费时间，快逃吧。它们现在知道了。快点，离开这个小镇。"

又一道巨浪拍在废弃的码头已经松动的基石上，这个疯老头的低语再一次变成了尖叫。那尖叫声歇斯底里，让人毛骨悚然。

"咿——啊……啊啊啊……"

我还没有回过神来，他已经松开了我的肩膀，沿着仓库的断壁，朝着内陆的街道狂奔而去。我再一次回头望向大海，依然看不到任何东西，就起身沿着老头疯跑的方向走去，等我走到水街再往北看时，早已看不见扎多克·艾伦的踪影。

四

经历了这段插曲之后，我很难描述自己的心情，那是一种沮丧而疯狂、怪诞而恐怖的复杂情绪。尽管杂货店男孩的话已经让我有了心理准备，可现实依旧令人困惑。扎多克的故事听起来荒诞不经，但他表现出的癫狂和恐惧却是实实在在的。这加剧了我内心的惶恐，与我之前对这个小镇的厌恶交织在一起。

以后我或许会筛选故事里的一些史实，而现在我只想将其抛诸脑后。时间已是七点十五分，前往阿卡姆的车八点启程，已经不早了。于是我快步穿过荒芜的街道和破败的房屋，想赶紧回旅店取寄存的行李，并搭乘班车。同时我也尽可能地控制自己的思绪，不去想那些离奇的故事。

夕阳的余晖洒在古旧的屋顶和烟囱上，给小城镀上一层美丽而祥和的气息，让我总是忍不住回头。尽管我很高兴离开阴森恶臭的印斯茅斯，也期望能搭乘其他的班车离开，不用再见到那个面目丑恶的萨金特，但我并没有走太快，每个街角都有值得一看的建筑。我估算过时间，完全可以在半小时内到达旅店。

我用男孩给的地图，找了一条之前没走过的路线，途经马什街而非联邦街回到广场。在瀑布街路口，我看到一些人三五成群、鬼鬼祟祟地交头接耳。我回到广场时，几乎所有闲人都聚集在吉尔曼旅店门口，我去大厅取行李时,似乎有许多湿润的眼睛,一眨不眨地盯着我。我暗自希望一会儿同车的乘客里,没有这些怪家伙。

班车没到八点就进站了,车上坐着三个乘客。一个面目丑陋的家伙跟司机低声说话,萨金特从车里扔出来一个邮包和一卷报纸,然后走进了旅店。乘客还是早上我在纽伯里波特见到的三个人,他们摇晃着走在人行道上,用一种似乎喉咙有痰的声音,跟路边的流浪汉闲聊了几句。我敢肯定,他们说的绝不是英语。

我登上那辆空车,选了来时的座位,但还没坐定,萨金特就上来了。他用一种令人厌恶的嗓音,冲我嘟囔着什么。

看来我运气不好,汽车引擎出了毛病,尽管从纽伯里波特出发时还好好的,现在却没办法开到阿卡姆了。萨金特还说,今天肯定修不好了,也没有别的车离开,他对此很抱歉,但我恐怕只能在吉尔曼旅店过夜了。店员或许可以给我打个折,但除此之外也别无他法。

世事无常,突如其来的变故让我措手不及,一想到自己要在这破败而昏暗的小镇里过夜,我就觉得惶恐不安。我下了车,回到了旅店大厅。一个面色愠怒的夜班店员告诉我,我可以住在顶楼下面一层的428号房,房费一美元,房间很宽敞,但没有自来水。

尽管在纽伯里波特时,我就听说过这家旅店的一些传闻,但我还是不得不住下来。登记付款后,那个刻薄而孤僻的店员拿起我的行李,带着我爬上了三层吱嘎作响的楼梯,穿过乌烟瘴气的死寂走廊。房间背街,有两扇窗户,陈设简陋。从窗户望出去,楼下是一处砖墙破旧的院子,远处是向西绵延的屋顶,更远处则是郊区的沼泽。

走廊尽头是陈旧不堪的浴室，里面有古老的大理石水盆、锡制的浴缸，灯光昏暗，周围的木质护板早已发霉腐烂。

趁着天色未黑，我下楼来到广场上，想找个吃晚饭的地方。路边的闲人总是不怀好意地打量着我。杂货店已经关门，我只好去了那家晦暗的小饭店。店里有一男一女，男人脑袋狭长，身材佝偻，眼睛瞪得浑圆，一眨不眨；而那个乡下女人鼻子塌扁，手又厚又笨。我必须自己走到前台点菜，不过，亲眼看着他们从罐头和包装袋里把食物倒出来，倒是让我松了口气。

我要了一碗蔬菜汤，还有一些饼干。快速吃完饭后，我向那个相貌邪恶的店员要了一份晚报和一本油腻不堪的杂志，快步走回旅店沉闷的房间。

暮色渐浓，我打开挂在廉价铁架床上的电灯，尽可能专注阅读。这样做可以让我在身陷这座阴森古镇时，不去回想它的畸形和反常。听老酒鬼讲了那些离奇的故事，我不指望今晚能做什么美梦，只求尽量不要想起他那双湿润的、癫狂的眼睛。

那个曾在此住宿的工厂检验员，向售票员提到的旅店里的灵异怪声，我也不敢细想。更不敢想黑色教堂里那张头冠下的脸——它为什么会激起我的恐惧，我百思不得其解。如果房间不是那么阴森发霉，也许我不会有这些烦人的思绪。可是，令人窒息的霉臭混合着镇上无处不在的鱼腥味，迫使我总是情不自禁联想到死亡和腐烂。

另一件困扰我的事，是房门没有插销。可门上的印记清晰地表明上面曾经有过，是最近才被卸掉的。插销显然是坏了，跟这栋老楼里其他许多东西一样。

环顾四周,我发现衣柜上有个插销,跟门上的尺寸差不多。为了在这种紧张的氛围里寻求一点慰藉,我用钥匙环上的多功能小改锥将它卸下来装在了门上——大小非常合适。一想到睡觉时能锁紧房门了,我终于松了口气。倒不是觉得真能用上,但身处这种环境,任何象征着安全的东西都有备无患。通往两侧房间门上的插销,我也都插得紧紧的。

我没有脱衣服,打算读书读困后,就脱掉外套和鞋子,解开领口直接躺下,和衣而眠。

我从行李中拿出一支袖珍手电,装进裤兜,想着半夜醒来不用开灯就可以看时间。然而,睡意却没有如期而至。当我静下心来整理思绪时,却发现自己其实在下意识地倾听——听某种令我恐惧的声音。那个检验员的故事给我留下的印象,显然比预料中的更深。我想继续读书,却一个字都看不进去。

过了一会儿,我恍惚听到楼梯和走廊里出现了规律的嘎吱声,像是有人在走路。我以为是有别的客人入住,却没有听到说话声。我意识到事有蹊跷。我不喜欢这种感觉,犹豫着自己究竟要不要睡觉。

这个小镇住着些怪人,过去也的确发生过几起失踪案。这家旅馆会不会就是那种图财害命的黑店呢?可是我看起来也不像个有钱人。莫非是因为这里的人对好奇的外来者深恶痛绝?难道我四处游览,还时不时查看地图,引起了他们的不快吗?

我意识到自己太紧张了,只不过是地板嘎吱了几声,就如此疑神疑鬼。不过,我还是后悔自己没带武器。

如此这般，直到精疲力竭，可我还是没有丝毫睡意。我再次起身，确认新装的插销确已锁好，这才关上灯，脱下外套和鞋子，解开领口，躺在了那张凹凸不平的硬床上。

黑暗中，每一丝细微的响动都会被放大，各种不快的想法又随之而来。我有些后悔关了灯，可是身体太疲乏，懒得再起身打开。在一段长长的寂静后，楼梯和走廊里重新传来了地板的嘎吱声，接着是一种轻微但骇人的声音——我绝不会听错，那声音意味着我所有的忧虑，都变成了现实。毫无疑问，有人正在用钥匙悄悄开我的房门。

由于恐惧感已提前来过，所以当危险真正降临时，我反而变得镇定了。虽然不知其由来，但我本能地提高了警惕，不管事态如何发展，我都必须抢占先机。话虽如此，但当威胁从预感变为现实，也的确让我震惊。我完全不觉得门外的动静是误会，并且认定对方用心险恶，只好保持安静，等待入侵者的下一步行动。

过了一会儿，开门声停止了。

接着，我听见北边隔壁房间的门被人打开，又用钥匙拨弄与我房间相通的侧门锁——当然没有打开，是插销起了作用。地板嘎吱作响，入侵者离开了北边的房间。没过多久，又有人进入了南边的房间，同样又是尝试打开连接我房间的门，再次失败后，入侵者离开了。

这一回嘎吱声沿着走廊和楼梯逐渐远去，我明白是入侵者发觉我房间的门都牢牢闩上了，暂时放弃了企图。至于他是否还会有所动作，现在不得而知。

我立即就开始了行动，似乎大脑早就做好了准备。这说明在我潜意识里,早就预料到会有坏事发生,甚至还考虑过逃跑的路线。一开始我就意识到,那个尚未露面的入侵者,是我无力应付的危险,所以只能选择逃跑。此时此刻,我亟须做的,就是逃出这家旅店,而且不能走楼梯和大厅。

我轻轻起身,用手电照亮开关,想开灯挑选几件能用得上的东西,然而灯没有亮——电源被切断了。显然,一场针对我的大规模邪恶行动正在进行。我的手还没有离开电灯开关,嘎吱声就再次传来,还有多个无法辨识的讲话声。那些低沉的声音不像是人声,而是一种嘶哑的号叫,以及一些音节松散的咕咕声,完全不是人类的语言。此时我对那个工厂检验员在这里听到的声音,有了新的认识。

借着手电光,我挑了几件必需品装进衣兜,戴上帽子,蹑手蹑脚地走到窗边,想看看能否从窗户逃生。这家旅店并未按照政府的要求,安装消防楼梯。窗户距离地面有三层楼高,下面是鹅卵石铺砌的院子,但左右两侧是一些古老的砖结构商业建筑,紧挨着这家旅店。从我所在的楼层,只需纵身一跃,就能跳到对面倾斜的房顶上。但是要这么做,我必须进入与我有着两墙之隔的房间——南边和北边都可以。我立即开始思考怎样才能顺利转移。

决不能冒险进入走廊,对方一定能听见我的脚步声,那样会增加阻碍。倘若用力撞开那些不怎么坚固的侧门,考虑到设施的破烂程度,似乎是一个可行的方案。但这么干势必弄出很大动静。我必须速战速决,在对方破门而入之前,就抵达窗口。我缓缓地把衣柜推到正门后面顶住,尽量不发出声音。

逃生的机会很渺茫，我也做好了最坏的打算。即使跳到对面屋顶上，也不意味着万事大吉，我还要从屋顶下到地面，再想方设法逃出印斯茅斯。对我有利的一点是，紧挨着旅店的房屋早已废弃，众多黑洞洞的天窗就是我的逃生之路。

从地图来看，最好的出城路线在南边。所以我先推了推南边房间的门，却发现另一面被什么东西堵上了，要撞开并不容易。我小心翼翼地用床架顶住这扇门，给稍后或许会从隔壁发动的攻击制造障碍。

北面的那扇门是往外打开的，我试了试，对面也上了锁。但这是唯一的路线。如果我能跳到佩恩街的建筑屋顶上，再顺利下到地面，或许可以快速冲过院子和附近的建筑，抵达华盛顿或者贝茨街；也可以直接从佩恩街路口向南逃到华盛顿街。无论怎样，我都需要尽快离开中心广场，直奔华盛顿街。最好能绕开佩恩街，因为消防站肯定整夜都有人值班。

我盘算着这些，眺望着那些仿若肮脏海洋的腐朽屋顶。满月刚过不久，月光还算明亮，下面的情景在皎洁的月光下显得格外清晰。

右边的风景被幽黑的河谷劈开，废弃工厂和火车站像藤壶一般附着在河谷两侧。远处，锈蚀的铁轨和罗利公路穿过一片沼泽平原，向远方延伸。长着低矮灌木的高地，如岛屿般点缀在两侧。在我的左边，河流蜿蜒流淌的乡野离我更近一些，通向伊普斯威奇的路在月光下泛着白光。从我现在的位置，看不见通向阿卡姆的路。

正当我还在犹豫何时行动、如何行动才能减少撞击声时，楼下模糊的交谈声消失了，取而代之的是楼梯沉重的呻吟。一束亮光从门缝照进来，走廊的地板不堪重负。某种沉闷的声音越来越近，最后，房门响起了重重的敲击声。

有那么一瞬，我屏息凝神，等待会发生什么。刹那的时间宛如永恒，空气中忽然泛起了浓烈的鱼腥味。敲门声再次响起，且持续不断。我知道该行动了。我拔掉北边侧门的插销，鼓足勇气准备撞门。敲门声越来越大，我希望它能盖过我撞门的声响。没想到那扇薄门比我预料的要坚固，我连续用左肩撞了很多次，它依然纹丝不动。此时，走廊里喧闹起来。我继续撞着，一下又一下。

苦心人，天不负。门终于被我撞开了，不过外面的人肯定也听见了声音，因为敲门声一刹那就变成了猛烈的撞击。与此同时，隔壁两侧房间的正门都响起用钥匙开门的声音。我冲进了北边的房间，在钥匙打开门之前，插上了插销。但随即我又听见了第三个房间——也就是我打算跳窗的那间房，也响起了开门声。

在那一瞬间，我万念俱灰。因为我被困在一个没有窗户的房间，我的手电筒照亮了之前入侵者的"足迹"，恐惧如巨浪般席卷而来，吞没了我。尽管无望，我仍下意识地冲向下一扇侧门，猛推了一把。

万幸，这扇门不仅没有锁，而且只是虚掩着。我用最快的速度穿过它，用右膝和肩膀死死抵住正在徐徐打开的房间正门。正门毫无阻力地关上了，入侵者显然没有预料到我的行为。我赶紧插上了插销，赢得了片刻的喘息。另外两个房间的撞门声戛然而止，我刚用床架挡住侧门，随即就有嘈杂的声音响起，显然大部分入侵者已经进入了刚才的房间。与此同时，隔壁的第四个房间也传来了开门声，危机迫在眉睫。

我没有时间再去管第四个房间，我能做的，就是关上并插好两扇侧门——用床架顶住一扇，用衣柜顶住另一扇，再用脸盆顶住正门。希望这些匆忙搭起来的路障，能帮我争取时间，让我爬出窗户，跳到佩恩街的屋顶上。在这危急的时刻，让我最害怕的并不是薄弱的防御措施，而是那些入侵者至今没有发出任何清晰的——或者说我能理解的声音，只是不停地发出可怕的喘息、咕哝和低沉的吠叫声。

当我挪动家具打算冲向窗边时，我听见了可怕而急促的脚步声，朝北边的房间快速移动。同时，南边的撞门声停了。很显然，入侵者打算集中优势力量，进攻那扇较为薄弱的侧门。窗外的明月照亮了下方陡斜的屋脊，我意识到这一跃凶多吉少。

看清了下面的地形之后，我决定从两扇窗户之中，靠南边的窗户往下跳，然后落在屋顶向内的缓坡上，接着从最近的天窗进入破旧的房子里，再考虑如何脱身。最称心的结果是，跳下去之后，我能直接通过院子一侧幽暗的门洞，跑到华盛顿街，然后从南边溜出城。

北边的侧门发出剧烈的声响，薄脆的木板已经裂开，显然对方使用了重物当工具。不过床架很牢靠，还能支撑一会儿。窗户两侧结实的丝绒窗帘，用铜环挂在横杆上，窗外还有个百叶窗支架。有了辅助工具，我就不必非得冒险跳下去了。

我用力扯下窗帘和横杆，把铜环挂在百叶窗支架上，再把窗帘扔出去。厚重的窗帘直接垂到下方的屋顶上，铜环和支架似乎足以承受我的体重。于是我翻出窗户，拽着窗帘爬了下去，将吉尔曼旅店的阴森和恐惧永远留在身后。

我安全地落在屋顶上，瓦片已经松动。我小心翼翼地爬向院子，顺便抬头看了看旅店的窗口——依然一片漆黑。顺着坍塌的烟囱往北望去，大衮秘教的礼堂、浸礼会教堂和公理会教堂里灯火闪烁，鬼影幢幢。院子里看起来没有人，希望能在被人发觉之前离开这里。我用手电筒照了照天窗里面，没有梯子，但并不高。于是，我抓着天窗边缘跳了下去，落在积满灰尘和破烂的地板上。

房子里十分阴森，但我没有时间害怕。借助手电光，我找到了楼梯，顺便匆匆扫了一眼手表，已是凌晨两点。

楼梯嘎吱作响，不过还算结实。我快速下楼，经过二层的谷仓，来到了空空荡荡的底层，只能听见我自己的脚步声。大厅尽头有一个透着微光的方形洞口，应该是大门，外面就是佩恩街。我掉头走向另一边，惊喜地发现后门也开着。我快速冲下石头台阶，来到杂草丛生的鹅卵石庭院。

月光照不到这里，但不依靠手电，也能看见逃生路线。旅店的窗户里透出些许光线，隐约能听见乱糟糟的叫声。我悄悄溜到华盛顿街对面，发现好几扇门都大敞着，就朝最近的跑了进去。

里面很黑，当跑到大厅另一端时，我发现后门紧闭，当即决定换一栋建筑试试，就按原路返回院子。但在接近门洞时，我猛然驻足。

旅店的侧门，涌出一大群黑影。无数盏提灯在黑暗中摇曳，恐怖的嘶哑声窃窃私语。令我欣慰的是，那些人并未发现我的行踪，而是像无头苍蝇般四下乱转。我看不清他们的容貌，但蜷缩、佝偻的身形和蹒跚的步态，让我感觉到一阵强烈的厌恶。更可怕的是，其中一位身着长袍，头上竟然戴着那顶我熟悉的头冠。随着那些身影四散开来，我的恐惧感也在渐渐增强。万一找不到出口怎么办？鱼腥味越来越浓重，我几乎怀疑自己随时会晕倒。

我再次转身走向街道，推开大厅的门，进入了另一个空房间。百叶窗紧闭但没有窗框，我借助手电筒，笨拙地摸索半天，才发现百叶窗可以打开。于是我匆忙从那里爬出，然后按照原样恢复。

我现在已经到了华盛顿街，街上空无一人，只有孤寂的月光。然而，从好几个方向都传来说话声和脚步声，还夹杂着一种啪嗒啪嗒的响动。情况危急，我必须争分夺秒。我对此地的方位还算熟悉，更让我庆幸的是街灯已经熄灭。这是一个古老的风俗，富裕的乡村地区，习惯在明月降临时关掉路灯。尽管南边有声音，我还是按原计划朝那个方向逃。万一狭路相逢，我也能以最快的速度藏进那些破房子里。

我紧贴着墙根快步前行，帽子已经丢了，灰头土脸的。不过这个模样走在街上，倒是不引人注目，即便遇到人，也容易蒙混过去。

在贝茨街，有两个踉跄的影子从我的前方经过，我躲了一会儿，很快就重新上路了，南边就是艾略特大街与华盛顿街交会的十字路口。尽管没来过这里，但我从地图上了解到，此处极其开阔，非常容易暴露。可是我别无选择，别的路线都会绕很多弯路，久则生变。唯一的方案就是尽量模仿本地人的步态，大模大样地从那里穿过。当然，最好不要遇到那些追我的人。

很明显，这次追击是有组织、成规模的，但究竟为何，我困惑难解。城里的氛围似乎不太对，不过我逃跑的消息应该还没有传开。当务之急是尽快从华盛顿街转移到南边的其他街上，倘若他们发现了我在老房子里留下的脚印，很快就会追来。

果然如我所料，路口开阔而明朗，中间是一圈围着铁栅栏的废弃绿化带。谢天谢地，附近没有任何人影，只是从中心广场传来的嘈杂声更大了。南街非常宽阔，一路向下直通海边，站在街上就能看见海面。我在明亮的月光下穿过南街，祈祷不会被人看到。

我横穿街道并未遇到麻烦，也没听见脚步声。我环顾四周，不觉放慢脚步，望向大海。

街道尽头，大海在清冽的月光下一片苍茫。在大堤之外的远处，阴森的恶魔礁隐约可见，不禁让我想起自己一天之内听到的关于它的种种传说。在这些传说中，它被描绘成一条通道，通往不可思议的畸形和无可名状的恐怖。

就在这时，遥远的礁石上出现了一道明灭闪烁的光芒——非常显眼，我绝不会看错。顿时一股没来由的恐惧充斥着我的身体，肌肉瞬间绷紧，想要拔腿狂奔。但某种神秘的力量，如催眠般将我钉在原地。更糟糕的是，又一道光线从我身后东北方向的吉尔曼旅店发出。两道光以不同的频率闪烁，此起彼伏——毫无疑问，这是应答信号。

我尽量让自己放松下来，再次意识到自己很容易被人发现。于是继续假装蹒跚前行，只是稍微加快了速度。但只要还走在开阔的南街上，我的目光始终都落在那片毛骨悚然的礁石上。信号究竟是怎么回事呢？是恶魔礁上正在举行某种仪式吗？还是说有人已经登上了那块礁石？我转向废弃绿化带的左边，眼睛死死盯着溶溶月色之下波光粼粼的大海，那莫名而可疑的神秘信号，仍在不停闪烁。

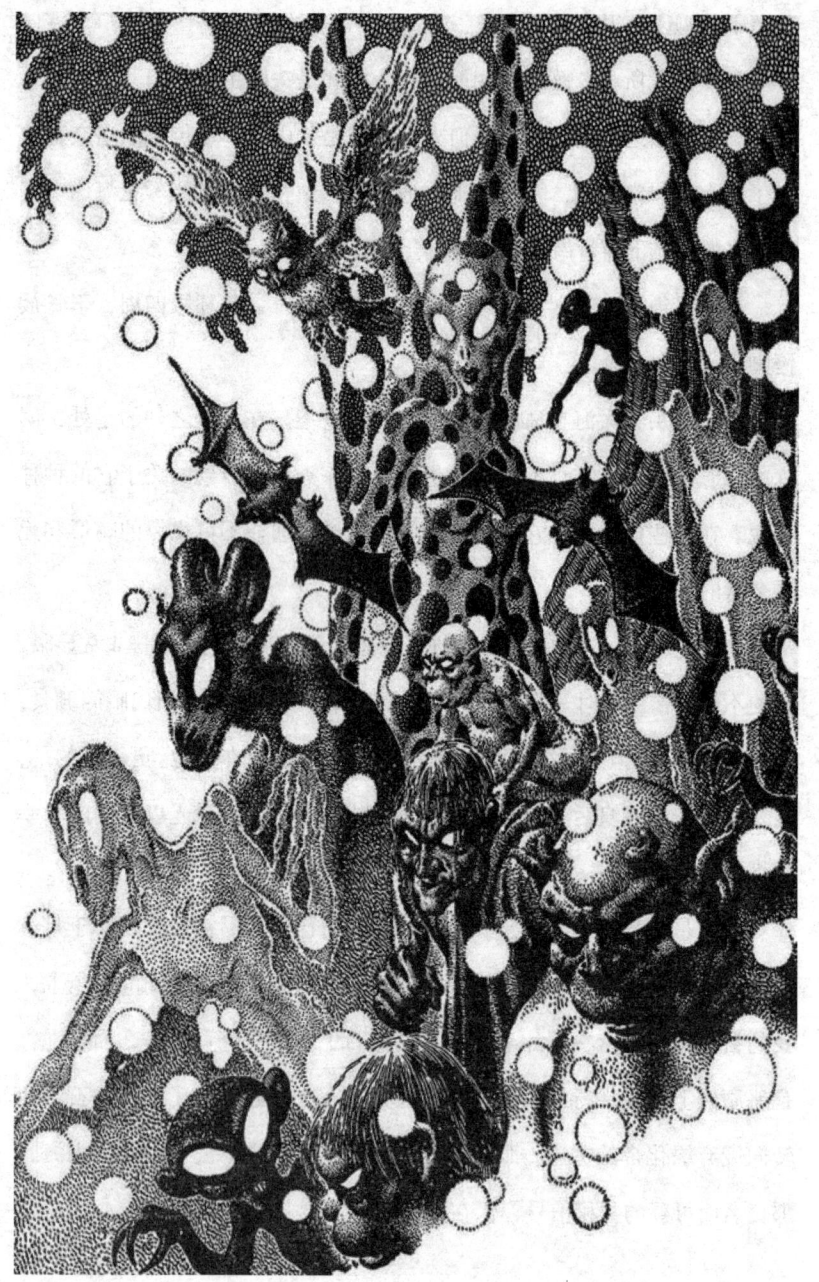

忽然，可怕的一幕闯入我的双眼，摧毁了我最后的理智，让我疯狂地朝南狂奔。我跑过那些张着大嘴要吞噬我的黑色门洞，跑过那些如死鱼眼般瞪视着我的窗户。

目光再次扫过海面时，我终于看清了，在礁石与海岸之间——那片月光照耀的海域里，并非空无一物。无数奇形怪状的生物，正争先恐后地游向小镇。即使距离如此之远，我也立刻就辨认出那些晃动的脑袋和挥舞的胳膊——不属于人类，无可名状，难以描述。

我只狂奔了一个街区就停了下来，因为我的左边传来了一些响动——像是有组织的追捕者发出的叫喊和喧闹。伴随着脚步声和嘶吼声，一辆隆隆作响的汽车，沿着联邦街，吭哧吭哧向南行驶。

刹那间，我改变了计划，显然向南的道路已被封死，我必须重新找到一条逃跑路线。我迅速躲进一间房子里，能在追击者沿着平行的街道逼近之前，离开那块月光透亮的空地，简直是太幸运了。

可转念一想，我就没那么镇定了。

既然他们沿着另一条街道赶来，显然不是直接冲我来的，而是有一个大致的计划，截断我所有的出逃之路。这么说来，出城的所有的道路，应该都有专人把守巡逻。既然如此，我只能绕开所有大路，通过荒无人烟的田野逃出去。可是印斯茅斯周围遍布沼泽和河流，怎样才能逃出去呢？强烈的绝望感和越来越浓重的鱼腥味，让我的脑子一片空白。

这时，我忽然想到了通往罗利的废弃铁路。它从河边废弃的火车站穿过荒野向西北延伸，镇上的人或许没想到这条路。因为它荆棘丛生，几乎无法通行，是逃跑者最不可能选择的路。

我曾从旅店的窗口看见过那条铁路，非常清楚它的走向。唯一的隐患是，从罗利公路和城中的高处，很容易就能看到它开始的那一段。不过，我可以试着从草丛中爬过去。这是我唯一的机会，无论如何都值得一试。

我再次拿出地图，借着手电开始研究路线。首要的问题是，如何才能走到那条古老的铁路上去。

最安全的路线应该是先去巴布森街，然后向西进入拉法耶街，贴着墙根溜过一片开阔地带，再沿着"之"字路线，向西北方向穿过拉法耶街、贝茨街、亚当街和紧贴河谷的河岸街，最终到达火车站。之所以选择巴布森街，是因为我既不想回头穿过那个开阔的路口，也不想沿着像南街一样宽阔的街道向西走。

重新上路，我穿到街道右侧，尽可能不引人注意地绕过巴布森街。联邦街的喧闹仍未平息，我向后瞥了一眼，看到在我刚刚藏身的屋子附近出现了一丝亮光。我着急离开华盛顿街，只好尽量无声地小跑起来，希望靠运气躲过监视者的目光。在巴布森街的拐角处，我警觉地发现一栋房子里竟然还有人居住，因为窗户上挂着窗帘。但房间里没有灯光，我小心翼翼地溜了过去。

巴布森街和联邦街的交会处，是最容易暴露的地方，所以我尽可能地贴着那些危房的墙根往前走。途中有两次，身后传来了喧闹声，我不得不躲进门洞暂避。正前方的空地，在月光下显得开阔而孤寂，好在我的计划并不需要从那里穿过。

第二次停下暂避时，我觉察到多了一种新声音。我战战兢兢地探头窥探，原来是一辆汽车穿过空地，沿着艾略特大街呼啸而去。那条街道与巴布森街和拉法耶街都有交集。

当张望四周的时候,我突然闻到了一股浓烈的鱼腥味。接着,我看到一群身形佝偻的身影,朝着车的方向摇摇晃晃走去。我猜这肯定是把守通向伊普斯威奇公路的人,因为艾略特街一直延伸向那条路。

人群里有两个身影穿着长袍,其中一个还戴着头冠——在月光下闪着阴森森的寒光。他怪异的步态让我感到一阵恶寒,因为他并不是在走,而是在跳。

等这群人消失在视野里,我才重新上路。我先飞奔到拉法耶街,又快速跨过艾略特街——以防有人来回巡逻。中心广场那边的动静越来越大,不过有惊无险。最大的恐惧还是在月光下重新走过宽阔的南街,还要看到南街尽头的海面——我必须鼓足勇气,才能完成这项考验。这里很容易被人发现,艾略特街上的每个人,都能轻而易举地看见我。最终,我放弃了小跑,继续模仿印斯茅斯本地人,放慢脚步,蹒跚而行。

海面再次在眼前展开——这次位于我的右侧,我本打定主意不去看它,但仍无法抗拒诱惑。只好一边摇晃着走向阴暗处,一边用余光扫视海上的情形。海上没有一艘大船,却有一艘小艇引起了我的注意。小艇上载着用蓬布覆盖的巨大物体,驶向废弃的码头。尽管相距甚远,但我仍能看得出划桨者面目丑恶。水里也隐约有几个游动的身影。

远处黑色的礁石上仍有微光闪烁,但跟之前明灭的信号光不太一样,我无法分辨它怪异的颜色。前面靠右边就是吉尔曼旅店,屋顶上漆黑一片,也没有任何光亮。刚才被风吹散的鱼腥味,此刻又聚拢在我周围,越发浓烈。

我还未来得及穿过大街，就听见前面传来了一阵嘟囔声，有一群人正沿着华盛顿街往南走，与我仅仅相距一个街区。月光之下，我看清了他们野兽一样畸形的面孔，像狗一样蜷缩着的身体。其中一个像类人猿一般，把长长的胳膊拖在地上。而另一个身穿教袍、戴着头冠的人，正蹦跳着前进。

我猜这就是我在旅店门前见到的那拨人，他们一直在紧紧追踪我。其中几个忽然向我这边看来，我几乎被吓呆了，但还是努力维持着那种闲散蹒跚的步态。直到今天，我都不知道他们有没有看见我——如果看见了，那说明我成功骗过了他们。他们并没有向我追来，而是继续朝前走，边走边发出那种我无法辨识但厌恶至极的嘟囔声。

再次走进街边阴暗处，我立即恢复了轻快的步伐，沿着街边颓败的房屋一路小跑，穿过向西的人行道，从最近的街角拐上贝茨街，贴着南侧的建筑物向前走。途中还经过了两幢可能有人居住的房子，其中一幢楼上的窗户还亮着灯，不过我并未遇到任何阻碍。

等转进亚当街时，我刚觉得有了点安全感，一个身影忽然从黑洞洞的门里冲了出来，狠狠地吓了我一大跳。但好在那只是个醉鬼，没有造成任何威胁。最终，我安然无恙地来到了河岸边的废旧仓库区。

河岸边的街道空寂无人，瀑布的轰响完美地掩盖了我的脚步声。从这里到火车站，我还需要小跑很长一段路。可不知为何，沿途高大的仓库砖墙，看起来似乎比之前那些破旧的私宅墙壁还要恐怖。

终于，我看见了那座古老的车站残留的废墟，径直冲向了铁轨。

铁轨锈蚀严重，但还算完整，只有一小部分枕木腐烂了。在这样的路面上，不论是走路还是奔跑，都十分困难。我尽力前行，花了不少时间。我先跟着铁轨沿峭壁走了一段，来到了那座长长的廊桥前。廊桥横跨河谷，高度令人眩晕。我接下来的命运，完全取决于这座桥——如果它能承载一个人的重量，我就可以从这里通过；否则，我就得冒险多穿过几条街道，前往最近的公路桥。

古老而宏伟的大桥，在月光下闪着幽灵般的光。面前几英尺内的枕木都完好无损，我走进廊桥，打开手电，差点被一群呼啸而出的蝙蝠撞翻在地。大约走到一半时，桥板上出现了一个巨大的缺口。几番犹豫后，我选择孤注一掷——幸运的是我跳了过去。

从廊桥可怕的通道出来，我从未觉得月光如此亲切。老铁轨水平穿过河街，延伸到荒野之中。印斯茅斯特有的恶心的鱼腥味变得越来越淡。从这里开始，茂密的野草和荆棘，成了我最大的阻碍，撕扯着我的衣服。尽管如此，我依然喜欢它们——万一有险情，它们就是最有效的藏身之所。毕竟这条路线有好长一段路都在罗利公路的视线范围内。

我继续往前走进了沼泽区。单线铁轨架在低矮的路基上，野草也稀疏了不少。接着就到了类似岛屿的高地，铁路穿过一处长满灌木和荆棘的洼地，浓密的遮挡物让我欣慰。根据之前在旅店的观察，我判断这里距离罗利公路相当近。罗利公路与铁轨在洼地的尽头交错，然后转向——在这之后才可能会安全些，但此刻我必须加倍小心。

不过现在完全可以确定，在废弃铁路一带，此刻的确无人把守。

进入洼地之前，我回头瞥了一眼，没有看到追踪者。在幻境般的黄色月光下，印斯茅斯古老而颓败的尖塔和屋顶闪烁着缥缈的幽光，让我不禁想象着在阴影降临前的旧日时光，此地是怎样一番景象。

然后，当我的视线从市区转向内陆时，一些不平静的景象，让我呆若木鸡。

我看见的——或者自以为看见的，是在南方远处一大片起伏不定的影子。据此我推断，必定有一大群人倾城而出，沿着前往伊普斯威奇的路行走。因为距离太远，我看不清细节，但那群人移动的样子让我莫名的厌恶，他们的身影起伏也过于夸张。

在西沉的月亮下，他们反射的光芒十分耀眼。尽管逆着风，我还是能隐约听到一些动静——那是野兽的抓挠和嘶吼，比之前听到的嘟囔声更加恐怖。

各种令人不快的想象从脑海里掠过，我想到传言中说的，那些变异最厉害的印斯茅斯人，都藏匿在海边破烂的贫民窟里。我还想到了那些从礁石向海岸游来的家伙，他们的身形简直无可名状。

我暗暗估算了一下，远处这批人加上在大街小巷围追堵截者，所有参与追击我的人数，对印斯茅斯这样一个人口稀疏的小镇来说，实在多到不可思议。

此刻我见到的这群人究竟从何而来？那些年久失修、无人问津的贫民窟里，的确藏匿着一些身体畸形、不为人知的生命吗？抑或有一艘大船，偷偷摸摸地将来历不明、成群结队的外来者送上了那片恐怖的礁石？他们是谁？他们为什么在这里？

刹那间，一个念头让我大惊失色——如果在前往伊普斯威奇的路上，是一群数量如此庞大的搜索者，那么在其他道路上，是否也有着相同数量的搜索者？

我在荆棘丛生的洼地里，以缓慢的速度挣扎前行。忽然，那该死的鱼腥味再次变得浓烈起来，难道是风向变了吗？紧接着，原本寂静的方向，传来了一连串用喉咙发出的可怕的咕哝声，其中还夹杂着一种巨大的脚掌拍打地面的声响。这些声音能唤起最令人战栗的怪异想象，也让我不自觉地想起前往伊普斯威奇的那群人。

臭味越来越浓，声音也越来越大。我战栗着停下脚步，幸好有繁茂的荆棘丛可以隐蔽。罗利公路就从此处开始靠近铁路，并在不远处交叉后向西延伸。我陡然觉得，有东西正沿着罗利公路向我走来。看来我必须得趴在地上，等他们过去并彻底消失之后再起来。

谢天谢地，这帮人没有带狗，不过鱼腥味这么浓，有狗也没办法。我蜷缩在草丛里，心知搜索者正在前方一百码处穿过铁路。我能看见他们，不过他们看不到我——除非命运决定抛弃我。

想到他们将从面前经过，我不禁感到一阵恐惧。月光之下，我紧盯着他们将要经过的地方，竟然没来由地觉得，那里已被玷污。他们可能是印斯茅斯人中最糟糕的那种，是人们见过之后只想忘记的那种。

恶臭浓郁得令人作呕，那些嘶哑的号叫声全然不像人类的声音。这些真的是追踪我的人发出的声音吗？他们究竟有没有带狗？迄今为止，我还没有在印斯茅斯见过家畜。那啪嗒的脚步声简直可怖，我一点也不想看到发出这种声音的堕落生物。

我想我会闭着眼，直到那些声音彻底在西边消失。他们离我仅咫尺之遥，空气里弥漫着恶臭和嘶吼，地面也随着他们的脚步而颤抖。我几乎无法呼吸，用全部的意志力，迫使自己不要睁开眼睛。

我说不准接下来发生的事，究竟是丑恶的现实还是疯狂的幻象。在我的大力呼吁下，政府采取的行动，或许能说明这是可怕的现实。但或许这座阴影笼罩的诡异古镇，会散发一种近乎催眠的魔力，让可怕的幻觉一再出现呢？

这样的地方总蕴藏着一种神奇的特质：置身于那些恶臭弥漫的死寂街道，被腐烂而拥挤的屋顶和坍塌的尖顶围绕，那些疯狂的古老传说或许会使许多人产生幻觉。抑或是有某种能传播疯癫的病毒，潜伏在印斯茅斯的阴影之中。

听过老扎多克·艾伦讲述的故事之后，还有谁能分清现实和臆想呢？政府一直未能找到扎多克，最终不了了之。究竟要如何才能从疯狂中脱身，返回现实呢？难道我近来的恐惧，只是虚妄的幻想吗？

但我必须说出那晚我在黄色的月光之下所看到的一切。当时我蜷缩在洼地的荆棘丛里，罗利公路上跳跃的东西清晰可见。不得不说，我尝试闭眼的努力失败了。这种失败是必然的——有一大群来历不明的东西胡乱叫着，在你面前不到一百码的地方扑腾跳跃，有谁能强忍着好奇心闭目塞听呢？

我以为自己已经做好了最坏的打算，毕竟之前追击我的都是可憎的畸形生物，再看一次又有何妨呢？于是，当听到前方传来喧闹声时，我猛然睁开了双眼。因为我知道，它们穿过公路和铁路的交叉处，还有很长一段路要走。我再也无法克制冲动，不管月光会向我呈现多么恐怖的景象，我都要看一看。

我看到了末日。

从今往后，只要我还活在这个星球上，我就永远无法保持内心的平静，永远无法信任自然和人性。与我亲眼目睹的地狱相比，我的想象实在过于匮乏——就算融合了扎多克所有的故事，也比不上眼前那亵渎神明的景象。

我如此拐弯抹角地做这些铺垫，只是为了拖延用文字描述它们带给我的恐惧。这颗星球真的能孕育出如此可怖的邪恶生物吗？这难道不是只有在高烧的幻觉和离奇的传说中才存在的东西吗？它们怎么会如此活生生地出现在我眼前？

然而，我看见了，它们就在我眼前奔腾、跳跃、嘶吼、咆哮，以非人之姿，在幽魂般的月光下跳着噩梦般的魔鬼之舞。其中一些头戴高耸的头冠，另一些身着怪异的长袍。走在前面带路的那个，裹着黑色大衣和条纹长裤，如恐怖传说中的食尸鬼，高拱着后背；本该是脑袋的位置，长着一个奇形怪状的东西，扣着一顶男式毡帽。

它们的身体主要呈灰绿色，腹部发白。身体看上去黏糊糊、滑溜溜的，后背长有鳞片。它们的模样隐约有人猿的特征，脑袋却像鱼类，瞪着巨大鼓胀、永不闭合的眼睛。颈部有颤动的腮，长长的脚爪之间生有蹼。它们胡乱蹦跳着，有时两腿着地，有时四肢发力——还好没有更多的肢体。它们声音嘶哑，像狗一样乱叫——但很显然是一种语言，传递着那呆傻的面孔无法表达的阴暗信息。

可是，尽管它们的相貌邪恶可怕，对我来说却并不陌生。我非常清楚它们是什么，毕竟我在纽伯里波特见到的那个头冠依然历历在目。它们就是头冠上那些无可名状的图案描绘的渎神的怪物,像鱼又像蛙,鲜活又恐怖。我立刻明白了在黑色教堂见到那个戴着头冠的祭司时,自己为何会如此惊恐。这些生物的数量,远超我的想象,似乎无穷无尽,而我看到的这些只是它们的一小部分。

转瞬之间,仁慈的上帝让我晕厥,让我眼前的一切灰飞烟灭。这也是我平生头一次晕倒。

五

天亮后,我从蒙蒙细雨中醒来,发现自己躺在铁轨旁荆棘丛生的洼地里。我挣扎着爬起来,泥泞的路面上没有了脚印,鱼腥味早已消散,到处弥漫着雨后泥土的芬芳。印斯茅斯破败的屋顶和坍塌的高塔,在东南方隐约可见,宛如阴影。荒凉的盐沼里,没有一丝生机。我的手表还在走,时间已是午后。

对昨晚的事,我仍茫然不解,但我能觉察到那背后潜藏着让人毛骨悚然的事物。我必须离开这里,离开阴影笼罩的印斯茅斯。手脚已累到痉挛,我尝试着活动了一下。尽管精疲力竭、饥肠辘辘,但休息片刻之后,我还是挣扎着起身,沿着泥泞的道路,深一脚浅一脚地朝着罗利的方向走去。

入夜之前,我才赶到一个村庄。在那里,我蹭了顿热饭,又借到一身像样的衣物,连夜搭车去了阿卡姆。第二天,我花了很长的时间,向当地政府官员作了报告——后来在波士顿我也做了相同的事。

报告的结果，如今大家已耳熟能详。

为了能恢复正常生活，我不想再多说什么了。或许是疯狂正在侵蚀我，但也许是一些更恐怖——或更神奇的事正等待着我。

可以想象，我取消了原定行程中的大部分计划——拜谒名胜古迹和考察建筑物，也不敢去密斯卡托尼克大学参观博物馆里收藏的怪异首饰。不过，在阿卡姆逗留期间，我搜集了一些族谱资料，总算没有虚度光阴。由于时间仓促，收集到的资料内容十分粗糙，如果以后有空核实整理出来，肯定能派上大用处。

当地历史学会的馆长是 B. 拉普汉姆·皮博迪先生，他非常客气地向我提供了帮助。得知我的外祖母是阿卡姆的伊丽莎·奥恩，他兴致盎然。许多年前，我的一个舅舅也曾来到阿卡姆寻根问祖，而我外祖母的家族曾是当地人爱闲谈的话题。伊丽莎生于 1867 年，十七岁时嫁给了俄亥俄州的詹姆斯·威廉姆森。

皮博迪说，她的父亲本杰明·奥恩，在内战结束后不久迎娶了一个女人——此事被人议论纷纷，因为新娘家世成谜。据说，新娘是新罕布什尔州的马什家族的遗孤，与埃塞克斯县的马什家族是表亲。但她一直在法国念书，对自己的家族知之甚少。她有一位监护人，一直通过波士顿的一家银行给她汇款，供她和她的法国家庭教师生活。但当地没人听过那位监护人的名字，而且那人很快就失踪了。因此根据法院判决，那位女教师获得了她的监护权。这位法国女士早已离世，她生前沉默寡言，据说知道很多内幕，但不喜欢多嘴。

最让人困惑的是，这位新娘在文件上登记的父母，是新罕布什尔州的伊诺克·马什和莉迪亚·马什，可是在新罕布什尔州的名门望族里，却找不到这两个人。许多人猜测，她可能是马什家族某位显赫人物的私生女,因为她确实长着一双典型的马什家族的眼睛。

红颜薄命,在生下我的外祖母之后不久,她就去世了,很多谜团都随着她的早逝而烟消云散。

我对马什这个姓氏没什么好印象,因此得知它也写在我的族谱里时,心里难免有些不舒服;而当皮博迪说我也有一双马什家族的眼睛时,心里更为不悦。不过我很感激他帮我收集到这些重要的资料。此外,奥恩家族档案齐全,我做了大量笔记,并抄录了相关的书单。

我从波士顿直接返回托莱多[66]的家中,接着又去莫米[67]休养了一个月。9月,我回到欧柏林学院[68],完成了最后一个学年。一直到第二年6月,我都忙于学业,积极参加各种活动。只有在政府官员偶尔来找我,谈到我之前的请求和业已开始的清理行动,我才会想起那段恐怖的经历。

大约7月中旬——也就是印斯茅斯之旅一年之后,我前往克利夫兰市,与我已故的母亲的家人共度了一周。在那里,我查看了一些旧笔记、资料和家传之物,并与我新搜集到的家族资料作了比对,尝试绘出一个家族图谱。

我并不喜欢这么做。因为威廉姆森家族气氛压抑,总给人病恹恹的感觉。小时候,母亲从来不让我去看望她的父母,但每当外祖父来托莱多看我们时,母亲都会热烈地欢迎他。

外祖母总给我一种怪异而可怕的感觉,所以她后来的失踪并未让我感到伤心。当时我只有八岁,听说她是在我的舅舅道格拉斯——也就是她的长子自杀后,悲痛欲绝才离家出走的,从此杳无音信。舅舅是在游历新英格兰之后饮弹自尽的,正是那趟旅程,让阿卡姆的历史学会留下

---

[66] 美国俄亥俄州第三大城市、著名的美国"五大湖"区港口城市。
[67] 美国俄亥俄州卢卡斯县的一个城市,也是莫米河沿岸托莱多市的一个郊区。
[68] 美国最好的文理学院之一,位于俄亥俄州克利夫兰西南三十五英里处一座宁静的小镇。

了他的名字。

我也不喜欢道格拉斯舅舅，因为他的相貌酷似外祖母，都瞪着大眼、目光呆滞、从不眨动，让我有一种没来由的紧张和惶恐。而我母亲和沃尔特舅舅则不会这样，他们更像我的外祖父。不过，沃尔特舅舅的儿子——我的表哥劳伦斯，几乎是他祖母的翻版。他后来出了些问题，被送进坎顿市的疗养院隐居休养。我有四年没见过他了，沃尔特舅舅曾暗示过他的身心状况都非常糟糕，这或许也是他的母亲在两年前去世的主要原因。

如今，在克利夫兰市的房子里，只住着外祖父和沃尔特舅舅。不过因为旧日的记忆，我仍然不喜欢这里，只想尽快结束研究，早些离开。外祖父向我提供了大量的威廉姆森家族的档案，而奥恩家族的信息则要依赖沃尔特舅舅，他将所有的资料都拿了给我——包括笔记、书信、剪报、家传之物、相片以及微缩图片，供我随意翻阅。

正是在翻阅这些信件和照片的时候，我开始对自己的祖先产生了恐惧。我从小就不喜欢外祖母和道格拉斯舅舅，如今过去这么多年，再看到他们的照片，仍有一种强烈的厌恶和抗拒。一开始，我并不理解这种感觉从何而来，但渐渐地，我不由自主地把他们和某些东西进行了对比。尽管我拒绝承认这种对比，甚至不愿往那方面去怀疑，但从他们脸上的典型神情里，我辨认出一些秘而不露的信息——越是细想，越是泛起无尽的恐慌。

然而，当沃尔特舅舅带我去看奥恩家的珠宝时，我才真的被吓坏了。它们存放在市中心的金库里，十分精美。其中有一盒老物件，是从神秘的外曾祖母那里传下来的,舅舅不太想让我看。他说那些首饰十分怪异,会让人觉得厌恶。据他所知,从未有人当众佩戴过,但外祖母却十分迷恋它们。一些含混传言说这些首饰会带来厄运。外曾祖母的法国家庭教师也曾说过,如果只是在欧洲佩戴倒是没什么问题,但千万不能在新英格兰地区佩戴。

在我的强烈要求下,舅舅不情愿地打开了盒子,并反复叮嘱我不要被吓到。他说,盒子里有两个臂环、一顶冠饰和一枚胸针,胸针上雕刻着常人无法忍受的图案。一些见过它们的艺术家和考古学家,都赞叹其精美,却无人能识别其材质及其所属的艺术风格。

舅舅向我介绍首饰时,我极力地克制着自己的情绪,但我的表情出卖了我。他赶紧停下手里的动作,关切地看着我。我示意他继续。最终,他勉强地打开了盒子。当第一件首饰——那顶王冠——出现时,他似乎很期待我的反应,但我的反应完全超出了他的意料。事实上,连我自己也没有预料到,我以为自己已经做好了准备,但是并没有。当时,我一声不吭地晕倒在地——正如一年前,我晕倒在那个荆棘丛生的铁轨洼地里。

从那天起,我的生活成了一场阴森可怖的噩梦,以至于无法分清哪些是丑恶的事实,哪些是疯狂的想象。我的外曾祖母是马什家族的一员,来历不明,与生活在阿卡姆的丈夫结了婚。我记得老扎多克告诉过我,奥贝德·马什与他的怪物妻子生下了一个女儿,通过一些花招嫁给了一个阿卡姆的男人。老酒鬼还说,我的眼睛和奥贝德的很像,这意味着什么?而阿卡姆的历史协会的馆长也说过同样的话。难道奥贝德·马什是我的外曾曾祖父吗？那我的外曾曾祖母是谁，或者说，是什么东西？

不过，这一切也许只是我的疯狂想象罢了。那些首饰很可能是我外曾祖母的父亲，从某个印斯茅斯的船员手里买来的。而外祖母和她长子神情呆滞的脸，也许只是我内心的想象在作祟。而这些想象，显然受到了印斯茅斯阴影的影响。但为什么道格拉斯舅舅会在新英格兰的寻根之旅之后开枪自杀呢？

在接下来的两年里，我一直竭力摆脱这些想法，但收效甚微。父亲为我谋了一份在保险公司的差事，我尽量让自己保持忙碌以免胡思乱想。然而，在1930年到1931年的冬天，噩梦开始了。起初，梦很少，也很含混。但几周之后，梦变得越来越频繁，也越来越清晰。我看到在一片广袤的水域里，我与一群奇形怪状的鱼，徜徉在海底有着巨大的廊柱和长满水草的石墙的迷宫里。随后，另一些身影开始浮现。惊醒之后，我总有一种无可名状的恐惧。可是在梦里，我却一点都不害怕。因为我就是它们之中的一个，穿着非人的服饰，沿着水底游走，在海底邪恶的神庙里进行可怕的祷告。

梦里的很多事，我都记不太清了。即便如此，倘若我每天早上醒来都把残留的记忆写下来，也足以让世人觉得我不是疯子就是天才。我觉得有一种可怕的能量，正将我从正常的世界拖向无法言说的黑暗深渊。它给我带来了严重影响，让我的健康状况和相貌持续恶化。到后来，我不得不辞职，像残疾人一样过着与世隔绝的生活。某些神经系统的疾病折磨着我，我发现自己有时闭不上眼睛。

就在这段时间，我开始注意自己的相貌，警觉于它一丝一毫的变化。

受疾病摧残的面容从来不会赏心悦目，但在我的病情背后，还隐藏着某些更微妙、更让人困惑的东西。我的父亲似乎也注意到了这些，因为他看我的眼神越来越奇怪，甚至有些恐惧。我究竟怎么了？难道我会变得和外祖母与道格拉斯舅舅一样吗？

一天晚上，我做了个可怕的梦。我梦见了我的外祖母，她住在海底一座壮丽巍峨的宫殿里。宫殿磷光闪闪，花园里满是奇异的鳞状珊瑚和怪诞的分叉晶霜。她对我十分热情，但热情里含着一丝嘲讽。她已完成了蜕变，变得跟其他在水里生活的人一样。她告诉我，她没有死，而是去了另一个地方。她死去的儿子知道那个地方，那本来也是他的宿命所归之处，但他用一支冒烟的手枪表明了自己的态度——他唾弃那里。那也将是我的归宿，是我无法逃避的命运。我将永生不死，与那些早在人类出现之前，就已盘踞在地球上的生物永远生活在一起。

我还见到了她的外祖母——普斯雅莉。八万年来，她一直住在伊哈斯雷，在奥贝德·马什死后，她又回到了这里。伊哈斯雷并没有被人类发射的死亡鱼雷摧毁，只是受到了一些破坏。深潜者永远无法被摧毁，就算是被遗忘的古老者的远古魔法，也只能偶尔镇压它们。而今它们暂且休养生息，不过总有一天——只要记忆还没有消失，它们就会按照伟大克苏鲁的意志再度崛起。下一次，它们将占据比印斯茅斯更大的城市。它们曾计划扩张，生育出大量能辅助它们的下一代，但是眼下它们仍需等待。

人类对伊哈斯雷的攻击因我而起，所以我必须赎罪，但惩罚并不严重。

在这个梦里，我第一见到了修格斯，那景象让我尖叫着从梦中惊醒。那天早上，镜子明确地告诉我，我已经有了"印斯茅斯相貌"。

直到现在，我也没有迈出格拉斯舅舅那一步。我买过一把枪，几乎就要饮弹自尽，但一些梦让我打消了念头。我的恐惧感正在消失，我发现自己并不害怕海底深渊，反而被它们深深吸引。

在梦里，我会听到怪声，也会做一些怪事，但醒来后我会觉得兴奋而非恐惧。我甚至觉得自己并不需要等到完全变异，否则我会像我可怜的表哥那样，被父亲关进疗养院。

前所未有的伟大荣耀，正在海底等待着我们，吾将欲行！

咿——呀，拉莱耶！克苏鲁·富坦！咿呀！不，我不能自杀——我生来不是为了自杀！

现在，我打算去坎顿市的疗养院把表哥救出来，然后一同前往被奇迹笼罩着的印斯茅斯。我们会游上那块礁岩，潜入水下的黑暗深渊，回到那耸立着壮丽宫殿和庞然石柱的伊哈斯雷。我们将在奇迹与荣光的护佑下，永远活在深潜者的世界里。

夜魔
The Haunter of the Dark

(1935年)

《夜魔》导读

1. 《夜魔》创作于 1935 年 11 月，1936 年 12 月发表在《诡丽幻谭》上。

2. 夜魔是三柱神之一奈亚拉托提普的化身之一，凭依着黑暗，有黑色翅膀、赤色三瓣眼。但在《夜魔》中并未确定无疑地说出夜魔就是奈亚拉托提普的化身。

3. 夜魔喜黑怕光，能通过闪耀的偏方三八面体被召唤，所以金属盒子必须一直保持打开的状态，才能将夜魔封印。

4. 小说主人公罗伯特·布雷克之名取自小说家罗伯特·布洛克。布洛克是洛夫克拉夫特的读者，1933 年，十五岁的布洛克开始与洛通信，后来成为他圈子中的一员，并在他的引导下，开始创作怪奇小说。

5. 1935 年，布洛克以洛为原型，创作了《来自星际的怪物》，并在书中将他写死。不过该行为事先得到了洛正式的书面许可，并以《死灵之书》的作者、《伊波恩之书》的译者和冷原上的丘丘人喇嘛之名联署证明。

6. 没过多久，洛就投桃报李写了《夜魔》回敬，并在小说中写死了主人公罗伯特·布雷克。

7. 布洛克续写《夜魔》的小说《尖塔幽灵》，才确定了夜魔的身份就是奈亚拉托提普。这部小说还创造了另一个著名的梗：被夜魔夺舍的医生影响了爱因斯坦，最终促成了核武器的诞生。

8. 《夜魔》是洛生前最后的克鲁苏神话作品，文中主人公的寓所，就是洛生前的住所。此文发表三个月后，他因癌症病逝。

9. 洛夫克拉夫特，1890 年 8 月 20 日生于美国罗德岛州普罗维登斯，1937 年 3 月 15 日因肠癌在普罗维登斯离世。他去世四十年之后，粉丝为其立碑，并刻上双关语碑文：I'm Providence——我是普罗维登斯人士——吾乃天命之人。

> 我看见黑暗的宇宙玄黄翻覆,
> 黑暗的星球在其中盲目滚动——
> 它们在未知的恐惧中旋转不休,
> 茫然无知,无光亦无名。
>
> ——涅墨西斯

大家普遍认为,罗伯特·布雷克死于雷击或过度惊吓,严谨的调查人员不会贸然否认这个结论。虽然布雷克面前的窗户完好无损,但谁又敢轻视大自然的神奇威力呢?很显然,他那扭曲的面部肌肉,应该是未知的强大外力所致,而非看到了什么令人惊愕的景象。

从死者的日记来看,他受当地的迷信和他在无意间发现的陈年旧事影响,产生了许多荒诞不经的联想。至于联邦山上那座废弃教堂里发生的异象,精明的分析者将其归咎于有人故意用巧合来混淆是非。

但布雷克和其中一些东西,必然有某种神秘的关联。

他是一位作家兼画家,致力于神话、梦幻、恐怖和神秘主义研究,对灵异鬼怪现象十分痴迷。他早年居住在城里,拜访过一个与他有同样癖好的怪老头，老头最终死于离奇的火灾。布雷克无疑是出于某种病态的本能，才离开了故乡密尔沃基。他或许掌握了一些古老的秘闻——尽管他在日记中矢口否认，但他的死可能让某些企图轰动文学界的骗局胎死腹中。

尽管如此，有几个人研究相关证据后，仍然坚持某些违背常识和理性的推论。他们倾向于相信布雷克的日记，并指出了几个尤其值得注意的事实：关于老教堂的记载颇为可信；在1877年以前，的确有过一个叫"星宿智慧"的神秘教派；调查记者埃德温·M.李利布里奇，也的确在1893年失踪；而最值得重视的，是这位年轻作家去世时，脸上惊恐到扭曲的表情。

有一位质疑者走了极端，他将在老教堂顶上发现的一枚造型奇异的石头，连同装饰古怪的金属外盒一并扔进了海湾。根据布雷克的日记记录，它们应该在钟楼里，而不是在黑暗的教堂尖顶里。扔掉它们的是当地的一位名医，他热爱钻研神秘事物。尽管他的行为受到多方谴责，但他坚称自己为人类除掉了某种不该存在的危险之物。

至于读者倾向于哪一方，则需要自行判断。

本文站在怀疑的角度，客观交代诸多确凿证据，只待旁人根据罗伯特·布雷克看到的——或是他自以为看到的——抑或他诡称自己看到的，勾勒出整件事情的轮廓。

现在，且让我们不掺杂主观倾向和个人情绪，客观冷静地研究这本日记，并从他详尽的描述中理清此事的隐秘脉络。

1934至1935年的冬天，年轻的布雷克回到普罗维登斯，暂居在一座古宅的楼上，古宅位于东山顶上学院街旁的一个古老庭院里。这里绿草如茵，距离布朗大学不远，对面是花岗岩修砌的约翰·海图书馆，周围环境舒适安逸，宛如古典乡村的花园。园中几只圆润慵懒、憨态可掬的猫咪，趴在低矮的屋顶上晒太阳。

这是一座典型的乔治亚风格建筑，对称周正，有着通风的屋顶、扇形雕饰的古典门厅、小方格的窗户。其他19世纪早期建筑风格，也都在这座建筑里有所体现。

房间内有六格镶板门、宽幅木地板、殖民时期的旋转楼梯和亚当风格的白色壁炉架，后面的房间比屋里的普通房间低了三个台阶。

西南方向的大房间是布雷克的书房，可以正面俯瞰整座花园。向西的窗前摆着书桌，窗前可以眺望远处连绵的屋顶和落日时瑰丽的晚霞。远处的地平线上则是开阔的乡间紫色山坡。两英里外，是山坡映衬下的联邦山幽灵般的峰峦。林立的屋顶和塔尖紧紧挨着，轮廓在余晖的映照下摇曳不定，当城里炊烟袅袅、缭绕其间时，会出现一种似真似幻的神奇景象。

布雷克总有一种幻觉，自己面对的仿佛是一个虚无缥缈的未知世界，若自己贸然前去探寻，那个世界也许会就此消失。

他让家人把大部分藏书寄到新家，又购置了一些风格相符的古董家具，安顿下来后，就开始写作和画画。他独自居住，自己操持简单的家务。

画室位于北侧阁楼，采光良好的屋顶能供应充足的光线。当年冬天，他就写出了自己最知名的五个短篇——《地下挖掘者》《通往墓穴的阶梯》《夏盖》《在纳特的山谷中》和《来自群星的欢宴者》。

另外，他还画了七幅油画，描绘了一些莫名的非人怪物和一些绝非人间的异象。

黄昏时分，布雷克经常坐在书桌前，神思恍惚地遥望西面的风景。正下方是纪念堂的黑色塔楼、乔治亚风格的市政厅、城中心高耸的钟楼，远处是尖塔环绕的明亮山丘，那些不知名的街道和迷宫般的山墙总让他浮想联翩。

　　当地为数不多的熟人告诉他，远处那片开阔的山坡是意大利人的聚居区，不过大多数房子都是以前北方佬和爱尔兰人留下来的。布雷克常常用望远镜眺望雾霭背后遥不可及的诡异世界，努力辨认出某个屋顶、烟囱或者塔尖，猜测隐藏在它们背后的故事。虽然借助了望远镜，但联邦山依然陌生而不可思议——与他的小说或画作中虚无缥缈的意象倒有几分神似。

　　直到夕阳西下，山丘的轮廓缓缓消失在灯火阑珊的紫罗兰色暮霭里，市政厅的泛光灯和工业信托的红色灯塔依次点亮，给夜色抹上了妖异的浓妆；那种感觉依然萦绕在布雷克的脑海里，久久无法消逝。

　　布雷克最痴迷的，莫过于联邦山上那座高大的黑色教堂，一天中的某些时刻，它显得尤为清晰。日落时分，绚烂的晚霞会映衬出教堂巍峨的黑色身影。

　　教堂坐落在高处，正面肮脏不堪。倾斜的屋顶和开有尖顶窗户的北墙，耸立在周围的屋脊和烟囱之上。

　　教堂应该是石砌建筑，煤烟和风雨一百多年的侵蚀，让它显得格外冷峻。从窗户造型来看，它属于哥特复兴初期的实验性风格，比庄严的厄普约翰时期更早；但从线条和比例看来，也保留了一些乔治亚风格。它大约建于1810年至1815年。

　　几个月过去，布雷克对那座阴森建筑物的兴趣与日俱增。那些高大的窗户从未亮灯，看来教堂已经荒废。

他观察得越久，越浮想联翩。后来，他开始生出一些古怪的幻想，竟然相信教堂上空笼罩着一股怪异的荒芜气息，以至于鸽群和燕子都不愿靠近。通过望远镜，他看到有一大群飞鸟在周围的高塔和钟楼上栖息，却唯独不在教堂漆黑的屋檐下落脚。至少布雷克自己是这么认为的，他还写在了日记里。

他曾向朋友们打听教堂的情况，但没有人去过联邦山，对教堂更是一无所知。

到了春天，布雷克开始躁动不安，他已开始动笔创作那部酝酿已久的小说。主人公是缅因州猎杀女巫运动的幸存者，但不知为何，他竟然写不下去了。文思枯竭，他就枯坐在西窗下，凝望着远方的山丘和黑色塔尖。春风送暖，万象更新，花园里的树木抽出嫩芽，整个世界生机盎然。然而，布雷克却坐立难安，他头一次生出念头，自己要穿过城市，爬上山坡，看一眼那个雾霭缭绕的梦幻之地。

4月底，在历来就带灵异色彩的五朔节前夕，布雷克第一次踏入了未知世界。他沿着漫无尽头的街道和荒凉萧瑟的广场，艰难跋涉，终于走上通往高处的大道。

历经沧桑的古老台阶、多立克柱式的下沉门廊、沉闷的钟塔穹顶，让布雷克深信此路通向雾霭后那自己熟识却从未涉足的世界。

斑驳的蓝白色的路牌，对他来说毫无意义。他注意到，那些面容黝黑的行人、雨打风吹数十年的褐色建筑群，以及挂着陌生文字招牌的古怪小商铺，与他在望远镜里看到的景象大相径庭。因此他越发坚信，自己眺望的联邦山，是一个活人无法涉足的缥缈世界。

一路上，布雷克不时看到破败的塔楼大门、危如累卵的尖塔，但都不是他寻觅的黑色老教堂。他向一位商铺老板问路，对方尽管能说一口流利的英语，却只是笑而不语。越往高处走，周围的景象越怪异。曲折的黑色小巷宛若迷宫，一直向南方延伸。

他穿过了两三条宽阔的大街，其间有一次，他觉得自己看见了那座教堂，于是再一次向街边的店主询问。他明显感觉到对方在撒谎，那人黝黑的脸上满是无法掩饰的恐惧，还用右手比画着奇怪的手势。

忽然，他的左侧出现了一座黑色的尖塔，它耸立在阴云密布的天空之下，俯视着街道两旁鳞次栉比的褐色屋顶。

布雷克一眼就认出了它，他三步并作两步，穿过崎岖不堪的肮脏小巷，朝它奔去。途中他两次迷路，但不知为何，他不敢再向路边的老者、门阶上的主妇甚至玩泥巴的儿童问路。

终于，他看见一座庞大而阴森的石头建筑，在街巷尽头拔地而起。此刻，他站在一个宽敞的广场上，地面铺设着精巧的鹅卵石，而不远处的高墙就是他一直寻找的地方。

高墙之内，是一个与世隔绝的世界。那里杂草丛生，四周围着铁栅栏，比地面足足高出六英尺。

尽管这是布雷克第一次直面它，但毫无疑问，这就是那座他心心念念的大教堂。

教堂年久失修，部分墙壁已经坍塌，几处精美的装饰也已淹没在荒草丛中。石质窗棂大都已经脱落，但被煤烟熏黑的哥特式高窗还基本完好。考虑到天下的男孩都有着我们熟知的某种共同癖好，真不知道这些暗淡的彩绘玻璃为何还能保存得如此完好。

高大的铁门紧闭，看起来没有受到破坏。在高墙的顶端，锈迹斑斑的铁栅栏环绕着那片空地。广场上有一段台阶通向栅栏，台阶尽头是一扇铁门，门上挂着大铁锁。从铁门到教堂的小径，已被疯狂生长的杂草淹没。荒凉和腐朽仿佛一块巨大的蒙棺布笼罩着这里，没有一只鸟在屋檐下筑巢，没有一株藤蔓植物敢攀上高墙，这让布雷克感到了一种无可名状的邪恶。

　　广场上人迹寥寥，布雷克看到北侧有一名警察，便走过去打听有关教堂的消息。那是一位健壮的爱尔兰人，奇怪的是，面对布雷克的询问，他只是在胸口画着十字，并小声地告诉布雷克，当地没有人愿意谈起这座教堂。布雷克不断追问，他才匆忙地说，有一位意大利牧师告诫大家不要靠近那里——因为有个邪灵曾居住在此，并且留下了自己的印记。警察说自己的父亲至今还记得儿时听到的种种怪异的声音和可怕的谣传。

　　曾有一个非法的神秘教派，从暗夜深渊里召唤出可怕的东西，据说只有最虔诚的牧师，才能驱逐那些邪魔。不过也有人说，只要有光明就能震慑它们。如果奥马利神父还活着，他肯定能告诉你更多，但现在秘密被永久封存，谁也无从知晓。它的知情者，不是死了，就是远走他乡。1877年，人们发现左邻右舍经常有人失踪，随后就出现了一些耸人听闻的谣言，当地人像受惊的老鼠四散逃离。房产没有了主人，市政府早晚会来接管，可无论是谁，但凡接触过这个教堂，就没有好下场。最好的办法就是置之不理，让无情的岁月来摧毁这座建筑，免得又惊扰到那本该长眠于黑暗深渊中的东西。

　　警察离开后，布雷克站在原地，呆呆地看着那座阴森的尖顶教堂。

他内心非常兴奋，原来有很多人跟他一样觉察到了这座教堂的邪气。他不禁开始思索警察所说的故事里有几分是真实的，说不定是当地人因其阴森的外观而杜撰的传说。但即便如此，它们就像是他写的一个故事忽然变成了现实。

午后的阳光从云中探出头，却似乎无力照亮教堂高耸的肮脏外墙。说来也怪，就连春天都没能把铁栅栏围着的枯草染绿。布雷克靠近教堂，仔细查看围墙和栅栏，试图找到一个入口。这座漆黑的神殿似乎有着某种令人难以抵御的诱惑力，正在吸引他进去。

阶梯上方的栅栏没有入口，好在北边缺了几根栏杆。布雷克登上台阶，沿着栅栏外侧狭窄的边缘走到缺口处。既然附近的人都惧怕这里，那么一定不会有人阻拦自己。

趁人不注意，布雷克闪进了栅栏。他悄悄回望，发现周围有几个人快步走开，同时用右手比画着奇怪的手势，跟之前那个店主的手势一模一样。有几扇窗户"砰"地关上了，一个胖女人冲到街上，将几个孩子拽回一栋未经粉刷的破房子中。

栅栏上的洞很容易通过，不一会儿，他就身处废弃的院子里，在腐败纠缠的杂草丛中艰难穿行。草丛里散落着一些破败的墓碑，提醒着布雷克这里是一处古老的墓园。走近后，教堂庞然的身影让他感到十分压抑，但他克服了不安的情绪，走到教堂正面，尝试推开那三扇大门。

门锁得紧紧的，他只好沿着教堂的外墙转圈，希望能找到一个更小也更方便的入口。即便是此刻，布雷克也不能确定自己是否真的想进入这个阴影笼罩的荒芜诡异之地，但有一股古怪的力量指引着他前行。

教堂后面有一扇没有任何防护措施的地下室窗户大敞着，为布雷克提供了入口。他向里边窥视,繁密的蛛网和厚厚的灰尘在夕照下发出晦暗的光。杂物、旧木桶、破损的箱子和各式各样的家具上,都积满了灰尘,原本分明的轮廓变得模糊。暖气锅炉锈迹斑斑的残骸说明直到维多利亚时期,这里仍有人居住和使用。

布雷克毫不迟疑地爬进了窗户,跳落在积满灰尘和瓦砾的水泥地板上。地下室非常开阔,没有任何隔断。他看见右侧屋角的阴影里,有一条通往楼上的拱道。置身于这座庞大而阴森的建筑物内,他有一种强烈的恐慌,但他尽力克制情绪,继续到处搜索。

在沉积的灰尘中间,他找到一个还算完好的木桶,将它滚到进来的窗下,以便离开时使用。随后他鼓起勇气,穿过挂满蛛网的宽阔房间,走向那道拱门。无处不在的灰尘让他窒息,鬼魅般的蛛网挂满他全身,他终于走到拱门前,沿着破旧的台阶走进无边的黑暗。

他没有照明工具,只能靠双手摸索。一个急转弯之后,他摸到了一扇紧闭的门。他继续摸索,终于找到了门闩。门向内打开,进去之后他看见一条幽暗的走廊,两侧的镶板已遭虫蛀。

来到教堂一层,布雷克立刻开始探索。里面的门都是开着的,他能随意在各个房间来回穿梭。巨大的中殿阴森可怖,箱式长凳、祭台、讲道坛和共鸣板上的灰尘堆积如山,走廊的拱梁上悬挂着一张张巨大的蛛网,哥特式立柱也被密不透风的蛛丝纠缠着。

夕阳通过拱形大窗上漆黑怪异的窗格,将铅灰色的、可怕的光线,投射在这片颓败与死寂之地上。

窗户上的彩绘被烟熏得模糊不清,布雷克无法辨认画的内容,但就依稀可见的线条而言,他觉得自己并不喜欢。根据自己对晦涩的象征主义的一些理解，他推断这些图案都十分传统，描绘的应该是某些古老的主题。画上仅有的几幅圣徒像，看起来都非常丑陋。其中一扇窗户上描绘的是一个黑暗空间，里面散落着一些螺旋状的发光体，莫名地诡异。

布莱克转过身来，猛然意识到圣坛上那结满蛛网的十字架并不寻常，它更像是原始的T形十字章符号[69]，或者古埃及黑暗时期的一种头部有圆环的安卡架[70]。

教堂半圆形的后殿是一间法衣室，里面有一张腐朽的书桌和高达天花板的书架，书架上堆满了发霉散架的书籍。单单是书名，就让布雷克第一次感觉到了实实在在的恐惧。那都是些被封禁的黑暗书籍，绝大多数普通人闻所未闻——或者只在隐秘的传言中才有所耳闻。书里记录着被诅咒的秘密和古老晦涩的仪式，它们沿着时间的长河，从人类文明的早期——甚至是人类出现以前的混沌时代，流传至今。

布雷克之前读过其中的一些书，比如让人厌恶的拉丁文版《死灵之书》、邪恶的《伊波恩之书》、埃雷特伯爵臭名昭著的《食尸邪典》、冯·容兹的《无名祭祀之书》以及老路德维希·普林的那本可怕的《蛆虫的秘密》。而另一些书就连布雷克也未曾听闻，比如《纳克特抄本》和《德基安之书》。还有一本已经朽烂的书籍，上面满是无法辨认的字符。不过热衷于神秘学研究的布雷克，还是认出了书里的一些符号和图画，这让他心惊肉跳。很明显，本地那些关于恶魔的传言并非空穴来风，这里的确曾祭拜过一个邪灵——它比人类更古老，比宇宙更深远。

朽烂的书桌上放着一个皮革封面的笔记本，里面写满了怪异的符号，其中一些是沿用至今的天文学惯用的符号，也有一些仅见于古代的炼金

---

[69] 在古埃及，T形十字章有"繁衍"之意。古埃及人相信它能够赐予生命神秘的能量。
[70] Ankh，是埃及最古老的神灵之符，古埃及人用它象征生命，象征着隐藏在一个人体内的巨大神秘力量，并将留下永生、永存的痕迹。

术、占星术或其他神秘领域的符号——如太阳、月亮、行星、位面和黄道十二宫。这些符号大量出现在本子里,密密麻麻,且有清晰的间隔和分段,仿佛每个符号对应着一个字母。

他把笔记本揣进兜里,打算以后有空再参详。书架上很多大部头书都强烈地吸引着他,他打算下次再来借阅。令他困惑的是,为什么这些书多年在此无人问津?也许正是深入人心的恐惧保护了这里不受侵扰,难道自己竟是六十年来第一个克服恐惧进入这里的人吗?

彻底探索过一楼之后,布雷克再次穿过积满灰尘、幽森阴沉的中殿,来到教堂的前厅。这里有一扇小门和一段楼梯,很明显是通向上方黑色塔楼的,那是他通过望远镜早已熟识的地方。

爬楼梯的时候他几乎要窒息了,灰尘无比厚重,蜘蛛在这逼仄的空间里,肆意发挥着织网的能力。旋转楼梯又高又窄,布雷克时不时会经过一扇灰暗的窗户,头晕目眩地俯瞰整座城市。尽管没有在下面见到敲钟绳,他还是期待能在上面找到一座大钟或是听到钟声。但他的希望落空了,登上最后一级台阶时,他发现塔楼里空空如也,此处显然另有用途。

塔楼约有十五平方英尺,光线昏暗,四面各有一扇细长的窗户,百叶窗和帷幕早已朽烂。满是灰尘的地板中央,有一根造型奇特的多角石柱,高约四英尺,平均直径约两英尺,每一面都刻着古怪、粗糙、无法辨识的象形文字。石柱顶端放着一个外形极不规则的金属盒,带铰链的盖子向后翻开,里面埋在灰尘下的似乎是一个蛋形或者不规则的椭圆形物体,直径约四英寸。

七把大致完好的哥特式高背椅环绕石柱,椅子背后是镶嵌着暗色嵌板的墙体,七尊斑驳的、巨大的黑色雕像靠墙摆放,让人联想到复活节岛上的那些神秘的巨石像。

结满蛛网的阁楼一角,从墙体内伸出一段楼梯,通向紧闭的活板门,活板门上方是没有窗户的教堂尖顶。

布雷克逐渐适应了昏暗的光线,他注意到黄色的金属盒上雕刻着怪异的图案。他试着用手帕拂去表面的灰尘,上面描绘的东西丑陋而怪异,虽栩栩如生,却绝非地球生物。

那个四英寸大的球体实际上是一个近乎黑色、带有红色的条纹的多面体,有多个不规则的平面,质地可能是某种罕见的水晶或是精细打磨过的矿物。它没有直接放在盒子底部,而是被安置在一个金属圈上,有七条样式怪异的支撑物——水平连接在盒子内部的夹角上。布雷克看了一眼——只看了一眼,就被深深吸引了。他紧盯着晶石光滑的表面,甚至觉得它是透明的,内部有众多若有若无的奇妙世界。

此刻,他的脑海里浮现出诸多画面。有矗立着巨大石塔的陌生星球,有巍峨群山环绕却死寂无人的星球,还有更遥远的宇宙深空——无垠的黑暗中,只有若隐若现的黑斑暗示那里也存在着知觉和意志。

当他回过神来望向别处时,他注意到在通往塔尖的阶梯旁边,似乎有一堆形状怪异的灰土。他也说不清自己为什么会看它,或许在潜意识中就觉得它不同寻常。他拨开层层蛛网,走近那堆灰土,刹那间被一种恐惧笼罩。当用手和手帕拨开灰尘后,他忍不住发出一声惊呼。那是一具人的骸骨,显然在这里已经躺了很久。衣物早已烂成碎片,但是从纽扣和残余的布料可以看出,那是一件灰色的男士西服。

除此之外,还有一些别的证据——鞋子,金属搭扣,袖口上的大粒钮扣,旧式的领带夹,普罗维登斯电报公司的记者证和一个破旧的笔记本。他仔细检查了笔记本，在里面发现了几张旧式的账单，一张1893年的赛璐珞广告日历，几张印着"埃德温·M.李利布里奇"的名片，以及一张用铅笔写满了备忘事项的纸片。

纸上的内容令人困惑，布雷克借着西边窗户的黯淡光线仔细阅读，信息支离破碎，内容如下：

1844年5月，伊诺克·鲍温教授从埃及返乡。7月购入自由意志老教堂，他在考古学和神秘学领域的研究和成绩众所周知。

1844年12月29日，第四浸礼会的德朗博士在布道时警告大家提防星宿智慧神秘教派。

1845年末，会众九十七人。

1846年，三人失踪，首次提及闪耀的偏方三八面体。

1848年，七人失踪，出现血祭传闻。

1848年，调查无果而终，出现怪声传闻。

奥马利神父提到，在巨大的埃及废墟中发现的盒子与恶魔崇拜有关，称他们召唤出了某种无法见光的东西。那东西遇到微光会逃跑，见到强光会消失。消失之后只能重新召唤。这些说法可能来自弗朗西斯·X.菲尼的临终忏悔，他于1849年加入星宿智慧。那些人声称闪耀的偏方三八面体向他们展示了天堂和其他世界，还说夜魔会用某种方式向他们透露秘密。

1857年，奥林·B.艾迪的故事。他们通过凝视晶体，用一套独有的神秘语言召唤了它。

1863年，除发起人之外，会众超过两百人。

1869 年，帕特里克·里根失踪后，一群爱尔兰青年围攻教堂。

1872 年 3 月 14 日，媒体发文影射此事，但人们不愿多谈。

1876 年，六人失踪，某神秘委员会向道尔市长施压。

1877 年 2 月，行动获批，4 月教堂被封。

5 月，黑帮团伙——联邦山兄弟，威胁某博士和教区代表。

1877 年年底，一百八十一人离开本市，没有具体名单。

1880 年左右，鬼故事开始流传。试着搞清楚 1877 年后再也没有人进入教堂的说法是否属实。

询问拉尼根 1851 年拍摄的照片的地点……

布雷克把纸片夹回笔记本，一并装进了外衣口袋，低头望向那具骸骨。这些信息非常明确。毫无疑问，四十二年前，这个记者走进这座荒废的建筑物，希望找到其他人不敢碰触的爆炸性新闻。或许他并未将这个打算告诉任何人，可谁知道呢？总之结果是，他再也没有回去。

难道他是被自己内心无法克服的恐惧吓死的吗？

布雷克弯下腰，打量着那些微微反光的骸骨，发现了一些怪异之处。有些骨头出现了严重粉碎，有几块的顶端甚至融化了。还有一些莫名其妙泛黄，隐约有灼烧的痕迹，部分衣物也被烧焦了。颅骨上有一个洞，周围分布着黄色斑点，像被某种强酸腐蚀了。

布雷克实在无法想象，四十多年来，这具骸骨在这个冷寂的墓穴里究竟经历了什么。

不知不觉中，布雷克再次望向盒子里那块晶石，任凭它奇特的影响力，在他脑海里唤起一片壮丽如星云的景象。

他看见穿长袍、戴头巾但身形绝非人类的东西排成长队；看见高耸入云的参天石雕林立在无垠的沙漠之上；看见漆黑的海底矗立着高墙和塔楼；看见星际漩涡中丝丝缕缕的黑雾，漂浮在闪着冷光的紫色雾霭之上。此外，他还瞥见了无垠的黑暗深渊，有形或若有若无的物体，只有在如风般搅动时才能被察觉。有一种无上的力量，在维持着这混沌世界的秩序，可以解开我们已知世界所有的悖论和秘密。

突然，一种莫名的恐惧袭来，中断了这些的幻象。布雷克几乎无法呼吸，他转过头，似乎身边有一个无形的东西正在盯着他。他感觉有东西缠上了他，它不在晶石里，但是透过晶石望着他，如附骨之疽般永远缠上了他。显然，这个地方已经开始让布莱克害怕了。光线变得越来越暗，他没有带照明工具，必须尽快离开了。

然而，就在此时，在逐渐灰暗的暮色之中，他隐约觉得那块晶石发出一丝幽光。他试图控制自己不去看它，可是有一种莫名的力量驱使他不得不看。这个东西难道有放射性，会发出磷光吗？死者笔记中的"闪耀的偏方三八面体"到底是什么？这个宇宙邪灵的荒废巢穴到底发生过什么？这个群鸟避之不及的阴影里是否还藏匿着什么？

这时，一阵不可捉摸的恶臭忽然从某处飘来。布雷克一把抓住金属盒盖，咔嗒一声将它盖上了。盒子上怪异的铰链极其灵活，盒盖完全盖住了那块散发着幽光的晶石。

随着盒子扣上的咔嗒声，头顶上活板门后面的尖顶上，传来一阵轻微的骚动——无疑是老鼠，这是他进入教堂后唯一见过的活物。话虽如此，但那声音还是让他魂飞魄散。他沿着旋转楼梯没命地冲到中殿，跑回地下室，爬出教堂，在暮霭中穿过空无一人的广场，离开了弥漫着恐怖的小巷和街道，跑回了安适如常的中心街区和自己居住的学院街。

接下来的日子里，布雷克没有向任何人提起过自己的探险经历。他读了不少相关书籍，仔细查阅了近几十年的当地报纸，亢奋地想破译自己在法衣室里找到的皮面笔记本。他很快就意识到，本子上的符号非同小可。经过一段时间的研究，他确信那上面的语言不是英文、拉丁文、希腊文、法文、西班牙文、意大利文或者德文。显然，他不得不启用自己知识仓库里最幽深的部分了。

每逢傍晚，布雷克都会萌生向西眺望的冲动。那个黑色的塔尖曾被他视为奇妙的新世界，而今他却只感到深深的恐惧。他知道那里隐匿着怎样的邪恶，因此，他的思维也变得更为诡奇。

春天的候鸟已经归来，当看见鸟群在夕阳下翱翔，他就会想到它们也会像往常一样避开那座荒废的孤塔，一旦不小心靠近，就会惊慌失措地四散逃离。虽相距数里，但他仍能想象鸟群惊恐的哀鸣。

布雷克在6月的日记里声称自己成功破译了密码。他发现那个文本用的是暗黑的阿凯罗语[71]，这是某种古老的神秘教派使用的语言，在以往的研究中，他只掌握了一些皮毛。

奇怪的是，他对自己的研究成果只字未提，但他明确表示自己感到惊愕和畏惧。他提到，凝视"闪耀的偏方三八面体"可唤醒夜魔，还对夜魔栖息的黑暗混沌深渊做了疯狂的臆测。

据称夜魔无所不知，要求召唤者做出残忍的献祭。其中几则日记暴露了布雷克的恐惧，他认为那个东西已经被召唤出来了，是明亮的街灯形成了一道让它无法跨越的壁垒。

布雷克经常提到"闪耀的偏方三八面体"，并称之为通往任何时空

---

71 | the dark Aklo language，亚瑟·梅琴杜撰的一种语言，最早出现在他的著作《白人》中。

的窗口，通过追溯历史得知它源自黑暗的犹格斯星。后来，古老者将它带到了地球，这种生活在南极洲的海百合形态生物将它视若珍宝，放置在一个怪异的盒子里。

再后来，瓦伦西亚的蛇人在古老者的废墟里找到它。千万年后，它被雷姆利亚大陆上的第一批人类膜拜。陆沉水没，沧海桑田，几经转手，这块晶石又随着亚特兰蒂斯沉入海底，直到被一位米诺斯渔民打捞出海，卖给了来自永夜的克赫姆的一位商人。

黑暗法老涅弗伦·卡为了供奉它，专门建造了一座无窗的地下神殿。这个行为直接导致后人将他的名字从纪念碑和史书上抹去。后来，新法老和祭司们摧毁了神殿，晶石一直在废墟中沉睡，直到发掘者的铲子让它重见天日，再次为祸人间。

7月初，报纸上的一些奇闻补充了布雷克的记录，但太过简略和随意，若非日记曝光，人们根本不会注意到那些报道。报道称，自从一位陌生人闯入教堂后，新的恐慌在联邦山附近蔓延开来。意大利人私下议论，说是教堂的塔尖时常传出不同寻常的骚动、撞击和抓挠声，因此请来牧师驱逐那个让他们噩梦连连的可怕存在。意大利人还说，有东西一直在门边徘徊窥视，等待外面的光线暗到它能自由出没。

媒体提到当地历史悠久的迷信传说，但未能解释这种恐怖的由来。如今的年轻记者已不屑于搜查证古老的资料了。

布雷克将这些内容也写进了日记里，语气里充满懊悔。他觉得是自己进入了教堂的钟楼，才召唤出可怕的东西。他有责任和义务消灭"闪耀的偏方三八面体"，并驱逐那个不该存在的东西。

另一方面，他的妄想已经变得危险，他如魔怔一般，疯狂地渴望重返那座教堂，再次凝视那块蕴含着宇宙秘密的发光晶石。

7月17日，晨报上的一则报道让布雷克魂飞魄散。这篇报道以调侃的口吻报道了联邦山居民的慌乱，却将布雷克吓得半死。

受暴风雨影响，当晚整整停电一小时，当地的意大利人快被吓疯了。据教堂附近的居民说，教堂里的怪东西趁着街灯熄灭，从尖塔下到了底层。它似乎以一种黏稠的状态，在里面坠落和碰撞。后来，它又跌撞着爬回了钟楼，随即响起了玻璃碎裂的声音。

它能够前往任何黑暗，但光明永远能让它逃离。

电力恢复之后，塔里传来惊心动魄的喧闹声。即使是透过熏黑玻璃窗的微弱光线，对怪物来说也过于强烈。它磕碰着蠕动回密不透光的尖顶——若暴露在光明中太久，它就会被逐回深渊。

在断电的一小时里，祷告的人冒着暴雨，聚集在教堂周围，手持灯笼和蜡烛——用纸片和雨伞保护着，用暗淡的光线形成一道城墙，护佑着这个城市不被黑夜的邪灵侵扰。距离最近的人声称，教堂的大门一度发出可怕的吱嘎声。

更糟糕的是，布莱克从《公报》上看到，当天晚上，两名记者认为这条可怖的新闻极有价值，不顾意大利人的劝阻，进入了教堂。他们发现正门走不通后，就从地下室的窗户爬了进去，并发现前厅和中殿里的灰尘被拖出一条痕迹，朽烂的坐垫和长椅上的缎面里衬乱糟糟地散落一地。教堂里弥漫着难闻的味道，烧焦的痕迹和黄色污渍随处可见。他们打开通往塔楼的门，听见上面传来某种剐蹭的声音，而旋转楼梯上的灰尘已经被擦得干干净净。

塔楼里同样存在着灰尘被拖扫的痕迹。在报道里，他们提到了那个七边形石柱、打翻在地的哥特式座椅、怪异的雕塑，但奇怪的是，金属盒子和残存的骸骨并未被提及。

让布雷克不安的是，除了污渍、烧焦的痕迹和臭味，报道中还提到了玻璃破碎的细节。

塔楼里的每一扇拱形高窗都被打破了，其中两扇窗户的百叶窗缝隙里塞满了长凳内衬和成团的马鬃，像是有人企图恢复塔楼昔日帷幕遮挡时的绝对黑暗。

通往黑暗尖顶的阶梯上，也出现了烧焦的痕迹和黄色的污渍。一名记者爬上梯子，打开活板门，用手电往那个怪异且恶臭的漆黑空间里照射时，却没发现什么异常，只有入口附近堆着乱七八糟的垃圾。

报道总结称，这只是一场闹剧——有人在捉弄山上迷信的居民；或是一些狂热的教徒出于个人目的，故意煽动恐怖情绪；抑或是一些年轻人和久经世故的居民，向外界演了一场精心布局的恶作剧。警方派人去核实报道，过程极其可笑。连着三个人都以形形色色的借口逃避责任；第四个人虽然很不情愿地去了，但也匆匆返回，并对此事三缄其口。

在这之后，布雷克的日记越来越表现出恐惧和焦虑，他责怪自己无所作为、未能阻止事态恶化，还大胆地推测了下一次停电可能带来的严重后果。已经核实的是，在雷雨期间，他曾三次给电力公司打电话，近乎绝望地提醒他们以极端手段避免再次停电。对记者在塔楼里未能见到金属盒子、晶石和骸骨的事，他时常在日记里表现出深深的忧虑。他只能假设这些东西被移走了，但它们被什么人或东西移到哪里去了呢？他只能凭空猜测。

不过，他最顾虑的还是自身的安危，他认为那个隐匿的邪物，与自己的意识之间有了某种邪恶的关联。正是因为他的鲁莽，才将那个邪魔从无垠的黑暗深渊里召唤至此。他感到自己的意志似乎被某种力量牵引着，那段时间前去拜访他的人，总能见到他神思恍惚地坐在书桌前，隔着窗户遥望雾霭背后那个尖塔林立的山丘。

他还在日记里不厌其烦地描述自己的噩梦，他感觉到那种邪恶的联系在睡梦中日趋增强。日记里提到，有一天晚上他忽然醒来，发现自己衣着整齐，正机械地从学院山向西走。他一次又一次地陈述自己深信不疑的事实：尖塔里的邪物非常清楚能在哪里找到他。

据他人回忆，7月30日后的那一周，布雷克开始精神崩溃，他卧床不起，只靠电话叫外卖。来访者注意到他床前有根绳子，布雷克解释说，自己最近会梦游，每天晚上都不得不捆住自己的脚，以防自己到处乱走。至少在企图解开绳子时，自己能清醒过来。

布雷克在日记中记录了造成他精神崩溃的可怖经历。7月30日晚上，他已经躺下睡着了，却忽然发现自己在一处伸手不见五指的黑暗里摸索。他只能看见一缕缕微弱的蓝光，闻到了强烈的臭味，还听见头顶有窸窸窣窣的声音。他每走一步，就会绊到什么东西。他每次发出声响，上方就传来共鸣。那是一种隐约的搅动声，以及木头之间沉重的摩擦声。

其间，他的手碰到了一根石柱，柱顶空无一物。接着，他发现自己抓住了一个梯子的横档，摸索着向上进入了更强烈的恶臭中。忽然，一股炽热的气浪扑面而来，他眼前出现了万花筒般的幻象，随即又进入了一片深不可测的暗黑深渊。

无数黑暗的恒星和世界在深渊里永无休止地旋转，他想起了传说中的终极混沌。盲目痴愚之神、万物之主阿撒托斯盘踞中央，被一大群无知无觉无形的舞者环绕着,无名之爪攥着恶魔般的长笛,吹出尖利而单调的笛声安抚它入眠。

这时,来自外部世界的声响惊醒了他,却又将他置于无法言说的恐惧之中。他始终不知道刚才是什么声音——也许是烟花吧,联邦山地区的意大利人整个夏天都在尽情燃放烟花,致敬他们的新旧保护神。总之,布雷克放声惊叫,疯狂地跳下楼梯,在黑暗中跌跌撞撞地穿过满是杂物的房间。

他马上意识到自己身处何地,不顾一切地冲下旋转楼梯,几乎在每一个转弯处都会撞伤。这是一场噩梦般的逃亡,他穿过满是蛛网的中殿,穿过拱门睨视下的骇人阴影,跳进满是杂物的地下室,爬出教堂,来到街灯下,然后疯一般地冲下迷宫石墙包围的可怕山丘,穿过黑暗中高楼林立的死寂城区,沿着东边陡峭的悬崖,终于回到了自己那所位于学院街的古宅。

第二天早晨,他恢复了意识,发现自己和衣躺在书房的地板上,全身沾满了尘土和蛛网,到处淤青,浑身酸痛。照镜子时,他注意到自己的头发被严重烧焦,外套上有一种奇怪而可怕的味道。

他终于崩溃了。

自那以后,他终日穿着晨袍,精疲力竭地躺着,除了在西窗眺望之外,什么都不做。他在雷声中哆嗦着,在日记里写下癫狂的内容。

8月8日午夜,暴风雨袭击城市,城市上空电闪雷鸣,据称空中还出现了两个巨大的火球。大雨滂沱,雷声隆隆,令数千市民无法入睡。布雷克极度恐慌。凌晨一点,他给电力公司打电话,但此时电力公司出于安全考虑,已经拉闸断电。布雷克在黑暗中写下了这一切。那些令人不安且潦草到难以辨认的巨大文字，透露着他内心强烈的惶恐和绝望。

为了看清窗外的情况，布雷克不得不让房间保持黑暗。大多数时间，他都坐在书桌前，透过窗外的雨幕和绵延几英里的屋顶，望着远处联邦山上的暗淡光芒。时不时，他会摸索着在日记上写下几行字，例如："光一定不能熄灭""它知道我在哪儿""我必须摧毁它"，或者"它在召唤我，或许并无恶意"等，这些笔记断断续续写满了两页纸。

根据电厂的记录，凌晨两点十二分，全城停电。不过布雷克在日记中没有记录时间，他只是短短写了一句"停电了，上帝救救我"。

不只是布雷克一个人感到惶恐，联邦山上的守护者们同样焦虑不安。他们全身湿透，聚集在教堂外的广场和巷道里，用雨伞护着手里的蜡烛、油灯、手电筒、十字架以及意大利南部常见的各种护身符。人们祈祷雷电，当风向改变、一部分人的光源岌岌可危并最终完全熄灭之后，他们惊恐无比，纷纷用右手比画着神秘的手势。

又一阵疾风吹灭了大部分光源，场面越发黑暗，宛若浩劫将至。有人请来了圣灵教堂的梅尔拉佐神父，他匆匆来到阴森的广场，念完了所有可能有用的祷词。

毫无疑问，黑色的教堂里正在接连发出让人毛骨悚然的声响。

关于凌晨两点三十五分发生的事，有以下人员可以作证：一位神父，他是一个聪明而有教养的年轻人；中央车站的巡警威廉·J.莫诺汉，他是一位可靠的警官，当时正巡逻到教堂一带，停下来查看人群的情况；还有聚集在教堂周围的七八十个人，尤其是那些站在广场上，可以看到教堂东面大门的人。

当然了，没有证据可以证明有什么超自然的存在，可能引发事件的原因有很多。没人能说清一座巨大、古老、通风不良、长期荒废的建筑物里，堆放着的各种腐烂物品之间，会产生怎样怪异的化学反应。有毒气体、自燃、长期腐败产生的气压，任何一种现象都可能是事件的诱因。当然，人为的骗局也不能排除。

整个过程极其简单而短暂，前后不超过三分钟。一向严谨的梅尔拉佐神父，多次看表，记下了时间。

起先是黑色塔楼里响起的剐蹭声，声音越来越大。长久以来，教堂都散发出一种奇怪又邪恶的臭味，而现在这股味道变得越来越浓烈。接着，是木头裂开的声音，一个巨大沉重的东西掉下来，砸在东墙下的院子里。烛火已经熄灭，人们看不见塔楼。不过当那个东西掉在地面时，人们认出了那是塔楼东面窗外被煤烟熏黑的百叶窗。

随即，一股令人作呕的臭气从高处涌来，让心惊胆战的守护者们感到恶心窒息，几乎晕厥在地。

与此同时，周围的空气振动起来，仿佛有翅膀在拍打。狂风忽如其来，比刚才的还要猛烈，掀飞了人们的帽子和雨伞。伸手不见五指的深夜，一切都影影绰绰，但一些仰头的守护者认为，他们在空中看到了比黑夜更黑的东西——像一团无形的浓烟，流星般射向东方。

这就是整个事情的过程，恐惧、敬畏和不适，让守护者们手足无措。他们站在原地、呆若木鸡，不知道发生了什么，也不敢贸然离开。片刻之后，一道闪电撕裂天空，接着是震耳欲聋的雷鸣，人们为之祷告。半小时后，大雨停息。又过了一刻钟，街灯亮起，那些疲惫的守护者们终于松了一口气，狼狈地各回各家。

第二天的报纸对暴风雨一笔带过，顺带也提了几句这些事情。那道紧接着联邦山教堂事件之后的炸雷闪电，在东边产生了更为严重的后果，那里同样也弥漫着怪异的恶臭。

这种现象在学院山尤其明显，炸雷吵醒了所有熟睡的人，并引发一连串猜测。个别醒着的人看到了山顶上反常的光亮；也有人注意到，有一股无法解释的强大气流忽然涌来，几乎扯光了花园里的树叶，还毁坏了许多植物。

人们推测，一定是突如其来的球形闪电，击中了社区某处，尽管目前尚未发现痕迹。来自陶－奥米茄兄弟会的一名年轻人说，在闪电亮起的瞬间，他看到空中出现了一个怪异而可怕的云团，但他的言论未能得到证实。不过，有几位观察者一致提到，猛烈的西风和臭味比闪电出现得更早。但也存在闪电过后才出现烧焦气味的说法。

鉴于上述观点可能与罗伯特·布雷克的死亡相关，所以都经过了细致的讨论。从普西－德尔塔宿舍楼的后窗，可以看到布雷克的书房。8月9日清晨，学生们透过窗户看到一张扭曲而惨白的脸，他们还猜测过他为何做出这样的表情。

然而，到了晚上，学生们发现那张脸依然存在，房间里也一直没有亮灯。他们担心是否出了意外，就去按响那间黑暗公寓的门铃，一直无人应答，最终不得不请警察破门而入。

布雷克僵硬的尸体坐在窗边的书桌前，眼睛像凸起的玻璃球，扭曲的五官诡异可怖。闯入的人强忍着恶心，纷纷转过身去。

验尸官检查后认为，布雷克可能是死于雷击，或是雷电引起的过度惊吓。他无视死者骇人的表情。在看到公寓里的书籍、绘画、手稿以及日记本里那些潦草而疯狂的笔记后，他认为像布雷克这样一个热爱胡思

乱想并且情绪极不稳定的人，在极端强烈的刺激下，做出这样的表情纯属正常。

在生命的最后一刻，布雷克依然发疯似的书写。尸体被发现时，他那因痉挛而变形的右手，仍然紧握着那根已经折断的铅笔。

他在黑暗中写下的笔记支离破碎，只有部分内容能看清。虽然部分调查者得出了与官方截然不同的结论，但未能得到保守派人士的认可。迷信的德克斯特医生，将怪异的金属盒和晶石丢进了纳拉甘西特湾的海峡，却也未能给那些想象力丰富的空想家丝毫帮助。

布莱克本身就热衷于幻想，精神状态也极不稳定，而他研究神秘教派发现的骇人秘密越发加重了他的症状。这是大众对他临终前的那些疯狂笔记的主流认知。

下面就是他留下的笔记，更确切地说，应该是笔记中尚能辨认的部分：

  电还没来——有五分钟了吧。现在只能靠闪电了，亚狄斯，请让闪电一直持续吧！某种力量似乎起了作用……暴雨、雷电和风声太大了。那个东西正在掌控我的思想……

  记忆出现了问题，我看到了前所未见的东西，其他世界和其他星系……黑暗……闪电是黑色的，黑暗在发光……

  我在黑暗中看到了绝非真正的山丘和教堂，一定是闪电在我的眼里留下的残影。若闪电停了，上帝保佑那些意大利人托着点燃的蜡烛出来！

  我在害怕什么？它难道不是奈亚拉托提普的化身吗？它曾在永夜的克赫姆以人形现身。我记得犹格斯，记得更遥远的夏盖，记得黑色星球所在的终极虚空……

振翅飞行穿越漫长虚空……无法穿越光之宇宙……被闪耀的偏方三八面体捕获的思想重新塑造……送它穿过光芒万丈的恐怖深渊……

我的名字是布雷克……罗伯特·哈里森·布雷克，来自威斯康星州密尔沃基市东纳普街620号……我在这颗星球上……

阿撒托斯宽恕我吧！——闪电停了——太可怕了——我能用一种非视觉的恐怖知觉看到一切——光即暗，暗即光……那些人，在山上……守护……蜡烛和护身符……他们的神父……

没有距离——咫尺天涯，天涯咫尺。没有光——没有玻璃——看那尖顶——塔楼——窗户——可以听见——罗德里克·厄舍——我疯了，或者快疯了——那个东西在塔楼里躁动不安……我就是它，它就是我——我想要出来……必须出去，联合那些力量……它知道我在哪里……

我是罗伯特·布雷克，我看见了暗夜中的塔楼。有一股强烈的恶臭……感官变形……降落在塔楼上，窗户碎裂解体……咿呀……恩盖……伊格……

我看见它了——朝这里来了——地狱之风——黑色的羽翼——犹格·索托斯拯救我——裂成三瓣的燃烧之眼……

出 品 人　　张进步　程 碧
特约编辑　　周悦美
装帧设计　　仙境设计
版式设计　　陈旭麟 @AllenChan_cxl
内文插图　　维吉尔·芬莱（Virgil Finlay）
封面插图　　刘逸然